致我们
暖暖的
小时光

Put Y♥ur
Head ♥n My
Sh♥ulder

致我们
暖暖 的
小 时光

Put Your
Head ♥n My
Sh♥ulder

赵 乾 乾 / 著

江苏凤凰文艺出版社
JIANGSU PHOENIX LITERATURE AND
ART PUBLISHING, LTD

图书在版编目（ＣＩＰ）数据

致我们暖暖的小时光 / 赵乾乾著. -- 南京 ： 江苏
凤凰文艺出版社，2017.4
　ISBN 978-7-5399-8601-2

　Ⅰ．①致… Ⅱ．①赵… Ⅲ．①长篇小说－中国－当代
Ⅳ．①I247.5

中国版本图书馆CIP数据核字(2017)第040061号

书　　　　名　致我们暖暖的小时光
作　　　　者　赵乾乾
选 题 策 划　北京记忆坊文化
责 任 编 辑　姚　丽
特 约 编 辑　虾　球
封 面 绘 图　花小白
封 面 设 计　80零·小贾
出 版 发 行　江苏凤凰文艺出版社
出版社地址　南京市中央路165号，邮编：210009
出版社网址　http://www.jswenyi.com
印　　　　刷　环球东方(北京)印务有限公司
开　　　　本　880毫米×1230毫米　　1/32
字　　　　数　300千字
印　　　　张　10
版　　　　次　2017年4月第1版，2021年6月第10次印刷
标 准 书 号　ISBN 978-7-5399-8601-2
定　　　　价　29.80元

影视版权抢订热线　　　　010-57194853
江苏凤凰文艺版图书凡印刷、装订错误可随时向承印厂调换

目录

Put Your
Head ♥n My
Sh♥ulder

第01章

　　司徒末手里抱着一堆书停在宿舍门前，实在是腾不出手来敲门，只得抬起脚来踢门，直到听到门内传出"来了，来了"的回应和急促的脚步声才停下。

　　王珊开门，看她手里抱的书都快高过她脑袋了，惊叹道："哇，你抱这么多书干吗？"

　　"写毕业论文。"

　　"唉，我还没开始写呢，光顾着跑招聘会了。"王珊叹了口气。

　　"招聘会效率太低了，很多企业都没心招人，来走个过场，打打广告而已。"司徒末随口答了一句，走到自己的位置把那堆书叠在桌子上的另一叠书上。

　　"你还真有种，跑了几次招聘会就不跑了。"王珊跟在她背后说。

　　她打开电脑，转过头："我懒嘛。"

　　司徒末去了四场招聘会，每次都只落得个身心俱疲的下场，于是干脆走"大四不考研，天天像过年"路线……

　　"我真羡慕你啊，我可不敢跟你一样这么看得开。我总觉得人生嘛，还是要什么机会都去试一试，试了还有一线希望，不试就一点希望都没有……"王珊语气里有一丝轻蔑。

"所以你以后可以当女强人，我就不行了啊。"司徒末打断王珊的话，转回去对着电脑，不想跟她多说。王珊在她桌旁站了一会儿，自觉没趣，就走开了。

"对了，末末，你的傅哥哥刚刚给你打过电话。"王珊去阳台收了两件衣服又倒回来站在司徒末的桌旁。

司徒末回头看了她一眼："都说他不是我的傅哥哥了，不要乱说。"

"少来，害什么羞？"王珊三八兮兮地推了她一把。

"他说什么了？"

"他说你手机打不通，让你回来了给他打电话。"

"哦。"司徒末又转回去玩电脑。

王珊在她身后站了好一会儿，终于忍不住说："你不给他打电话吗？"

"不用了，有事他会再打的。"司徒末头也不回地说。

"末末，呃……你还是打给他吧，不然他会以为我没把话传到的。"王珊有点吞吞吐吐。

司徒末别有深意地看了王珊一眼。唉，这个王珊，真的是没救了。

王珊口中的傅哥哥叫傅沛，是司徒末的高中同学，他对司徒末的态度一直暧昧不清，司徒末好几次想跟他讲清楚都反过来被他讽刺了一顿。既然他都不承认，她多说什么好像显得太自以为是，只好由着他去，反正他这人当朋友还不错，又讲义气又贴心，但是当男朋友就真的算了。据她不完全统计，这厮从懂得男女有别开始，交过的女朋友可以组一桌麻将，不是组一桌打麻将的人数，是一桌麻将的张数。

王珊喜欢傅沛，全世界人民都感觉到了，虽然她自己死不承认。司徒末总觉得对这件事她负有一定的责任，毕竟是因为她两人才认识的。所以她没事总在宿舍里抖傅沛的风流往事妄图扼杀王珊的少女情怀。但没料到的是：她把傅沛的情史讲得越夸张，王珊就越迷恋他。

女人有时候傻就傻在，明知道这男的是个花心大萝卜，换女朋友比换内裤还勤快，但她就是觉得自己可以改变他，可以成为他生命中不一样的女人。其实哪有这么便宜的事！他妈教了他一辈子都没把他教成一个善良不伤害别人的人，就凭你几下柔情似水便指望他百炼钢成绕指柔？

"傅沛，是我，司徒末。"司徒末熟练地拨了一串号码。傅沛的电话号码太好记了，一串8，一串9，一串0。她怀疑除了13800138000之外就没比他的号码更好记的，也不晓得他究竟花了多少钱才弄到这号码的。

"末末啊，你刚刚跑哪去了，手机都打不通的？"傅沛的声音从电话另一端传过来。

"去图书馆，信号不好。你找我什么事？"司徒末可以感觉到王珊虽然背对着她，但是耳朵拉得老长。

"没事就不能找你啊？我这么想你。"

"少跟我贫嘴，你不说我挂电话了。"傅沛的甜言蜜语在她这里永远吃不开。

"好好好，星期五我拍毕业照，你过来吧。"

"不去。"四年大学下来，司徒末还没去过傅沛的学校，倒是傅沛老是往她学校跑，也是这样王珊才会认识傅沛的。

"末末！来吧，我拍毕业照你都不来，会不会太过分了一点？"傅沛哀怨。

"你拍毕业照我去凑什么热闹？"司徒末还是不松口。

"很多人都有其他校的朋友来拍，你不来的话我多可怜啊。"

"你找别人去啊。"

"你又不是不知道，我朋友不多。"他的声音突然低了下来。

这倒是大实话，傅沛这人大少爷脾气，没几个人受得了他的，所以高中时他除了层出不穷的女朋友外就只有司徒末这个朋友了。但其实司徒末也不是自愿做他朋友的。

司徒末从小到大成绩都很好。

成绩好的原因不外乎天资聪颖或勤奋努力，司徒末的天资不是特别聪颖，本性也不是一个努力的孩子，她的努力是环境所逼。

从小到大，无论哪个老师，一拿到点名册就说："哟，我们班有复姓的同学啊。司徒同学是哪一个，站起来我看看。"于是，她就成为班里第一个被同学们认识的人。然后接下来往往就会演变成："司徒同学，这道题你来做一下。""司徒同学，这个问题你来回答。""司徒同学，抽查作业。""司徒同学，给大家背诵一下这段课文。"

……

所以她算是被自己的名字逼成好学生的。而中小学有个普遍的特点，成绩好的学生得当班干部，于是司徒末从小到大都是班长，导致她只要一听到有人叫班长就忍不住要答应。总之，当时是班长的司徒末被老师指派去开导班里愤世嫉俗分子——傅沛，然后就好死不死地被他赖上了，成为他所谓的红颜知己。只是他一直都不知道，其实她当时一点都不想当他的红颜知己。

"末末！怎么不说话？"傅沛的声音打断她的回想。

"好啦，我去。"唉，算了，去就去吧，不然他没朋友也挺可怜的，没听过谁拍毕业照一个人拍的。

"真的？我太爱你了。那我一早去接你。"他没想到她能这么快答应，很有些受宠若惊。

"不用了，我自己去。"这家伙是神经病，大家都是坐公车，有什么好接的？

"没关系啦，我去接你。"

"都说我自己会去了，啰唆死了。"

"好啦，那你上车的时候跟我说一声。"

"嗯，没别的事了吧？没事的话我挂了。"

"你好无情啊……"他哀怨地说。

"你才知道，挂了。"司徒末挂好电话走向自己的位置。

王珊好像很忙的样子，低头在抽屉里鼓捣些什么。

"末末。"

司徒末停下脚步："嗯？"

"呃……我刚刚不小心听到你说拍毕业照……"王珊吞吞吐吐地说。

那还真是有够不小心的……司徒末没有戳破她，只是说："是啊，傅沛他们学校星期五拍毕业照。"

"我有朋友也在那个学校，好几天前就叫了我去拍毕业照，我们一起去吧？"王珊期待地看着她。

司徒末点点头："那就一起吧。"

还能怎样呢？反正她之前实在是拦过太多次了。但人哪，要是真想往火坑跳的时候，你还真的是拦都拦不住。

第02章

司徒末从图书馆借的书每本大概翻了两页之后就还了，因为论文时期大家都在排队等着借这些书，而她向来是很为别人着想的好孩子，当然还有另一个主要原因是看不懂……

还完书回来她正在和室友聊天，突然电话响了，看一下来电显示，又是阴魂不散的傅沛。这几天他天天给她打电话，提醒她不要忘了星期五拍毕业照。

"喂，"她实在是没好气，"我知道了，星期五嘛，我会去的。"

"呵呵，我是怕你忘记嘛，你会不会给我买花啊？"

"不会。"花那么贵，她干吗要买？到时候一定会有一群小师妹之类的花痴争着给他送花，长得一脸桃花相，还怕没人给他送花？

"为什么？我毕业，你居然不给我送花？"傅沛带着撒娇的声音传了过来。

"我没钱。"

"我给你。"

"不要。"神经病，钱多不会去捐给希望工程？

"末末……"他又想用撒娇那一招。

"你再啰唆我就不去了。"司徒末威胁他说。

"好啦，那你明天上车了给我电话。"

"明天？"她一时没反应过来。

"就知道你忘了，明天就是星期五，还说你记住了。"傅沛抱怨，"就知道你从来不把我的事放在心上，我怎么这么命苦啊！"

"好啦好啦，我明天给你电话。拜拜。"这不能怪她啊，都大四了，还有谁在乎明天星期几啊？

"末末，谁啊？该不会又是傅沛吧？"王珊状似不经意地问。

"嗯。"司徒末冷淡地应了一声。

"明天我们坐几点的车啊？"王珊仿佛没有感觉到她的冷淡，兴奋地追问。

"随便吧，只要不太早就好了。"

"那八点半好不好？"

"谁告诉你八点半不早的？"司徒末白了她一眼，见情哥哥也得睡好美容觉吧？

"那九点？"神经末梢比较迟钝的王珊以为加半个小时就是莫大恩宠了。

"十点。"司徒末从包包里拿出新借的书，每本都抖一抖，确认一下没有夹到不该夹的东西。

"十点啊？不会太晚吗？"

"我是不会，不知道你会不会。你觉得晚的话就先去。"司徒末抖完书，把它们放在桌子上。

"好吧。"王珊不敢再多说，末末虽然脾气好，但只要做了决定，一般就不会改了。

是夜，月如钩。

司徒末的床位是可以看见月亮的，她枕着自己的手臂看窗外的月亮，心平气和地忍受着睡上铺的王珊翻来翻去地折腾。唉，睡下铺就这点不好，上铺一个翻身，下铺就地动山摇。本来想说她几句的，后来想想，算了，哪个少女不怀春，傅沛长得祸国殃民，想不动心挺难的，当年她不也这么熬过来的……算了，往事不堪回首。唉！刚刚忘了问他最近有没有交新女朋友，有的话她也好先给王珊做点心理建设，免得王珊一到那儿心就碎一地。

第03章

明明说好十点出发，王珊这个春心荡漾的女人非得八点就起来折腾，她对着镜子描啊描啊，涂啊涂啊，不发出声音就算涂成个大花猫也没人说啥，但她非不，掉一下眼线笔啦，掉一下眼影啦，再掉一下粉底液啦，咋就不把脑袋给掉了？掉东西也就算了，她还给每个动作配音——"哎呀，我的眼线笔。""哎哟，眼影掉了。""啊，粉底液。"

宿舍里睡眠最浅的虎妞不乐意了："你有完没完，不就是见个情哥哥，至于么？"虎妞本名江娴，东北人，长得挺娇小的一个女孩子，跟大家印象中的东北女孩子有出入，所以大家一致决定给她起个剽悍的外号，以显示她来自东北。

"你别乱说。"王珊还有心情忸怩作态。

司徒末摸出手机一看：才八点二十！她的火腾就上来了，昨天晚上被王珊翻来翻去地吵着没睡好，今天一早又发什么神经，那脸至于画两个小时么？

深吸了两口气，司徒末才开口说话："王珊，你那么急的话待会儿就先走，不用等我了，你快点整一整出门吧，别让你朋友等，我们也好补眠。"说完翻个身又睡了。

王珊挺委屈的，鼻子发酸想哭又没敢哭，接着化妆，这回倒是轻手轻脚了。

十点左右，司徒末被一阵"末末，末末"的叫声唤醒，睁开眼，见王珊站在床头小心翼翼地问："末末，十点了，你起床了吧？"

司徒末看她可怜兮兮的样子，心里叹了口气，边起床边说："等我十分钟。"

司徒末上了车就给傅沛发了个短信，傅沛回电话过来："末末啊，我还想说给你打电话呢，车上小心点，到前两个站就给我电话哈。"

"嗯。"司徒末很困，懒得跟他瞎扯，挂了电话。

她把头靠在玻璃窗上，看一排排往后退去的高楼大厦，突然觉得自己怎么会在这个城市？一种很强烈的漂泊感蓦然涌上心头。这种感觉她大一的时候也曾有过，那时她在一门公共课上睡着了，醒来后有点怔忪，好像她还在高中的课室，一转头就可以看到高考倒计时和……傅沛微笑的眼睛。

甩甩昏沉沉的脑袋，司徒末一转头，看到王珊拿着个镜子在补妆。其实王珊长得挺好看，眉毛眼睛嘴巴都细细的，有着江南女子的婉约，像从水墨画里走出的人，可惜就是妆化太浓了，水墨画硬要和油画掺和在一起，不怎么协调。她突然就想笑，想起《木兰辞》里的"当窗理云鬓，对镜贴花黄。"

果然是女为悦己者容啊，低头看看自己随便的穿着，她应该早就不在意了吧？

快下车前司徒末又接到傅沛的电话，劈头就一句："不是让你快到了给我电话吗？现在到哪里了？"

哎，忘了给他打电话了。

司徒末挂了电话，跳下车对在车站上的傅沛挥挥手。他气急败坏地冲过来说："我一分一秒地掐着时间，就是等不到你的电话。而且我打过去还老打不通。"

"冷静、冷静，我手机摔过后就那死样子，我这不就到了吗。"司徒末踮起脚拍拍他的肩膀，"我看看，穿上学士服还挺衣冠禽兽的嘛。"这倒是真的，傅沛剑眉丹凤眼，高而挺的鼻子，稍嫌薄了点的嘴唇，在他脸上组成两个字——桃花。

傅沛瞪了她一眼，视线绕过她去看她身后的人："你带了谁过来？"

"我室友，王珊。"司徒末把王珊从身后拉出来，"她有朋友是你们学校的，今天也来拍毕业照。"

"嗨，还记得我吗？"王珊有点腼腆地打招呼。

"美女我怎么可能不记得。"傅沛微笑，"有美女光临我们学校，真是蓬荜生辉啊。"

王珊捂嘴笑，司徒末翻了个白眼。

"走吧，我们去拍照。"傅沛顺手要来搭司徒末的肩，被瞪了一眼，讪讪地把手垂下。

傅沛的学校不愧是知名理工学校，金碧辉煌谈不上，但至少是气派的。门口卖花的人很多，估计都是临时来削毕业生的。

傅沛跑过去，不一会儿就抱了两束花过来，递了一束给王珊，说："这给你送你朋友。祝她毕业快乐。"

王珊红着脸接过花，小声说："谢谢。"

司徒末很想用花砸开他脑袋。这男人一天不撩妹是会死就对了。

走了几步，就遇到来接王珊的朋友，女的，长相普通，但身材火辣，态度高傲，一般理工学校稍微好看点的女生都有这毛病，男人给宠的。

王珊跟着朋友走了，一步三回头，好像她朋友要把她卖入青楼。

"你室友的朋友很有名哦。"傅沛把手上剩下的那束花递给司徒末。

"怎么个有名法？"司徒末不接那花，但对八卦比较感兴趣。

"她刚一入学就有两个师兄为了她打架，后来听说还有人为她闹自杀。"傅沛把花硬塞到她怀里，"你就帮我拿着，等下拍照的时候给我，我才有面子嘛。"

司徒末把花捧好，好奇地追问："这么精彩？那后续呢？你认不认识她啊？"

傅沛敲了她脑袋一下："别人的事你管那么多，我认识她干吗啊。"

"因为你宁杀错不放过的啊。"司徒末甩了两下脑袋。

"白痴。"傅沛伸手过来揉她的脑袋。

"走啦，不是说要去拍照。"司徒末歪歪脑袋避开他的手。

一路上到处都是穿着黑袍子的人，傅沛停下来打招呼的次数挺多的，和这个拍个照和那个拍个照，看来他上了大学以后人缘倒是好了不少。最后他领着她在一群男生面前停下来。

"来，我来介绍一下。"傅沛用力拍了几下手，唤起那些正在打闹的男生们的注意，"这是司徒末，我的宝贝。"

司徒末一手捧花，一手绕到他腰后掐了他一把，好歹这都是一群祖国未来的精英，这样破坏她的行情！

"大家好，叫我末末就好。"司徒末向他们微笑点头。司徒末不喜欢人家连名带姓地叫她，因为她的姓比较古色古香，像武侠小说中的女中豪杰，老让人觉得下一秒钟她就得从背后抽出一把剑开始斩妖除魔、替天行道、锄强扶弱、劫富济贫之类的。

"你就是傅沛藏了四年的末末宝贝啊？"一个坐在草地上的人边拍身上的草边站起来，"他形容得没错，果然国色天香。"

末末看向他，脑袋瓜里只剩下两个字——惊艳。他的浓眉微微皱起，深邃的目光，眼神略显犀利，性感的嘴唇微微上扬露出一个嘲讽的笑。

末末奇怪，她什么时候得罪过这么个霹雳大帅哥？他那明显的讽刺和嫌恶究竟是从何而来？

"那是，我们家末末从来都是国色天香的。"傅沛搂过末末的肩，与有荣焉地说。

末末抬头对他一笑，心里想：傅沛啊傅沛，也只有你才觉得他是真的在夸我。她眼角的余光瞄到那位超级大帅哥眉头皱得更紧了，心里暗叫糟糕，难怪最近都没听说傅大帅哥交新女朋友，敢情是被男同胞缠上了？

"你好，我是顾未易。"来者不善的帅哥伸出手来，"很高兴认识你。"

"呵呵，很高兴认识你。"末末跟他轻轻握了一下手，感觉挺奇怪的，还没踏出校门的她不是很适应握手这种事。

她再一次打量了他一下，这人挺有气质的，硬是把黑乎乎的学士袍穿出一股与众不同的味道来。

顾未易也在打量司徒末。这就是傅沛夸到天上有地上无的宝贝？长得勉强称得上漂亮，但也没什么特别亮眼的地方，也就那双亮亮的眼睛挺吸引人。

接下来末末依次认识了眼镜仔、大胖、阿克。阿克肤色比较黑，于是大家把black翻成中文，叫他布莱克，简称阿克。

第04章

果然理工学校是个相当缺女生的地方，末末今天享受了名模般的待遇，被一群不认识的、据说是傅沛好兄弟的狼虎青年借来借去，然后对着不同的相机微笑，笑到最后她脸都快僵了。

下午两点多一群人才去吃午餐，年轻人本来就容易熟络，两三个小时下来，大家都叫末末"末末宝贝"，末末没有意见，反倒是傅沛气得要死，大呼小叫地不准他们叫。而那个顾未易只是一直在旁边露出阴森森的微笑。

"末末宝贝，给兄弟们介绍女朋友吧，我们要求不高，跟你差不多的就行。"眼镜仔边给末末倒啤酒边说。

末末笑道："原来我是要求不高的标准啊。"

"唉，年轻人不会说话，他的意思是说，像你这么漂亮的就好了。"大胖举起杯子要和末末干杯。

末末犹豫了一下，她有轻度酒精过敏，超过三杯就会起酒疹。她还在犹豫，傅沛伸手把杯子端了过去："我们家末末又不是陪酒的，为什么要和你喝酒，要喝我跟你喝。"

末末眼尖地看到顾未易又在皱眉。她在心里嘀咕，难道这人喜欢傅沛？要不怎么会看自己不顺眼且不喜欢傅沛帮自己挡酒？唔，这条路可不好走，风雨交加的，她再没良心也不想看到傅沛被人带弯，未来过得辛苦。

"傅沛，我想吃铁板牛肉。"末末趴在傅沛耳边说。

傅沛脸突然红了，站起来去夹桌子对面、顾未易前面的牛肉。末末在傅沛把肉放进她碗里的时候，给了对面的顾未易一个挑衅的眼神。

顾未易一怔，假装没接收到她的眼神，和眼镜仔碰杯喝酒，心里却更加鄙视：真是猖狂！上秒还趴在傅沛耳边柔情蜜意，下秒就给他暗送秋波。

手机铃声打断了司徒末自以为挑衅的眼神，她接起来，是王珊。

"末末，你在哪啊？"

"吃饭呢，你吃了没？"

"还没，我朋友跟一个男的走了，我下午跟着你好吗？"王珊有点吞吞吐吐。

"好吧。"要是之前傅沛没跟她说王珊朋友的事，末末会怀疑是不是王珊的借口，但现在她只有同情，"你在哪？我去接你过来一起吃饭。"王珊讲了个地方，司徒末对附近不熟，便把电话拿给傅沛听。

五分钟后，王珊也加入了饭桌，这群理工之狼都是喜新厌旧的主儿，一个个转身对王珊献起殷勤来。

"王珊，吃个辣子鸡，这里的辣子鸡可地道了。"眼镜仔夹着一块辣子鸡往王珊碗里放。

"王珊，我帮你舀碗汤吧。"阿克说。

"我说，末末宝贝，你人真好，刚刚才提的，你马上就落实了，只是这明显不够分啊。"大胖对着末末挤眉弄眼的。

末末随手抄了一支筷子射向大胖："滚，没你份儿。"

"末末宝贝，你好狠。"大胖挪动肥胖的身躯躲过末末的飞筷，正在得意，哪知明枪易躲暗箭难防，另一支筷子飞向他，正中脑门。

"说了不准叫末末宝贝了。"傅沛拍拍手，对末末邀功，"准吧？"

末末拍拍他的脑袋说："不错，可以送去马戏团了。"

一桌人笑成一团。

王珊没听懂他们说什么，愣愣地看着傅沛笑眯眯的样子，觉得他好可爱，她的心都要融化了。

吃完饭，大伙儿接着拍毕业照，末末这才发现王珊是有备而来的。王珊把一个照相机往末末怀里一塞说："末末，帮我们照吧。"然后末末就从上午的模特儿沦落为摄影师。不过末末比较喜欢帮别人拍照，比站在那儿被人拍可轻松多了，而且还可以指使人。

"顾未易，笑一下。"看不惯顾未易那阴沉的死样子，末末决定整整他，"叫你笑，你板个死人脸干吗。"

顾未易不理她，瞪傅沛。

傅沛没空理他们，他的手被王珊死死挽着，想掰又不好意思掰，真没想到这个女的力气这么大，回头估计得擦药油了。

"顾未易，看镜头。"末末见他深情款款地注视着傅沛就来气，他就不能去找与他有共同爱好的吗？非得把好好的一个人掰弯？

"知道了。"顾未易懒洋洋地把视线转向镜头，这女人为了引起他注意还真是不遗余力。

"你还是没有笑。"末末很不爽。

"我对着你笑不出来。"顾未易挑挑眉，然后笑了，大家也跟着一起笑。

只有末末自己知道，他的眼神有多鄙夷，仿佛她是一只大型蟑螂。她瞪了他一眼，按下快门，记录下这群笑得跟傻瓜一样的白痴。

"末末，我都没跟你单独拍。"傅沛好不容易挣开王珊，他抢过末末手里的相机塞给顾未易，"小易，帮我们拍几张。"

末末侧睨了傅沛一眼，小易？叫得还挺亲热。

"末末，不然我在你脸颊亲一口然后拍下来，算你送我的毕业礼物吧？"傅沛觍着脸提议。

"不如我揍你一拳，送个黑眼圈给你当毕业礼物吧？"末末眯着眼说。

"那算了，我搭个肩就好了。"傅沛把手搭上来，笑眯眯地看着她。

"你们到底要不要拍？"顾未易不耐烦，还顺势瞪了司徒末一眼。

司徒末不理他，对着镜头乐和一笑。

顾未易有一瞬间的怔忪，她的笑容来得太突然，太单纯温暖，像清晨细碎的阳光洒进森林。

"喂，你找到快门了没？"司徒末冷言冷语，"不懂就说，不用装懂。"

"末末，那是他的相机。"傅沛好心提醒。

末末瞪他一眼，小样儿，被人卖了还傻乎乎地帮着数钱呢。

傅沛被瞪得一头雾水，只觉得这两人气场怎么这么不和？

还没到晚饭时间，末末就一个劲儿地叫饿，她是真饿坏了，一个下午跟他们打游击似的绕校园找景点，走得她脚都快断了。今天一天下来，她算是服了王珊，踩着高跟鞋跑上跑下的，哼都不哼一声，让人不得不感叹爱情的力量真是伟大！

"等一等，拍完图书馆我们就去吃饭。"傅沛安抚。

"就是嘛，末末，你忍一忍。"王珊也说。

"好吧，我不拍了，你们拍快点。"末末一屁股坐在草地上，对他们摆手，"我是真的不行了，你们把东西都给我吧，我负责看东西。"

顾未易瞥了司徒末一眼，走开。

末末气结，他那什么表情？好像她有多娇气似的。她是真累了，又不像王珊一样需要表现给喜欢的人看，她才不傻，干吗要委屈自己？

吃晚饭的时候，末末埋头吃了三碗米饭，着实吓坏了一桌人。

"末末，你慢点吃，不要吃撑了。"傅沛倒了杯茶放在她面前。

"没事，你别管我，我是真的饿。"末末忙着夹阿克面前的红烧排骨，阿克赶紧把那盘红烧排骨挪到她面前。末末也不客气，笑着说："谢了。"

"不用。"阿克腼腆地挠挠脑袋憨厚一笑。

"阿克，末末是我的，不准胡思乱想。"傅沛突然跳出来说。

"你闭嘴。"末末骂了一句，眼睛不小心撞到顾未易冰冷的视线，不客气地回了他一个更冰冷的眼神。

傅沛送走末末回宿舍，一进门就看到顾未易躺在床上看书，忙道："小易，你把照片发给我啊。"

"我还没放上电脑。"顾未易眼睛完全没离开书。

"现在就去放啊。"

"明天再放。"顾未易翻了一页书。

"我想看今天和末末拍的照片。"傅沛催他，"小易，快点。"

"不要叫我小易。"顾未易用力合上书。受不了这个家伙，从大一就开始叫他小易，怎么反对都没用，平时他懒得理，今天居然在司徒末面前也这样叫他，他当时就明显看到了她脸上的嘲笑。

"你现在去放照片，我从此不这么叫你。"傅沛保证。

"好，你说的。"顾未易起来开电脑，最近他很少在学校，电脑被眼镜仔装了不少游戏软件，打开的速度变慢了很多。

"你别站在我背后。"顾未易对一直站在他身后的傅沛说。

傅沛只好去洗澡。顾未易一直都是这个死样子，什么都事不关己，一点人气都没有。帮他取个小易的外号是为了让他平易近人一点，哪知道根本没有，连末末都讨厌他，送她回校的路上她一直都在说顾未易的坏话。

顾未易点开照片，第一张就是司徒末，应该是谁偷拍的，她坐在草地上低头揉脚，有点接近黄昏的光线，她被夕阳镀上一层金黄色，尤其是垂下来的发梢和眼睫毛，好像有阳光在上面跳跃。她的背后是墨绿的草地，和一个拉得长长的、淡淡的影子。嗯……这女人蛮上镜的，皮肤很好，眼睫毛很长，嘴巴小小的但老是抿得死紧，一副很倔强的样子。总之一句话——拍这张照片的人，摄影技术很好。

他点下一张图片，是她和傅沛，两人笑得像傻瓜。

下一张，傅沛和她的同学。

下一张，阿克和傅沛和她的同学。

下一张……他发现，她拍的照不多，难道都在别人的相机里？

顾未易对着屏幕说："阿克，我把今天的照片发给你，你发你相机里的给我。"

两张桌子之隔的阿克闻言转过来："哦，好。"

第05章

用八个字来形容大四的生活——醉生梦死、惶惶终日。

末末有天看到一句话——走别人的路，让别人无路可走。她觉得好笑之余难免又有点难过，那到底是谁走了她的路，让她觉得自己无路可走？

也不知道是所有的毕业生都有这种感觉还是只有末末一个，她总觉得未来很迷茫，有点无法想象三四个月后的日子，那时的她是什么样子呢？每天像被压缩在罐头里的沙丁鱼一样挤着公车去上班，晚上踏着月光回到租来的方寸之地入眠？还是她根本就找不到工作，在朋友同学的嘲笑中回家等着家里人安排工作和相亲？

"末末，你收到傅沛的照片了没有？"王珊凑过来问，打断了末末的胡思乱想。

"还没，这几天我没怎么跟他联系。"末末说。

"那你把联系方式给我吧，我自己问他要去。"王珊说。

末末犹豫了五秒，还是把傅沛的号码发给了她。一个女孩子能做到她这种地步也算是勇气可嘉了，作为朋友只能在旁祝福了，谁知道呢，说不定他们就成了呢。

这个时候的末末完全没有料到将来有一天她会多后悔今天这五秒钟的心软。

第06章

司徒末上个学期回家前随手投的公司居然打电话来叫她明天去面试，但电话里听起来挺不靠谱的，面试的时间定在早上八点，地方又偏僻，她从接到电话到现在一直都在考虑要不要去。上网查了一下那个公司的地址，发现和傅沛的学校挺近的，于是决定打个电话给傅沛。

"末末啊，难得你会打电话给我，我乱感动的，此生无憾了。"傅沛在电话那头大惊小怪。

"你少夸张了，你知道××这个地方吗？"末末被他的夸张逗笑了。

"知道啊，干吗？"

"我明天早上八点要去这附近面试，那里治安怎么样？"末末问。

"这么早？反正你会路过我们学校，我陪你去吧。"傅沛说。

"不要，你睡不醒的。"末末这么说是因为傅沛有前科。高中时约好一起去爬山，说好七点学校门口集合，他九点多才出现，害她和徐婕儿在学校门口整整等了两个来小时。徐婕儿是他当时的女朋友，也是末末的好朋友，这里面还有一个漫长而俗套的故事。

"我不放心你一个人去那个鬼地方，我一定会醒的，不然我起来了打电话给你。"傅沛着急地说，"我七点就打电话给你，如果我没打，你就不要理我，自己去。这样行了吧？"

"好吧。"真一个人去，末末心里也发毛，"你最好不要给我睡过头！"

"安啦。"

第二天一大早，末末就起床准备。她化了个淡妆，穿了正装高跟鞋，自己看看镜子都觉得有点不敢相信镜子里的人是她，两个字——别扭。想到待会儿还要用这么别扭的样子见到傅沛就想把自己给掐死算了。

在××理工大学的公车站下车时，傅沛已经等在那儿，看到末末，他吹了声口哨："小姐，靓哦。"

她拿手里的包包打他，他跳着闪来闪去："你谋杀亲夫啊。"

司徒末下手更狠了，他被打得哇哇叫。

两人叫了计程车直接到那家公司楼下，那个地方除了两三栋大楼就是公路和草，感觉平时都会有狼群出没似的。

不过公司里面还是挺正规的，前台小姐叫司徒末上五楼去面试，她问道："请问大概要多久呢？"

前台小姐回答："一个小时左右。"

末末跟傅沛说："你还是不要等我了，我面完试去你学校找你，到时请你吃饭。"

"没关系，我在外面等你。"

"别，这样我会有压力。我面完了打电话给你，你再来接我好了。"

傅沛考虑了一会儿说："好吧，那你面完给我电话，不要紧张，加油哦。"

面试挺随便的，还不到半个小时就结束了。就一个女的用英语和她聊了一会儿，问了问经验和薪水之类的，司徒末对外贸没什么经验，就实话实说了。那女的没说什么，让她回去等通知。一般这种状况就是没戏了的意思，但末末并不在意，毕竟一想到若是在这么个鸟不生蛋的地方工作，真挺郁闷的。

她在马路上走了好长一段时间都没拦到计程车，也没找着公交站牌，只好给傅沛打电话让他打个的过来接，但电话半天都没人接。

走着走着，她发现有些不对劲。一辆摩托车在她身后突突突突地绕着，她心一紧，这个城市是禁摩托车的，哪来的摩托车？她一手拉紧挎在肩上的包包，一手偷偷地从包包的侧边口袋掏出手机放入上衣口袋，然后加快脚步，心里默默地祈祷着。

摩托车从她身边呼啸而过，坐在后座的人伸手过来扯她的包包，她一惊，连忙把手放开，但还是太晚了，连人带包被扯出了好几米远，等她挣扎着从地上爬起，摩托车早已没了踪影。手臂和小腿刺痛，她猜应该流了不少血，但她不敢去看，她晕血。

末末吸着凉气掏出手机，打给傅沛，没人接。又打给舍友，也没人接。

她只好挣扎着继续向前走，在一家还没开门的店门口坐下，从手机电话簿里翻找出傅沛宿舍的电话，打了过去。

"喂，找哪位？"声音听不出来是谁。

"傅沛。"末末吞下快到喉咙的哽咽。

"他不在。"

"他去哪了？"

"不清楚。"

感觉对方就要挂电话了，末末忙说："我是司徒末，你是谁？"

对方安静了五秒钟，才说："顾未易。"

末末超郁闷，谁来接电话不好，偏偏是他，她犹豫了一会儿还是开口了："能不能麻烦你打个车来接一下我，我刚刚被抢了，现在在××路的××店门口。你不方便帮我找一下傅沛也行，我受伤了。"

"好，你等我。"顾未易说，然后是一阵窸窸窣窣的找东西的声音，"给我你的电话号码。"

末末报完号码就听到那边咔的一声挂电话了。

末末收了电话，想缩起腿来抱着，但手一碰到就觉得很痛，只得作罢。她一直不敢看自己的脚，只得失神地看着远处。

顾未易在校门口拦了辆车匆匆往司徒末说的地方赶，她说的地方离他们学校不远，很快计程车就到了那条路上，他让司机放慢速度，慢慢地搜索着她的身影。

远远地发现司徒末时，他以为会看到一个哭得跟泪人儿似的小女人，没想到她只是紧紧地咬着下嘴唇，眼线在下眼睑晕开了黑黑的一圈，眼泪在眼眶里打转却始终没有掉下来。

他皱着眉头看她，小腿血淋淋的，去了一大片皮，衣服的袖子也破破烂烂的。他突然就觉得一股莫名的火蹿上来。

顾未易从计程车下来的那一霎那，末末觉得，他就像是上帝给她派来的天使。米白色的上衣，牛仔裤，球鞋，他站在她面前，晨光中，他的头上好像有一个金黄色的光环，身后长出了一对洁白的翅膀。当然，这位天使大哥不要跟吃人似的瞪着她就更好了。

顾未易伸手去拉司徒末，她就着他的手想顺势站起来，却因为手和脚的刺痛低呼了一声。

顾未易放开拉她的手，半蹲下来，说："抱稳。"

末末还没反应过来就被他打横抱起来，她惊呼一声攀住他的脖子。他把她小心地放进计程车后座，自己绕到前座去，对司机说："司机大哥，到最近的医院。"

司机边发动车子边好奇地问："小姑娘怎么受伤了？"

末末勉强笑着回答："有人抢我包，被车拉着拖了几米。"

"小姑娘这样都不哭，真勇敢。"司机大哥一手握方向盘，一手还对着后座竖起大拇指。

顾未易透过后视镜看她强颜欢笑的脸和血淋淋的腿，忍不住又皱起了眉头。他拿过司机面前的一盒纸巾，递给后座的司徒末："擦一下你腿上的血。"

"哦，谢谢。"末末接过纸巾，放在空着的座位上。

顾未易见她完全没有动作，忍不住问："不擦掉？"

末末忍不住在心里诅咒了一下他的龟毛，但还是好声好气地说："不用了。"

"等下血滴到人家的车上怎么办？"顾未易忍不住说重话。末末那流满了血的腿让他莫名不爽，而且被血盖着，完全看不到伤势的轻重。

"啊没关系啦其实。"司机插进来说了一句。

司徒末恨不得把身上的血都抹到顾未易身上，气死她了，害她之前还以为他是好人。

"擦啊，你磨蹭什么？"顾未易等不到她动手，又催了一句。

"你烦不烦啊！我晕血，怎么擦？"末末不耐烦地吼了一句，她自知长得不是娇滴滴的模样，所以晕血这个毛病她向来能不说就不说的。

顾未易一愣，才对司机说："司机大哥麻烦靠边停一下。"他拉开前车门下了车，然后开了后车门坐了进来。

末末一怔，该不会说他烦就要被扁吧？

顾未易从纸巾盒里扯出几张纸巾，俯下身轻轻地擦拭掉她腿上的血。他看着她腿上渐渐露出的皮肉，不仅是血肉模糊而且还有一些沙子陷在肉里，心里好像有把火腾腾地燃烧着。

末末僵硬地坐着，不敢看他的动作，只得一个劲儿地盯着他头顶的发旋，心跳得飞快。

第07章

顾未易在一旁看着护士给司徒末洗伤口。双氧水往她腿上一倒，司徒末的脸瞬间皱成一团，像一只可怜兮兮的沙皮狗。

顾未易强忍下想笑的冲动，走过去想握住她的手："抓住我的手吧。"

末末把手缩了回来："谁要抓你。"神经病，她的手掌虽然没流血但也擦破了皮，碰到还是会痛的。

顾未易很是无奈，看来司徒大小姐还因为计程车上的事在生气。刚刚司机大哥说小姑娘运气算好的了，没发生别的事。司徒末听到的时候一怔，才反应过来她有可能会被劫财劫色。他明显地感觉到她轻微的颤抖，原来她也会害怕？他状似无意地回司机的话："人家贼也是有眼睛的。"果然司徒末火冒三丈，完全忘记了害怕。这不，还生气呢。

不抓就不抓，顾未易耸耸肩，走开给傅沛打电话，顺便去外面买了包湿纸巾，回来发现她把外套脱了下来，护士正在给她的手肘上药。居然连手肘都受伤了！

"傅沛说他马上赶过来。"他边拆开湿纸巾边说。

"哦。"她的脸抽搐了一下，这涂的什么药啊，痛死她了。

"药擦好了，待会儿我过来打个破伤风针就可以了。"护士推着车子走了。

"把脸擦一擦。"顾未易把湿纸巾从塑料包装里拉出来递给司徒末。

末末伸手来接的时候刚好一滴水从湿纸巾上滴落到她的手掌中，她反射性地缩回来："不用了。"湿纸巾上的水含有酒精，滴在她手掌破皮的地方，痛得她想骂脏话。

顾未易抓过她的手，翻过来看手掌，火了："这里也受伤了？为什么不让护士给你涂药？"

他稍显严厉的口气吓得她一缩，愣愣地说："只是破皮，手掌破皮很快就能好的。"

顾未易自知刚刚口气冲了点，缓下来说："就算是破皮也得擦药，我去叫护士。"

"不要啦，那药擦上去好痛。"末末哀求，"手掌真的好得快，而且又没流血。"

顾未易奇怪地看着她，两条腿都血肉模糊成那样了她也不叫痛，就手上这点破皮反而大呼小叫？

"脸伸过来。"他说。

"干吗？"末末问。这人说话真好笑，脸怎么伸啊？

"擦掉你脸上的五颜六色。"

"哪里有五颜六色，顶多就黑色。"末末不情不愿地把头伸过去。

顾未易用力地擦拭她眼睛附近黑乎乎的东西。见鬼了，怎么这么难擦干净？

"喂，你轻点，你想毁我容啊？"末末哼唧。

"你用不着我毁。"他睨了她一眼。

末末深吸了一口气，告诉自己：司徒末，他现在是你恩人，不能恩将仇报，而且杀人要偿命，不可以！

"末末。"外面传来傅沛的声音，会在医院里大呼小叫也只有他这个家伙了。声音才落，他像一阵风似的刮了进来。

"末末，你没事吧？"傅沛冲到她面前，很紧张地问。

"死不了。"末末没好气地说。不接她电话是吧？

"对不起啦，我打篮球去了，手机没放在身上。"傅沛愧疚，"让我看看你怎么了。"他走近司徒末，顾未易不得不退开来。

"好啦，没事啦，没什么好看的。"末末躲开他的触碰。

"都这样了还说没事？"傅沛心疼地问，"痛不痛啊？"

"废话，当然痛了。"末末白了他一眼，忍不住说，"就知道你靠不住。"

"对不起，都是我不好，我没照顾好你。"傅沛求饶，就怕她真生气。

"算了，是我自己不小心。"末末知道自己没什么立场责怪他。

顾未易把手里的湿纸巾往傅沛手里一塞："把她的脸擦干净，也不知道用的是什么化妆品，跟墨水似的。"说完就径直走了出去。

"他怎么了？一脸不高兴。"傅沛问末末。

末末耸耸肩，谁知道啊，估计是傅沛跟她靠太近了，老人家吃醋了吧。真衰，她还落入了这种三流情节，可惜她只是个女配。算了，看在今天顾未易帮她一场，以后就不破坏他的掰弯大业了。

傅沛轻手轻脚地擦末末脸上花掉的妆，发现真的很难擦掉。

顾未易跟着护士进来了，末末看到护士推着的车子里有刚刚给她搽的那种药，忍不住就瞪了一眼顾未易。

"擦药，打针。"护士面无表情，还埋怨了句，"还有伤刚刚也不一次说完。"

傅沛和顾未易走出房间，在走廊的长凳子上坐着聊天。

"今天真是谢谢你啊。"傅沛捶了顾未易的肩膀一拳。

"不用。"顾未易淡淡地说。

"唉，早知道我就不去打篮球了，都是阿克害的，我说不去还硬拉着我去。"傅沛叹了口气，"末末本来就不待见我，这会儿肯定把我划出她的择偶标准了。"

顾未易随口问："她什么择偶标准？"

"我也不知道，否则我也不会拖到现在。"傅沛很无奈地说，"我都不敢追她。"

"你对她还不够明显啊？是个人都看出来了。"顾未易实话实说。

"她试图跟我说过一两次，我都把话题岔开了。"

"为什么岔开？"

"怕她拒绝。"傅沛笑笑说。

"她说不定是在玩欲擒故纵的把戏，目的就是让你欲罢不能。"顾未易半开玩笑地说。

"我觉得你对末末有偏见。"傅沛说，"从上次毕业照的时候我就发现了，你对她很不客气。"

"可能。"顾未易就事论事，"听了你在我耳边唠叨了司徒末这三个字四年，你对她的感情是毋庸置疑的。但这四年来你身边的女朋友跟走马灯似的换来换去，而且每个女朋友分手的原因几乎都是因为她，所以我觉得问题可能出在司徒末身上。"

"其实……"傅沛正想说什么，护士就开门走出来问："你们谁是她男朋友？去交费。"

"美丽的护士小姐，她的腿会不会留疤啊？"傅沛没头没尾地问。

"只要不发炎就不会，你让她这段时间不要让伤口碰到水。"护士相当和善地说。果然是人都爱听好听话。

"好，谢谢护士小姐，我跟你去交钱吧。"傅沛跟着护士去交钱。

司徒末自己扶着墙出来了，顾未易也不过去扶，双手交叉在胸前看她蹒跚地挪着步子。

"顾未易，今天的事谢谢你。"司徒末挪到椅子上坐下，"你放心，以后我绝对不会是你的挡路石。"

"挡路石？"顾未易莫名其妙，她什么意思啊？

"就傅沛啊。"

"傅沛？"

"干吗啊？"傅沛交完钱回来，刚好就听到他们在说他。

"没有啦，药呢？"司徒末岔开话题。

"啊，我忘了拿药。"傅沛一拍后脑勺，"我去拿。"

"等等，一起走吧。"末末说，挣扎着站起来。

"唉，我背你出去吧。"傅沛在她面前蹲下，末末小小地退了两步，有一点不知所措。

"干吗啊，又不是没背过，快点啦。"傅沛嚷嚷着。

末末小心翼翼地趴上去，傅沛笑着把她背了起来："你好重啊，减肥啦。"末末捶了他一拳，手痛，又缩了回来，鼻子突然一阵发酸，是太痛了吗？

的确，这不是他第一次背她。高二那年，她、傅沛、徐婕儿去爬山，下坡的时候徐婕儿嚷嚷着脚痛，硬是要傅沛背，傅沛就真的背着她走了很长的山路，末末安静地跟在他们后面出神。出神的下场就是她被树藤绊到，把脚扭了。然后傅沛放下了徐婕儿，背她下山。长长的山路，末末真切地感到什么叫如芒在背，徐婕儿的眼光像一把把刀，插得她千疮百孔。那次回到学校，徐婕儿和末末冷战了一个星期。

几乎每个女孩子在成长中都会遇到这么一两个朋友，她漂亮、聪明、开朗、家里有钱，就像是公主一般的人儿。然后不知道为什么你们成了好朋友，你很喜欢她，很羡慕她，很……妒忌她。你常常为了讨好她而为她做很多事，帮她做作业、帮她打水、帮她骗老师、帮她引起她喜欢的男孩注意——其实就是小姐和丫鬟的现代版本故事。

当年的徐婕儿是小姐，司徒末就是丫鬟。

当年的司徒末喜欢傅沛，没什么奇怪的，傅沛长得帅，成绩好，跟司徒末走得又近。十七八岁的年纪，懵懂的情愫总得找个出口，司徒末选择了暗恋傅沛，她的少女情怀除了徐婕儿谁都不知道。本来这应该是司徒末一个人的暗恋故事。但是某个长假后回到学校，徐婕儿告诉司徒末她和傅沛交往了，眨巴着水汪汪的大眼睛问司徒末："末末，你不会怪我吧？你知道的，你是我最好的朋友了，你会祝福我的，对吧？"司徒末点点头，伟大地成全了他们的爱情故事。那个年纪的孩子连续剧看太多，误以为这样就能友谊天长地久。

顾未易从凳子上站起来，眼尖地看到末末眼角一闪而过的泪花，他们到底有过什么样的故事？

第08章

末末是被傅沛抱上楼的。

傅沛坚持要抱她上楼，她拗不过他，两人在女生宿舍楼下杵太久也不好看，末末只得算了。

来开门的是王珊，她的脸在看到傅沛抱着她的瞬间僵了一秒，然后又荡开微笑。

"怎么了？"王珊的视线没有离开过傅沛的脸。

"她受伤了。"傅沛抱着末末走进宿舍。

宿舍里其他的人都凑了过来。

梦露看到末末脚上惨烈的战绩尖叫了一声："怎么搞成这样的？"

"我在路上勇擒歹徒，被扁了。"末末笑着说。

"亏你还有心情开玩笑。"虎妞啧啧地叹了两声，"你这脚都能上医学杂志了。"

"你是哪家的医学杂志啊，这都能上。"末末好笑地说。

"别扯些有的没的了，到底怎么回事啊？"梦露皱着眉头问。

"我被摩托车党抢了，拖了几米，就这样。"末末说。

"就这样？"虎妞哼了一声，"你这样子，得多久才能好啊？"

"医生说不要碰水，不要摩擦到，大概两三个星期能好。"傅沛好不容易插上话，"这阵子可能要拜托你们照顾她了。"

"没问题。"王珊适时跳出来，"你放心好了。"

"那就谢谢你了。"傅沛毫不吝啬地给了王珊一个大大的笑容，"今天中午我请大家吃饭。"

梦露望向司徒末说："那你怎么办？"

"你们回来给我打包就行了。"末末说。

"白痴，我抱你下去就行了。"傅沛理所当然，"等到我们吃完你早就饿死了。"

"这样太麻烦了。"王珊急忙说，"不如我现在就下去给末末买吃的，待会儿大家再一起去吃。"

梦露哼了一声，一脸不爽。

"这么丢脸的事我一次还不够啊？"末末扯了一下梦露的衣摆，话却是对着傅沛说。

"那……不如下次我再请客？"傅沛犹豫了一下，"待会儿我去给你们买好吃的回来。"

除了王珊一脸失望外大家都没什么意见。傅沛简单问了大家想吃什么之后就出去了。

"外人"走了之后，虎妞和梦露开始问东问西。

"你骨头之类的没受伤吧？"虎妞担忧地看着她。

"没有啦，这样都够惨烈了。"末末摇摇头。

"你怎么搞的啊？面个试代价也太大了吧？"梦露带点埋怨的口气。

"对啊，你怎么这么笨啊。"虎妞带点心疼的口气，"包包给他就行了嘛，身外物而已。"

末末讨好地笑着："我来不及放手啊。"

"你们别说了，末末都够难过的了。"王珊突然说。

被她这么一抢白，大家都沉默了。

傅沛给她们买了一大堆吃的回来，女生宿舍有个规定，男生来访不能超过一个小时，他交代了一些要注意的事和吃药的时间就一步三回头地走了。

傅沛回到学校，顾未易在阳台洗衣服，他过去搭话："怎么挑这种时间洗衣服？"

"衣服沾到血了。"顾未易把衣服从盆子里捞出来，"司徒末怎么样了？"

"还好，应该是没事了。"傅沛瞅一眼他手里的衣服，问，"我没到医院之前她有没有哭啊？"

顾未易拧衣服的动作顿了一下，他是看到她一闪而过的泪光，但是那时傅沛已经到医院了，所以……他用力地拧出衣服上的水，淡淡地说："没有。"

"真是服了她，一个女孩子，都伤成那样了，一滴眼泪都没流。"傅沛感叹地说。

"是挺厉害的。"顾未易点点头，不再多说什么。

"其实。"傅沛突然有一肚子的心事想倾吐，"我跟末末在一起过。"

顾未易伸手去拿衣架，余光瞟了他一眼。

"其实我也不知道算不算在一起。"傅沛挠挠脑袋，有点不好意思，"高二那年我和末末的好朋友交往，她很任性，常常跟我吵架，某次午休的时候教室里没人，她又哭又喊地和我吵，我一气之下就把教室的玻璃砸了。当时末末刚巧吃完饭回来，看着满地的碎玻璃和大哭的朋友，她气得脸涨红，抡起拳头就要揍我。当时我不知怎的，突然觉得她好可爱。"

顾未易不作声，等着他往下说。

"挺变态的吧？后来我就忍不住老是留意末末的一举一动，后来我也不记得发生了什么事，反正我就和女朋友分手了。之后我用失恋的名义骗末末每天陪我吃饭看书聊天。"傅沛沉浸在自己的回忆里，"然后我白痴地选择了愚人节跟她表白，她居然就答应了。"

"后来怎么分手的？"顾未易忍不住问了一句。

"一个星期后她才知道那天是愚人节，生气了，说要分手，就分手了。"傅沛自嘲地笑，"我这叫自作孽不可活吧。"

"就这样分手了？你没有挽留？"顾未易觉得不可思议。

"当时我觉得她小题大做，拉不下脸来哄她，而且老觉得她就在我眼前，跑不了。"傅沛耸耸肩，"其实到现在我都不知道她到底在气什么。"

顾未易想说点什么，但又不知道怎么说，感情本来就是奇怪的东西，谁讲得清楚呢。

末末躺在床上发呆，全身的骨头没有一块是不疼的。今天真是漫长的一天啊。

"末末啊，你饿不？"虎妞问她。

"不饿，没什么胃口。"末末摇摇头，"刚刚傅沛买了些什么东西回来？"

"零食呗，也不给你买点粥之类的。"虎妞随口说，"人挺好的，就是挺不懂照顾人的。"

"人家给你买东西吃你还好意思这样说人家。"王珊从座位上探过头来用开玩笑的口气说。

"哟，你这不还没过门呢，就开始护起来了啊？"梦露插话，也用开玩笑的口气。

"梦露，你说什么呢！"王珊扭扭捏捏地说。

"其实，男人不贴心不要紧，最重要的是真心，其他可以慢慢训练。"虎妞感叹，"其实傅沛挺真心的，对你可是四年如一日啊。"

"切，他大学四年交的女朋友可以组一支足球队。"末末不屑。

"说不定那只是野花嘛，他一直在等你这朵家花呢。"梦露也跟着瞎搅和，"你怎么就从没考虑过他呢？"

"人家末末都说没那回事了。"王珊忍不住说。

"对，没兴趣。"末末赞同。

"算了，你那嘴巴比蚌壳还紧，啥都撬不出来，没意思。"虎妞耸耸肩走开了。

梦露看了末末一眼，莫名其妙地丢下一句"都不知道你在怕什么？"也走开了。

末末苦笑，对于傅沛，她还真的是怕了。

当年的她应该是脑袋被门挤了才答应和他在一起的吧。

那是黄昏，傅沛和她在校道上走，他一边走一边教她怎么用一只手指转篮球，她怎么都学不会，气恼地把篮球丢还给他。他抱着篮球，身上的白色校服因为被汗水浸湿而贴在身上，夕阳的余晖给他镀上一层金黄色，他微笑着说："末末，不如做我女朋友吧？"

她被他吓了一跳，条件反射地低头，水泥地上两道被夕阳拉得长长的影子，她心底一暖，就点头了。

当天晚上，她眼前都是他的微笑，脑子里反复萦绕着他的声音："末末，不如做我女朋友吧……末末，不如做我女朋友吧……末末，不如做我女朋友吧……末末……"

她当时是顶着众叛亲离的巨大压力和傅沛交往的，徐婕儿狠狠地骂了她一顿后跟她绝交，同学都在背后议论她，这些她都顶下来。不过，就算是这样也是甜蜜的，下课的时候一起去小卖部吃个冰淇淋；上课的时候在老师的眼皮底下互换一个眼神，相视而笑；自习的时候传传小纸条，写一些有的没的……

那时的她是很喜欢很喜欢傅沛的，一个星期内为他写了厚厚的一本日记，想等到他生日那天送给他的。可惜来不及……想到这里，末末从枕头底下摸出一本笔记本——当年她写给傅沛的日记。她大学四年一次都没有翻开过，她特地带在身边是想提醒自己，千万千万不能再对他动心。

末末翻开笔记本，扉页上画了很多颗小爱心，她忍不住就想笑，果然少女情怀总是春啊。翻过扉页，第一页只写了一句话。她看着自己当年稍嫌幼稚的字迹发愣。

末末用力地合上笔记本。她当年那么认真、那么勇敢地对待他们的感情，一切的开始居然只是他愚人节的一个不经意的玩笑。而且，她其实只生了一天的气，剩下的一个星期内一直在等他好好哄她，给她个台阶下，但是他没有，连一句对不起都没有，他只是说我们还是好朋友吧？然后就闪电般交了个新的女朋友。好朋友是吧？他能做到，她当然也能做到！

被末末丢在床尾的笔记本微微翻开，有点暗的光线下隐隐约约可以分辨出一个句子：你的微笑，喧嚣了我整个青春。

第09章

傅沛被末末冷落了，虽说她就没热络过。但如果说以前他只是不受宠的后宫佳丽，那现在他绝对是被打入冷宫的妃子。他每天打好几通电话去关心她的伤势，得到的都是"嗯，谢谢，好多了，我有事，下次聊……"之类客气而疏离的答案。他想了好几天，完全想不出她到底闹的是哪门子别扭，一气之下就跑到她学校去，在宿舍楼下给她打电话。

"喂。"

"末末，我在你们宿舍楼下。"

"你来干吗？"她的声音冷冷淡淡的。

"找你啊，不然能干吗？"他最近压了一肚子气，讲话好听不起来。

"我下楼不方便。"她说。

"你不是说好多了？下来，不然你叫个人来带我上去。"傅沛并不妥协。

"知道了，我下来。"

司徒末挪着步子下楼，腿上结了大片大片的痂，动的时候要很小心，不然会扯到。她站在楼梯转角处看了傅沛一会儿，他手插在口袋里，脚下踢着一颗小石头，有点不耐烦的死样子。她犹豫了一会儿才往下走，她实在是不想跟他吵架，因为她知道他吵起来有多疯狂。

那是高考填志愿的时候，傅沛每天绕在她身边想从她口里套出她报了什么学校，但她实在是不想大学四年都得看他一个个地换女朋友，想离他远远的，慢慢地把他剔除出她的生命，所以怎么都不肯说。最后傅沛火了，把操场边的垃圾桶踹翻，扬长而去。

她站定在傅沛面前，不带感情色彩地问："怎么来了？"

"你是不是在怪我？我有说要等你的，是你自己不要的，现在反过来怪我是怎样？"他单刀直入地说。

末末一时茫然，顿了几秒才知道他在说面试那天的事，摇摇头："没有，我没有怪你，又不关你的事。"

"怎么就不关我的事了？"他被她撇清的态度惹毛，"你有必要跟我划这么清吗？我们不是好朋友吗？"

"我没那个意思，你别胡思乱想。"末末对他说。其实她就是想划清，有多清就划多清。

"是你阴阳怪气还说我胡思乱想？"傅沛一火声音就提高，"那好，你说不怪我，那你最近为什么对我爱理不理？"

"傅沛，我们是朋友对吧，没有朋友会每天通好几次电话只为了讨论天气和吃了什么东西的。"她坦白，"就算是再好的朋友也一样。"

"所以就是为了这个？你嫌我烦？"傅沛冷冷地瞪着她，"我一直都是这样子的，你现在才开始嫌我烦，会不会晚了点？"

"我不是嫌你烦，嘘寒问暖是你女朋友的权益，我没有资格，懂吗？"她好声好气地跟他说。

"不懂，我现在又没有女朋友，况且就算我有女朋友又怎样，我想对谁好难道还得她同意？"

"你之前有多少个女朋友跟你闹过这件事了？"末末突然问。她其实知道傅沛的往届女朋友们对她的存在都很不爽，她也尽量能躲就躲，能避就避，避不开的就好好跟她们解释。她还记得有一个女的打电话给她，开口就是一句狐狸精，把末末给骂傻了，这么过时的称呼让末末不得不感叹当代大学生词汇量的匮乏。她当时解释了十几分钟，对方还是骂骂咧咧的，一口一个贱人，末末就火了，用她人生中学会的所有脏话问候了对方，之后打了个电话用同样的词汇问候了一遍傅沛。后来她就再也没接过这种类型的电话。

"你扯这个干吗？"傅沛皱着眉头问。

"傅沛，你是不是喜欢我？"末末犹豫了一会儿还是问了。

傅沛被她的直接吓了一跳，不自在地把手插进口袋里："怎么会这么问？"

"想问清楚。"她说。

"我……算是吧。"傅沛支支吾吾，"我们以前算是交往过吧，那交往过当然喜欢了。"

"不要喜欢我。"

"你什么意思？"傅沛抓住她的手。

"就是我不想成为你喜欢的人中的一员。"她挣开他的手，"你回去吧，我下午有事。"

"你不要太过分。别仗着我有点喜欢你就摆谱。"傅沛火大地踹了路旁的树一脚。

"你完全可以不要理我。"

而她也完全不稀罕他那"一点喜欢"。

"司徒末！你到底想我怎么样？"他拉住她的手不让她走。

"我不想你怎么样，我就是觉得你至少欠我个道歉。"

"我道哪门子的歉，之前在医院不是跟你说过对不起了吗？"

"我是说愚人节的事。你欠我一个道歉。"她知道翻旧账很可耻，但不翻又很可恨。

"都什么时候的事了，你还翻出来讲，你也太小心眼了吧？"

"哈，女人心眼小是千古流传的真理，你才知道啊？"末末怒极反笑，"算了，我不想和你吵架，回去了。"她抽不开被他抓住的手，回头瞪他一眼。

"好，我道歉。"傅沛面无表情，"这样可以了吧？"

末末没有料到他会真的道歉，愣了五秒，才讷讷地说："可以了。"

"那一笔勾销？"他低下头看她。

"嗯。"末末点点头，他怎么越靠越近啊？"傅沛，警告你，别靠过来了。"

"知道了。"他撇撇嘴，直起身子，"我回去了。"

傅沛走了两步之后停住脚步，背对着她说："末末，如果我只有你一个呢？"说完也不等她回答就径直走了。

司徒末安静地看着他走远，心里百转千回。她太了解傅沛了，要他定下心来，比从煤里挖出钻石来还难。所以没有如果，就算有，她也不赌他的如果。

很快，末末就发现傅沛和王珊打得火热，每次王珊接了神秘的电话后就会娇羞地走过来问司徒末："末末，傅沛问你的伤怎么样了。"

"死不了。"末末都是很冷淡地回答。

某个晚上，傅沛打电话给司徒末。

"末末？"

"嗯。"末末坐在床上手里抱着她当年给他写的日记，一页一页地翻着。

"我最近跟你的室友很聊得来。"他试探地说。

"你想说什么就直说吧。"末末撕掉几页日记。

"如果我跟她交往呢？"傅沛小心翼翼地问。

末末攥紧手里的纸："问我干吗，你跟她交往又不是跟我交往。"

"你不喜欢我跟你身边的人交往的。"他说。

"我喜欢不喜欢不关你的事。"她又扯下几页日记，"你爱跟谁在一起就跟谁在一起，我管不着也不想管。"

"末末，你在生气。"他声音带笑，"你喜不喜欢当然关我的事，不如做我女朋友吧？"

末末拿着手机的手一抖，一模一样的话啊……

她用力地撕掉最后几页日记，缓缓地说："傅沛，这么多人去死，你怎么不去死？"

"哈哈，末末，你好可爱啊。"傅沛放声大笑，"不跟你说了，我去勾引你室友，到时你可别后悔哦。"

"滚。"司徒末挂上电话。

如果说末末之前对傅沛还抱有一丝希望的话，那现在他很成功地掐灭了希望的火苗。这几年来，司徒末都在假装自己不在乎，不在乎傅沛给不给她打电话，不在乎傅沛又交了女朋友，不在乎傅沛到底对她是什么感觉……她假装得好累，所以她不玩了，他爱咋地咋地，爱跟谁纠缠跟谁纠缠，从今往后，别再指望她为他动一丝暧昧的念头。

"末末，你没事吧？"唯一留在宿舍里的梦露难以避免地听到了他们的对话内容。

"没事。"末末深吸一口气，"我的腿好痒啊。可能痂要掉了。"

"上点药吧，别抓，不然会留疤。"梦露犹豫了一下，还是说了，"末末，难受的话说出来可能会好一点。"

"高二那年，傅沛和我表白，然后我们交往了一个星期，然后我无意间发现他表白那天是愚人节，我很生气，跑去质问他，他满不在乎地说我还不是怕你拒绝我嘛。我一气之下就说要分手，他答应了，然后很快交了新女朋友。"末末苦笑，"我为了和他在一起却得罪了我的好朋友，哦对了，他在我之前的女朋友是我的好朋友。"

"看不出傅沛还挺贱的。"梦露叹了口气，"我还以为他是好男人呢，他刚刚跟你说什么？"

"他说他想和王珊交往，问我可以吗。然后又问我要不要做他女朋友。"末末把手上的纸慢慢地揉成一团。

"哇,够贱的。他也太不要脸了吧?"梦露义愤填膺,"那你怎么说?"

"没听到么,我叫他去死啊。"末末笑,发现说出来之后心里舒服很多。

"你不会还喜欢他吧?"梦露突然想到什么似的问。

"现在不喜欢了。"末末把手里的纸团瞄准桌子旁的垃圾桶,投篮,得分。"我现在比较担心的是王珊。我认识傅沛那么久,还没见他和哪个女孩子交往超过三个月以上的。"

"自求多福吧,也不是说没劝过她,人家要谈恋爱你还能拦着啊。"梦露看末末的手蠢蠢欲动想去抓痒,拍了她一下,"别抓。"

"好啦。"末末把手缩回来,把日记揉成纸团投篮玩。

第10章

末末的伤快好了,痂一块一块地往下掉,跟蛇蜕皮似的,自己看着那鲜红鲜红的肉都恶心,连累宿舍的大家都好几天没敢吃肉类产品了。尤其是虎姐,天天在叫:"末末啊,你那腿再不好姐姐就改叫猫姐了,没听过老虎看到肉会想吐的。"

前几天一个陌生的手机号码发了条短信问她伤好了没有,她回了短信过去问对方是谁,对方没回,也就不了了之。

王珊和傅沛遮遮掩掩地谈起恋爱来了,不过这次傅沛倒是和以往不一样,很少跟末末联系,可能多少有点顾忌吧。末末也就当不知道。临近毕业,她为找工作和毕业论文焦头烂额,也没什么心情去想那些风花雪月的事,她好像也没自己以为的那么在意傅沛。

但世界上就有些极品人物,比如说,王珊。她当了两个星期傅沛的地下夫人之后不乐意了,坚决要把事情透明化,透明化的第一步就是通知末末。于是某个夜黑风高的晚上,王珊扭扭捏捏地站在末末床头:"末末,我有件事想告诉你。"

"说啊。"末末手里拿着棉花棒,轻轻地搔着腿上的痂,最近实在是痒得要命,又不能抓。

"我……我和傅沛交往了。"王珊低声说。

"哦，真的啊，恭喜。"末末皱了一下眉头，刚刚下手太用力了，棉花棒戳到伤口。

"你……没事吧？"王珊问。

"我？我能有什么事？"末末抬头看她，"倒是你，小心点。"

"呵呵，他对我挺好的。"王珊绞着衣角，"你不介意就好。"

"我有什么好介意的？说真的，别让他欺负你。"

"不会的，他对我真的很好。"王珊带着奴隶翻身做主人的喜悦蹦蹦跳跳地走了。

末末看着她欢快的背影，摇摇头，就因为傅沛长得人模人样，所以好多女孩子都觉得他无辜善良，就算他喂她们吃毒药，她们也会鞠躬说谢谢。

末末本来是想挠完脚就睡了的，被王珊这么一搅和，饿了，躺在床上就觉得肠子在拼命蠕动。女生一般没几个没想过减肥的，所以，司徒末决定忍。十分钟之后，梦露约会回来，提回两饭盒的炒面准备犒劳虎妞和末末。

末末从床上跃起，风卷残云地吃了一盒炒面，然后盯着另一盒炒面看了十分钟后说："露露啊，虎妞应该和她男人吃好料去了，这面久了就糊了。"

"吃吧你，真是没救了。"梦露翻了个大白眼。

末末欢呼一声，向第二盒炒面进攻。正吃得津津有味，手机响了，她瞄了一眼，是傅沛，按掉，接着吃面。

再响，再按掉；接着响，接着按掉……如此再三，末末火了，一手拿筷子往嘴里送面，一手正要去关机，还好瞄了一眼，是她家的电话号码。她赶紧把嘴里的面咽下去，接通手机。

"末末。"妈妈的声音传来。

"妈，怎么这么晚给我打电话？"

"末末啊，是这样的，妈妈有个朋友，她儿子跟你在一个城市念书。"

末末有种不好的预感，妈妈该不会要她相亲吧？

"你还记得小时候给你买过一个娃娃的王阿姨吗？"

"不记得了。"末末随口回道。

"就是那个脸上有一点点黑色雀斑的啊。"妈妈还不死心。

"你是说娃娃的脸上还是阿姨的脸上？"

"你这孩子，反正有这么一个阿姨，她是妈妈从小到大的好朋友，后来去了外地，现在……"

"妈，讲重点啦，我手机接电话收费的。"末末打断。

"哦，这样啊，她前两天跟我联系上了，说她刚给她儿子买了套房子，两房一厅，准备让他毕业后住，听说你也在×市念书，她就很热情地说让你也住进去。"

末末愣了两秒，妈妈准备让她去跟一个陌生的男生住？

"妈——"末末顿了一下，"这样不好吧？"

"你是怕不安全吗？"妈妈说，"这你不用担心，王阿姨是个好人，她教出来的孩子不会错的。"

"妈，不能这样讲吧？又不是好人教出来的就一定是好人。"末末说。

"人家也是好心，你一个女孩子在那里人生地不熟的，起码有个人照顾一下。"

"妈，你让爸来听电话，我跟他讲。"末末放弃跟妈妈讲道理。

"我已经跟你爸讲过了，他说你自己做决定。"妈妈说。

"那我决定不要。"末末叹了口气。

"如果你是怕安全问题，那至少要见一下她儿子再说啊，她儿子一表人才，用不着对你怎么样的，而且这样你可以省下多少房租啊！"

"妈，这该不是变相相亲吧？"末末警觉性很高。不是她疑心病重，而是她妈真的有做媒人的癖好，在她手上成就的痴男怨女不知道有多少对了，现在该不会想把魔爪伸向自己女儿吧？

"你说什么呢？我不就是想帮你找个住的地方嘛，是我们当父母的没本事，买不起房子给你，我们也心疼啊。"

"妈，我不是这个意思。"末末赶紧解释，谁都能惹，但千万不能招惹这看了四遍《一帘幽梦》还是《又见一帘幽梦》的小老太。

"算了，你不愿意我也不勉强。"声音带点哀怨。

"好啦，我去见他。"末末无奈地答应下来。反正见了之后再编点借口哄过妈妈就好。

"真的？那就明天早上十点，在他们买的房子那里吧，你也顺便去看看那里的环境怎么样。"妈妈说。

时间地点都约好了？前面果然是在演戏，这小老太，越来越奸诈了。

末末嗯了一声后挂电话，过了十多分钟，爸爸就发了短信过来，跟她讲要是不想去可以不用去，短信末尾还附了地址。末末上网一查，好像是一个环境很不错的小区。看来那阿姨是个有钱人，有钱人家的孩子，该多难相处啊。嗯，没钱的人都是这么想的。

第二天九点多，末末起床，随便穿了套衣服，走到门口又折回来，换了条短裙，露出她那斑驳的小腿。王阿姨的儿子是吧？看我不把你吓成小王八蛋！

人算不如天算。

末末一直以为，王阿姨的儿子就应该姓王，所以一路上没少诅咒他，帮他取了一堆"王"字开头的外号。没想到，王阿姨的儿子姓……呃……姓顾。

手还停留在门铃上，末末对着来开门的人发愣。

顾未易打开门看到她也愣了一下，但很快反应过来："你就是苏阿姨的女儿？"

"呃……是。"末末条件反射地回答，"那个……"

"别按着门铃了，很吵。"顾未易皱着眉头打断她的话。

"哦。"末末把手从门铃上缩下来。

"进来吧。"他说，然后转身进屋。

末末呆呆地杵在门口，下意识地打量室内：房子还在装修，到处都是颜料、木屑、瓷砖、报纸……不过空间蛮大的。

顾未易回头看她傻乎乎地站在门口，打量了一眼，说："就你这腿，还好意思拿出来显摆？"

末末此时恨不得把裙子掀起来盖在头上，支吾了好一会儿才说："那个……你妈妈是怎么跟你说的？"

"就说她好朋友的女儿毕业了可能来这里住，没想到会是你。"

事实上，他妈跟他说的时候他是不同意的，后来实在是禁不住她的疲劳轰炸，才勉强答应见个面，想说见面再跟对方说明自己的想法。

"哦，那你觉得呢？"末末实在是不知道该说什么了。她千算万算也没算到是顾未易啊，这……也太巧了吧，虽说无巧不成书，但她可不可以学秦始皇焚书坑儒？

"我没什么意见，随便你爱住不住。"

"哦。"末末应了一句，心里的小算盘开始噼里啪啦地拨动着。第一，这家伙不喜欢女的；第二，自己不难看，但比她好看的人要多少有多少，傅沛穿上女装都比她漂亮，所以她是绝对没有把顾未易掰直的实力的；第三，这里环境很好，租金少说也两千起跳，住进来可以省下一大笔钱；第四，说不定可以利用顾未易来跟妈妈打一下马虎眼，快毕业了，她多怕被妈妈抓去相亲啊；第五，虽然顾未易一看就是不好相处的主儿，但她绝对相信他是个好人……

"那……以后就打扰了。"末末决定捡这个便宜，"我毕业后就搬进来，装修期间有什么需要我帮忙的就跟我说。"

"你能帮什么？"他睨了她一眼，"你在门口站够久了吧，要不要参观一下房子，不要的话就回去，待会儿工人要来装修了。"

"那我回去了。"主人都这么说了，她还有什么好说的，果然难相处啊。

"嗯。"

第11章

等待毕业是个奇妙的过程，长长的道路好像老是走不到尽头，难免灰心失望，难免觉得前路茫茫，尤其是听到哪个同学找到工作了，哪个同学考上研究生了，哪个同学要出国了，哪个学校又有人跳楼了……而且一起相处了四年的同学，很快就要像歌里唱的那样"散落在天涯"。可能十年后，大家就是社会不同阶层的人，偶尔在路上遇到，连认都认不出来，就这样擦肩而过；或者偶尔整理毕业照，要在脑袋里搜索好久才能想出某个同学的名字；又或者，有些人这辈子就不会再见面了。

这种种的想法，其实都在毕业生的脑海里百转千回，但是大家都选择不说出来，嘻嘻哈哈过大家最后相聚的日子，希望到最后被记住的都是一张年轻快乐的脸。

末末跟一般人差不多，高考报志愿的时候完全不知道那些专业是什么鬼东西，听老师说会计是最好找工作的专业，她就傻乎乎地报了会计。进了大学后，她对了一个月的数字就开始烦了，每天上课都提不起精神，后来认识了广告系的一个学姐，跟着学姐去听了一节课，之后就迷上了广告，常常跑去广告系旁听，甚至帮学姐做了几次作业都拿到不错的成绩。而自己会计的功课却一直游移在中等的水平，大学四年没拿过一次奖学金，顶着会计证也不是很好找工作。正好师姐所在的广告公司招人，问她要不要去试一试，她就赶紧投了简历。

去面试的路上，末末很是忐忑。毕竟她不是广告专业的。

到达目的地，师姐把她送进一个无人办公室后就离开了，不多久进来一个满脸络腮胡的大汉，穿得……很前卫，黑色夹克，迷彩短裤，夹脚拖鞋。他一进来就问："司徒末末吧？"

"是，你好。"末末连忙站起来，笑容可掬地回答。

"坐。"胡子大叔做了个手势，自己也坐了下来。

末末把自己的简历递了过去，他拿了但没看，径直问："有没有男朋友？"

"啊？"末末一愣，这属于个人隐私吧？

"不想回答啊？"胡子笑眯眯的，"没关系，我随便问问而已，你认为如果是针对单身女性的广告应该突出什么？"

末末沉思了一会儿，回答："可以走两种线路。一是自立，突出没有男人，女人也可以过得很好；二是走温情路线，突出再坚强的女人，也希望有个人一起吃早餐。"

"一起吃早餐？小女孩，刘若英听多了吧？"大胡子似笑非笑。

"出处并不重要吧？"

"那重要的是？"

"让看到的人记住，并且留下好印象。"末末回答。

"举个例子吧，如果我要你给白领女性套装写一个广告文案，你写哪个路线？"

"看状况。"末末思考了五秒钟后答。

"什么状况？"

"商品的状况，如果衣服是体现职业女性柔情一面的，就走温情路线；如果衣服是体现职业女性专业一面的，就走自立路线。"

"你这样就变成了帮白领做广告，而不是帮衣服做广告了。"大胡子眼神犀利。

末末偷偷吞了口口水："我觉得如果商品面对的客户是白领，给白领做广告也没什么不对的，做得好，让她们有归属感，她们就会去买了啊。"

"你不是广告专业的？"

"对。"末末回答。心里想，难道做广告的转换话题都这么快吗？

"为什么想进广告公司？"

"兴趣。"末末犹豫了一会儿，老实地说，"如果我说我实在看不惯现在电视上那些广告会不会太自大了一点？"

"哈哈，不会。"大胡子突然笑了起来，"我也看不惯，你最看不惯哪个？"

"碧生源常润茶。"末末说，"尤其是那句'不要太瘦哦'。"

"这句话怎么了？"

"太夸张，而且让人怀疑产品是不是有副作用。"末末突然加了一句，"而且广告上的模特都不好看，尤其是锁骨明显的那个，像非洲难民。"

"不厚道哦。小司徒。"大胡子眨眨眼，"她是我梦中情人呢。"

"啊？"末末没料到这一招，愣了。

"每回我想吃排骨的时候，就会梦到她。"大胡子大笑起来。

末末的脸僵住了，笑也不是，不笑也不是，难怪他要留这么多的胡子，御寒啊。

"好了，你再坐一会儿，待会儿有个阎罗王要来和你谈谈，我先出去了。"胡子大叔止住笑，起身出门。

不到五分钟，又进来了一个男的，这人虽说穿得比较休闲，但相对大胡子已经显得正式而干净了。

他直接走到办公桌后坐下，末末忙起身走到办公桌前站定。

"能熬夜不？"他开口问。

"能。"末末回。大学四年她学会的第一件事就是熬夜。

"怕不怕辛苦？"

"不怕。"末末视死如归。就算怕也不告诉你。

"你期望拿到的薪水是多少？"

"四千以上。"

"你什么时候可以开始实习？"

"随时都可以，但是有时可能得请假回学校处理一些事。"

"好，就这么多了，谢谢你的应聘，请回去等待消息。"休闲男说。

末末离开面试办公室，本想和师姐打声招呼，但好死不死撞到师姐和大胡子叔叔在茶水间你浓我浓，大学期间末末去过师姐宿舍，师姐的床上都是毛茸茸的公仔，没想到都毕业两年了，爱好不变啊。

到了公司楼下，末末接到师姐打来的电话："末末，怎么不跟我说一声就走了？"

"我在茶水间门口看到你很忙，所以……"末末很艺术地停顿了一下。

"呃……呵。"师姐沉默了五秒，才说，"你面试得怎么样？"

"不知道，有点蒙。"

"好吧，有消息我第一个通知你。好了，我要去忙了，下次一起吃饭。"

"好，你……忙。"末末带笑说。

"你很烦。拜拜。"

"拜拜。"

末末走在路上，突然想去顾未易的那个房子看看，上次有点匆忙，没来得及观察周围的环境。她转了半天才找到那个小区，在小区里转来转去，发现这个小区没什么人气，可能是因为现在是上班时间。她绕过一个小小的假山，发现假山的后面躲着一个小男孩，她一时童心大起，蹲下来想逗小孩玩。

"小朋友，你躲在这里干吗？"

"嘘——"小孩把手指放在嘴中间。

"嘘——"末末也跟着嘘了一声。

"我找到你了。"从两人背后传来一个男生的声音，末末和小孩同时转头。

"怎么又是你？"末末不满地问。

"你在这里干吗？"顾未易不答反问。

"顾哥哥，这次不算啦，都是她害的。"小孩瞪了末末一眼。

"你们在捉迷藏啊？"末末有点不好意思，忙道歉，"我不是故意的，不好意思，不然我再陪你玩一次？"

"哼，谁要和你玩。"小孩跑去扯住顾未易的裤子，"顾哥哥，我们去别的地方玩。"

"你怎么来了？"顾未易安抚地摸摸小孩的头，对着末末说。

"我来这边的一个公司面试，路过顺便来看看。"末末说。

"哦。那你慢慢参观吧。"顾未易牵着小孩要离开。

就这样？这么冷漠无情事不关己？啧啧，真是不好客。

"喂！"末末忍不住叫住他，"我可以去屋里看一下吗？"

"屋里乱七八糟的，没什么好看的。"顾未易停下来，"你没别的事做吗？"

"我今天都没事。"末末不知道为什么，他越不想让她看她就越想看，"我想上去看一下。"

"你既然没事就帮忙看一下小光吧。"他指指小孩。

"我想上去看一下。"末末重申。

"都说没什么好看的。"顾未易没好气，"你闲得慌就帮我顾一下小光，我上去监工。"

"该不会这孩子是你私生子吧？上面藏着你老婆？"刚面试完广告公司，思维果然发散。

"小光是对面邻居的小孩。"顾未易解释了一句，蹲下来跟小孩商量，"小光，你跟这个姐姐玩一会儿，待会儿我来找你们。"

"顾哥哥，我不要。"小光不满。

"小光乖，顾哥哥有事要忙。"顾未易抬头对末末说，"待会儿下来带你们去吃午饭。"

说完，这人就走了。就走了！

末末和小光在原地面面相觑。

"喂，阿姨。"小光扯末末的裙摆。

"你叫谁阿姨！"末末抓狂，差点把他过肩摔！

"你啊。"小光拽拽的，"我不要和你玩，我要上去找顾哥哥。"

"谁要和你玩？"末末对小孩做鬼脸，"上去就上去，我也不想跟你玩。"

末末跟在小光后面上了楼。小光在门口蹦啊蹦啊，就是够不到门铃。

"喂，帮我按门铃。"小光气喘吁吁地说。

"没礼貌的小孩，谁要理你。"末末双手交叉在胸前，靠在墙上笑眯眯的。

"哼。"小孩也学她双手叉在胸前。

一大一小就在走廊僵持起来，屋里不时传来敲敲打打的声音。

二十分钟过去，门从里面打开，出来一个男人，奇怪地看了他俩一眼，拎着一个大包往外走。

末末和小孩对看一眼，同时往屋里冲。

"顾哥哥——"小孩边跑边叫。末末跑了几步，意识到她看起来很蠢，忙停了下来，站在靠门的地方。

顾未易闻声走出来，小孩扑向他，他一手抱起，走向末末："里面都是粉尘，你们来干吗？"他抱着小光走出门，经过末末身边时说了一句，"别发呆，跟上来。"

"喂，你要是真的很不想和我一起住就说出来，不用拐弯抹角的。"末末跟在他们身后走了一会儿之后才说。

"没有。"顾未易回答得有点快。

"那你干吗不让我看一下房子。"

"房子在装修，都是粉尘，待久了对你的脚不好。"顾未易淡淡地解释。

"啊？"末末讷讷，"呃，谢谢。"

"我是怕傅沛跟我过不去。"他还是忍不住加了一句。

末末侧眼瞧他，笑而不语。

第12章

顾未易带着小光去买冰淇淋，末末则在餐厅里研究菜单。这餐厅的东西看起来都很好吃的样子，好想点满一桌啊。

"点了什么？"顾未易带着小光在她对面坐下来。

"还没点，等你们。"末末抬头，看到小光手里拿了一把很可爱的玩具吉他，有点好奇，一时忘了这小孩跟她不对盘，兴奋地问，"你怎么会有这么可爱的吉他啊？"语气居然还带着哄小朋友说话的嗲气。

"白痴啊，当然是买的。"小光给了她一个"你丫没见过世面吧"的眼神。

末末的笑僵在脸上。死小孩！早晚把你清蒸了吃掉！

顾未易翻着菜单的手停了一下，低低笑出声来。

末末讪讪地低下头，研究菜单。

"吃什么？"顾未易止住笑。

"酸菜鱼。"末末说。

"还有呢？"

"铁板牛肉。"

"还有呢？"

"蒜蓉菜心。"

"还有吗？"

"清蒸排骨。"

"够不够？"

"凉拌青瓜。"

"我们才三个人，吃不了这么多。"顾未易忍不住说。

"是你一直问的。"末末偷偷瞪了正在朝她做鬼脸的小光一眼，"我只要酸菜鱼，剩下的随便你们。"

气氛挺尴尬的，两人没什么好聊，小光又是酷酷的小孩，不逗压根儿不讲话，受不了冷场的末末只得拼命找话题："房子还要装修多久？"

"过两天就差不多可以完工了。"顾未易夹了块牛肉给小光。

"哦。"又没话题了……末末停顿了一会儿，又说，"不好意思，好像装修都没帮到什么忙。"

"你下午有空吗？"他问。

"有，要我帮忙带他吗？"末末虽然很不想带这死小孩，但是对于坐享其成这种事，她还是有点不好意思。

"不用了，下午他妈妈就回来了。你下午和我去挑家具吧。"

"挑家具？"末末还真没这方面的经验，"我好像不懂耶。"

"只是多个人多个参考，反正房子以后你也要住。"顾未易挡住小光伸去夹酸菜鱼的筷子，"太辣了，不能吃。"

小光乖乖地把筷子缩回去。末末挑眉，这小孩还真是欺善怕恶啊。

"去不去？"顾未易看着她问。

"去。"末末说。

吃过饭，小光的妈妈就来接他了。这是个挺妖娇美丽的女子，巴掌大的脸，细长上挑的眼睛，欲语还休的微翘嘴唇，棕色大波浪秀发，金色的大耳环随着她讲话微微晃动，耀人眼目。

"小顾，谢谢你啦。"她牵着小光对顾未易说，眼睛不着痕迹地打量着末末，突然问，"女朋友啊？"

顾未易笑而不答，末末连连摆手。顾未易突然跟她使了个眼色，末末心领神会地装娇羞，往他身后躲。

"小女朋友挺害羞的啊。"她略带嘲讽的口气，"果然单纯可人，不比我们这些在社会上摸爬滚打的人哪。"

"她不爱讲话。"顾未易用一种极度温柔的口气说，听得末末寒毛都竖了起来。

又寒暄了几句，两拨人才各自分头离开。

"刚刚谢谢你。"顾未易对末末说。

"不客气。"末末斟酌了几秒才说，"可以问你为什么吗？"

"单亲妈妈，过度热情。"顾未易简单地解释。

末末恍然大悟，看来他的取向并没有影响他的桃花啊。

到了家具城，顾未易熟门熟路地带她穿越了好几家店面，他眼光挺不错的，挑的家具都简单大方而且实用，末末英雄无用武之处，只能挑挑小的东西，像是架子和壁灯之类的。

两人在家具城里逛了一个下午，熟悉了不少。末末已经能拿着台灯照他的脸，用香港警察的口吻说："说，小光是不是你的私生子？"

他拿手挡住光："验DNA吧，我懒得解释了。"

"拿口水来。"末末笑着说。

……

气氛突如其来地暧昧起来。

顾未易怪异地注视着她，末末尴尬地别开眼，暗骂自己白痴，手无意识地在台灯开关上按上按下。

"你快把灯泡烧了。"顾未易拿过她手里的台灯，"买不买这个台灯？"

"不。"末末回答得有些快，有点懊恼，又补上一句，"我宿舍有台灯，到时候带过来就行了。"

"哦。"他耸耸肩，关灯放好。

两人离开家具城时已是华灯初上，末末犹豫了一下说："我请你吃饭吧。"中午那餐是他付的钱，怪不好意思的。

"走吧。"顾未易大方地接受了。

两人进了KFC，打量着点餐台上方的食物图片，末末问顾未易："你吃什么？"

"两个汉堡，一杯大可乐。"顾未易回答。他其实不爱吃这种美式速食，但是印象中好像听过傅沛说他喜欢吃，所以他才选择了这里。

"好，你去找位置，我来买。"末末说。

顾未易有点诧异地看了她一眼。很少有女生会愿意排队买东西，他之前的女朋友就从来没排队买过一次东西。

"去啊。"末末催促。他点点头，找了个看得到柜台的位置，坐下来看她排队。她微微偏着头，研究食物图片，快排到她的时候突然回过头来，眼睛搜寻着什么，直到跟他眼神对上，对他笑笑，转过头去点餐。

他有一瞬间的晃神，毫不修饰的浅笑，越过熙攘，慌乱他的心跳。

顾未易缓过来的时候，末末已经把东西放在桌上了，正认真地分着食物，也不知道她一个人是怎么把东西拿过来的。她把一杯大可乐和两个汉堡放在他面前，剩下的一堆东西挪到对面，坐下。

"吃吧。不够我再去买。"末末笑着说，"还是你看看我的东西有没有你想吃的，可以分给你，我买了很多。"

顾未易点点头，她的确买了很多。

"你要不要吃这个？"她推了一个盒子到他面前。他打开，是蛋挞，他拿了一个，又把盒子推回给她。

"好吃吗？"她满脸期待地看着他吃。

他摇摇头："有点甜。"

"蛋挞哪会甜啊，不识货。"她鄙视他。

"那再给我一个。"他笑着伸手去拿。

她拍了他手一下："不爱吃少浪费我的蛋挞。"

"给你吃鸡翅。"她又推过一个盒子。

他喝了一大口可乐，才拿起一个鸡翅，啃了几口，不觉得特别好吃，看她又一脸期待，他有点想笑。

"好吃吧？"她追问。

"不错。"他只得这么说。

她满意地点点头，很大方地说："那分一半给你好了。"

"那我用不用把汉堡一个给你？"顾未易说。

"不用了，我不爱吃汉堡。"末末拿起一个鸡翅，"我觉得你不要看我比较好，吃鸡翅我斯文不起来。"

"我还没见过你斯文的样子。"他吐槽。

"喂，我跟你不熟，我平时很淑女的。"末末不在意地说，还边啃鸡翅。

顾未易撇撇嘴。

"你那什么表情！"末末不满。

"很赞同的表情。"他抽出一张纸巾递给她，"弄到脸上了。"

末末接过来胡乱抹了几下，接着和鸡翅奋斗。

吃完饭后已经接近九点，虽然末末一再表示她可以自己回去，但顾未易还是坚持送她到学校。

顾未易是第一次到末末的学校，他发现学校的路灯昏昏暗暗的，路两旁都是参天大树，顺着路望过去，重重叠叠，不像学校，倒像是树林。

"我送你到宿舍楼下吧。"他说。

"不用了，时间不早了，你还是回去吧，不然等不到公车。"末末看了表。

"用不了多久。我顺便参观一下你们学校。"

"黑乎乎的，你参观个鬼！"

"走吧，啰唆没完等下就真的晚了。"顾未易先走了两步，末末只得跟上，认真地为他介绍隐藏在树后面的建筑："这栋是行政楼，整栋都是红色的，白天看挺有味道的。前面的都是教学楼。那边亮了一大片灯的是图书馆。我们现在沿着走的这条河叫相思河，河对岸那些一栋一栋的小房子是老教授住的……"

顾未易安静颔首，发现她有时挺聒噪的。

"我到了。"末末在一栋楼下停住脚，"我们宿舍晚上不让男生进的。"

"我没说我要进。"顾未易有种被诬蔑的感觉。

"呵呵。"末末不好意思地笑，正要说什么，后面传来叫声："末末——"

两人同时转头，傅沛从某棵树后迈出，他走了两步，身后又闪出一个人，王珊。

他们到了跟前，末末才发现王珊一脸嫣红，嘴唇红肿，很明显两人刚刚干了些什么。

"我前两天给你打电话你一直不接。"傅沛第一句话就在控诉，"听说你要和顾未易一起住？"

"我手机信号不好。"末末说。

"干吗和他一起住，男人都是禽兽你没听过啊。"傅沛伸手要来拉末末的手，她一偏闪过了。

"咳，不好意思。禽兽在这里。"顾未易发现傅沛的视线一直锁在末末身上，完全没有发现他的存在。

"你们怎么会在一起？"傅沛狐疑地看着两人。

"你管那么多！"顾未易没来得及开口，末末抢先道，"我上去了。"她说完转身要走。

"等等。"顾未易叫住她，从口袋里掏出一串钥匙递给她，"房子的钥匙，过了这个星期就随时可以住了。"

末末接过，点点头，问王珊："要不要一起上去？"

王珊别过头去看傅沛，傅沛点点头，她也跟着点点头。

公车上人挺少的，傅沛和顾未易各坐了一个单座，傅沛坐前面，顾未易坐后面。车开了十多分钟两人都没说一句话，尤其是傅沛，脸绷得死紧。

"顾未易，末末是我的。"良久，傅沛的声音从前面传来。

低头沉思的顾未易抬起头，盯着他的背影，不出声。

"如果你……我们连兄弟都没得做。"傅沛等不到他回答，又说。

"知道了。"顾未易淡淡地说，转过头去看窗外，眼神复杂。

第13章

三更半夜，月黑风高。

"末末，醒一醒，末末。"

叫声伴随着轻摇把末末从睡梦中吵醒。她挣扎着睁开眼，黑暗中模糊地看到两个黑影站在她床前，她吓了一跳，定睛再看才发现是虎妞和梦露。

"你们半夜不睡觉吓我干吗啊——"末末呻吟了一声，拿被子蒙住头。

虎妞用力扯下她的被子："王珊一个晚上都没回来。"

"没回来就没回来啊——"末末扯回被子，闭上眼睛，三秒钟后，弹起来，"没回来？"

"我打了电话，她关机了，短信发了也没回，会不会出事啊？"虎妞睡王珊隔壁床，应该是第一个发现王珊不在的。

"知道她和谁出去了吗？"末末下床穿拖鞋。

"不知道，会不会是……傅沛？"梦露斟酌了一下才说。

"我打电话问问。"末末在黑暗中摸索到手机，按下号码的那一瞬她迟疑了下，她该怎么问？

"末末，末末。"虎妞催促地叫。

"哦。"末末按下傅沛的号码，通了，好半天没人接，她又连着拨了好几次，还是没人接。好吧，他应该是醉倒在哪个温柔乡里了，不然按她这个打法，就算是死人也得从土堆里钻出来按掉电话。

"通了，但是没人接。"末末放下手机说。

三人沉默了一会儿，梦露才说："你有没有别的方法联系他？都三点了，如果不是和他在一起，那王珊去了哪里？"

末末犹豫了一下，又拿起手机，拨打傅沛宿舍的电话，也是连着拨了好几次，才听到咔的一声，电话被接起来了。

"呃……请问傅沛在吗？"半夜扰人清梦是非常不道德的行为，末末很心虚。

"不在。"声音听着火气挺大的。

"是顾未易吗？"末末听声音挺像的，"我是司徒末。"

"什么事？"声音并没有因此而平缓下来，"你知不知道这个宿舍不是只住傅沛一个人！"

末末被削了一顿，发现一件可贵的事实：顾未易有起床气，而且是很严重的起床气。

她自觉理亏，只得说："对不起，我也不想吵你们的，但是王珊没回宿舍，我们怕她是不是出了什么事，所以想问一下傅沛。"

沉默了片刻，那边才缓缓传来声音："晚饭的时间我看到他们一起吃饭。"

呃……接下来要说什么？

末末看向坐在床边的虎妞和梦露，傻乎乎地说："那个，房子装修好了没？"

虎妞和梦露露出不可思议的表情，这女人脑子坏了吧？半夜三更要跟人家讨论房子的装修问题？

那边显然也愣住了，良久才反应过来说："好了，后天大扫除，你要是有空就过来帮忙。"

"哦，好。那不打扰你了，拜拜。"

电话被挂断了，没有"拜拜"，起床气果然严重。

"怎么说？"梦露问。

"说是晚上看到他们一起吃饭来着。"末末用力眨了眨眼睛，"两人应该是在一起吧。"

梦露突然爬上末末的床，虎妞也跟着爬上来。末末被她们俩的动作弄得一愣，半晌才傻傻地问："你们为什么上我的床？"

虎妞邪邪地一笑："末末，你就从了我们吧。"

梦露搓搓手："我们会温柔一点的。"

末末缩到角落里，抖着声音说："不要过来，再过来我叫了哦——"

"叫吧，叫破喉咙也没有人会来救你的。"虎妞一脸狰狞。

末末大叫："破喉咙，破喉咙。"

梦露扑上去："我是没有人。"

"哈哈……白痴……哈哈……"

月朗星稀的夜里，某个女生宿舍，三个女生笑着滚成一堆。

多年以后，末末每次逛论坛看到"叫破喉咙"这个无聊的笑话时，都会想起这一夜，深深地感谢那两个女孩，用笑声带她走出人生中最难熬的一个长夜。

王珊是午饭过后才出现的，一进门就笑眯眯地跟虎妞说："哎呀，我睡到中午才醒，忘了开机。不好意思，忘了跟你们说一声。"

虎妞点点头，说了句："下次记得说一声。"

王珊进门的时候末末在阳台洗衣服，远远地听到了对话声，她把水龙头拧大，哗啦啦的水声下，她什么都听不到了。

王珊推开阳台门，看到末末，说："洗衣服啊？"

末末嗯了一声，心想你废话么？不是洗衣服难道我在偷看衣服洗澡？

王珊拧开另一个水龙头，用手接水，往脸上泼了几泼，关掉水龙头后，站在末末旁边甩干手里的水："你给傅沛打电话的时候他在洗澡，我睡过去了，早上我们才看到来电显示的。"

末末眼看水满出脸盆了，忙关掉水龙头："哦。"

这澡洗得挺晚的，洗得挺限制级的。

王珊没有要走开的样子，背靠着墙，分享经验似的说："末末，傅沛说我单纯得像张白纸一样。"

末末扯扯嘴角，从盆子里捞起一件衣服："挺好的，他这不正不遗余力地把你涂黑呢。"

王珊用力地甩了一下手，几滴水珠溅到末末的手臂上，末末没理她，把衣服穿进衣架，用衣叉撑着挂到晾衣绳上。

王珊自觉无趣地走进宿舍。末末撑着衣叉的手往左用力一挪，湿答答的衣服啪地贴上前天王珊洗的衣服，真爽啊！

末末擦干了手回到位置上开电脑，顺手翻着一本小说打发等待电脑开机的时间。床上的手机响了，她丢下小说去接电话，是一个陌生号码："喂，你好。"

"末末啊，我是晓晴。"

"哦，师姐啊。"末末心一下子提了起来。

"你被录用了哦，下个星期一开始实习。"师姐的声音听着挺兴奋的。

末末心花怒放："真的吗？"

"真的，我内部消息知道的，估计下午你就会收到邮件了。恭喜你，挺厉害的，来面试的人挺多，居然让你挤进来了。"

"太好了，谢谢师姐，到时请你吃饭，我爱死你了啦。"末末兴奋得有点语无伦次，她后来又上网查了一次，发现这家广告公司在业内挺牛的，所以没抱多大的希望。

"好啦，那我先代表公司欢迎你加入。"

"好，谢谢师姐。"

"拜拜。"

"拜拜。"

挂了电话，末末欢呼一声向靠她最近的梦露扑去，吓得梦露玩游戏的手一抖，活生生把她老公给刺死。

梦露掰开末末的手："你害死我了！等下我得被我男人骂死。我居然弑夫了……"

"梦露，梦露，我找到工作了。"末末坚持抱着她的脖子不松手。

"真的啊？"梦露转身抱住她，"恭喜！"

虎妞闻声跑过来："是上次去面试的公司吗？末末，请吃饭。"

"好，我请客。"末末点头，"就晚上吧，我让你们宰个够！"

"Yeah！"梦露和虎妞同时欢呼，又同时说："我要带家属。"

"带带带，家属亲戚朋友宠物，爱带什么就带什么。"末末小手一挥，豪气万千。

下午三点多，末末就收到了邮件，实习期三个月，薪水待遇都不错，末末松了一口气，她的人生总算是要步上正轨了，难怪人家说上帝给你关了一扇门，会给你留一扇窗，傅沛这扇破烂桃木门关上了，工作的窗开了，有失必有得呀，真好。

晚饭时间，他们一群人浩浩荡荡地进了学校附近的一家餐馆，真的分别带了家属。末末看到傅沛的时候还愣了一下，对哦，傅沛都成了王珊的家属了。

已经是第六罐了，末末忍不住再瞄了傅沛一眼，这人要不要脸啊？就算不用他付账也不用这样喝吧？再说了，她庆祝找到工作，他跑来摆了一个晚上的臭脸，摆给谁看啊？

"傅沛，你再喝就自己付钱了。"末末还是忍不住讲了，讲完就想抽自己。

王珊顺势想拿过傅沛手里的啤酒："别喝那么多。"傅沛阴沉沉地瞪她一眼，她立刻把手缩了回去。

末末看不下去了："王珊，把酒拿掉啦，别浪费我的钱。"

王珊再一次伸手要去拿，傅沛挥开她的手，顺带把手边的一个碗扫了下去。清脆的破碎声让一桌子的人都安静下来，每个人都屏住呼吸，眼睛在他们三人之间转来转去，傅沛还在埋头喝酒，王珊的眼眶开始泛红。

末末放下筷子，强忍住掀桌的冲动，一字一句地说："傅沛，你来闹场的是不？"

傅沛抬眼看她，用力捏紧手中的铝罐，直至它变形才重重地放在桌上："不喝就不喝，我走了，恭喜你找到工作。"说完拉开椅子就走，王珊也跟着追了出去。

末末拿起酒杯，满满的一大杯，仰头干了。

末末是最后一个离开餐馆的，其他人都三三两两约会去了，她懒得跟在旁边当灯泡，付账的时候故意拖拉了一会儿，走出餐馆时大家都已经不知所终了。

末末有点微醺，被夜风一吹，清醒了不少。

走了没几步，就在僻静的林道上被某棵树后突然蹿出的黑影吓了一跳。傅大少？刚刚不是走了来着？末末瞟了他一眼："喝醉了早点回去。"

末末的手腕被拽住了，她暗叹一口气，就知道没那么容易脱身，电视上都这么演的，待会儿他得把她按在树上，然后深情款款地说三个字，然后相拥而泣。

"不要和顾未易一起住。"傅沛低着头说。

末末耐心地跟他讲："傅沛，你管得太宽了吧？"

他突然把末末压到树上。末末心想，来了来了，最经典的桥段要来了，她待会儿要踹他哪个部位呢？

他除了用力压着她的肩膀没其他动作，就是很恼怒地瞪着她。

瞪得可真久啊……末末忍不住了："你到底想怎么样啊？"

他低头靠近，在0.01秒的空当，末末说："你信不信我把你的嘴唇切下来，炒一盘菜。"

他停顿，把头压在她肩膀上："末末，我输了。"

末末一时半会儿没转过弯来，输了什么？钱？

傅沛叹了口气："我跟王珊分手了。我们在一起好不好？你毕业了跟我一起住，我们好好过。"

末末用了三秒的时间来反应然后缓慢地抬起膝盖，狠狠地对着傅沛的小腹用力一顶，傅沛闷哼一声蹲下去，捂住肚子。

末末居高临下地看着他："我以前以为你顶多只是不定性，没想到你是没人性！"

傅沛好不容易直起了腰："你够了吧？我怎么就没人性了？我不就是喜欢你而已吗？"

末末深深吸了一口气："你昨天和王珊干吗了？"

傅沛不自在地别开眼："她说什么了？"

"她什么都没说，就说你是个好人。"末末看他那心虚的样子，心里突然特敞亮。

傅沛眼里闪过鄙夷，哼了一声："相对她而言，我的确是个好人。"

末末耳尖地听出话中有话，她压抑了很久的火气腾腾地往上蹿，你说你一男的在背后戳人家女孩子脊背算什么东西？"你昨天才跟人家滚了一晚，今天就说她不是好人，你算什么东西！"

傅沛也火了："我就是着了她的道！"

末末真想一巴掌给他扇下去："你不愿意人家一女孩子能强你了？"

傅沛突然诡异地笑了："你就这么看我的？哈哈，我也不是什么高风亮节的人，她衣服一脱，我能忍得住我就不是男人。不就是上个床吗？都什么年代了，你还指望我娶她回家供着？"

刚刚喝的酒开始起作用了，末末一阵反胃，捂住肚子干呕，傅沛靠过来要拉她，她挥开他的手："别碰我。"

他再次伸过手要去拉她："别闹脾气！"

末末用尽力气一巴掌挥了过去："说了别碰我，恶心！"

恶心？他用力抓住她挥过来的手，甩开。

末末抬腿踹过去，多年在家跟哥哥弟弟打架可不是白打的，硬质的大头鞋踹在他的小腿骨上，他一下子蹲了下去，手顺势抓住末末，一把拽倒她。

末末摔在草地上，两眼冒金星，傅沛随即压了上来，没头没脸地开始吻她。末末先是一愣，然后拼命地挣扎，疯狂地转着脑袋躲开他的唇，手脚并用地踢打他。傅沛被打得恼火，用力压住她的腿，一手把她的双手抓住，压在头的上方，唇顺着她的脖子用力吮吸下去……

不知道过了多久，末末觉得有一世纪那么长，好累，没力气了，挣扎不动了，傅沛的唇还在她脖子上啃噬着，火辣辣的，像烧红的铁一下下地往她肉上烙。

她软了，累了，哭了，哀求了："傅沛，放开我，我求你了，求你了，傅沛，我求你了……求你了……"

傅沛抬头，她紧紧闭着眼睛，眼泪从颤动的睫毛下一直往外渗，往外渗。

他的心狠狠一颤，抽干了力气似的瘫在她身上，喘着粗气。

夜惨黑，风在吹，男孩在喘气，女孩在哭泣，交集成呜呜咽咽的诡异。

第14章

末末不记得自己是怎么回到宿舍的。

宿舍里只有王珊一个人，她搬了把椅子坐在阳台上，末末进门的时候她转过头来，恶狠狠地瞪了末末一眼，那股赤裸裸的恨意，让末末忍不住打了个哆嗦，毛骨悚然。

黑……透不过气来的黑……

耳边是断断续续的喘气声，呼呼的风声，树叶摩擦树叶的声音，还有……远远的地方，有个女孩子在哭，她在哭，为什么哭呢？末末慢慢走过去，拍拍她的肩膀，她回过头来，白晃晃的脸，只有一双眼睛，直勾勾地瞪着她！

末末猛然从梦中醒来，冷汗淋漓。

还好是梦，她轻轻喘了口气，翻过身，想换个姿势接着睡。

她床前立着一个人！

恐惧像是一双大手，紧紧地勒住末末的脖子，越收越紧，直至她快无法呼吸。

那长长的垂下来的头发，那双冷森森的眼睛，眼神里浓浓的怨念，无一不让她毛骨悚然。

像是察觉到她醒过来了，那个影子恶狠狠地瞪了她一眼，爬上上铺的梯子。末末颤抖着拉起被子，蒙住自己。

梦魇加上惊吓，末末早上起床后，眼睛是通红的，游荡去厕所的时候还把梦露吓了一跳。她吐掉口里的泡沫，叫了起来："末末，你怎么了？"

"没睡好。"末末有气无力地回她。

梦露冲过来把她拉到全身镜前："不是啊，你看看你的脖子！"

末末看向镜子，脖子上有大大小小的红肿，昨晚的事像按下快进的电影，迅速地在她脑海中过了一遍。

"末末，不是吻痕吧？"梦露古怪地看着她。

末末正想说什么，眼尖地瞄到镜子里自己的手臂，忙撩起袖子，上面星星点点都是红点，半蹲下去撩起裤子，腿上也都是红点。她挤出一个苦笑："我起酒疹了。"

"真的哦，可我看你脖子上的红肿和手脚上的不大一样啊。"

"脖子上血管多，当然肿得比较大。"末末急中生智。

"用不用看医生啊？"

末末摇头："过几天就消了，不出门就是了。"

梦露想起什么似的："我怎么记得你前晚有说要去帮忙打扫房子啊？"

梦露这么一讲，末末也记起来了，她今天得去义务劳动呢，真是不想去，可又不能跟顾未易说，我被你心上人强吻了，心情不好不想劳动。

"心上人"哪……谁的心不是血肉所构，简陋易损？如果可以，末末真的很想给每颗心都贴上标签：易碎，小心轻放。

所以，在每个人心上的心上人哪，可不可以，可不可以请你，请你小心轻放。

傅沛，你看到了吗？易碎，小心轻放。

"末末，末末，发什么呆？"梦露推推她。

末末放下抚着脖子的手，笑笑："没有，想说等下怎么出门，不要让人以为我是纵欲过度。"

梦露摸着下巴说："这倒是挺难的。"

最终，末末跟梦露两人在各自的衣柜里翻了半天才找出一件薄的高领上衣，褐色的，贴肉的那种布料，穿上去就像穿上了高领的褐色保暖内衣，尤其脖子上的布料层层叠叠，看上去就像是树皮上的年轮。

末末鄙视梦露："这衣服长得真是可歌可泣，你眼光够独到的。"

"我男人送的。"梦露无奈，"我拿到的时候那个晴天霹雳啊，还得装出很高兴的样子，你说容易嘛我？"

"不容易不容易。"末末拍拍她的肩膀，"这么经典，真不知道上哪买的。"

"我个人建议是外面套件薄点的外套。"梦露打量了半天后才说。

末末看看外面的太阳："这天气穿一件长袖已经够神经病的了，再加非把我热出痱子来不可。"

"你那脖子长不长痱子都没差了，不过随便你啦，真丑。"梦露下了个结语后走开了。

末末对着镜子仔细端详了几秒，最终无奈地多套上一件外套。

顾未易昨晚没睡好，主要是他浅眠，一点点声音就睡不着，所以傅沛两点回宿舍的时候他就醒了，后来也没怎么睡着，就躺在床上看傅沛蹲在阳台上抽了一夜的烟。后来迷迷糊糊睡过去了，再醒来就没见到傅沛。他随口问阿克："傅沛呢？"

阿克一下子来劲了："我早上一打开阳台门吓了一跳，烟雾弥漫，害我以为我升天了呢……"

"停！说重点。"顾未易忙打断他，阿克这家伙一遇到女生就讲不出话来，但是平时真的是口水多过茶。

阿克站起来，去阳台拎进来一个畚斗，嚷嚷着："你看，这些都是他抽的。也不怕肺穿孔。"

顾未易看了眼畚斗，满满的都是烟蒂："你到现在都没说他去哪里了。"

"我怎么知道啊，我跟他讲话他都不理人，后来就出去了。"阿克把畚斗放回阳台，"丢一地烟蒂，还不都是我在扫。"

"阿克。今天有没有空？"顾未易问，"有的话一起去帮忙打扫新房子。"

阿克从阳台回来："好啊，不过要是毕业没找到住的地方你要收留我。"

"客厅留给你，收一下东西走吧，说不定司徒末已经过去了。"

"你真的要和她一起住啊？"阿克边关电脑边问，"傅沛怎么说？"

顾未易轻描淡写："大概就是离他的末末宝贝远点之类的。"

"其实我觉得你们住一起挺不妥的。"阿克随口说，"感觉上末末是挺不错的女孩子，难免日久生情，到时一边是友情，一边是爱情，你怎么选？"

顾未易从抽屉里找出钥匙和钱，往口袋里塞，急了点，钱掉了满地，他不得不俯下去捡钱。

"喂，你不会是喜欢末末吧？"阿克犹豫地问。

顾未易烦躁地把钱揉成一团，直起身，塞入口袋："走吧，争取早点回来。"

阿克拍拍自己的口袋，确认里面有钱，跟着顾未易走出宿舍。

两人到达的时候，司徒末正在擦玻璃。她站在椅子上，背对着门，听见动静转过头来，笑了一下："来了啊，咦？阿克，好久不见。"

"站好，小心掉下来。"顾未易提醒。

末末无所谓地笑笑："不会，我身手矫捷得很。"

顾未易完全不相信她的话，没好气地说："你下来，我来擦。"

大清早的就大少爷脾气发作了！末末讪讪地跳下来，对着阿克笑："你也来帮忙啊？"

"嗯。"阿克腼腆地笑，"我来帮忙。"

末末把抹布递给顾未易，他接过来，踏上椅子："哪里还没擦过？"

"前面两片玻璃擦过了，其他的都没。"末末讲完又调过头去问阿克，"你帮忙擦家具可以不？我拖地。"

"好。"阿克点头。

"那你跟我来，我给你拿抹布。"

顾未易借着映在玻璃里的反光看着她带阿克走进卫生间，不知道为什么，觉得挺温馨的，早上延续到现在的那股起床气突然就消了。

阿克提了一桶水出来，水里插着一支拖把。接着，末末端着一盆水出来了。

顾未易擦玻璃，末末拖地，阿克擦家具，各司其职，劳动真有乐趣。

几分钟后，末末就热得受不了了，尤其是脖子，真实地感觉痱子一颗颗地在往外冒。她犹豫了一下，把身上的外套脱了，丑就丑吧，反正以后真的住一起了还有大把丑样子给他看。

顾未易转头看到末末脱了外套，里面那件衣服奇丑，他嘴角上扬，不由感慨真是搞不懂女生的审美观，正想转回去擦玻璃，眼角余光发现末末俯身拖地时，由于地心引力，领口敞开了一点点，就那么一点点，就足够他看到上面的红斑了，联系起昨晚傅沛在阳台上抽了一晚烟的事，他好不容易累积起来的好心情霎那间消失殆尽。

"司徒末！"顾未易把抹布丢到她脚边，"洗抹布。"

末末捡起抹布，奇怪地瞅了他一眼，内分泌失调啊他？她洗完抹布递给他，他硬是愣了半天才接过去，魂不守舍的，也不知道怎么回事。

顾未易脸有点热，用力地擦着玻璃，刚刚她在阳光下微微扬起小脸，专注地看着他，让他一瞬间脑袋死机了……真是越活越回去了，够丢脸的。

"阿克，你帮我把水提进去好吗？"末末试着拎了一下水桶，发现那是相当的重。

"哦，好。"阿克应了声，轻轻松松拎起水桶去了洗手间。

末末拄着拖把，站在电视柜那里看顾未易擦玻璃，他侧脸真好看，像是一笔一笔慢慢修出来的工笔画，眉毛眼睛鼻子嘴巴，每个部分都是精致英俊的。手臂因用力而崩起了肌肉的线条，上面还挂了几颗水珠，在阳光底下微微闪光，末末看傻了。

"末末，水好了。"阿克把水提了出来。

"哦，谢谢。"末末抑住活蹦乱跳的心脏。

"司徒末，你先去拖房间里面的地。"顾未易突然说。

"为什么？"末末一头雾水，"客厅快拖好了啊。"

"我们在客厅里走来走去，一会儿就又脏了。"顾未易说。

末末想想也是，忍不住说了一句："早点说啊，害我拖了那么久。"

"我帮你把水提过去。"阿克拎起水就往里跑。

末末赞赏地看着他的背影，真是个勤劳的孩子啊。

顾未易拧干抹布上的水，突如其来的烦躁，让他特别不想看到她，不想跟她待在同一空间里，而且她又是一脸什么都不知道的样子，还老是用崇拜的眼神看阿克，让他更是冒火。

中午，顾未易出门去买盒饭，回来时看到末末和阿克正在研究他怎么可以把玻璃擦得连苍蝇都会撞死那么干净。没注意他冷着个脸，末末还傻乎乎地问吃什么，被呛了一句"自己不会看啊！"更可怜的是阿克，打开盒饭后发现都是他不爱吃的东西，也不敢多说什么，只得硬着头皮吃。

"喂，阿克，他是不是老是这么阴阳怪气啊？"末末小声地问阿克。

阿克抬头望了顾未易一眼，把饭盒拿高，遮住自己的嘴，小声地回答："不会啊，今天不知道怎么了。"

末末也学着他把饭盒拿高："那怎么办？我快被他冻僵了。"

"快点吃。"顾未易阴沉地说。吃个饭凑那么近干吗？

末末和阿克对看一眼，低头狂吃饭。

下午在忙碌中过去了，除了顾未易那个低压中心之外，末末和阿克都过得挺开心的，末末发现阿克很羞涩，逗起来挺好玩的，阿克发现末末很豪爽，没有女孩子的娇气。两人一拍即合，就差没歃血为盟了。

等把房子收拾利落，已经是晚上九点多了，顾未易和阿克一起把末末送回宿舍楼下。末末远远地看到了她最不想看到的人，一下子就躲到顾未易背后去，扯着他的衣服说："打电话给傅沛，叫他走。"

顾未易把她从身后拉出来："为什么？"

末末害怕被看到，转身要跑，顾未易一把拉住她："你去哪里？"

"打电话叫他走。"末末很坚持。

顾未易从口袋里掏出手机，阿克拦住他："我来打吧。"

顾未易了然地把手机放回口袋。阿克开始拨电话，末末躲到一棵树后面，顾未易不得已也跟着躲进去，他反而有点想笑了，怎么搞得跟偷情似的。

"你笑什么？"末末瞄到他的偷笑，有点不满。

顾未易耸耸肩："你跟傅沛怎么了？"

末末不知从何说起，只得说："说起来有一匹布那么长，以后少在我面前提这个人就行了。哦，对了，你什么时候搬进去住？"

顾未易没有追问，只是说："还没想过。"他其实过两天就住进去了，毕竟傅沛最近老找他麻烦，他烦不胜烦，前两天傅沛才把他的手机从桌子上扫下来。

末末沉默片刻，她很想赶快搬进去，一是不想让傅沛找到，二是王珊要是每天晚上都站在她床边，估计三天后她就可以送精神病院了。而且，很快就要开始实习了，住那边也近一点。但是人家主人都还没住进去，她不能喧宾夺主啊。

"不过应该这两天就搬进去了。"顾未易仿佛看穿了她的想法似的，"你随时都可以搬，需要帮忙就招呼一声。除非你自己说，我不会告诉傅沛地址的。"

"好。"末末安心地笑。她好像就要迈入新的人生了，这新的人生，将会是没有傅沛的崭新人生。

"我好不容易把傅沛骗离开了一下，你快上去吧。"阿克跑了过来。

"谢谢你们。"末末赶紧往宿舍楼跑，临上楼前还回过头来跟他们挥了挥手，真的是很感谢他们，不问她理由，就这么单纯地帮忙，都是单纯善良的人啊。

第15章

三天不到的时间，末末就把东西一点一点搬进了新房子。不知道谁说的，女人发起狠来十头牛都拉不回来，末末这次就横了心要和傅沛一刀两断老死不相往来。

她先是为了安定傅沛的心，给他发了一通长长的短信，说她需要一点时间冷静下来考虑两个人之间的事；再来就是跟王珊表达了自己绝对绝对不想介入她和傅沛之间，希望王珊配合，拖住傅沛，让她用最短的时间搬出去，这一点上他们倒是达成了协议。所以在天时地利人和的条件下，末末搬进了顾未易的家，成了他的……佣人。

他是真把她当佣人使唤，饭都她煮也就算了，连拖地洗衣服洗碗都是她在做。并不是顾未易吩咐她去做，而是他根本不做，成天跷着个二郎腿。一个屋檐下，末末见不得脏乱，只得认命去收拾，她在家照顾哥哥弟弟照顾惯了，对性别这东西其实不大在意，所以不管内衣外衣，内裤外裤的，她看到就丢在洗衣篮里顺手拿去洗。因为这样还把顾未易气得半死，那是他们住一起的第二个晚上，他从外面回来，看到她在阳台晾衣服，刚开始他没在意，坐在沙发上跟她有一搭没一搭地聊天，后来发现她拿呀拿呀，就从洗衣机里拿出一条男式内裤，他眯着眼熟，老半天反应过来是他的，忙三步并作两步冲过去从她手里夺过来，脸红了半天讲不出一句话来。末末看他小脸蛋儿红扑扑的，煞是可爱，就逗了他几句，把他气得够呛，直到现在都没给过她好脸色看。

"顾未易，我明天开始实习，吃饭问题要你自己解决了。"末末洗完碗，和在客厅看电视的顾未易说。

"饿不死我的。"顾未易没好气地说。

末末有点无奈，真不知道这位大少爷到底怎么了，不就洗了他的内裤嘛，至于么？

她走过去坐下："这样吧，你以后内裤自己洗，行了吧？"

顾未易坐直了身子："我有说什么吗？"

"那你一天到晚摆什么臭脸？臭脸很时尚啊？"

顾未易突然意识到一个更重要的问题："你为什么不怕我？"他知道自己臭脸的时候其实蛮吓人的，所以一般不会轻易把情绪表现在脸上。他之前的女朋友小姐脾气，动不动就大闹小闹的，但是无论怎么闹，他只要沉下脸，不过三十分钟她就自己泪眼汪汪来撒娇道歉。司徒末倒好，他都摆了三天的脸色了，她每天视而不见地笑傲江湖，现在才来问怎么回事会不会太晚了一点，何不等到把他气死再来他坟前撒一抔黄土？

末末撇撇嘴："你这算什么啊，我人生都不知道遇到多少臭脸达人了，你算功力浅的了。"末末小时候家里经济不好，爸爸压力大，所以一天到晚冷着个脸，后来爸爸变慈祥了，哥哥爱耍酷，又是一天到晚冷着个脸，弟弟也是常常仗着自己是家里的小霸王而爱发脾气，再后来遇到傅沛，他那大少爷脾气呀，臭脸简直就是他的标志。多年来的经验证明，爸爸并不会因为女儿害怕就笑逐颜开，哥哥也不会因为妹妹难过就放弃耍酷，弟弟也不会因为姐姐生气就给好脸色，傅沛就更不敢指望了。所以末末很早就知道，臭脸的人只是自个儿脑子拐不过弯来，就算她百般讨好也是没用的。

顾未易听她这么一说，反而不知道怎么说了，说多了也显得小心眼，世上最让人火大的事莫过于明明气得要死，却找不到点可以发脾气。

末末等了半晌都得不到顾未易的回应，干脆回了自己房间。

第一天到公司报到，末末难免心里不安，进了公司，她的不安很快就让大胡子叔叔给安抚了。

大胡子叔叔本名李钢铁，他特自豪这名字，觉得是铁铮铮男子汉一条，所以规定公司上下都得叫他铁哥。

铁哥是负责带末末的人，他把末末的办公桌安排在最里面的一个角落，就在晓晴师姐的旁边，以便末末随时向师姐请教，以及他随时来交代末末做事的时候能顺便调戏师姐。

末末上午的工作是把一些客户资料输入电脑，挺无聊的，和她想象中的广告人的激情完全挂不上钩。午休时间末末趴在桌子上休息，被很小声的调笑声吵醒，偷偷睁开眼，从手臂缝隙中看出去，只能看到师姐办公桌下有两双交叠着的脚，一双是男式皮鞋，一双是红色高跟鞋，看得出男人是把女人抱在膝上的。末末知道高跟鞋是师姐，因为师姐早上才很得意地炫耀给她看过，但是皮鞋就不知道是谁了，反正不是铁哥，因为铁哥是穿拖鞋上班的。末末没想到第一天上班就让她撞到这种大八卦，吓得她趴在桌子上一动不动，恨不得与桌子融为一体。

后来两人相携着离去，末末才松了口气，但还是不敢动，硬是趴在桌子上等手机闹钟响。

下午铁哥给末末分配的还是一些输入工作，她不着痕迹地瞄了他的鞋子好几眼，心里盘算了好一会儿，大概就推敲出怎么回事了。早上他穿的还是拖鞋呢，下午就换上皮鞋了，虽然他的皮鞋和她中午看到的是同一款，但是明显新很多……

末末眼珠子转了一圈，把好奇心吞回去，好奇杀死猫，该忍还是得忍。

"末末，你中午去哪了啊？"师姐突然开口，"我出去了一会儿后回来找你吃饭都没找到。"

"你中午又去了哪里？"铁哥抢在末末前问。

"你管我那么多。"师姐说，手绞着铁哥的T恤，眼睛对着他的脚使了个眼色，"还不明白么你？"

铁哥笑了，问末末："那你中午在哪里吃的饭？这附近你弄熟了吗？"

末末说："挺熟的，其实我现在住附近，中午我在楼下的那家餐厅吃的，吃过饭后就一直趴在桌子上午睡。"

师姐放开绞着铁哥衣服的手，说："午睡啊？这不是学生时代的习惯嘛，我可早就改了这个习惯了，你还能睡着吗？"

末末笑笑："当然能睡着了，我的外号可是睡神。"

铁哥敲了敲桌子："你们唠完了没？完了就工作。"

末末赶紧坐好，要开始工作，师姐拉起她："你别理他，他这人没句正经的。"

"晓晴！"铁哥语气多了点严厉。

师姐摆摆手："知道了，知道了，末末，我们工作吧。"

铁哥缓了口气，伸手弹了一下师姐的脑袋，无奈地说了声"你呀"。又跟末末说："司徒，你学会计的吧？"

末末点头。

"那以后公司偷税漏税的事就交给你了哦。"

"啊？"末末愣住。

"哈哈，跟你开玩笑的啦。"铁哥拍了两下末末的肩膀，差点把末末拍得呕出一口血来。

末末和师姐都找不到好笑的点，只得面面相觑。铁哥面子上下不来，清咳了一声："司徒，刚进公司还没人教过你职场的伦理吧？"

"呃？"

"下次上司讲笑话的时候记得要笑。"

"……"

晚上七点多，末末回到家，站门口掏了半天包，才发现早上出门太匆忙，忘了带钥匙，按了半天门铃也没人来开，掏出手机时突然想起她居然没有顾未易的号码，打电话去他们宿舍问，又怕被傅沛接到。末末泄气地坐到地上，像小时候提前放学时坐在门口等妈妈下班一样，有一点点累，有一点点心酸。

顾未易出了电梯就见到司徒末跟虾米似的蜷成一团坐在门外，头放在膝盖上，眼睛直愣愣地盯着地面，也不知道在想什么。他叫了两声她才回过神，一脸茫然地看着他说，我等你好久了。

他愣了好几秒。今天他回学校了，打篮球时阿克告诉他，傅沛都快得神经病了，每天拿个手机坐在阳台抽烟，谁都不搭理。后来他去找傅沛一起吃饭，傅沛说，顾未易，我当你是兄弟，我就直说了吧，我猜得到你对末末有那么一点意思，也知道末末现在和你住一起，我是对末末做了一些很浑蛋的事，我在等她气消，我和她都是这样的，她气消了就会理我，所以，我劝你把你那点心思掐灭了，我和末末之间不是你可以插脚的。

但是她用那样的眼神看着他说我等你好久了，他的心就坍塌成一座废墟了，哪里还能躲得过？

顾未易掏出钥匙开门，说："司徒末，你不会打电话给我么？"

末末挣扎着要站起来："我刚发现我没你手机号码啊。"蜷着坐太久了，她手脚有点发麻不稳，幸好顾未易及时拉了她一把。

"你在外面等了多久？"顾未易边开灯边问。

末末看了下手表："七点下班的，大概两个多小时吧。"

"吃过饭没？"顾未易往厨房走。

末末把自己扔进沙发："吃过了，我今天真倒霉，第一天上班就撞破奸情。"

顾未易从厨房端出一杯茶，递到末末手边，末末傻乎乎地接下："给我的吗？"

他瞪她一眼："快喝。"他刚刚拉她一把的时候发现她手冷得跟什么似的，这种初春的天气最容易感冒了，她坐在门口傻乎乎地等，如果他再晚一点回来怎么办？

末末一阵感动，凑上去深吸了一口茶香，然后小心翼翼地捧着，像是用手圈起一个茶色的湖，热腾腾的水汽慢慢熏上她的眼睛，给眼睛蒙上一层带着茶气的雾。

"喝呀，发什么呆？"顾未易催她。

末末啖了一口，暖暖的茶水从唇齿滑过喉咙，滑入胃，末末看茶杯上刻着一圈字，无论从哪里断句都可以成为一句诗——可以清心亦，以清心亦可，清心亦可以，心亦可以清……

她觉得很有才华，正想说什么，抬起眼就撞进顾未易深深的眸子，也是淡淡的带点茶色，温暖得让人想沉沦。

第16章

"哎——"司徒末翻了个身，叹了今晚第一百零一个气。她真想挖个洞把自己埋了算了，丢脸丢成她这样的，实在是世间罕有吧。

时间回溯到下班前，铁哥突然出现，跟末末说明天一个明星要来拍广告，让末末明天穿得专业点，和他一起去拍片现场。末末斟酌了半天都不敢确定广告这行的专业服装什么样，只得请教师姐，师姐挺不情愿地跟她说要穿得时尚点而且要穿高跟鞋。师姐喜欢那个明星很久了，想跟去看，但是铁哥说什么都不同意，所以师姐对于末末能够跟着去的狗屎运给予强烈的谴责。

末末一下班就去买了双高跟鞋，她本来是有一双的，但是那双特打脚，穿过两次，每次都整得她死去活来。回到家，趁顾未易不在，她简单吃了碗泡面就开始练习穿高跟鞋走路。她之前虽然因为面试穿过几次高跟鞋，但是走路的水平实在有限，走几步还能唬人，走多了就原形毕露。大概来来回回走了二十多分钟，顾未易回来了，手里还提着吃的。末末看到纸袋子上那大胡子老人头，咽了咽口水，渴望地看着他。

顾未易无奈地把东西递向她："本来就是买给你的，少那么可怜兮兮。"

末末欢呼一声向着肯德基冲过去——悲剧就这么发生了。

被食物蒙蔽了双眼的末末忘了脚上还蹬着一双七厘米高的鞋，于是……末末扑腾着摔了下去，于是……由于"距离＝速度×时间"，而已知末末和顾未易之间的距离＜末末的速度×末末在空中的时间，所以末末就光荣地……扑倒顾未易了。再由于末末的身高和顾未易的身高之间不知道怎么回事的神秘数学问题，末末扑倒顾未易的时候，呃……那个……就……嘴唇和嘴唇零距离接触了。

已经够尴尬了吧？来，跟着上帝一起摆摆手，摇摇头，不够的，不够的。

末末和顾未易手忙脚乱地要离开对方的身体时，呃……那个……忙中有乱，末末的手撑在不该撑的"东西"上，然后……那个不该撑的"东西"有了传说中年轻气盛的雄赳赳反应。

"哎——"末末干脆从床上坐起来，刚刚顾未易那家伙怎么说的来着？他说，司徒末，你也太饥渴了吧？如果你真的那么需要，我们可以商量一下的。啊——顾未易这个贱人！他几天没对她说尖酸刻薄的话她就误以为他是个好人了！末末发泄地捶了好几下枕头，又躺回床上去，两秒后，弹起来，他……他有反应！他对她有反应，而且好死不死她刚巧是个女的，所以……根据逻辑上的推理，

"∵A=B，

∵A=C，→∴B=C，

又∵C=D，→∴B=D"，

也就是说，他……对女的有反应。所以她之前幻想了一堆他和傅沛的爱恨情仇都是脑子进水了？末末突然轻松起来，有了自嘲的心情。哟呵，这么偶像剧的行为她都做得出来，不去写剧本真是太可惜了呀，要是让顾未易知道，她以为他喜欢傅沛，会不会杀人灭口？

顾未易倚在床上翻书，每看几行字就忍不住停下来，听听隔壁的动静，有时是噼噼啪啪的声音，有时是懊恼的嚎叫。他抚上自己的嘴唇，真痛啊，她的门牙就这么硬生生地对着他的唇磕下来，明天要好好看看她用的是什么牌子的牙膏，牙齿这么坚硬！嘴角忍不住地想上扬，他清咳了一声，硬是压下想笑的冲动，翻过一页书，看了两行才发现，前面那页其实没看完，于是又翻回去看，隔壁又一次传来捶打东西的声音，他最终还是忍不住轻笑出声。

第二天，末末跟着铁哥到了拍摄现场。

末末生平第一次见到活的明星，呸呸呸，大吉大利，她也不想见到死的明星。老实讲，末末其实不认识那人，高中时末末住校，很少看电视，就绝了追星这一条路，上大学后对这方面也兴趣缺缺，所以她对明星的了解程度停留在了四大天王和四小天王的那个年代。但是末末还是可以看出他人气挺高的，拍摄现场里三层外三层围满了他的粉丝，据说有些还是从很远的地方搭火车来的。那明星长得挺帅，也没摆什么架子，就是不爱搭理人，估计是性格使然。

末末一上午都跟在铁哥身边观察他怎么和导演以及工作人员沟通。铁哥认真工作的样子挺唬人的，跟在办公室里那个爱强迫人听他冷笑话的怪大叔判若两人。

午休时，末末去买水，回来的路上被三个女孩子围住，缠着说让末末去帮她们要签名。三个女孩子看起来应该是高中生，但是仨俩挺高的，泪眼汪汪地说她们是搭了两天的火车才到这里的。末末明知道她们有可能是说谎，还是心软答应了，也只有她们这个年纪，才会对一个素不相识的人喜欢到近乎迷恋的地步吧？

末末怀里揣着三个小本子和水，犹豫了半天才靠近那个明星："呃，林先生，要不要喝水？"

"不用了，谢谢。"他根本连头都没抬。

末末回头看了看，三个女孩子眼巴巴地望着她，她在心里叹了口气，说："林先生，是这样的，有三个你的……粉丝，从很远的地方来的，希望你给她们签个名。"

林直存这才抬起头看了末末一眼："不好意思，我不方便。"

末末没想到他拒绝得这么干脆，有点恼火，不就是举手之劳吗？又不是手断了，哪里不方便了？可惜虽然恼火，她也不敢说什么，只得讪讪地离开，对那三个女孩子说："不好意思，公司规定了不准签名。"

一个女孩子泪水就掉下来了："姐姐，你帮我们偷偷给他签吧。"

末末一看到那孩子哭就慌了，眼泪是末末的罩门，她自己不爱哭，所以一看到别人的眼泪就觉得特别矜贵，忙说："好好好，我再想想办法，你别哭啊。"

末末回到林直存身后，犹豫了一下还是凑上前去："林先生，真的不好意思，你就帮她们签个名吧，她们真的很喜欢你。"

他有点不耐烦地放下手中的纸："我都说了不方便。"

末末顺口就呛了一声："哪里不方便？"

他挑起眉，笑了："哪里都不方便。"

末末被他突如其来的笑搞糊涂了，抱着一丝希望说："签个名要不了你多少时间的。"

"司徒！你在这里干什么？"铁哥的声音从两人背后传来。

末末有点像做了坏事被老师抓到的小学生，往后缩了一步："呃……他的影迷让我来问问看可不可以签个名。"

林直存傻眼。这女的也太傻了吧？就这样直说？也不怕被骂？

铁哥沉了脸，吼："我是让你来工作的，不是让你来帮着粉丝追星的！你脑袋里装了什么？你这样会影响到工作的进程知不知道？"

末末被吼得一愣一愣的："签个名用不了一分钟的。"

铁哥火了："你是白痴啊，你看不到外面到底围了多少人？你帮忙签了一个就有第二个，第三个第四个，不如我们就不要拍了，让你给他开个签名会如何？你到底知不知道什么叫作专业？"

末末低下头，咬着下嘴唇，挤出几个字："对不起。"

铁哥口气缓了下来："跟我道歉干吗？跟林先生道歉。"

末末向来都是知错就改的人，生平错的最久的事是喜欢上傅沛，但看清楚了也就改了，这种小事当然入不了她眼，她转身就给林直存一个45度的鞠躬："林先生，对不起，打扰你了。"

林直存突然很好心情地说："我是可以帮你签，但是只签你手里这三本。"

末末有种天上掉馅饼的感觉，点头如捣蒜。

末末把本子递给那三个女孩："好了，你们快点回家吧，不然家里人该担心了。"

三个小女孩感激涕零，之前哭的那个孩子突然从兜里掏出一个MP3说："姐姐，能不能求你最后一件事？"

末末心里警铃大作："不可以，我要去工作了。"

她往末末手里塞MP3："求求你了，你让我们家亲爱的帮我录一个叫床声。"

末末惊讶地看着小女孩。叫床声？是她太跟不上时代还是这世界变得太快？

"姐姐，你脸红什么？我是说叫我起床的声音。"那女孩子见末末脸红，忍不住说。

末末为自己的肮脏思想感到羞耻，把MP3塞回那孩子手里："我真的帮不了你们了。"说完赶紧快步离开。

一天繁密的工作结束，坐在回家的公车上，末末才觉得疲惫一点一点地侵上来，塞在高跟鞋里的脚痛得她直想骂脏话，中国女人真是命苦，刚从裹小脚的束缚中解放出来，又开始堕入高跟鞋的苦海。

到家，末末看着门缝下透出的光，有点忐忑。自从昨晚她轻薄了顾未易，两人还没碰过面，待会儿气氛真不知道要如何的尴尬。

她深吸一口气开门进去，顾未易躺在沙发上看电视，她讪讪地招呼了句："我回来了。"

顾未易本来昏昏欲睡的眼睛一亮，坐起来："吃过饭了没？"

"吃过了，在片场吃的盒饭。"

顾未易咧嘴笑，话中有话地说："幸好你吃了，不然太饥渴我可顶不住。"

末末心底的熊熊烈火被他撩了起来，用力把手里的包包扔向他："你烦不烦啊，我都说不是故意的了。"

他笑着躲开："有人恼羞成怒了。"

末末过去捡包包，顺手给了他两拳："你吃过没有？"

他绷紧了肌肉任她打："没吃，等你做饭。"

末末不可思议地看着："你要不要脸啊？我这么累你还叫我给你做饭？"

顾未易拍拍她的头："话不是这样说的，冰清玉洁的我昨晚被你这么猥亵，你至少得做个饭补偿我受伤的心灵。"

末末气闷无语，咬牙切齿丢出一句话："你真是没心没肺。"

顾未易笑纳，道："不怕，至少我还有胃。"

第17章

末末和铁哥跟的项目是一个防辐射眼药水的广告，大致内容就是林直存是一个电脑黑客，每天忙着侵入这个电脑，侵入那个电脑，由于电脑辐射太多，眼睛视力严重下降，最后他侵入一个高科技研发中心的网站，调出最新研制的防电脑辐射的眼药水配方，顺利地拯救了眼睛。

林直存打扮得跟骇客任务似的，坐在一台电脑前，噼里啪啦地打字，然后电脑屏幕就出现黑屏和一串串一直滚动着的白色英文字母。

加上后期应该就是很高科技的感觉，但在现场看就是林直存这厮不停地对着键盘胡乱敲打，蹲在桌子底下的人不停地对着电脑按重启。而且末末发现林直存敲打的键来回差不多都是那几个，她就无聊地在一旁用笔记了下来，拼了半天才发现，他一直重复地在打"我好无聊，我无聊死了……"末末为她这个发现充分感到骄傲自豪，同时也觉得林大明星突然真实了很多，原来明星也会无聊啊。

整个项目一共花了一个星期，末末连周末都没休息，每天回到家累得连话都不想多讲，不过这几天也很少看到顾未易，所以回到家也没人跟她说话，他好像是回学校做毕业设计了。他的专业是什么电子离子之类的，他跟末末提过一次他的毕业设计课题，末末硬是听不懂，后来为了表示捧场，只说了一句："嗯，听起来会爆炸的样子。"从此顾未易就没再和末末讨论他专业的问题了。

今天是拍摄的最后一天，结束后厂家说要开庆功宴，所以就有了现在这个场景，觥筹交错间，铁哥被灌了不少酒，末末刚开始有铁哥帮着挡酒，后来铁哥醉到自身难保，她就开始被灌酒了。在她昏昏沉沉间，林直存走过来和她说话，末末硬撑着意识对答了几句，但她根本不知道自己在说什么，一切都是凭条件反射。后来他从她手里拿了手机，到一旁去讲电话，再后来她看到顾未易出现在身边，拉着她说了些什么，她紧绷了一个晚上的弦顿时松了下来，安心地失去意识。

林直存喜欢观察人，也许是因为演艺圈太复杂了，每个人脸上层层叠叠的都是面具，他观察起来觉得特别的有挑战性，这几天来他反而迷上了观察那个女孩子。那是挺简单的一个女孩子，她的上司叫她司徒，司徒应该刚出社会不久吧？一脸的青涩，做事倒是挺认真的，忙的时候看过她踩着高跟鞋一箱一箱地搬矿泉水进来发给工作人员，闲的时候很乖地跟在上司身边，听上司说教。待在演艺圈这么久了，他早就对美女这一种生物免疫了，她也不是多漂亮的女孩子，会注意到她是因为她很爱笑，笑起来星光灿烂，嘴角有两个梨涡，眼睛水汪汪的，居然让他一下子就想到了那句"一笑倾人城，再笑倾人国"。

看她被灌得七荤八素，眼睛眨个不停，手还会去捏自己的腿，应该是试图找回点意识。他过去跟她说话，她傻呵呵地笑，说："我知道你很无聊哦，我看到你打字的手，你一直都在打我好无聊……"

林直存被她逗笑，难得大发善心地问她："你家在哪里？我送你回去。"

她摇摇头："不行，被你一送，我就红了。"

他还是笑，都醉成这样了她还有理智啊？突然觉得自己今天有点失常，但反正都多管闲事了，就干脆管到底："那有什么人可以来接你回家的？"

她很认真地想了一下，说："guweiyi，你让他来接我，他会来接我的。"

林直存要了她的手机，总算翻出一个叫"顾未易"的，打了电话过去，那边显然很着急，问了地址后匆匆挂了电话，不到半个小时就出现了。

那是一个很英气的男孩子，眉目间有同龄人少有的沉稳，很客气地跟他说谢谢，态度带一点点防备，手始终环着司徒，很小声地跟她说，我要抱你起来了哦，然后把她打横抱起离开。看着他们远去的背影，林直存不得不感叹，差不多的年纪，他们也许没他风光绚烂，但是他们却是真实的幸福，可以在路上手牵手，可以一起在餐厅里吃情侣套餐，也不知道是他比较幸运，还是他们比较幸福？只能说谁也别羡慕谁。

顾未易把末末抱出酒店，找了个靠路边的台阶让她坐下，她软软地靠在他身上，嘴里念念有词。顾未易靠过去听，听半天都不知道她在说什么，只能无奈地揉揉她的头："喝这么醉。"

他扶着她挥手招计程车，好几辆车停下来，看到有个酒鬼，就又都开走了。顾未易仰天轻叹，拍拍她的脸："司徒末，我要背你回去了，你抓紧我，听到了没？"末末皱着鼻子挥开他的手，又软软地倚在他身上。他恼怒地瞪她，最终认命地蹲下去，折腾了半天才成功地把她安置在背上。

顾未易背着她往家走，她热热的呼吸混着酒气一直喷在他脖子、耳朵上，痒痒的，却不难受。她的手环着他的脖子，有时会突然尖叫一句然后勒紧他，两条小腿则随着他走路一翘一翘地摆动着。

突然，她在他背后挣扎起来，边挣扎边喊："脱掉脱掉脱掉……"

顾未易怕摔着她，只得把她放下来，哄她："不能脱，这里是大马路。"

"我要脱。"她可怜兮兮地说，还吸了一下鼻子。

顾未易无奈地笑："那我们回去脱。"

末末不干，跺脚："不要！现在脱！我不舒服！"

这句话太有遐想的空间了，顾未易脸红了一下："不行。"

"我的脚好痛嘛……"末末拉着他的手晃，"我要脱鞋。"

顾未易错愕，为自己的不纯洁忏悔："那脱了鞋你要乖乖让我背回去，不准动来动去。"

末末点头："好。"

顾未易蹲下去，解开她高跟鞋上的细带，抬头跟她说："把右脚抬起来……不对，你抬的是左脚，抬另一只脚，对了。"

她的脚背磨出了水泡，难怪一直叫痛，想想她的脚还真是多灾多难，顾未易想着，把她的裤管撩起了一点，疤淡得都快看不见了，幸运的家伙。

末末打了一下他的头："我想吐。"

顾未易赶紧拉着她到路旁的垃圾桶，一手拍着她的背，一手把她垂在颊侧的头发撩起来抓在手里向上握着。

"好了没？"顾未易拍着她的背。

末末一脸迷糊："好了。"

他放下她的头发，问："还会不会想吐？"

末末摇头："不会了。"

顾未易蹲下来："那就趴上来，我们回家了。"

"好。"末末顺从地趴上他的背，顺便在他衣服上擦了擦嘴。

顾未易皱了皱眉头，背起她："司徒末，你很脏。"

末末呵呵直笑，又把脸在他背上蹭了几蹭。

顾未易撇过头去看她，她的头靠在他的肩膀上，眼神有点失焦，脸上有着奇异的嫣红，但却是对着他微笑着的。他突然觉得脸上一阵燥热，忙调转头去看路。

她喝醉的样子和平常差挺多的，没那么倔强了，听话多了，懂得撒娇了，多了点女孩子特有的让人心疼的娇气。

背着她走了二十多分钟，她似乎已经睡过去了，软软的脸贴在他脖子上，勒着他脖子的手渐渐松开，搭在他肩膀上，身体慢慢地从他背上往下滑。他晃晃背上的人儿："司徒末，别睡觉。"

"好。"她呢喃了一声，脸在他脖子上蹭了蹭。

顾未易又叫了她两句，得不到回应，反而是她的身体一直在往下滑。他硬是托着她，手已经有点发麻。又多走了十来分钟，顾未易坚持不住了，爱情的力量再伟大，人也不过是血肉之躯。他只得放下她，搂在怀里，拍拍她的脸："司徒末，醒一醒。"

她扁着嘴睁开眼："我好困。"

"别睡，我们走回去。"顾未易把两只高跟鞋归到一只手去，空出一只手来牵住她的手，"走一走就不困了。"

走了两步，末末就不肯动了，顾未易拉她，她干脆蹲在地上耍赖。

顾未易没办法，只得又哄她："司徒末，起来，快到家了。"

"我不要，脚很痛。"她蹲着，拿手去戳自己脚上的泡，然后咯咯笑起来，"里面有水耶。"

顾未易叹了口气，终究还是对她生不起气来，只好苦笑一声，认命地蹲下去："上来吧。"

末末欢呼一声扑上去："我要睡觉。"

"睡了就不背你了。"顾未易威胁她。

"那我不睡了。"即使是醉了，末末也是很识时务的。

五分钟过去，顾未易感觉背后的人又在往下滑，无力地翻翻白眼："司徒末，你说了不睡的。"

没有得到反应，他往上托了托她的身子，叹："司徒末，我一定是上辈子欠你的。"

直到很久很久以后，顾未易陪司徒末看偶像剧，有一部叫《恶作剧之吻》的，女主角喝醉了，男主角就是一路背背停停地把女主角扛回家了。他看得心有戚戚焉，司徒末却感动得大呼小叫，扯着他的衣服说："顾未易你都没对我这么温柔过！"顾未易看着那个熟悉的场景，掐着怀里女人的下巴，咬牙说："你敢喝醉我就把你丢掉！"

第18章

末末是被头痛醒的，呻吟着敲自己的脑袋，顺手拿起床头的手机一看，九点半！整个人马上就醒了，跳下床才发现自己身上穿着昨天的衣服，也管不了那么多了，拎了包就往外冲，冲过客厅的时候随口跟顾未易说了一声："我去上班了，拜！"

"喂，你今天不用上班！"顾未易赶在她冲出门前说。

末末停下穿鞋的动作："真的吗？你怎么知道的？"

"昨晚你手机一直响，叫你不醒，我就接了，你们公司的人说你的项目结束了，可以补休周六日两天的假。"

末末狐疑地问："真的？"

"真的。"

"哇！赚到了！"末末抖抖脚甩掉已经穿好的一只鞋，"我要回去睡觉了。"

顾未易走过来端详她："司徒末，你脸上那什么东西？"

末末一拍脑袋，冲向厕所，对镜子一照，果然脸上、脖子上都是一点点的红点——酒疹！

顾未易倚在厕所门口："到底什么东西？"

"酒疹啦，我酒精过敏。"末末无奈地说。

他挑起嘴角笑："活该啊你，酒精过敏还喝那么多，现在好了，脸跟答题卡似的。"

末末被答题卡忽悠了一下，愣了半天才明白过来被消遣了，推着他说："出去出去，那么大的人挡着厕所门，我要怎么出去呀？"

顾未易被推着走，还不忘调侃她："那是你体积太大了，才出不来的。"

末末突然多了两天假，心情大好，懒得跟他计较，只说："你买早餐了吗？我的胃空荡荡的，很难受。"

顾未易哼了一声："还知道难受？"

末末揉揉发疼的脑袋："你以为我乐意啊，人在江湖。"

顾未易不知道从哪儿摸出一瓶风油精递给她："你是在哪门子的江湖啊？下次看到酒麻烦你躲远点，省得折腾我。"

末末接过风油精："昨晚谢谢你了。不过我喝醉有没有发酒疯啊？"她对昨晚的事只有依稀的一点印象，零零碎碎的片段，像是顾未易皱着眉头，她扶着垃圾桶吐。

顾未易瞥了她一眼："有啊，发得可狠了。"

末末有点不好意思。她是真的没喝那么醉过，不知道自己喝醉了是什么鬼样？

"我都做了些什么事？"

顾未易神秘地说："不告诉你。"

末末翻了个白眼："说吧，怎样你才会说？"

顾未易笑笑凑近她的脸："你告诉我你脸上长了几个红点，我就告诉你。"

末末推开他的大头："不说拉倒，反正我也没有很想知道。"

"不想知道就算了，去洗澡吧，洗完澡出来吃早餐。"顾未易像拍小狗似的拍拍她的头。

末末别扭地躲开："别打我头！"

顾未易有点不是滋味。这人昨晚还把脸贴他脖子上瞎磨蹭，今天就连碰下都不行了？

末末见他转身要走，忙拉住他："我不要喝豆浆。"她会这么说是因为上个星期顾未易弄回来一台豆浆机，他无聊的时候榨了满满两大玻璃瓶豆浆冰在冰箱里，喝到她想吐。

顾未易瞄了眼她扣在他手臂上的手，嫩白的手指扣在他黑色的T恤上，对比鲜明。他嘴角重新上扬："你没得挑。"

末末嘴巴贱不过他，干脆回房去找衣服洗澡，挑衣服的时候犹豫了一下，按理说不用上班了可以在家里穿个睡衣什么的，但是总觉得这样不是很好，还是挑了套外出的衣服进了浴室。一起住了快两个星期，他们俩其实很少同时在家，尤其是末末，刚进公司就被当牛马在用，每天累得两眼冒星星，回到家常常是倒头就睡，现在突然有机会两个人一起在家好好待着，末末有点紧张。

洗完澡出来，末末边擦头发边走去客厅。顾未易在榨豆浆，那机器声音大到让人以为是在碎尸。

末末拿毛巾捂着耳朵："喂，顾未易，好吵啊。"

顾未易按下暂停："还有五分钟就好了，你头发上的水滴到地板上了。"说完又启动了"碎尸机"。

末末低头看了看，果然地上有一小摊的水，转身要去拿拖把，顾未易叫住她："去哪里？"

"拿拖把啊。"

"不用理它，一会儿就干了，过来吃早餐。"

末末这才看到客厅的桌子上摆了馒头、包子、三明治、粥，她咋舌道："买这么多，我们吃得了吗？"

顾未易没听清楚她的话，只是"啊"了一声，末末摆手，表示不重要。反而是顾未易突然想起什么似的，到厨房里去端了杯东西出来，递给末末。

末末莫名其妙地看着手里的那杯浓茶："不是吧？我只是说不喝豆浆而已，你也不用大清早的让我喝浓茶啊。"

顾未易还是没听清楚，又"啊"了一声。

末末不耐烦地吼："你大清早让我喝浓茶，想害我胃穿孔啊？"她预计着"碎尸机"的声音可以盖掉自己大部分的吼声，但是就在这一刻，豆浆榨好了，轰隆隆的声音戛然而止，于是她的声音显得强而有力，在客厅里回荡着。

末末尴尬地笑："呃……那个……我是说，大清早的喝茶对肠胃不好。"

顾未易瞪她一眼："茶解酒！"

末末笑得更尴尬了："原来顾同志是个好同志啊，是我小人之心啦，呵呵……"

顾未易带着不被领情的恼怒，背过身去，倒豆浆！

吃过早餐，顾未易自发地收拾碗盘去厨房洗，末末在沙发上坐了一会儿，还是头痛欲裂，于是躲回房间去补眠。

顾未易洗完碗出来不见末末，探头看了一下她的房门，紧闭着，估计睡觉去了，他也回自己的房间去上网打游戏，打着打着突然想起她的酒疹，百度了一下，说是吃点甘草片会好得快一点，他想也没想就起身出门，到楼下的药店买了甘草片，顺便去7-11买了盒饭。回家把盒饭放进冰箱，药随手丢在客厅的桌子上，然后回房间接着打游戏。

末末睡足饱饱的一觉才自然醒，看看手机，已经是下午两点多了，好像也不饿，她晃晃脑袋，没那么痛了，干脆爬起来，开了门出去，没见顾未易在客厅，于是去敲他的房门。

"进来。"顾未易的声音隔着门传来。

末末拧开门走了进去，这是她第一次进顾未易的房间，如果大扫除那次不算的话。他的房间没什么特色，跟她的哥哥弟弟的房间差不多，只是多了一个大大的书柜，上次她打扫的时候还是空的，现在已经放满了书，她在书柜前瞅了几眼，有《孙子兵法》、《粒子物理学标准模型导论》、《厚黑学》、《C程序设计语言》……这人看的书真杂，但还真没一本让她觉得好看的。

顾未易盯着电脑，问："司徒末，你参观够了没？"

末末再环视了一遍他的房间，点点头："差不多了。"

"你在玩游戏吗？"末末凑过去看。他的手移动着鼠标，有时敲敲键盘，然后荧幕上一个一个的人倒下，她感觉很新奇。末末是游戏白痴，在家的时候弟弟曾试图教她玩《仙剑》，但最后还是在她半个小时内把赵灵儿玩死十几次的水平下放弃了她。

顾未易分神看她一眼："要不要玩？"

末末摇头："你不知道我玩游戏有多笨。"

顾未易笑："不止是玩游戏吧？"

末末郁闷："懒得理你，我去找吃的。"

"等等，我就爱挑战笨的。"顾未易叫住她，把位置让出来，"你过来，我教你玩。"

末末不情愿地坐下，他站在她后面，指导她注册号码，末末在账号名那里犹豫了一下，她还真没玩过这种线上游戏，要取什么名字不显得菜鸟？她转头看顾未易，他说："末。"

末末第一次从他嘴里听到她名字的单字，有点不自在，转头快速地在账号那一栏输入"末"，进了游戏，她实在是不知道接下来要做什么，又回过头去看顾未易，他说："和我结婚。"

末末脑袋跟被手榴弹炸到了似的，愣愣地回他："这样不好吧？"

顾未易推了一下她的脑袋："酒还没醒呀你，我说在游戏里结婚，我才可以带你打怪，这样你升级快点。你想到哪里去了？"

末末悄悄脸红了一下，顶嘴："不要，谁要和你在游戏里结婚！"

顾未易哼了一声："不然你要现实里结吗？我可没兴趣。"

末末被嫌弃得很不爽，推开椅子站了起来："我不玩了。"

顾未易耸耸肩，说："不玩了去吃东西，冰箱里有饭，微波一下就好，还有客厅桌子上有甘草片，记得吃。"

"为什么要吃甘草片？"正要走出房间的末末停下来问。

顾未易已经坐下，重新开始玩游戏，随便答她："甘草片可以治酒疹，这都不知道，都不知道你怎么长这么大的！"

末末没回嘴，走出他的房间，在客厅桌子上找到甘草片，袋子是楼下药店的，小票上显示的时间是今天早上的。末末拿着药发呆，她小学毕业就开始念住宿学校，大半的时间都是在学校里度过的，自己照顾自己是她很小就学会的事情，独立惯了，连父母都相信她一个人可以把自己照顾得很好。她照顾自己照顾别人照顾惯了，好像从来也没人想过她需要人照顾……她清咳了两声，压下微微哽住的喉咙，起身去厨房微波食物。

后来两人正式交往，末末和顾未易在游戏上结了婚，她才发现他的账号叫"未"。"未"和"末"——这两个字长得太有夫妻相了，好像不结婚都对不起人家的长相似的。

第19章

末末差不多摸清楚了顾未易的脾性——嘴巴贱、起床气严重、有洁癖、喜欢窝在一边看书，看书的时候认真得夸张，属于风声雨声声声不入耳的那种人。

记得之前阿克和末末说过，顾未易这人好相处，但是很难摸清楚他的想法，末末倒是没这种感觉，可能他对她讲话句句都是坏话吧，反而让她觉得他是个极好极真实的人，这样想着好像自己骨子里犯贱似的。

末末是挺敏感的孩子，这种敏感不是看到夕阳就会掉眼泪的那种，是——怎么说呢，国外有种说法，叫"middle child"，指的是家里位居中间的孩子，相对于老大和老幺来说，没人疼没人爱的，即被遗忘的孩子。末末上有哥哥，下有弟弟，加上从小比较听话，不怎么用大人操心，所以末末常常被忽视。这样的孩子得自己找出一套生存法则，末末的生存法则就是她的雷达特灵敏，谁对她好谁对她不好她都能在很短的时间内勘测到，只要被她认定为对她好的，她就会死心塌地地对那人好，不撞南墙心不死的那种好，之前对徐婕儿是这样，对傅沛也是，对宿舍里的梦露和虎妞都是，当然前两个是雷达故障出了纰漏。现在她的雷达又莫名其妙地吱吱乱叫了，真想拍死它。

　　顾未易并不喜欢和别人一起住，他受不得人吵，所以四年大学都是在凑合着过日子的。连他妈都说了，以后谁嫁你谁倒霉，那阴阳怪气的脾气全随了你爹。他也知道自己脾气不好，所以待人总是尽量保持距离的客气，久而久之也就给大家形成难以捉摸的印象，所以一路走来他没有多少深交的朋友，充其量也只能算上傅沛和阿克，不过他并没因此而沮丧，他早就习惯了。他是保姆带大的，从小爸妈工作忙，没时间陪他，有时十天半个月都见不到他们。他的玩具越来越多，越来越高级；家里佣人也是越来越多，越来越专业；房子一直在换，越换越大，越换越豪华。所以，他的童年，玩具很多，玩伴很少。

　　当时鬼使神差地答应让司徒末住进来，有她的进驻，房子好像就不只是遮风挡雨的建筑物了。司徒末对于他来说，应该就是传说中的气场很合吧，感觉她在家里的存在特别理所当然，好像他们就是一直一直这么待在一起的。

　　放假的第二天，末末一早就醒了，生物钟真是个杀千刀的东西，她死命地在床上赖了一个多小时，直到外面嘈杂的对话声让她实在受不了，才爬起来换了套衣服，临出房门前照了下镜子，甘草片还真的有效，一般要两三天才会消的酒疹居然一天就消了。

　　阿克一身西装笔挺，手舞足蹈地和顾未易说着什么，乍一看挺滑稽的，像没胡子的卓别林。

　　"嗨。"阿克见末末出来，打了声招呼。

　　末末点点头，说："你穿成这样干吗？结婚啊？"

　　阿克有点不好意思地拉了拉衣服："我刚刚面完试。"

　　末末抬头看了下壁钟："真早。"

　　"司徒末。"顾未易突然打岔，"去洗脸刷牙，待会儿一起出去吃早餐。"

　　"哦，好。"末末转身走向洗手间。

阿克的视线在两人之间来回游移，想说点什么，最后还是忍了下来。

早餐吃得并不是很愉快，主要是阿克突然提到傅沛，让本来在抢最后一个汤包的顾未易和司徒末动作一滞，气氛整个降到冰点。

阿克说："末末啊，傅沛快得神经病了，你不联系他，他就不敢联系你，他现在连工作都没心思找了。"

他说："末末，你有什么话跟他讲清楚吧，这样下去不是办法。"

他还说："末末，傅沛真的很喜欢你，大学四年我们都听他念叨你念叨到烦死了。是吧，未易？"

末末看向顾未易，他面无表情地夹起最后一个汤包，木然地点头。末末有点不知道该说什么，突然袭上心口的委屈，像是雨天里永远晾不干的毛衣，湿漉漉地发着霉。

吃过饭，三人往回走的时候阿克的电话响了，接完电话，他笑逐颜开地说："晚上我请大家唱歌，我之前面试的公司通知我去实习了。"

"这么快？早上面的下午就通知了？"顾未易问。

"不是早上的那家，是前两天面的。"阿克边说边拨电话，"我叫大胖他们过来，晚上一起去玩。"末末和顾未易两人沉默不语。

挂了电话，阿克说："末末，傅沛也会来，你不会介意吧？"

不介意你个死人骨头。

末末沉下脸："我晚上还有事，你们去玩吧。"

阿克也不知是真傻还是装傻，说："能有什么事啊，你该不会是不想见到傅沛吧？"

末末还没来得及说什么，就被手机铃声打断了，她从兜里掏出手机一看，是虎妞："虎妞，怎么了？"

"末末……"电话那头传来虎妞慌乱的哭泣声。

末末吓了一跳，赶紧安慰："别哭别哭，告诉我发生什么事了？"

"王珊……王珊……她……割脉……流了好多血。"虎妞带着哭腔的声音断断续续的。

末末一时有点脚软，抓了一下顾未易的手臂才站稳："送医院了没？"

"送了。"

"哪个医院？"

"人民医院。"

"我马上过来。"末末挂了电话拔腿要跑，顾未易扯住她："冷静点，发生什么事了？你要去哪里？"

末末定了定神才说："王珊割脉了，现在在医院。"

"我和你一起去。"顾未易说，回过头去交代阿克，"打电话给傅沛，让他马上到人民医院。"

两人赶到医院，看到虎妞和梦露坐在手术室外的长凳上，紧握着对方的手，都是一脸惊恐。

末末快步上前，问："王珊怎么样了？"

虎妞扑上来抱住她，颤声说："末末……我吓死了……我去打饭，回来的时候王珊躺在床上，我过去问她要不要吃点，床上都是血……"

末末边拍着她的背，边问梦露："她怎么样了？"

梦露也是惊魂未定的样子，讷讷地说："还不知道。"

末末对她招手，她才回过神来似的也扑上来，抱着她们，哇的一声哭了："我好怕……都是血，连下铺都是……"

顾未易靠着墙，看着眼前三个哭成一团的女孩子，似乎回到了高中毕业的那个暑假，也是这么长长的走廊，也是紧闭着的手术室门，也是浓浓的消毒水味道，还有……也是这样子的哭声，很长的一段时间，都在他的梦里纠缠着。

他受不了不珍惜自己生命的人，更受不了有人试图用自杀当威胁的武器。

手术室的灯终于灭了，先是出来了一个护士，末末她们赶紧冲上去问："护士小姐，我们的朋友怎么样了？"

"病人目前情况已经稳定，但是失血过多还处在昏迷状态。"护士见惯了这种场面，很是冷静，"详细等医生出来了你们问医生吧。"

医生随即也出来了，跟她们解释："病患的出血已经止住，伤口也已缝合，给她输了血。大概两三个小时后会清醒过来，一般自杀的病患醒过来情况会有点不稳定，请尽量不要刺激到她。"

两个护士推着王珊的病床出来，王珊苍白的脸，发紫的嘴唇，看得她们心里一抽。

顾未易出去给她们买喝的，回来的路上刚好碰上匆匆赶来的傅沛。傅沛一脸惊慌，抓着他问王珊怎么样了，当听到已经没事了的时候才松了口气，瘫坐在一旁的长凳上。

"未易，我该怎么办？"傅沛迷惘地看着顾未易，倒是没了之前那仇深似海的模样。

顾未易递给他一瓶水，也在长凳上坐下。

傅沛手里紧紧攥着那瓶水，像自言自语似的说："我知道我爱玩，没个定性，但是我从来没想过真的去伤害谁，末末也好，王珊也好，我真的从来没想过要伤害她们的。"

顾未易拍拍他的肩膀："先别想那么多了，去看看她吧。"

傅沛仿佛没听到他的话："我不知道王珊这么在意的，当时在一起的时候我都跟她说了，我不是个认真对待感情的人，她还笑着说她比我更游戏人间，然后她跟我喝了很多酒，然后她就脱衣服了……"

"傅沛。"顾未易打断他，"现在说什么都于事无补，你先去看看她，然后再想怎么解决。"

傅沛深吸一口气，起身，朝病房走去。

第20章

傅沛推开门，第一眼看到的是末末。末末漠然地看了他一眼，起身离开。他看了病床上昏迷着的王珊一眼，转身跟了出去。

末末听到后面急促的脚步声，为了不在医院上演你追我赶的戏码，她主动停了下来，背对着他说："回去。"

傅沛跟着停下脚步："末末，你听我说。"

末末暗叹一声好烦，为什么每个开场白都是你听我说，说什么说！她只想当个路人甲乙丙丁，为什么老是要扯上她？正在烦恼怎么脱身之际，顾未易出现在走廊的另一头。末末灵机一动，拔腿冲过去挽住了他的胳膊。顾未易被她的动作弄得一愣，反应过来后瞪了她一眼，但还是任她挽着。

末末暗自吸了口气，装出一副理直气壮的样子，对傅沛说："我现在和顾未易很相爱，希望你能祝福我们。"这话一讲完，末末自己抖了一抖。顾未易也抖了一抖，不可置信地看着她。末末想：毁了！电视剧果然不能看太多的，这么雷人的话也讲得出来。

傅沛难以置信："顾未易，你为什么要这么对我？"

顾未易心想：我怎么知道为什么，我只是出来买水的。

末末抢着说："不关他的事。"想想不对，又补充说，"不关你的事。"

傅沛正想说什么，顾未易打断他说："司徒末，戏你自己演吧，有些事情不是单方面说了算的，该讲清楚的还是讲清楚吧。我拿水进去给她们。"

末末目瞪口呆地盯着顾未易转身而去的背影。背叛！真是赤裸裸的背叛！说什么男人是最讲义气的，骗人！

"末末，你为什么要骗我？"傅沛扯住末末的手问。

末末用力把手抽回来："算了，我们找个地方聊一聊吧。"

末末和傅沛两人面对面坐着，一时都不知道该从何说起，从言情的角度来看，这场景挺让人唏嘘的。但末末没了那心思，一心只想什么事都不管，回家看看电视上上网，难得放假呀。

傅沛深叹了一口气才说："末末，我和王珊不是你想象中的那样，我只是想气气你而已。没想到……"

末末摆摆手打断他："没关系，这个不重要，我不想知道。"

"末末……"傅沛露出哀伤的脸色。

末末再一次打断他："我们就单纯聊聊我们俩的问题吧。让我先讲吧，你别打断我，让我一次讲完。我喜欢你很久了，至少在你和王珊在一起之前我一直都是喜欢你的。我猜你一直都知道的，每个人都以为是我对你不假以辞色，其实你我心里都明白，这几年来是你吃定了我，你够自信，你觉得不管如何我都会一直等着你，我也够犯贱，真的就一直以为你玩累了就会到我身边来。"末末喝了一口茶，继续，"其实我以前也幼稚，总是想，我对你坏点，你就会对我上心，你得不到我，你就越想得到我，回头想想还真是恶心的想法。现在嘛，我还真的就不喜欢你了，也想不起当初为什么会喜欢你。大概是佛祖显灵，我总算脱离你这个苦海了。我要讲的就这么多了，换你了。"

傅沛张了好几次嘴才说："末末，我真的喜欢你，我可以改的，你再给我一次机会好不好？我会对你很好的，我以后一定不让你难过了，好不好？"

末末对他的抓不到重点感到失望，只得再重申一次："现在的问题不是你，是我，我不喜欢你了。"讲完这句，末末居然有种出了一口气的爽快，真是不厚道。

傅沛怒火中烧："你怎么可以说得这么轻松，你的感情也太收放自如了吧！"

收放自如啊，多好的词儿啊，末末都快站起来鼓掌了，她瞎折腾了五六年，把自己那算不上美好的青葱青蒜岁月都搭在这段纠结的感情上了，总算也能搭上收放自如这趟列车了，叫她如何能不欢欣鼓舞呢？

末末又喝了一口茶，跟顾未易住得久了，也染上喝茶的习惯，真是糟糕。她手指勾着杯环，轻轻晃着杯子里的茶，说："傅沛，你以为你有资格对我的感情说三道四？我就是不喜欢你了，我觉得我值得更好的，我可以遇到更好的人，怎样？"

傅沛拍了一下桌子蹿起来："谁是更好的人？顾未易？"

末末受不了大家对他们侧目，瞪他一眼："你要么坐下来冷静地好好谈，要么就别谈了，一个人在这里拍桌子拍个够。"

傅沛咽了口气坐下来，磨牙道："你喜欢顾未易？"

末末思索了一下，自觉对顾未易还未上升到喜欢的感情高度，那么就不便再破坏人家兄弟感情，于是她说："没，纯粹是我自己觉得你给不了我想要的感情。"

傅沛又激动上了："你要的是什么感情，凭什么觉得我给不了？"

末末很是无奈："你要我具体说，我还真说不上来，但至少是让我觉得，我何德何能才得到这样的爱情，而不是让我一直觉得，我值得更好的爱情。"

"你的意思是，我不值得？"傅沛哼了一声。

末末松了口气，狂点头。他总算是听懂了啊，害她兜那么久。

他突然用坚定的眼神看着她，说："我知道该怎么做了，我会做到让你觉得我就是值得的。"说完起身走掉，气势十分了得。

末末傻眼。且不论他那气势压人的离场，他是怎么得出这么个误人误己的结论的？

回病房的路上，末末遇到了虎妞和梦露。她俩说王珊想和傅沛单独待着，所以她们回宿舍拿点东西，末末想自己很久没回学校了，干脆跟着她们一块儿回去了，一路上听梦露诉说她不在的两个星期里王珊和傅沛那抵死缠绵、缠绵抵死的破事儿，多的她也没记住，典型的是某个雨夜，王珊和傅沛两人在宿舍楼下疯狂争吵，连大珠小珠落玉盘的雨声也没能掩盖住他们的争吵声，引出一大群寂寞女青年搬椅子在走廊上嗑瓜子看戏。根据广大人民群众的智慧投票选出来的这场争吵的经典语录大致如下：

王珊篇：

一、你知道吗？我爱你爱到失去自我，我都不知道我是谁了！

二、我心痛得就要死掉死掉死掉死掉死掉死掉……

三、我那么爱你，你怎么可以不爱我呢？你怎么可以怎么可以？

傅沛篇：

一、我对不起你，但是我是云，从不只为了一块天空停留。

二、为什么你不能学会不在乎天长地久呢？

三、我们就不能让往事如烟吗？

根据大一新生中文系才女周筱的分析，这六句话之所以能够高票当选，主要是因为当中大量地运用了设问、反问、强调、对比、比喻、通感、用典等修辞手法，使得句子通俗易懂、引人入胜。

末末站在宿舍门外等着她们收拾沾血的床，无聊之际倚着墙翻短信看，再一条条地删除，翻着翻着突然翻到顾未易的短信，她就奇怪了，印象中还真没和顾未易发过短信，哪里来的短信呀？她打开，简单的一句"你的伤好了没有？"再看看发送日期，她脚受伤时候的事了，隐约有印象当时有个不认识的号码发了这么条短信。女孩子总是特别容易被这样的小细节所感动，末末自然也不例外，一想到原来在那么久之前，顾未易就已经很关心她了，她就觉得脚下轻飘飘的，心情愉悦得可以腾空。

"末末，可以进来了。"虎妞招呼她。

末末把手机往口袋里塞，一不小心就按下了拨出键，顾未易的声音从她口袋里闷闷地传出来，末末又手忙脚乱地从口袋里掏出手机："喂，是我。"

"废话，我当然知道是你，你跑去哪了？我到处找不到你。"顾未易的声音听起来稍稍有点急。

末末这才想起她把顾未易丢在医院了，有点抱歉："我在学校，和室友过来拿点东西。"

"你是不是人？走了也不说一声，让我一个人对着那对苦命鸳鸯。"顾未易停顿了一下又说，"你拿完东西早点回家，他们的事你别管了。"

"好。"末末乖巧地回答。

顾未易带着狐疑的声音："你没喝酒吧？这么好说话？"

末末笑着说："没，我会早点……回家的。"

第21章

由于王珊自杀事件而被迫中断的阿克庆功宴推迟到周末举行，出席的人有：司徒末、顾未易、大胖、眼镜仔、梦露、虎妞。梦露和虎妞是末末在大胖的强烈要求下不得已连哄带骗带来的，幸亏没让她们的男人们知道，不然末末迟早被剥皮拆骨。而阿克钦点要出席的傅沛因为留在医院照顾王珊没来，末末长松了口气，她最近烦死他了，一天到晚给她发短信，又是道歉又是示爱的，昨天还恶心到让顾未易带情书给她，她瞄了两眼，也不知道他在哪里抄的，什么你是我的星星月亮太阳自转公转之类的，肉酸得她哟！人性真是奇妙，喜欢的时候他说什么都是喜欢的，不喜欢的时候说什么都是烦人的，情话从对的人口里说出来就是甜蜜，从不对的人口里说出来就是恶心。真是讽刺，她等待了近六年的情话，现在听起来居然像笑话。

阿克同志据说找到了传说中某个最可以混吃等死的岗位，丁是整个人财大气粗了起来，一群人浩浩荡荡地杀向本地最好的餐厅之一。末末进门就觉得眼熟，回忆了好久才想起上次和铁哥就是在这个鬼地方被灌得七荤八素的，后来她还被铁哥骂没义气，说她丢下他跟小男朋友跑了。末末瞄了一眼走在前面的"小男朋友"，他从昨天给了她傅沛的情书后就冷冷淡淡的，她好几次想撩他斗嘴都无疾而终，相当的无奈。

"末末，真的不用我们付钱？"梦露趴在末末的耳朵旁念，"这里这么贵，真要我付，我得去卖身。"

末末推了她一下，声音有点大："别趴我耳边说话，痒死了。"大一有一次大家在宿舍闹着玩的时候，不知道谁往末末耳边吹了一口气，吓得她缩在地上好久，从此这些家伙动不动就爱趴她耳边讲话。

顾未易听到动静回头瞥了她一眼，末末缩了缩脖子。

吃饭的时候，座位有点诡异，梦露被大胖和眼镜仔两条狼夹在中间，虎妞被大胖和阿克夹在中间，所以末末就被阿克和顾未易夹在中间了。这种中间插花式的位置，让末末俨然觉得她们好像陪酒的……

末末不知道阿克怎么了，之前一直都和他处得挺好的，但从上次之后，他好像特别不待见她，尤其是现在，她都跟他说了自己酒精过敏，他还倒了满满一杯酒给她，还说什么不喝就是不给他面子，不替他高兴。

末末不得已接过阿克递过来的酒，正要喝，顾未易突然伸过手来抢过酒杯，仰头喝下，没好气地说："醉了倒霉的是我！"

阿克一脸看不过眼的样子："未易，大家都喝，她自己也要喝的，关你什么事啊？"

末末心想，老娘什么时候讲过我要喝？不是你逼我喝的么？

顾未易砰的一声放下杯子，冷冷道："她的酒我负责喝。"

阿克往顾未易面前的杯子倒酒："那不如把没法参加的傅沛的份也喝了。"

这句话一出，末末总算明白他百般刁难为的是什么了，敢情为兄弟出头呢。她这是造了什么孽啊，搞得跟红颜祸水似的。末末移过顾未易面前的杯子："我喝。"

顾未易拍开她的手："你少给我找麻烦。"

他那一掌拍得可真用力呀，末末在餐桌底下揉着手，忍不住瞪他，只见他面无表情地喝酒，一杯又一杯的。

吃过饭，他们又决定去KTV唱歌，末末对这个决定是保持观望态度的，因为梦露和虎妞是麦霸，看到麦克风就红眼，她们宿舍有一次一起去唱K，末末和王珊连麦克风的边都没摸到，相当残忍。

到了KTV，末末才发现，一山还有一山高，一麦霸还有一麦霸霸。除了顾未易外，其他三人抢起麦克风来可真是花招百出，于是就见那五人在点歌机旁围成一堆，推来推去，指指点点个没完。

末末偷看一眼沙发另一头的顾未易，他从进门到现在都靠在靠背上，闭着眼睛，耳根有点红，醉了吗？

算了，末末叹口气，从桌上拿了一罐王老吉，拉开拉环，挪到他旁边，碰碰他："喂，没事吧？"

他紧闭着的眼皮动了动，长长的眼睫毛微微扇动，最终还是闭着眼说："没事。"

末末翻了个白眼，没事才怪，他才讲了两个字她就可以闻到扑鼻的酒味，她拿王老吉碰碰他的手："喂，喝点王老吉。"

"不喝。"语气不是很好。

她有点火了。这家伙凭什么一天到晚摆脸色给她看啊？欺负她脾气好也不是这样的！她自己灌了一口王老吉，哼了一声："不喝拉倒！"然后挪回沙发的另一角，想着不解气，干脆坐到单人沙发上去，离他远远的。

顾未易微微睁开眼，见她拧着眉绷着脸看电视屏幕。

五分钟后，顾未易起身搬了把椅子，放到末末坐着的沙发右边，坐下然后伸手拿过她手上的王老吉："我有点渴。"

末末把视线从屏幕转到他身上，他安静地喝着王老吉，昏暗的光线下，宁静而美好。

五秒后，末末再一次别过脸去看电视上的MV，脸爆红，他喝的王老吉是她喝过的……

顾未易望着她别过去的脸，头有点晕，再喝下几口王老吉后把罐子塞还给她，然后半倚在她沙发的靠背上闭目养神。

末末微微屏住呼吸，他靠她好近……她都可以感觉到他的呼吸混着酒气喷在她的手臂上，刷过她每根汗毛，麻麻痒痒的。

十二点多，那群K歌之王们总算尽兴，顾未易已经趴在沙发的扶手上沉沉地睡去了。末末拍拍他手臂："顾未易，起来了。顾未易，我们回去了。"

顾未易迷迷糊糊地抬起头："回去了？"

末末点头："回去了。"

阿克他们负责送梦露和虎妞回学校，梦露临上计程车前，从包里掏出一封信塞给末末说："早上在医院遇到傅沛，他让我给你的。"

末末拿着信发愣，现在是怎样？全民都是邮递员？

"司徒末，回家了。"顾未易沉着脸扯扯她的衣服后摆。

末末回过头来笑一笑："好。"顺手把信塞进路旁的垃圾桶。

顾未易瞪大眼睛看她："那是垃圾桶。"

末末拍拍手，顽皮地笑："我当然知道是垃圾桶，我又不是出版社，他还每天投稿啊！"

顾未易心情大好，揉揉她的头，说："你都不感动？这么冷静？"

末末伸出四个手指在他面前晃晃："四个字，久病成良医。"

他笑着拍开她的手："明明就是五个字，数学不好。"

"啊？"末末掰着手指一个一个数："久、病、成、良、医，咦，真的是五个字耶。"

她数数的时候眼睛一眨一眨的，着实可爱，顾未易伸手过去，拉住她的手："我们走回去吧。"

末末想抽回手，但他握得实在太紧，她恼怒地说："你这是什么意思？"

顾未易眯着眼睛笑："我喝醉了，站不稳。"

末末狐疑地打量他，耳朵是红了点，眼睛也的确是对不上焦的。她深切地明白跟酒鬼讲道理是不理智的行为，于是只得任他牵着，但是这个可忍，另一件事可忍不得："你知道从这里回家要多久吗？我要打的。"

顾未易不肯："我坐车会吐，而且你上次在这里喝醉我还是背着你回去的。"

她晃晃两人牵着的手："你倒是记得挺清楚的嘛，你确定你真的醉了？"

他重重地点头："确定。"

末末无奈，真是诚实的酒鬼啊："那走吧。"

他们一路走走停停，看沿途的路灯把他们的影子拉长缩短，缩短拉长。沿路不时进行一些奇怪的对话：

末末："顾未易，你手松点，捏得我有点痛。"

顾未易："是你的手太小了，我握不住。"

末末："那就别握。"

顾未易："都说我会晕了，你以为我想握啊。"

末末："也不知道你是真醉还是假醉。"

顾未易："真醉。"

……

顾未易："司徒末。"

末末："干吗？"

顾未易："叫叫看你会不会应，你不是讨厌人家叫你司徒末的吗？"

末末："你怎么知道我讨厌人家叫我司徒末？"

顾未易："傅沛说的。"

末末："那你还每次叫。"

顾未易："我高兴。"

末末大声地："顾未易！"

顾未易："小声点，我头痛。"

末末更大声地："顾未易！顾未易！顾未易！"连着叫了几次，末末突然发现，他的名字去掉中间的字，就是"故意"，正得意地要开口损他，顾未易说："你是故意的，你想害我头痛致死。"

末末为"你是故意的"这句有歧义的句子心跳漏了一拍，小脸通红，愣愣的不知道怎么接话。

顾未易捏一下掌中的小手："喂，干吗不说话？"

末末："你不是嫌我吵。"

顾未易："你知道就好。"

末末："那你别跟我说话呀。"

顾未易："你叫我别说就别说啊？"

末末用指甲狠狠抠他掌心："没见过喝醉了这么啰唆的人。"

顾未易："没见过对喝醉的人这么不温柔的人。"

末末："你到底是真醉还假醉啊？逻辑这么清楚。"

顾未易："真醉。"

末末："最好是。"

第22章

末末被派到外地去培训了一个多星期，期间顾未易除了第一天为了确认她安全抵达目的地打了一通电话，之后就再没联系过她。倒是傅沛的短信就没断过，她每次收到都是直接删除。

末末挺失落的，她多少猜得到顾未易对她有那么点意思，她自然也是有心的，不然还真以为她的手谁都能牵啊？不然她怎么能对傅沛那么决绝，忘记一个人最快的方法就是惦记另一个人。所以末末才郁闷，顾未易同学该不会在和她上演欲擒故纵的把戏吧？不过她也没谱，毕竟他和傅沛是那么好的朋友，兄弟和女人，手足和衣服，她虽然鄙视这样的比喻，但说不准顾未易会选择断手足还是脱衣服。

这一个星期学的东西其实快把末末逼疯了。隔行如隔山，广告毕竟不是她的专业，她学得头昏脑涨还要惦记顾未易没给她打电话的事，对他更是多了几分牙痒痒。

在这里她住的是公司总部的员工宿舍，环境挺不错的。据说她所在的分公司也有员工宿舍，环境也不错，而且据说转正之后她是可以选择住公司宿舍或者领住房补贴的。她听到这消息的第一反应是补贴多少钱，真是没出息呀。她想着明天要回去了，拿着手机好几次想打给顾未易都按不下去，干脆一咬牙关了机去收拾行李。

第二天一大早就上了飞机，昏昏沉沉睡了两个小时，又坐了一个小时的车回到家。打开门，家里静悄悄的，她叫了几句都没人应，心里突然就难受了起来，拉着行李回到自己的房间，用力甩上门睡觉。

顾未易拖着疲惫的身子回到家的时候，第一眼就看到了鞋架上司徒末的鞋，嘴角上扬，她回来了啊？他快速地换上拖鞋，冲到她房门口敲门："司徒末，司徒末。"

"干吗？"她的声音闷闷的。

顾未易："你在睡觉吗？"

"对。"

"出来。"

"不要，我很困。"

顾未易更用力地敲门："睡什么睡，出来！"

末末火大地掀开被子下床，用力打开门："你烦不烦啊！说了我很困！"

顾未易被她的鸟窝头逗笑，伸手去把它揉得更乱："吃炸药了啊？"

末末对他的态度很不满，扭开头："你到底叫我起来干吗？"

他还是笑："咋啦？谁惹你老人家动这么大的肝火？"

末末被他这么一说反而不好发作了，讪讪说："能有什么人，我困而已。"

他不以为意："换衣服，我带你去吃好吃的。"

末末翻白眼："我不饿，我回去睡觉了。"

"喂。"顾未易扯住她，"别这么不给面子，我有好消息要告诉你。"

末末本来想耍脾气说你的好消息关我什么事，但终究没说出来，只是不情愿地拖拉着去换衣服。

顾未易带她去了个西餐厅，气氛相当浪漫，害末末心跳得有点失速。尤其是末末点着餐牌上最贵的套餐时他还笑得一脸甘之如饴，这让她更加以为他是准备表白，于是心跳得跟擂鼓似的。哪知顾大哥他老人家开始给她讲他这一个星期来和教授两人在实验室里闭关做实验，做得多么的昏天暗地、可歌可泣。虽然话题无聊兼拐弯抹角，但末末还是猜到了他在跟她解释这个星期没给她打电话的原因，即使这种解释太不可爱、太迂回了点，末末还是成功地从他笨拙的解释中找回好心情。但是，他到底什么时候要切入重点啊？她都听了半个小时的电子离子光能电能机械能了……

"顾未易。"末末举着叉子晃了一晃，"你不是说有好消息？"

顾未易才想起来似的："我的指导教授把我的毕业实验报告拿去参加省大学生理工生毕业设计大赛，得了一等奖。"

末末不是很明白那个奖的意义，只能说："听起来好像挺厉害的样子。"

顾未易耸耸肩，说："我被保送本校的研究生了，而且拿到省科学院的offer，上个学期申请的麻省理工也拿到录取通知书了。"

这会儿末末算是听明白了。科学院！麻省理工！他不是挺厉害的，他是超级无敌霹雳厉害！没想到这个每天在家里的沙发上挺尸翻杂志的家伙是传说中的科学家……她继见到一个活的明星之后又开创了人生的另一高峰——认识一个活的科学家，而且还住一块儿！

麻省理工？这个学校对于任何学子来说都是神一般的学校吧，他到底是什么人类啊，居然能拿到它的录取通知书！末末感觉他脑袋上突然多了光环，忍不住崇拜起来。崇拜了好一会儿，她才想起麻省理工在美国，也就是说——他要出国了？末末的好心情突然之间荡然无存，硬是挤出一个笑问他："果然厉害，恭喜你呀，那……你要去哪一个？"

顾未易摇摇头："还没想好。"

"哦。"末末低下头切牛排。

顾未易看看她，试探地问："你觉得呢？"

末末拿刀叉的手一顿，抬头微笑："拜托，麻省理工耶，这个学校要是愿意录我，我就算是死了也要飘过去。"

顾未易点点头，眼神中失望一闪而过。

后半段是怎么把饭吃完的，末末完全记不得了，大概就咀嚼、吞咽，可惜了那么贵的牛排呀。

第二天一大早就下起大雨。雨滴噼噼啪啪地打在玻璃上，吵得末末连睡梦中都焦虑不安，最终还是从梦中醒来，她靠着床头，试图去回想梦里的片段，恍恍惚惚的，好像有顾未易，好像有自由女神像，还是顾未易涂绿了变成自由女神像？她拍拍脑袋下床开门出去，一出房门就看到顾未易背对着她站在客厅的窗前，像是在看雨景，这么有情调……末末迟疑了一下，终究还是站在原地看他。

顾未易彻夜未眠，虽说他心里多少有底了，但难免还是会犹豫，未来的事谁也说不清，去或不去，后悔或不后悔，他设想了一整个晚上，来来回回地把所有可能的设想都在脑海中过了一遍。清晨开始下雨，他干脆起床泡茶看雨，还真是难得这么有情调。他转转手里的杯子，抬眼看窗玻璃，她准备在后面站多久？

末末眨眨眼睛，心里叹了口气，窗外雨潺潺，他会是谁的此间少年？吞下到喉咙的哽咽，她转身。

顾未易喝了一口茶，有点凉。眼角余光瞄到她转身，开口唤："司徒末。"

末末迈出去的脚收回来，转身："嗯？"

他也转身，笑着说："过来。"

末末缓慢地走近顾未易，他把茶杯递给她，她愣愣接下："干吗？"

顾未易只是笑，突然伸过手来，把她带入怀中抱住："这样我才空得出手来抱你啊。"

末末撞进他胸膛，脑海一片空白，半天才支吾出一句："你这样……什么意思？"

顾未易松开她，退后一步，俯下身子和她对视："你还要装傻？"

末末偏头避开他的眼睛："我不知道你在说什么。"

顾未易扳过她的头，硬是和她对视："我喜欢你，想和你在一起。现在知道我在说什么了吧？"

末末眼神飘忽闪烁，就是不跟他对上眼："哦。"

哦？这是什么答案？顾未易愣了一下，他第一次跟女生表白，缺少实战经验，压根儿不知道要怎么应付这样的答案，只得追问："你怎么说？"

末末低下头，讷讷地说："我不知道。"

顾未易显然对这个答案相当不满："什么叫你不知道？你不知道谁知道？"

她被逼问得有点手足无措，端起手里的茶就喝，喝得急呛到了，咳个不停。

顾未易拍着她的背，突然挑高眉毛笑："你该不会是害羞了吧？"

末末直起身子，拨开他的手，恼怒地说："谁害羞了！你表白的人没害羞，我干吗要害羞？"

他边笑边揉她的头发："好啊，不害羞就告诉我答案。"

末末躲开，生硬地说："不要！"

顾未易神经绷紧："你是说不要和我在一起还是不要告诉我答案？"

"啊？"末末眨巴着大眼睛，"给我点时间考虑一下。"

"多久？"

"什么多久？"

"考虑多久？"

末末想了一下，比出两只手指："两个星期。"

顾未易拍掉她的手："两个星期？你要不要干脆说两年？不行，顶多两天。"

"两天太短了啦。"末末扯着他衣服的下摆，"一个星期。"

"不行，两天或两个小时，你看着办！"顾未易斜着眼看她的手绞着他的衣摆。

末末瞪他："那现在给你答案好了，我不要和你在一起。"

顾未易也瞪她，两人顿时呈现像漫画中的场景——长短腿之瞪。

最终在两人眼睛都要脱窗之际，顾未易咬牙切齿地说："一个星期就一个星期。"

末末得意地笑，把茶杯塞回去给他，说："你慢慢赏雨，我去刷牙洗脸。"

她进了浴室，顾未易把杯子重重地放在窗沿上，为自己的冲动而懊恼，他表白为什么不能选个灯光好气氛佳的时机，不然至少等女主角刷完牙洗完脸。

第23章

末末关上浴室门，靠在门上喘气。妈呀，心跳得那个快呀，她都快咬舌自尽了！挺佩服自己的，刚刚的表现可圈可点，至少维持了少女该有的矜持和娇羞又不缺乏现代女性该有的强硬作风，真是好一朵美丽的铿锵玫瑰花！

刷了牙洗了脸后，末末冷静了下来，开始思索这段感情的可行性，关键现在不是她答不答应的问题，而是他出不出国的问题，她又不敢去问，怕问了会给他压力，从而影响他的决定。不管他去与不去，她都希望是他自己做的决定，这是关乎他人生的决定，她小心翼翼地不敢去掺和。但是，如果两人真的在一起了，他的人生她势必要掺和的，早掺和晚掺和又有什么分别？

她脑袋瓜子都快崩裂了还是没想出个头绪来。也对，人家不是说了，爱情是没有什么理智可言的，她干脆掷硬币决定要不要和他在一起算了。

末末出了浴室门，瞄了眼客厅，顾未易不知所终，她喊了声："顾未易？"没回应，去看他的房间，也没人。这就奇了怪了，难道他表白完就后悔，溜了？难不成刚刚发生的事是她自己在梦游？

末末在屋子里绕来绕去，总算发现在客厅的桌子上放着一张留言纸，内容如下：

司徒末，教授刚刚打电话给我，我得回学校去了，冰箱里有吃的，自己做早餐，不准不吃早餐。顾未易

他的字迹潦草，但是好看。

末末把纸折好，进到房间放抽屉里，本想直接躺回床上补眠，想了想还是绕到厨房去做了个简单的早餐吃。再回到房间时已了无睡意，干脆开电脑上网，一上Q就发现班里的群头像闪个不停，点开看，在讨论毕业纪念册的制作问题。末末赶紧隐身，可惜，来不及了，班长的头像在右下方闪烁着，她无奈地点开，果然：末末，你不是在广告公司上班么？我们班毕业纪念册的事情就交给你了。

末末不回应，试图假装不在。

过了不一会儿，班长又说了：末末，别给我装死，再不回我打你电话了。

末末只好回她：这不是来了嘛，刚刚上厕所去了，我最近忙死了，哪有空做什么毕业纪念册啊。

班长回：没关系，离毕业还有一个来月，你慢慢做，反正毕业前一个星期赶出来就行了。

末末：……

班长：我代表全班同学感谢末末同学的辛勤劳动。

末末无奈，她向来斗不过这位恩威并施的班长大人，只得答应下来。末末是秉着今日事今日毕的人，既然答应了干脆就开始动手做，但她并没有做毕业纪念册的经验，所以只得上网下载了几个模板，参考了一下前人的智慧后发现也没想象中那么难，不过就是照片加煽情

的文字组成的一个册子。她上Q群发了个通知，让大家把单人照合照之类要放入纪念册的照片发到她邮箱，这才发现，毕业纪念册最难的地方是在等和催班里那些大爷们发照片这一环节，反正今天是不能动手做了，她干脆关了电脑躺在床上翻培训时上课记的笔记。最后一页记了不少培训的老师推荐看的书，末末想干脆趁着今天有空去书店买回来。她把记着书单的那页纸从笔记本上撕下来塞到手包里，简单收拾一下出了门。没想到刚下楼就碰到了顾未易。她没有料到这么快又见到他，有种没有准备好的慌张，怔了一下，脸突然飞红。

顾未易奇怪地看着她："喂，你干吗脸红？"

"我哪有？"她直觉性顶嘴又直觉性岔开话题，"你不是去学校了吗？"

"我半路接到电话叫我明天再去，你呢？要去哪里？"

"书城。"

顾未易似笑非笑："怎么，装知识分子啊？"

末末白了他一眼，有这么嘴贱的人么？"对，就你是知识分子，你好好去你的麻省理工待着，别来烦我。"

他拍拍她的肩："麻省理工不过是过眼云烟，我觉得骚扰你比较好玩，我和你一起去吧。"

末末瞥他："过眼云烟滚远点，我拒吸二手烟。"

顾未易笑："我是一手的，走啦，去完书城可以吃午饭了，我饿死了。"

末末："你没吃早饭啊？"

顾未易："我出门那么急，哪来的时间吃？"

末末："自己没吃，还好意思留纸条叫我吃。"

顾未易："我这不是怕冰箱里的东西坏了嘛。"

末末："你饿死活该。"

书城。

末末很快找到了书单上的几本书，然后就无所事事地在小说和漫画区翻来翻去，顾未易从一进门就站在一个挂着材料学的图书区没动过。末末从来不知道有一种叫材料学的东西，今天算是大长见识了。

末末觉得他看的书太无聊，塞给他本小说："你不看小说的吗？"

顾未易："看啊，有一本书叫《人生必看的百部名著》，我把上面列的一百本都看了。"

末末突然觉得他也太可爱了吧，笑着说："我给你加十分。"

他愣愣地："什么加十分？"

末末随口说："我列了个表，你每做一件让我觉得高兴的事我就加十分，让我不高兴了我就减十分，最终成绩及格我就和你交往。"

顾未易不满："不带这样玩的。第一，你的评分标准不公平，我现在还不知道刚刚怎么让你高兴了，所以同理我也不知道怎么你就不开心了；第二，这种做法很幼稚，我们交往为什么要建立在这么幼稚的做法上？"

末末其实是随口编着好玩的，但被他这么一嫌弃，心里就不爽了："反正你觉得幼稚，那刚刚十分不加了。"

顾未易脸色讪讪，憋了半天才说："随便你要怎么评分，但刚刚那十分给我加上。"

末末憋住笑，郑重地点点头。

他被她的表情气得牙痒痒，又不好发作，只能撇过头去，研究书架上花花绿绿的书。

末末把书往下移了一点，抬眼看沙发另一角的顾未易，两人从吃完午饭回家就各据长沙发一边安静地看书，这期间他除了起身泡茶时问她要不要之后就没再和她搭过一句话，这可是长长的一个小时啊！有他这么追女孩子的么？

再一次抬眼，他还是聚精会神地看那本《热拌沥青材料》，末末十分无奈，她比较想吃凉拌青瓜。她终究忍不住撩他说话："顾未易。"

"嗯？"头也不抬的。

"你真的喜欢我吗？"她突然有点怀疑了。

某人眼睛还是没有离开书，语气倒是挺坚决的："真的。"

"那你喜欢我什么？"

顾未易这次眼睛总算是离开书了，眼睛上下打量了她一会儿，说："不知道。"

末末气恼："什么叫不知道，一定要说个理由。"

他很认真地想了一下："想不出来。"

末末被逼得开始无耻，威胁道："想不出来？好，扣分。"

顾未易叹气，无奈地合上书："你起酒疹的样子很可爱。"

"算我多嘴。"

过了十分钟，末末又开始想撩他说话了："喂，顾未易。"

"嗯？"依然头也不抬。

末末想，怎么会有这么爱看书的人哪？眼睛干脆黏在书上好了，难怪能上麻省理工，想到这里突然问："喂，你连麻省理工都能申请到，为什么没考上清华北大之类的？"

顾未易翻书的手一滞，眼睛闪过阴沉，抬头却是笑着的："上了清华北大就遇不到你了。"

末末暗骂太狡猾了，不过听着还是挺受用的："你少给我甜言蜜语。"

顾未易笑得含苞待放："你脸红了。不如加分吧。"

末末瞪他："扣分！"

他也瞪她："为什么？"

末末转转眼珠子："巧言令色，鲜矣仁。"

顾未易："别呀，你这评分标准也太诡异了吧。"

末末得意："我高兴。"

顾未易点点头："既然高兴了就加分吧。"

末末哼一声："我又不高兴了。"

第24章

日子不紧不慢地过着，顾未易这人也奇特，表白完了之后也没什么后续动作，即没对她特别好，也不催着她给答复，顶多就是有时会端两杯茶招呼她一起喝。像今晚，两人都在家，但他在他房间看书，她在她房间做毕业纪念册，老死不相往来的死样子。

中间末末还特地到他房间晃了一晃说要借Photoshop的教程书，顾未易从书架上抽出一本书给她，还强调了两句："这是中级的，你看不懂的话再过来问我。"

末末的小女生心思没被领情，有点讪讪："哦，好。"

她走出房间顾未易才叹口气放下书，最近他是越来越没出息了，只要司徒末一出现，他睁大眼睛就是一个字也读不进去，只要她对他一笑，他的脑袋轰的一声就蒙了，像是旋涡里打转的叶子，满脑子的梨涡浅笑。

末末回到房间就觉得懊恼，自己明显没隔壁那座大佛沉得住气。她正把书翻得哗啦啦作响的时候，顾未易抱着衣服从房前经过，看了她一眼说："司徒末，书没得罪你吧？"

末末白他一眼，懒得迎战他的挑衅。顾未易耸耸肩，无趣地进浴室洗澡。

十来分钟后，末末边研究书边做纪念册，耳边传来两声叩门声，抬头。

顾未易倚着门擦头发，水滴滴答答地滴在他肩膀上，秀色可餐。

末末瞪他："干吗？"

顾未易："你可以进去了。"

末末摸不着头脑："进去哪？"

顾未易皱眉："你不是要上厕所？"

末末更晕了："没啊。"

顾未易没好气："没？那你一直敲门是怎样？"

末末警觉地坐直："没啊，我都没离开过房间。"

顾未易狐疑地看她，哼了一声："幼稚！我一点不怕这个。"说完再补瞪她一眼就转身回房。

末末这下傻了，他不怕，可是她怕呀。司徒末有两大软肋：一是见不得人哭，二是怕鬼。她能打蟑螂打老鼠，但就不能听到任何有关鬼神之说，一听就浑身汗毛齐齐起立。

末末试图冷静一会儿，但总觉得窗户外有影子，床底下有声音，好像门都用肉眼看不到的速度在慢慢地移动，她实在是受不住，连滚带爬地滚进顾未易房间，泪眼汪汪地问："你刚刚骗我的吧？"

顾未易从电脑前转过来看她："看不出你是演技派的啊？我说了我不怕的，别浪费精力了。"

末末一下子腿软了："顾未易，我真没骗你，你也别骗我，我真怕这个。"

顾未易撇嘴："谁骗你啊，没敲门就没敲，当鬼敲好了。"

末末脑袋一片空白，眼泪就掉下来了："哪有鬼啊，你别乱说……"

顾未易傻眼，他还真没预料到她会哭的，她被摩托车拖了几米都不哭，这样就哭了？手忙脚乱地去拿纸巾，胡乱地抹着她的脸，慌乱地道歉："没有，真没有，我逗你玩的呢，对不起……你别哭呀……求你了，别哭。"

末末边哭边躲他胡乱抹她脸的手："你王八蛋，我不要和你在一起，死都不要。"

他完全慌了心神，谅他再天才也料不到事情会这样发展，量他再天才也是个见了喜欢的女孩子的泪水就脚软的主儿。也就是说，这种非常时刻，智商已经丢到九霄云外，剩下的只有本能，本能让他搂住她，本能让他捧着梨花带雨的小脸，本能就吻了下去。

顾未易的眉眼，折射在末末噙满泪水的眼眸里，荡漾。

司徒末的气息，萦绕在顾未易呼吸慌乱的鼻间，回荡。

四片唇分开之后，尴尬……

顾未易清咳一声："现在不怕了吧？"

"啊？"末末反应比平时迟了那么零点五秒，红着脸，"有你这么说话的么！"

顾未易笑："没有赏我巴掌，所以是我女朋友了吧？"

末末叹了一声："你的行为怎么那么像黄狗圈地盘？"

顾未易弹了一下她的脑门："有你这么说话的么！"

末末揉着额头瞪他："我脑子坏了。"

顾未易帮着揉："没事，本来也没好过。"

末末支开他的手："离我远点。"

顾未易还是凑过去，腆着脸："女朋友呢，怎么能离得远呢。"

末末白他一眼："我还没评好分数呢。"

顾未易："没有评分了，我表现良好，保送了。"

末末："你不说表现良好我还忘了呢，干吗吓我？"

顾未易："我哪知道你真怕啊，我就逗你玩而已啊。"

末末恨得牙痒痒："道歉！"

顾未易很大方地："对不起。"

末末噘嘴："就原谅你这么一次，今晚你负责洗衣服，明天早餐你负责准备。"

顾未易笑："这还没过门呢，你就开始指使我了啊？"

末末拍拍他："你早该有觉悟，我对男朋友可是坏得天理难容。"

第二天，末末六点多就被电话吵醒，铁哥让她马上换好衣服去机场接林直存。末末脑子还没清醒过来就换上衣服出门了，在去机场的路上才想起给新上任的小男朋友发条短信，让他不用准备早餐了。昨晚好好笑，两人都是一副新手上路的样子，刚开始还扯一些有的没的，后来没话聊，都开始手足无措起来，一个房间里站也不是坐也不是的，最后末末是用逃的离开他房间的。

末末一面四处张望寻找林直存的身影，一面在心里默默诅咒他扰人清梦，明星了不起呀，明星就非得坐大清早的飞机，有那么怕被人拍吗？那么怕被人拍就不要当明星呀！又要当明星又不想给人拍，哪有那么便宜的事！

"我在这里。"有点冷淡的声音从末末身后传来。

末末转头，林直存和他的助理就站在她身后。他穿着T恤牛仔裤，挺低调的，不过不愧是明星，感觉还是有那么点闪耀的地方没有被掩盖住。据说上次那个电脑不停重启的眼药水广告获得了不错的回响，所以厂商决定找他拍一系列的广告，这也意味着末末和铁哥将要和林直存合作很长一段时间。末末对这个安排是不满的，她好歹混进广告行业一个来月了，迄今只见过林直存这么一个明星，叫她怎么有颜见江东父老呢？

末末客气地招呼："林先生你好，我是智里广告公司的司徒末。"

林直存点头："你好。"

末末带他到下榻的酒店，走出酒店门的时候电话响了，顾未易。她深吸了一口气，用她能挤出的最甜美的声音："喂，未易？"

"呃……你还好吧？"顾未易停顿了一下才说。

末末一头雾水："什么还好？"

"你的声音听起来怪怪的。"他带着浓浓笑意的声音传过来，烧红了末末的耳朵。

她明知道他看不到，还是忍不住翻了个白眼："顾未易，你找死是不是？"

电话里传来他爽朗的笑声："不错，总算正常了，你怎么这么早就出去了？"

末末没好气地说："还不是某位大明星，为了躲记者和影迷提早两个小时就出现了。"

"上次你喝醉打电话让我去接你的那个？"

末末这才知道原来是林直存打电话给顾未易的，说："是他啊，我还以为是铁哥呢。"

"不跟你说了，我去实验室了。你晚上早点回来。"

"啊？好，拜。"末末被措手不及地挂了电话，有点失落，她似乎找了一个相当不解风情的男朋友。

末末回到公司，刚好遇到铁哥和晓晴学姐在吵架，她只好躲到茶水间里，最后不得已还是得回到位置上做事，他们拍桌子拍到末末的键盘都在震动，最终总算是惹来了那位神秘的老板——孙经理。末末只在面试的时候跟他打过交道，据说这位经理是公司的元老级员工，但是一点都不平易近人，所以大家一般都躲着他。孙经理一出动就把晓晴学姐拎到办公室里去了。

末末不明白为什么拎的是学姐不是铁哥，很明显的铁哥也不明白，他愤愤然地和末末抱怨："司徒，我不就是忘了什么交往纪念日嘛，有没有这么严重？真搞不懂你们女孩子在想什么！"

末末对这样的问题只能耸耸肩，拍拍他的肩膀表示同情。铁哥还是絮絮叨叨地抱怨着，又突然想起什么似的，很着急："司徒，下班后有事么？"

末末想了一下："应该是没什么事。"

"那陪我去买生日礼物。"

"给谁买？晓晴师姐吗？"

"对。"

末末觉得铁哥其实挺疼学姐的，想着她随口问："师姐什么时候生日啊，我也送点什么吧？"

铁哥大手一挥："你不用送。"

"为什么？"

"她是上个星期生日的。"

"……"

末末下班后陪铁哥逛街，最后决定买一条项链送给师姐，作为回报，铁哥请她吃了一顿饭。她吃饱回到家，一开门就感到一股火药味，顾未易双手环胸坐在饭桌旁，桌子上是满满的一桌子菜。

末末心虚地打哈哈："你今天这么早回来啊？"

他冷冷地说："过来吃饭吧。"

末末本想说我吃过了，但还是坐了过去，动了几下筷子，讷讷地问："你自己做的吗？"

他抬头："我不是答应了早上给你做早餐？"

"哦。"末末恍然大悟，埋头动几下筷子，这清蒸排骨做得不错，可惜她现在很饱，吃什么都是煎熬。

顾未易冷眼瞧她那挑挑拣拣的样子，气不打一处来："你是不是吃过了？"

"呃……我……"末末心虚了一下，突然又理直气壮起来，"你又没说要回家一起吃饭。"

他把筷子重重地放下："我不是说下班早点回来，你不是说好？"

"我以为你只是随口说的，一般人说早点回来就跟说有空一起出去玩，回答的人都会说好啊。"

顾未易的脸彻底冷了下来："既然你吃饱了就别吃了。"

末末委屈又火大，瞪了他一眼起身走开。

两人就这样轰轰烈烈地展开了他们第一次的冷战。

第25章

末末回到房间就后悔了，好歹他做了一大桌子菜等她，虽然脸臭了点，但实在是没必要和他较真，而且，他们能够这么相处的时光也不多了吧？再说了，这才交往第一天呢，就闹起来了，真是不吉利啊。她迟疑着走出房门，倚着厨房门看他收拾碗筷，挺有那么点架势的，尤其是他身上的围裙，粉红色的，特美好特和谐。

顾未易是个做什么事都很专心的人，连洗个碗也是，一个个仔细刷，刷完还要拿到眼前观察一下有没有刷干净。末末见他那么高的个子，俯着身子刷碗，脾气一下子就消了，轻轻走过去，从背后环住他的腰，脸贴在他的背上。

顾未易刷碗的手顿住，头微微偏了一下去看身后人，那么低眉顺眼的样子。哪里还有脾气啊，擦干了手回过身抱她，小小软软的，嵌在他怀里，那么理所当然。

"司徒末。"

"嗯？"

"你脸靠在围裙上，不觉得脏？"他揉着她的头问。

末末抬起头："顾未易，我疯了才来抱你的。"说着要走，顾未易连忙拉住："别呀，脏点有什么关系，回头洗个脸不就行了。"

于是，第一场轰轰烈烈的冷战维持不到二十分钟，就在末末没出息的求和下结束了，有点戛然而止的遗憾。但末末想着，她和他能好好相处的时间就那么点了，以后就隔着个太平洋了，那就好好相处吧，把一天掰成两天那样好好地过。当然这样的心情都是设定在顾未易会去麻省理工的背景下的，她不想问他，不敢问，不必问。毕竟在末末心里，他是一定会去美国的，她也是能理解的，换她她也会去，不去的人是傻瓜，他一点不傻，他是天才。

末末发现，给感情升温的最快方式就是肉体接触，虽然听着有那么一点不纯洁，但是自从她主动从后面给顾未易那一个掠人心房的拥抱后，他们俩的感情有了质的飞跃，至少相处起来不再尴尬了。这方面主要得归功于顾未易同志不再闷骚，他路过她房间的时候偶尔会进来骚扰骚扰她，逗两句也好，揉一下她头发也好，但大多数时间他还是抱着本书，也不问一句就进她房间，靠在她床上翻书，有话的时候搭搭话，没话的时候就安静看书，有时会突然伸过手来盖住她点着鼠标的手，嘲笑她的手太小，比例上不协调。

末末还是有点遗憾的，好像两人还没热恋就进入了细水长流的状况，但转念一想，可以这样下去，也挺好的。

日子过得太协调了，她就忘了傅沛这号人物，直到有一天她回家的时候被傅沛堵在了楼梯口。

多日不见，他瘦了不少，黑眼圈也是黝黑黝黑的，拦住她后就一直用火辣辣的眼神注视着她。

末末硬是挤出个笑容："王珊怎么样了？我最近忙，没时间去看她。"

傅沛阴沉着脸："你看了我写给你的信了没？"

末末回想了一下，她前前后后也不知道收了他几封信，除了第一封有看之外其他都贡献给祖国垃圾产业了，她不想说谎，也怕他待会儿要跟她对质，所以斟酌着说："看了一部分。"

幸好傅沛没追问她看了哪些部分，只问："那你怎么说？"

末末虽没看，但按照正常的逻辑推理还是知道他在问什么的，镇定地答："我们不可能了的，如果你不介意，我们还是朋友，如果介意，就连朋友也别做了。"

傅沛出奇的冷静："你和顾未易在一起了？"

末末迟疑了一下，点点头："嗯。"

傅沛冷笑一声："你知道他申请上麻省理工了吗？"

"知道。"

傅沛点点头："不错嘛，司徒末，你还是可以不顾一切地去喜欢一个人，看来我也没伤你多深。"

认识了这么多年，傅沛重新叫回她司徒末。末末有点唏嘘，一时不知道怎么回他的话。

傅沛见她呆滞的样子，伸过手想揉揉她的脑袋，她下意识地躲开。他自嘲地笑笑，收回手："你怕我啊？"

"不是……"末末想解释，却又不知道如何解释，"我……"

"放心啦，我人生也就那么一次化身狼人了，这都被你遇上了，大概是你祖坟风水不好。"傅沛苦笑着说。

末末却笑不出来，斟酌了一下才说："那……你是不是……"

"是不是不会再纠缠你了？"傅沛好心地帮她接下去，"我不知道耶，你喜欢了我多久，我就喜欢了你多久，虽然没你那么专一，但还是喜欢的，那么久的喜欢也不是说放就放，这点你比我更清楚吧，不然你也不会跟我纠缠了这么多年。"

末末想反驳说谁跟你纠缠了，最后还是说不出这种自打嘴巴的话，只得默默地听着。傅沛一下子成了感伤小青年，感叹个没完："所以，我也不知道我什么时候才能用纯洁的友谊来对待你，也许明天，也许很久。如果你后悔了，要让我知道，指不定我还在等你呢。"

"傅沛……"末末想说点什么但是被傅沛打断了："你现在什么都不必说，就让我也犯贱一回好了。而且你放心，我不会再拿这事去烦你，我现在就是一小说里的伟大配角，在一旁看你幸福，讲着都觉得自己太伟大了。"

末末谨遵他什么都不必说的吩咐，安静地看着他，他被看得有点不好意思，推推她说："好歹也夸夸我是世上少有的痴情男子啊。"

末末觉得他好像突然长大了，居然有点欣慰："你是世上少有的痴情男子。"

傅沛嘟囔："算了，没诚意，你上去吧，让顾未易下来，我有话跟他说。"

末末警惕地看着他："你要干吗？"

傅沛哼了一声："你用不用这么护着他？这是我和他之间的事，你就管不着了。"

她被调侃得有点不好意思，笑着说："那我先上去了。"

转身离去，她没看到他脸上的痛苦，他也没看到她脸上的欣慰。

末末进门的时候发现顾未易端坐在沙发上，表情凝重，看样子他早就知道傅沛来了的事了，说不定还是他带来的，不然傅沛怎么知道他们住这里。

末末把手里的包包丢在沙发上，重重地坐下，手交叉在胸口，不说话。

顾未易瞅她一眼，最终还是沉不住气，问："你不觉得你该说点什么吗？"

末末把腿盘到沙发上："说什么？"

他拍了她腿一下，说："脚放下去，傅沛跟你说什么了？"

末末耸耸肩："他啊，说喜欢我呗。"

顾未易坐直了身子：“那你怎么说？”

末末忍住笑：“没说什么。”

他急了，提高音量：“什么叫没说什么？”

末末严肃地说：“就是没说什么啊，哦，对了，他在楼下，让你下去，说是有话跟你说。”

顾未易瞪她一眼，大有回来再收拾你的意思，然后起身换鞋下楼。

顾未易这一去就是两个多小时。末末越等越忐忑，电话打了也没人接，该不会打架了吧？还是说两人谈判着谈判着越看越对眼，互生情愫了？难道她之前一直都没猜错顾未易的性向，她只是他用来面对世俗眼光的幌子？啊——再想下去要疯了啦。

为了避免踏上精神病院那块净土，末末决定去洗澡，洗完澡又洗衣服，晾衣服的时候总算听到开门的声音。她丢下晾衣架奔了过去，一看真是触目惊心！顾未易那原本挺俏傀的小脸变得青一块紫一块的。

顾未易看她跑过来忙说：“你别过来。”

“为什么？”末末傻傻地站住。

“我身上有血，你不是晕血？”

末末一听更急了，提脚就冲上去，顾未易竟反射性地撒腿跑给她追，边跑还边叫嚷着：“你过来干？我没事。”

末末边追边说：“唉，我不晕别人的血的。”

顾未易停下来，奇怪地问：“那之前干吗骗我？”

末末没好气：“谁骗你呀，我只晕自己的血，不晕别人的。”

顾未易听着觉得新奇：“敢情你的晕血症还挺自私的？”

她没接茬，拉着他到沙发坐下，仔细察看他的伤势，额头破了，左眼肿了，右脸颊青了，嘴角破皮了，傅沛下手也忒狠了吧？

末末搬来药箱，用力地往他脸上涂药，顾未易撇着头，面无表情地任她揉圆搓扁。她手上越来越使劲，尤其是揉着他脸颊上的淤青时，但他还是面不改色。最后末末心软了，自动放轻了手劲，埋怨着：“多大的人了，有什么话不能好好说？”

顾未易沉默，懒得和她解释男人的拳头与爱情和枪杆与政权的异曲同工之处。但他越是不吭声，末末絮叨得就更起劲，她说：“你和傅沛闹成这样也算我害的。"

他颇有同感地点头，末末推他的脑袋："找死啊！"

顾未易刚想咧嘴笑，却扯动了受伤的嘴角，忍不住"嘶"了一声收回笑容。

末末看着挺心疼的，内疚地说："闹成这样真不值得。"

顾未易伸手安抚地拍拍她搭在他肩膀上的手："第一，我和傅沛已经一架泯恩仇了；第二，值不值得是我说了算，我觉得挺值得的。"

末末咬着下嘴唇，为了压住忍不住上扬的嘴角。

第26章

扫除了傅沛这个障碍物后，末末和顾未易的问题就只剩下顾科学家要不要投奔山姆大叔怀抱这个问题了。

末末知道这问题早晚都得面对，但她就想这么拖着，想跟鸵鸟一样把头埋在沙里，管它屁股上的毛是不是被拔光。但是顾未易这厮也烦人，一天到晚和她讨论这个问题，影响她的拔光计划，为了让计划得到很好的执行，每次顾未易提到的时候她都拼命岔开话题，实在岔不开了就捂着耳朵耍赖。

顾未易被她如此不择手段实行鸵鸟计划的行为气得够呛却也拿她没办法。反正他早已决定不去了，对他来说，当时申请麻省理工也是找不到更有意义的事做，想着干脆就挑战一下自己好了，现在挑战成功了，去不去对他来说意义不大。况且，有了牵挂，哪能走得远，他早就认清楚现实，也就不准备苦苦挣扎了。

今天末末跟铁哥和林直存出外场拍广告，拍摄地点比较偏远，少了很多人为拖延拍摄进度的状况，拍完的时候才十一点多。

工作完成了，得到批准后她干脆直接回家，可惜顾未易不在，打电话给他也没接，估计是在实验室待着，她也没多想，给他发了条短信：我已经回来了，你早点回来我就给你做饭吃。

她简单地解决了自己的午餐后，趴在客厅的茶几上练习写广告文案，正文思泉涌时，门铃响个不停，她以为是顾未易忘了带钥匙，便丢下笔去开门，一边开门还不忘念叨他两句，没想到门口站着一个流光溢彩的大美女。末末顿了一下才反应过来是小光他妈，虽说是邻居，末末跟她碰到的几率是少之又少的，估计是两人上下班的时间错开了。

小光他妈明显没预料到是末末来开门，堆在脸上的笑容收也不是放也不是，就这么尴尬地卡着，末末看着都替她捏了一把冷汗，好心地帮她解围："你好，小光的妈妈吧，有什么事吗？"

美女干笑了两声说："是啊，那个小顾在吗？"

末末摇摇头："他不在，有什么事要我转达吗？"

美女说："其实也没什么，之前他帮我修电脑，我特地做了点吃的来感谢他，你就帮我转拿给他好了。"

末末这才发现她手里端着一个小锅，之前光顾着欣赏美人尴尬了。她接过那口锅，说："好，我替他谢谢你了。"

美女突然妖媚一笑说："对了，我叫余莉，你以后就叫我莉莉姐好了，别小光妈妈小光妈妈地叫，把我叫老了，我跟你们差不多年龄的。"

末末笑着点点头："莉莉姐，要不进来坐一下？"

余莉摇头："不用了，小光一个人在家呢。回头让小顾把锅送过来就行了。"

末末关上门，掀开锅盖，凉面，分量差不多是顾未易一顿的食量，看来也不是第一次修电脑了，而且送饭挑的是她平时不在家的时间，够猫腻的啊。

她重重地把锅放下，重新拿起笔来却发现被打断的灵感风萧萧兮易水寒，壮士一去兮不复还。作为讲道理的新时代女性，这笔账当然是要算在顾未易头上的。

这边顾未易打开他的柜子，本是想找一本书的，看到手机就顺便看了一下，挺稀奇的，司徒末居然给他打了电话和发了短信。顾未易跟她待久了，慢慢地了解到她的一些习性，发现她远没表现出来的那么精明勤快，她有很多懒得做的事，而且点都很奇怪，比如说看电视懒得等广告，所以从来不看电视；懒得带雨伞出门所以常常被雨追；懒得按手机按键所以很讨厌发短信……

"师兄，下午有一个加州大学的教授来开讲座，你去不去听？"

实验室的门被推开，一个穿着白大褂的女生走了出来，她是顾未易同系的学妹，陆简诗，长相在理工学生中算是天外飞仙的程度，最近顾未易被安排指导她做实验。

顾未易把手机放入口袋："不去了。"

陆简诗追问："挺难得的机会，不去太可惜了吧？"

顾未易："我从网上看视频也是一样的。"

陆简诗还是不依不饶："现场感觉不一样啊，还可以提问，你有什么事非得下午去做？"

顾未易皱眉，稍稍冷淡地说："我有事，先走了。"

陆简诗意识到她多事了，赶紧补救："师兄对不起，我没别的意思，我只是觉得挺可惜的，学院好不容易才请到他来开讲座的。"

顾未易边从柜子里拣东西边回她："我明白，我家里有点事，这个教授的书我都看过了，他的理念我都清楚，找不到想提问的地方。"

陆简诗关上顾未易的柜门，能让一向泰山崩于前而色不改的师兄连柜子都忘了关，该不会是什么大事吧？

陆简诗对这位师兄是非常崇拜的，甚至可以说是爱慕的。尤记得新生军训时，他代表全校的师兄师姐给他们致欢迎辞，她站得离主席台近，可以看到烈日炎炎之下，他清俊的脸，明亮的眸子，以及一点点的汗珠在额头上闪着光，清冷的声音漂浮在人头攒动的上空，她当时脑海中一闪而过了四个字——如沐春风。后来辗转打听到这个师兄的不少事迹：像是高考时作文零分却以其他科的成绩拉成全校第三名的分数被录取；入校后从来都是拿一等奖学金；多篇论文在著名科学报刊发表过……但据说他一直是桃花不断，但却没有哪朵能开到他心上。这样想着觉得自己还是有一线希望的，那过会儿就打个电话关心一下好了。

顾未易一打开门就冲里面嚷："我回来了。"

司徒末盘腿坐在地上，背靠着沙发，抬头懒懒地看他一眼，嗯了一声。他走过去，学她坐在地上，面对着她问："怎么了？不是说我回家做饭给我吃？"

末末冷冷地瞪他："你哪还用我做饭啊。"

顾未易被瞪得莫名："我特地回来，你不做饭给我吃？"

末末朝茶几努努嘴："喏，那里有吃的。"

顾未易挪过去够那口锅，打开一看，笑逐颜开："你怎么知道我喜欢吃凉面？"

有一种失，叫无心之失；有一种头，叫死到临头。

末末被针扎了似的蹿起来，居高临下地看着他："我不知道！"

他本来还在傻乎乎地看着面条乐，听到她充满火药味的话，抬头看她："那怎么会做凉面？"

她没好气："我不会做凉面。"

顾未易再看一眼凉面："买的？"

末末撇着头，凉凉地说："莉莉姐送过来的，说是谢谢你帮她修电脑。"

莉莉姐？他顿悟，正想说什么手机就响了，掏出来接电话。

末末迅速地瞄了手机屏幕一眼，陆简诗？雌性？然后她清晰地听到电话那头叫了一句"师兄"，那么甜甜腻腻的声音，连她听着都酥麻。她用力地瞪着他讲电话的样子，上次她用这种声音跟他讲话，他一副被鬼咬了的样子，现在倒是挺享受的呀？

顾未易接了电话发现陆简诗没有什么重要的事要问，随口敷衍了她几句就挂电话了。回过头发现司徒末去厨房拿了筷子正准备递给他，他接过来却不敢动筷："我突然又不想吃凉面了，不然你给我炒个饭吧？"

末末趴在桌子上翻着写文案的笔记本，冷淡地回："我没空。"

顾未易对于哄人这方面实在是新手，斟酌了半天也想不出什么话她听了会高兴，只得瞎说："我觉得这凉面闻起来怪怪的，该不会是坏掉了吧？我吃了会拉肚子的。"

末末冷淡地看他一眼说："人家刚做的，坏不了。"

顾未易实在没法了，凑上去学她把脸贴在桌子上，就这样对着和她讲话："你到底想怎样啊？我不吃还不行吗？"

末末看着这张招蜂引蝶脸就来气，恨不得拧住他耳朵转他个三百六十圈，但也只能咬着牙道："吃啊，怎么不吃，你不是喜欢吃来着。"

顾未易忍不住笑："看不出你醋劲儿挺大的，以后我方圆十里内不出现女性行了吧？"这话对他来说是甜蜜的调侃，但听在末末耳里就不是那么一回事了，她忍不住怨念，她的那么一朵小桃花两天前生生挥剑斩断，他的桃花却开得满山烂漫。再说了，是不是她老得遇上这样的男人？桃花朵朵开的，要放他去美国了还不给她带一打不同颜色的孩子回来？

顾未易觉得她脸色不对，忙收起笑："我就帮她修过一次电脑，十分钟搞定的事，我连茶都没在她家喝一口，而且小光也在家，我绝对没有跟她单独相处。"

他的解释并没让末末安心，反倒是他有点着急气恼的样子让她乐了："我有说什么吗？少把我塑造成这么小气的形象。"

顾未易手里的筷子拌了两下凉面，讨好地说："行，你不小气，给我做饭吧。"

末末看了一眼凉面："那这个怎么办？不吃很浪费耶。"

顾未易挑眉笑："反正我不敢吃。"

末末对于他不依不饶地调侃她的行为感到非常不满，嘲笑她就让他那么开心？毛病啊这是。

顾未易靠着厨房门看末末忙活，她高高扎起的马尾随着她切菜的动作微微颤动，看得他心旷神怡，但嘴上还是要损上几句的："炒个饭就好了，你做什么菜呀，都快两点了。"

末末没回头："我现在做，晚上就不用做了，剩的菜晚上热了吃就可以。"

顾未易露出个原来如此的表情："那你糖醋排骨的醋少放点啊。"说完转身就跑。

末末手里的刀顿了一下，反应过来后操着菜刀追："顾未易！老娘今天就剁了你下锅！"

第27章

接到顾未易父母的电话时，末末正在和铁哥讨论广告slogan的问题，脑子一时有点转不过来，浑浑噩噩地答应了出去见面，挂上电话就请了假匆匆赶往约好的咖啡厅，到的时候还没看到人，才开始紧张起来，她抖着手想拨电话给顾未易，电话刚通就看到一对夫妇推开玻璃门进来了，她按断电话，又怕他打回来，于是关机。

末末这辈子还没这么正经过，她挺直了腰，微微鞠躬，嘴角15度向上扬："王阿姨好，顾叔叔好。"

被叫王阿姨的妇人笑起来，雍容华贵的样子："末末对吧？长得和妈妈很像哦，小美女啊。"

被叫顾叔叔的只是点点头，挥了一下手说："坐下吧。"

末末待他们都坐下了才跟着坐下，招来侍者点东西。王阿姨点了一杯摩卡和一块黑森林蛋糕，末末也跟着点了一杯摩卡，顾叔叔则只是要了一杯黑咖啡。

"末末啊，妈妈最近好吗？"王阿姨笑着问。

末末点头："很好，妈妈说让我有机会要好好谢谢您。"

王阿姨摆手："别提这个，以前年轻的时候你妈妈帮我的才多呢，再说了，未易这孩子一定受了你不少照顾。"

末末有点不知所措，她不知道顾未易到底跟家里人说了他们的关系没，因此也就不敢乱猜他们找她的目的是什么，所以只能用笑容和客气话搪塞："没有，都是他在照顾我呢。"

王阿姨笑着说："就他还照顾你呢，你就别客气了，我自己的孩子是什么脾性我还能不明白，你跟他能相处就已经很了不起了。"

末末笑而不答。她总不能说是呀是呀，我也觉得你儿子很难相处。

侍者送上咖啡和蛋糕，打断了他们的对话。

一直都没开口说话的顾叔叔喝了一口黑咖啡后说："你们是男女朋友关系吧？"

末末被这种单刀直入的问法吓一大跳，支吾着不知怎么回答。

王阿姨好心解围："有你这么问话的么，人家小姑娘害羞了。"

"害羞"的末末尴尬地笑笑："是的。"

王阿姨伸过手来拍末末的手："你们这些小孩子就是这样，这么大的事也不告诉家里人。"

末末只能不好意思地笑："我们才开始，没来得及说，都是我们不对。"

王阿姨安抚地再拍拍末末的手说："没有的事。未易那孩子也是被我逼急了才肯说的，你们在一起多好，亲上加亲呀。"

末末被"亲上加亲"这四个字雷了一把，只能干笑。

严肃的顾叔叔又发话了："知道未易申请上麻省理工了吗？"

末末点头："知道。"

"那知道他决定不去了吗？"

末末瞪大了眼睛："不去？"

顾叔叔端起咖啡来喝了一口："看来你还不知道，那你一定也不知道他不去是因为你？"

从他的口气里，末末实在是听不出是否在兴师问罪，只得硬是按捺下对这个消息的震撼，有点不是很连贯地说："我们……还没讨论过这个问题，我以为……他会去的。"

顾叔叔又想说什么，王阿姨突然插话："唉，你不是说公司有事么？你先回去吧，我和末末好好聊聊。"

顾叔叔没来得及粉墨登场就被匆匆赶下台了，剩下末末和王阿姨两人挑大梁硬唱完这场戏。

王阿姨甜滋滋地吃着黑森林蛋糕，还招呼末末："末末，很好吃的，你要不要吃点？"

末末摇头："您吃吧，我刚吃过午饭。"

王阿姨就真的埋头吃起蛋糕来了，末末看得目瞪口呆，她一直以为顾未易的妈妈应该是严肃庄严的，毕竟是叱咤商场的女强人，哪能拿着小勺子一口一口挖着蛋糕呀？

"对了，我们家未易对你怎样啊？"王阿姨停下挖蛋糕的手问。

末末："嗯，很好。"

王阿姨："他没对你爱理不理的吧？"

末末想了一下，偶尔，尤其是手里有书的时候，但她还是得说："没有。"

王阿姨："那就好，我一直担心他那怪里怪气的性格会让他找不到女朋友呢，幸好你能受得了他的脾气。"

末末也只能客气以对："没有啦，他脾气挺好的。"

王阿姨一脸不敢苟同："你也别和我客气了，我自己的孩子我还能不知道，我一直都没什么时间照顾他，他怨我我也是能理解的，但

116

是这几年来我一直都在弥补和讨好他，他还是跟我不亲，真没见过这么难伺候的孩子。"

还真没见过这么不待见自己孩子的妈妈，末末着实无语，只得一直赔笑。

王阿姨放下手里的叉子："其实啊，我把孩子他爸赶走是要跟你聊麻省理工的事，我怕他爸那张棺材脸太严肃了，吓到你。"

末末心想，你太不严肃了，也吓到我了。

王阿姨接着说："末易当年高考的时候，我是一心想让他念商务管理的，以后好继承我们的事业，但他不肯。他高考时出了点事，成绩不是很理想，我以为他会换个专业，哪知道他宁愿换掉第一志愿的学校也不换专业，我们拧不过他，也就只能由得他去。现在他说不想去美国了，我们怎么劝他都不听。我们觉得他既然喜欢这条路，这么好的机会放弃了挺可惜的。我可是跟他耗了好久才套出你们交往的事，找你就是想让你帮忙劝劝他。"

末末听完了这么长的一串话，心里跌宕起伏却还要装镇定："阿姨，我试试看吧，我也不知道他会不会听我的。"

王阿姨笑得慈祥："其实你们才在一起就让你们分开一定很难过，但是把眼光放得远点，现在的分开是为了以后能够更久地在一起。再说了，现在通讯交通都这么方便，分开一阵还小别胜新婚呢。"

末末再一次被"小别胜新婚"雷得里外焦透。

回到公司，末末已经没什么心思工作了，一个下午都有点魂不守舍。虽是做好了心理准备让他走，但是突然知道了他并没有要走的意思，还来不及高兴又被委以重任去劝他走。短短两三个小时，心情跟过山车似的起起落落。

好不容易熬到下班，收了东西和师姐一起下楼，师姐一路抱怨铁哥怎么的不解风情。末末很想跟她说：我觉得铁哥挺好的，而且我觉得不好的人是你，上班第一天我就发现你劈腿了。

下了楼，她勉强着和师姐在楼下聊了一会儿，说是聊其实是师姐在说她在听，正不耐烦，师姐突然停下来："咦，怎么会是他？"

末末顺着她的视线看过去——顾末易。

"你手机干吗关机？"顾末易一走到司徒末身边就劈头问。

末末愣了一下说："啊！忘了。"

他瞪了她一眼："真不让人省心。"随后转过去跟晓晴打招呼，"你好，我是司徒末的男朋友，顾未易。"

"你好，我是末末的师姐兼同事。"晓晴握住他伸过来的手，"其实我认识你，我也是×中的，高你一届。"

顾未易有一瞬间的僵硬，但马上从善如流："师姐你好。"

晓晴若有所思地看了他一眼："嗯，那你们聊吧，我就不当电灯泡了，拜拜。"

他们异口同声地说："拜拜。"

待到晓晴师姐走远，顾未易开始教训人了："你打了我电话就关机，你存心想让我急死是么？"

末末不回他的问题："你怎么找到这里的？"

"我知道你公司在家附近，上网搜就行了。"

"你连我公司名字都不知道，怎么搜？"

"你们最近不是和一个姓林的明星合作，我搜他最近的宣传再搜合作的广告公司就找到了。"

"挺聪明的呀，难怪上麻省。"

顾未易心里有个底儿了，两人在一起后她就再没提到麻省理工这件事，而且也不让他提，前天他妈打电话给他的时候他就透露了一点，也多亏了小老太的配合，不然这招借刀杀人也没法这么快用上。

他不动声色："说吧，刚刚为什么给我打电话后就挂了？"

末末挽住他的手臂，边走边说："你爸妈找我来了。"

顾未易停下脚步："他们说什么了？"

末末扯着他走："走啦，他们没说什么，就说你不去美国了，让我劝劝你，我觉得你还是去吧。"

顾未易把她的手从手臂上褪下来："你答应了是吧？"

末末重新把手缠上他的手臂："当然得答应。"

顾未易黑着脸把手抽出来："你就这么想我走？"

末末觉得他这脾气发得实在是没道理，干脆就气他："对，巴不得你早点走。"说完蹬着高跟鞋径自往前走。

顾未易在原地停留了五秒钟，发现这小妮子的脾气真的上来了，只得跟上去："怎么了？又哪里惹到你了？"

末末不吱声，仅是瞪他一眼，继续往前走。顾未易不是好脾气的主儿，被她一瞪，干脆也沉默了，两人一前一后地坐上公车回家，到家后各自关在房间里不出来。一个多小时后，末末房间的门砰砰地被敲响了。她气还没顺，于是口气很冲："干吗，我要睡了。"

外面安静了一下，门把就被转开了，顾未易探了个头进来："你明明在上网。"

末末冷冷看他一眼，不接茬。

他推开门走到末末身边："还生气？"

末末盯着电脑屏幕："我没有想你走。"

顾未易靠过来揽住她的肩，把她的头压向自己："我知道。"

末末从他怀里抬起头："你想走吗？"

"不想。"他轻拍着她的背，"我在这里也一样可以念研究生，还可以在省科学院实习。"

末末靠着他，沉默了好一会才问："是因为我吗？"

顾未易不想骗她："是。"

第28章

他说是。

是因为她，所以他不去美国。

感动是有的，但更多的是不安，她已经这么重要了吗？她就要影响他的人生了吗？他会不会后悔？他会不会怪她？突然之间有种生命不能承受之重的感觉。所以末末连夜收了几件衣服回学校，只留下一张纸条：我回学校去住几天，不用找我，回来有话跟你说。

她知道这样是不负责任的，但她真的不知道怎么跟他完整地表达自己的想法而不显得自私且懦弱。

回到了学校，才发现她不在的这段时间里发生了不少事。王珊回家了；梦露找到工作了；虎妞和男朋友决定一毕业就领证，连日子都看好了；宿管阿姨换人了；宿舍晾衣服的绳子断了一根……她好像忽略朋友们太久了，她该多跟他们好好待着的。于是她兴致勃勃地和她们联络感情，但是居然被嫌弃。她先是跟梦露睡了两天，然后被赶去和虎妞睡了一晚，到第四天就被打包丢回家了。当然，她们给了她一个冠冕堂皇的理由是说她失魂落魄的，眼睛里都是思念的影子。但她更倾向于这两个家伙烦她每天跟她们争厕所争床争电脑，尤其是电脑，一切血案的源泉。

末末进门的时候已近黄昏，顾未易在阳台，橘红色的天空，凭栏眺望的男孩，在有限的光线里只是一道黑色的身形。末末故意咳了几声，他听到声音也没回头，大概在生气。没见过这么狠的，她走了三天居然真的一条短信都没给她发，也不知道女人就是口是心非的，说不用找，其实还是要找的。

当然不告而别是她的错，放低姿态也是美德，所以末末自己走到了阳台，和他并肩站着："我回来了。"

顾未易轻轻合上手里的书："说吧。"

末末回忆了一下这几天想的东西，还有……妈妈和她说的话。

妈妈在顾未易父母找她的第二天就打电话给她了，妈妈说：末末，我听王阿姨说你和她的儿子处对象了是吧？她孩子挺出息的，能出国念书了是吧？但他要为了你留在国内是吧？男儿志在四方啊，妈妈不记得有教过你耽误人家的前途的……妈妈的话虽然句句都在询问"是吧"，但完全没留给她讲话的余地。她心里是委屈的，她虽然不想顾未易走，但由始至终都没说过一句留他的话，可是每个人都把她当他人生的坎儿，恨不得开着铲土机把她铲平，连自己的妈妈都这么认为。顾未易却对她没有开口留他而不满。她就这样被塞入一个百口莫辩两边不讨好的境地。

"想什么呢？"顾未易拿书轻敲了她脑袋一下。

末末揉着头扁着嘴："想我怎么找了个这么天才的男朋友。"

他拿开她揉着头的手，捏在手里握着："我知道他们都把我不去美国的压力转移到你身上了。"

末末看了两人交握的手一眼，不出声。

顾未易接着说："我没有非得出国的理由，在这里我觉得更开心，所以不是完全因为你我才不去的。"

末末抬眼和他对视："如果我们没有在一起，你会不会去？"

他收紧握着她的手："会吧，我也不知道。我说过了，我没有非得去的理由，你只是给了我不去的理由而已，所以你不用自责也不用觉得有压力，这是我自己做的决定。"

话是这么说，但她怎么可能不觉得有压力呢？他如果不去，她就该生生被打入"从此君王不早朝"的狐媚祸国之列吧。

末末靠着他，喃喃低语："我们好像都太年轻了，做什么决定都怕以后后悔。"

顾未易拍拍她的头："别想那么多，这小脑瓜子脑容量有限，别太为难它。"

她配合地扯出一个笑："就你聪明。"

安静地依靠着对方，看天上云卷云舒，看楼下车水马龙，有时候幸福也就这么简单。

这么宁静而美好的气氛下，末末戳着顾未易的肋骨，一根一根地数着："你好多根肋骨啊。"

顾未易白她一眼："你的肋骨跟我一样多。"

末末收回手来摸自己的肋骨："不是说上帝从亚当身上抽出一根肋骨做成了夏娃？那男的不是应该比女的少一根？"

他忍不住笑："笨蛋，那是传说。男女都有二十四根肋骨，是对称的，没有多一根少一根的说法。"

末末忍不住失望。本以为人体中唯一能称得上浪漫的构造——肋骨，居然是编出来骗人的。这让她想起高中时傅沛有一天兴致勃勃地告诉她其实梁山伯和祝英台的故事是假的，他们是不同朝代的人，只是刚巧墓地离得比较近。

传说很美好，现实很扫兴。

顾未易看她抑郁寡欢，逗她："好啦，不然你打断我一根肋骨好了，这样我就比你少一根了。"

她被他逗笑："那你忍着点哈，可能有点痛。"

他一脸视死如归，她真的用力捶。

"喂喂喂，真狠啊你。"顾未易挡住她的手，"已经断了三根了。"

末末突然环住他的腰，脸埋在他胸口："我不要成为你的绊脚石，你计划好什么事情你就去做，我们的世界里不应该只有彼此，我们还要考虑朋友家人，还有……梦想。"

他想拉开她，她却紧紧用力地抱住他，带着哭腔："你去吧，我会乖乖等你回来的。我会努力工作，我会认真生活，你去完成你的梦想，我也努力追逐我的梦想，然后有一天我们能让家人知道，我们的感情是相濡以沫，是相互成长。"

顾未易沉默着，他一直都知道司徒末是个理智的女孩子，但没想到她这么理智，是爱得不够还是爱得太多？他胸前的那片衣服慢慢地被泪水浸湿，变湿变软的布料贴上胸膛，火辣辣地灼痛着他。他叹一口气，搂紧怀里的人："司徒末，你真的能适应长距离恋爱？"

她用带着浓浓鼻音的声音说："我能……你呢？"

他心里百转千回：留下是希望可以每天看着你的笑，如果这不是你想要的，如果这样会让你有一丝丝难受，就不是我的本意了。你有这么大的胸襟放我去飞，我何尝没有这么大的胸襟为你去飞？我能为你留，当然也能为你走。

顾未易一声苦笑："只要你能，我当然能。"

末末还体会不到他的心思，仅是一心一意地想着：就要分开了，就要分开了……想着眼泪更是止不住地往下掉，嘴上讲得潇洒，其实心里难过得要死。

顾未易擦着她的泪水，安慰的话讲不出来，只能一直拍着她的背反复地说："别哭啊，别哭了……"

末末哭得有点久，又没受过琼瑶式哭法的专业训练，所以实在是有点丑，眼泪鼻涕加上肿得跟桃似的眼睛和红艳艳的鼻子，看得顾未易实在是心疼，绞尽脑汁地逗她："司徒末，你这眼泪鼻涕的，往我衣服上蹭，也太不雅了吧？"

末末挂着两行泪水骂他："毛病啊你！"

顾未易歪着头取笑她："啧啧啧，哭得丑就算了，骂人还这么剽悍。"

末末被逗火了，挣开他的手就要往屋里走，他伸手拉回来，顺势把她压在栏杆上，似笑非笑的脸凑近她的："我毛病犯了。"

他的气息喷在她脸上，她想往后缩，却无路可退，只能把手抵在他胸前用力推，有点结巴地说："你……你什么毛病犯了？你……别靠我那么近……"

顾未易弹了一下她的额头："就是想逗你玩儿的毛病。"

末末噘着嘴想伸手去摸被弹的额头，哪知手一松开就被顾未易紧紧抓住，一着急就用另一只手去掰。顾未易笑着用一只手扣住她两只手："你干吗那么紧张？"

末末结巴得更厉害了："我……哪有？你……你……你要干吗啦？"

顾未易笑得恶劣："我想亲你。"

末末脸红，支吾着："不要吧……"

顾未易挑眉，脸都快贴到她鼻尖上了："为什么不要？"

末末被调戏得快疯了，想把手从他的掌握中抽出来却不可得，只得用力撇着头躲他的靠近："你不是说我哭得很丑……"

顾未易点着头表示同意："是挺丑的，但自己女朋友，不嫌弃。"

末末本能地转过头来想和他顶嘴，就转头的那一秒，他的唇就贴了上来。

这是他们严格意义上的第三次接吻。第一次末末只觉得门牙痛；第二次末末惊魂未定；这一次，她脑子里转的东西可就多了。脑子里先是当年那个美学原理课上的老师一再强调的"艺术的空白"，她脑袋就真的配合地空白了好几秒；再来是那种奇妙的触感，他的嘴唇暖暖的软软的，有点像她小时候很爱吃的软米糕；然后是气息，他的味道很好闻，像妈妈洗好刚铺上的床单，带点洗衣粉的清香，带点阳光的味道，带点家的温暖。

顾未易放开末末的时候，她的小脸已经憋得通红。他的脸其实也涨得通红，但还是要装出很权威很经验老到的样子叹着气："唉，你就不懂得要换气么？"

"……"

第29章

大清早，司徒末就砰砰地瞎敲门，敲得顾未易火冒三丈，昨晚帮着她做毕业纪念册做到两点，还耗了半个来小时听她大小姐发牢骚骂公司创意部的人多目中无人，想的广告语有多雷人……这会儿才六点，他头沾枕头也才三个多小时，想慢性谋杀也不是这么玩儿的。

末末敲了半天门都不见回应，说了一句"我进来了啊？"就拧开门进去了。顾未易躺在床上，被子蒙着头，直挺挺的像尸体。她走过去扯被子，他拉得死紧，两人拉扯半天也只把顾未易的脑袋露出来，他一手拉着被子，一手盖着眼睛呻吟："我的姑奶奶，你大清早的折腾我干吗啊？"

末末去掰他盖眼睛的手，哄他："你起来嘛，我给你做早餐。"

"不吃！"

"我给你磨豆浆喝。"自从在家能做主了后她就把那碎尸机般的豆浆机给藏起来了。

"不喝！"

末末拉着他的手摇晃："哎呦，你起来嘛……"

顾未易被烦得受不了，腾一下坐起来，吼："司徒末！你干吗啊！"

末末呵呵笑，用手去梳开他睡得乱糟糟的头发："你起来，我们打扫一下屋子吧，我今天约了梦露和虎妞来家里玩儿。"

顾未易眯着眼睛哼唧："你疯了啊，六点起来打扫屋子，你是接待国家元首吧？"

末末还是呵呵乐："这不是让你见我的亲友团嘛，给你正名啊。"

顾未易歪着脑袋打瞌睡，说话也是含含糊糊的："不是都见过了？"

"那不一样，你出席的身份不一样。"末末解释了老半天也烦了，威胁道，"你到底起不起？不起我让她们别来了，以后也不用见了！"

"起。"他揉着眼睛妥协，"她们几点来啊？"

"约了十点。"

"十点？"顾未易提高音调，"十点你六点起来准备？"

末末看了眼手表："哪是六点啊？都六点半了，我们得打扫房子，还要去买菜，还有做饭，他们一来就得给饭吃。"

他无奈："就不能出去吃吗？"

末末拒绝得义正词严："不行，我答应了给她们做饭吃。"

他边下床边嘟哝："对我你怎么没那么上心？还给做饭呢。"

末末帮他叠着被子："那哪能一样？我跟她们可是四年的革命感情，你还太嫩。"

顾未易听着火大，一转身把她往床上压，鼻尖对鼻尖的："你再说一次？"

她赶紧求饶："顾未易，我错了，你和我才是最坚韧的革命情感。"

顾未易被她那小孬样逗笑："再说几句好听的就放开你。"

末末特配合："顾大哥，顾大爷，顾祖宗，你让我起来呀，这样不好说话。"

他可不配合："小妞，不好说话就别说了，先给大爷笑一个？"

末末被逗乐了，真的就傻乎乎地咧嘴笑，笑得可真是很傻很天真。

他有点心跳加速，这大清早的送这么一女的到他床上，还笑得这么好看，重点还是他女朋友，于情于理他都应该……

砰的一声！顾未易从床上摔到了地上。

末末莫名其妙，翻过身去看他躺地上揉屁股，不解地问："你怎么突然蹦起来了？摔着了没？"

末末在高处，她半个身体挂在床上趴着俯身看他，衣服的领口因为重力敞开着。顾未易在低处，视线不偏不倚地就探进她的衣领，风光明媚。

末末连着问了两句"没事吧"都得不到回应，顺着他的视线回头看自己，尖叫着跳起来："色狼！"抽了个枕头往下砸，顾未易一偏身躲过了："喂，我也不是故意的。"

末末可不管他是有心还是无意，满屋子追着他打，直追得他求饶："小妞，大爷错了，要不，大爷给你笑一个？"

瞎折腾了半天，他们俩九点多才出门买菜，所以末末一路都在感叹自己实在是有先见之明，到了菜市场也不省心，顾科学家在菜市场充分地发挥了严谨的科学精神，鱼要生命迹象最明显的，菜要残留化学药剂最少的，肉要纯天然不加防腐剂的，别问他怎么鉴别的，他眼睛一瞄，鼻子一闻，就知道了，完全是缉毒犬的水平。末末和他绕遍了菜市场才把做菜的材料买回来，回到家楼下就接到虎妞的电话，说是到公车站了，她把东西丢给顾未易就匆匆跑去车站接人。

虎妞和梦露一进小区就咋咋呼呼的，嚷嚷着末末就算是给包养了也差不多这水平，所以让她赶紧把未来的诺贝尔得主定下来，一到激动之处虎妞还表示要去帮他们找定日子的师傅。听得末末实在是哭笑不得，只能警告她们进门后别乱说话，别把她塑造成恨嫁的饥渴妇女形象。

哪知她们一进门就完全把末末的警告抛诸脑后，拼命地对着顾未易推销末末。刚开始还正儿八经地说着什么宜室宜家，入得厨房出得厅堂之类的，最后居然连"末末身材可好了，葫芦状的，前凸后翘，以后肯定会生，肯定能把孩子喂饱……"这类的话都出来了。末末听得冷汗直流，拉着顾未易躲进厨房做菜，丢她俩在客厅嗑瓜子看电视。

末末边切着番茄边跟顾未易说："她们就爱瞎说，你别听她们的。"

顾未易认真地洗着菜，随口问："哪句别听？"

末末翻白眼："哪句都别听！"

他看着她坏笑："经过我早上的鉴定，我觉得葫芦状那句不是瞎说的。"

末末嘴角抽搐，强忍着把刀飞射过去的冲动，家里有客人，不宜制造血案。

厨房里剑拔弩张，客厅里却闹得欢。

虎妞和梦露最近是人逢喜事精神爽，闹起来没完没了的，也不知道是谁开的头，两人开始互扔瓜子玩儿，越玩越兴奋，尖叫着跳来跳去，瓜子在空中大把大把地飞来飞去。末末听着叫声凄厉，就出来看了一眼，这一眼没把她给吓晕过去，顾未易这厮严重洁癖，平时她把脚缩上沙发都会被他唠叨个没完，现在满大厅的瓜子，他该发多大的火呀？

末末正操着心，一把瓜子砸在她脸上，又颗颗从她脑门儿滑落，散落在地。末末火了，冲过去也抓了一把瓜子，大叫一句"你们这俩小妖精！受死吧！"就冲着她俩满头满脸地砸，三人正满屋子追来追去闹得欢腾，梦露突然停了下来，对着厨房心虚地笑，末末和虎妞都转过头去看厨房，顾未易倚着厨房门，似笑非笑地看着她们，也不知

126

道看了多久。

末末看看他再回头看看满目疮痍的客厅，咽了咽口水正想说什么，顾未易走过来拎起她的衣领，对另外两人笑着说："你们慢慢玩儿，她饭做一半就跑了，我带回厨房去接着劳动了。"

梦露不在乎地挥着手："带走带走，你这媳妇儿太剽悍了，我们都玩不过她。"

顾未易抱拳："大恩不言谢！"

进了厨房，末末观察了好一会儿顾未易的表情，得出来的结论是：这厮没啥表情！她想着还是给解释一下吧，于是就说："她们人来疯，待会儿会收拾干净的。"

顾未易弹了一下她脑门："让客人收拾，你好意思我可不好意思。"

末末蹭过去抱他手臂："不生气啊？洁癖没犯？"

他又接着弹她脑门："这不是见亲友团呢，我得好好表现呀，还等着她们给我正名呢，哪敢生气呀。"

末末松开抱着他的手，跑得远远的："得，那你好好表现，别老弹我额头，再弹我就傻了。"

好不容易饭菜上了桌，梦露和虎妞吃得津津有味，指挥起顾未易来也是理直气壮。倒是顾未易今天特别修身养性，让添饭就添饭，让买饮料就买饮料，让买扑克牌就买扑克牌，而且做啥都是带着笑容的，看得末末是目瞪口呆，这待遇她怎么就没享受过啊？

顾未易出门买扑克牌，末末和梦露虎妞东倒西歪地在沙发上聊天。

"末末啊，我觉得顾未易挺不错，至少比傅沛靠谱多了。"梦露边嗑瓜子边说。

虎妞拿脚踹她："这哪是挺不错啊？根本就是极品。"转过头去和末末商量，"不然我把我家的虎子跟你换换怎么样啊？"

末末瞪她："不用啊，我跟猫科动物处不来。"

梦露插进来说："末末，你真让他去美国啊？"

末末被问到痛处，只能点头。

梦露安慰："也是啦，误人前途的事不能干，你顶多就等他两年呗，两年后你们就是经过考验的同林鸟，各自飞后还能兜回来，风吹雨打都不掉的。"

虎妞露出一脸忧国忧民的样子："要我说啊，他这姿色，去到哪都是抢手货，你小心他被人抢。我觉得呀，还不如干脆把证领了，有空你就跟着去当陪读夫人算了。"

末末和梦露对视一眼，无语。这只母老虎自从决定要走入婚姻的坟墓后就神神叨叨的，一天到晚恨不得每个人都和她一样，大家唱着军歌踢着正步昂首走进婚姻的战场。

一伙人混着玩了一下午的扑克牌，玩弹耳朵来着。梦露和虎妞特不要脸，出猫出得光明正大，末末跳脚不干，但顾未易特气定神闲。果然一个下午下来，顾未易老赢，末末老输，梦露和虎妞不输不赢当陪客，在旁看末末被弹耳朵。

吃过晚饭怕赶不上公车，她俩提出要走了。

末末挽留不住，就和顾未易送她们到车站。

临上车前虎妞对顾未易郑重地说："你今天的表现我们相当满意，就正式把末末交给你。而且，我们觉得你表现太好了，决定大方送你个小道消息，末末的耳朵特敏感，好好把握哈，再见！"说完两人拔腿就跑，末末追上去要揍人，硬是被顾未易摁住了。交友不慎大抵讲的就是这个样子的吧。

第30章

六月一号，普天同庆的儿童节，末末却高兴不起来，主要是因为顾未易出国的时间定下来了，七月二十二号。也就是说，他们相处的时间只有一个月二十一天了，扣除她上班的时间，他做实验的时间，她和他可能还没半个月能黏糊在一起呢。

今天嘛，最近一直合作着项目的林直存林大明星要去孤儿院探望儿童，本来他们广告的拍摄进度卡得挺紧的，要挪出一天来还真不是件容易的事。但人家要去做公益，这种事情属于兹事体大的那种，他们公司也不敢不放行，所以连着忙了好几天的末末和铁哥也因此被公益了那么一回，放了一天假。这种非周末的放假，末末向来是欢迎的，因为有种赚到了的感觉，如果恰巧顾未易也不用回学校做实验，那就更是赚翻了的感觉。可惜的是，今天只赚到，没赚翻。

顾未易本想着司徒末放假，就请个假在家陪陪她，反正他带着陆简诗做的那个实验已经接近尾声，哪知打电话过去的时候刚好遇到教授在实验室，被训了一顿，几乎都上升到科学精神和人文精神的高度了，他没法，只得答应一定手把手指导陆简诗到实验结束。

顾未易上了公车，脑子里转的都是刚刚出门前司徒末那可怜兮兮的样子，她抱着腿坐在客厅的沙发上，嗾着嘴说："你能不能回来和我一起吃午饭？"

末末从顾未易出门到现在都保持着同一个姿势缩在沙发上发呆，最近她好像越来越离不开顾未易了。有事忙还好点，没事的时候想得入心入肺的。这迟来的热恋症也不知道要持续到什么时候才会好，这样下去他去了美国她可怎么活？

正胡思乱想着，门铃响了，末末抬了一下头，不想动，保不准又是莉莉姐送凉面凉皮之类的来了。她愤愤地诅咒着顾未易的烂桃花，门开了。

顾未易推门进来："你在家干吗不开门啊？"

末末有气无力地瞅他一眼："落什么东西了？"

顾未易看她那死气沉沉的样子，更是确信自己回来对了，走过去把她拉起来，推着往房间走："落下你了，快去换衣服。"

末末边被推着走边回头问："换衣服干吗？你今天不用做实验了啊？你要带我去玩啊？"

顾未易听出她声音里的雀跃，有点内疚，揉揉她的脑袋说："我请不到假，所以你和我一起去学校，中午我带你去吃我们学校附近的酸菜鱼。"

末末还是高兴的，欢呼着给他一个拥抱然后蹦蹦跳跳跑进房间里去换衣服。

顾未易笑着摇头，真是容易哄。

末末小心翼翼地探了个头进实验室，扫了一眼，又缩了回来。顾未易跟在她后面好笑地看着她贼一样的动作，敲了一下她脑袋："进去啊。"

末末眼睛闪着光问他："可以吗？"

不知道为什么，她贼溜溜的眼睛一瞬间让他想到化学系养着的那些小白鼠，他笑着说："可以，你待会儿还能见到同类呢。"说完就往里走。

末末赶忙跟上，一进门就见到一个穿着白大褂的气质美女目瞪口呆地看着她，她暗自想，难道这就是他说的同类？都是美女？她自己想着挺乐的，笑着扯扯顾未易的衣袖示意他介绍一下。

"这是陆简诗，一起做实验的师妹。"顾未易指了一下白大褂女，拍了一下末末的头，对着陆简诗介绍，"这是司徒末，我女友。"

末末觉得这名字有点熟悉，但一时想不起，就腼腆地笑笑："嗨。"

陆简诗强抑下心头的慌乱，扯动嘴角："嗨。"

末末好奇地指着她身上的白大褂："你们都得穿这个吗？你这样穿好有气质啊。"

陆简诗还没从打击中缓过来，只是面无表情地点头。

末末看她不是很想闲聊的样子，识趣地转回去跟顾未易说话："你怎么没穿白袍呢？"

顾未易从兜里掏出一串钥匙，挑出其中的一把递给她："门外有一排柜子，我柜子是311，这是钥匙，你去把我的衣服拿过来，柜子里有书，你无聊了可以看。"

末末颠颠地跑去开柜子，找出衣服，顺手翻了一下里面的书，她是有毛病了才会去看什么《半导体材料》《金属材料热处理》。

回到实验室把衣服给顾未易，他换上衣服后对司徒末说："你在这里等我，我去做实验。"

眼看着他要走进一间实验室，她拉住他："那我要做什么？"

"你在这里转转，那边养着小白鼠，你可以去跟它们玩。"顾未易指着房间的一个角落，"我很快出来的，只是指导一下而已。"

"哦。"末末环顾一下四周的环境，松开他的衣服但还是叮嘱了一句，"你要快一点哦。"

陆简诗拿着试管的手微微颤抖着，最后实在忍不住心里的澎湃，问：“师兄，你女朋友好漂亮，以前怎么没见过？”

顾未易拿着试管钳夹过她手里的试管，在酒精灯上转着烤了一圈，玻璃壁上出现了一层雾气，他指着上面的水汽说：“试管不干燥的话会影响实验的结果。”

陆简诗点头，她以前不会犯这么低级的错误的，今天真是太反常。

顾未易轻轻推开门，走近司徒末，她正俯着身子逗小白鼠说话。

“你们也太倒霉了吧，这些科学家是不是没事就给你们喂毒啊？”

“吱……吱……”

“我想也是，你们下辈子投胎别当老鼠了，当猫多好啊。”

“吱……吱……”

“你们还想当老鼠？那当灰老鼠吧，别当白老鼠了，虽然没白的可爱，但至少不用被抓去做实验。”

“吱……吱……”

“对了，为什么全世界做实验都要用白老鼠啊？”

“吱……吱……”

“唉，问你们你们也不知道，当局者迷嘛。好无聊啊，我都无聊到跟你们说话了，搞得我多天真活泼灿烂似的。”

顾未易这时才轻咳了一声，拉拉她脑后的马尾：“用白老鼠是因为白老鼠的基因比较接近人类基因，而且颜色纯，从外观上来观察实验的变化更明显。司徒末，你很幼稚。”

末末头往后仰去看他：“你才幼稚呢，实验做完了吗？可以去吃酸菜鱼了吗？”

他把她的马尾在手指上绕了一圈，轻轻扯着：“没，我出来看你和老鼠一家亲。”

末末噘嘴瞪他：“别拉我头发，我有造型的。”

顾未易不肯放开：“就这样还造型呢？”

她伸过手想扯回自己的头发，他就是不放手，她改用迂回政策：“哎，会痛啦。”

陆简诗出神地透过门上的玻璃看着外面打闹着的两人：他拉她的辫子，她噘着嘴瞪他想拉回，他不放。然后她可怜兮兮地说了什么，他就笑了，放开她的头发还亲昵地揉着她的头。

陆简诗突然觉得他笑起来的样子挺陌生的，也不是说平时他不笑，只是他的笑常常是带着客气和疏离的，不像现在，单纯的笑，不带任何敷衍。

顾未易再一次回到实验室，发现这个师妹在发呆，叫了她两声都没回答，实验本来就是讲求细心精确，他对她这样的态度很不满，口气很不好："陆简诗，你如果今天没有状态就别做了。"

陆简诗有点茫然地看着他："啊？"

顾未易指着她手里明显剂量过多的染色剂："做实验的时候如果状态不好就干脆别做，别浪费彼此的时间。"他可是牺牲陪女朋友的时间来指导她做实验的。

陆简诗被他严厉的口气吓了一跳，喃喃着道歉："对不起……我会注意的。"

顾未易点点头："染色剂的剂量减一半，上色的时候注意PH值。"

司徒末趴在桌子上打瞌睡，听到实验室门推开的声音，抬头，他们俩一前一后走出实验室，顾未易面无表情，但从他紧绷的腮帮子她还是可以猜到他在生气，陆简诗抿着嘴，一脸泫然欲泣的表情。

末末受不了他们怪异的气氛，自动招呼着："实验做完了吗？"

顾未易摇头："不做了，我们去吃饭吧。"

末末："为什么不做了？"

陆简诗小声地插嘴："我打破了快染色成功的胶体。对不起。"

顾未易冷淡地看她一眼："下午也别做了，什么时候状态好了什么时候做。"

末末掐了一下他的腰："小师妹，你别难过，他不是那个意思。"

顾未易瞪她一眼，脸上写着：我就是那个意思。

末末才不管他，笑眯眯地对陆简诗说："你该不会是被他吓到了才没做好吧？不然中午我们一起去吃饭，了解多一点就不会怕了，我们要去吃酸菜鱼，你喜不喜欢吃啊？"

陆简诗被她的热情唬得一愣一愣："嗯，喜欢吃。"

"那就一起去吧。"末末就这样拍板定案了。

顾未易心里叹一口气，没见过这么爱管闲事的。

第31章

顾未易带她们去吃的酸菜鱼果然好吃，鱼肉滑嫩，酸菜酸得刚刚好，辣度也是刚刚好，反正吃得末末是心花怒放，到后来顾未易不得不拿掉她的筷子以阻止她把自己撑死。

陆简诗没吃多少东西，她本来食量就不大，加上他们碍眼的动作，就更吃不下了。平心而论，他们的动作没时下流行的情侣那么的亲密，不知情的人顶多认为他们是朋友。但陆简诗知情，她看得到顾未易偏头和司徒末讲话时温柔的表情；看得到他拿着筷子敲她碗边说别吃那么多时脸上的无可奈何；看得到他拿着纸巾拭去她洒在桌面上的汤汁时认命的苦笑……

陆简诗放下筷子："呃……司徒末？你是不是我们学校的？"

末末摇头："不是，我G大的。"

陆简诗接着问："那你们是高中同学吗？"

末末还是摇头："不是，我是傅沛的高中同学，傅沛你认识吧？"

陆简诗点头。傅沛，理工学院鼎鼎大名的负心汉，据说被他辜负过的女人在民间组成了一个"女人要自强社"，专门用来宣传他的爱情劣迹的，而且还出了一本小册子叫《见招拆招》，用来拆穿他的恋爱诡计。

末末看陆简诗的表情莫测，试探地问："看来你听过他不少的丰功伟绩？"

陆简诗犹豫了一下点点头，把自强社的事情告诉了她，她笑得直捶桌子说你们学校的女生太有才华了。

顾未易摇着头说："司徒末，你是白痴啊，这都信？"

末末还在笑："你不知道……高中的时候，我就听说了他的前女友们到处宣传他的花心事迹，没想到……哈哈……大学都发展成官方组织了……哈哈……大学生果然比较有文化啊……哈哈……哎哟……笑得我肚子痛……"

顾未易翻白眼："你笑得太夸张了。"

末末咽了口口水止住笑，很严肃地说："我想到一句话——人人得而诛之。"

顾未易曲起手指来敲了一下她额头："就会幸灾乐祸。"

她揉着额头抱怨："你老敲我额头。"

他笑着凑近她，帮着去揉："我看看，好，下次敲别的地方。"

陆简诗的手指无意识地绞着自己的衣服，突然想起小时候看的《西游记》：孙悟空用金箍棒在地上画了个圈圈，让师傅和师弟们躲进去，所有试图接近他们的妖怪只要一靠近圈圈就会被弹出去。陆简诗觉得自己就像是被弹出去了，而且是一屁股跌在地上，痛彻心扉。

吃完饭，顾未易问陆简诗："下午的实验还做不做？"

陆简诗看向司徒末：她站在顾未易左侧，拇指和食指捏住他上衣的下摆。很下意识的动作，却看得陆简诗鼻子一酸，吞下涌到喉咙的哽咽，说："我有点不是很舒服，下午的实验还是不做了吧？"

顾未易点头："那你好好休息吧。"

司徒末有点担忧地看着她："你自己回去可以吗？还是我们送你回去？"

陆简诗摇头："不用了，我没事，大概是消化不良，走走就好。"

司徒末："那好吧，你小心点。"

陆简诗站在原地看他们走远，今天的风有点大，顾未易白色的上衣被风吹得鼓鼓的，司徒末拉着他的衣服，一起向前走。然后他转过来跟她说了什么，她松手去捶他，他箍住她的脖子，半搂半拖地拽着她往前走。他们的表情都是幸福的，即使恼怒，也是幸福的。

陆简诗突然间憎恨起自己1.0的视力来。

司徒末被顾未易夹在手臂和胸膛之间拖着走，嘴巴噘得高高的，还在为他之前说的话闹别扭。他们走出陆简诗视线后她就乐滋滋地问他："你之前说实验室里有我的同类，是说陆简诗吗？其实我是不觉得我们有哪里相似，她比较走气质路线，我比较走青春活泼可爱路线。"

顾未易睨了她一眼，"我说的同类是白老鼠，你们都有贼溜溜的眼睛。"

一盆冷水就这么浇下来，真想咬死他。

顾未易看她的嘴都噘得可以吊油瓶了，才笑着捏捏她的脸说："瞧这嘴噘的，我可没有要亲你。"

末末瞥他一眼："离我远点。"

顾未易真的就放开她，自己往前走，留末末一个人傻在原地。他走了五六步，回头看她，然后笑着小跑回来："离得够远了吧，现在回来了。"

末末呆了一呆，回过神了却一点都不领他的幽默，反而更是火冒三丈："你有毛病是吧……"真的火大了她反而语塞，一时不知道要怎么骂他，干脆转身径自往相反方向走。

作为一名不是很解风情的男性，顾未易试图用科学的眼光来分析她突然生气掉头走掉的原因，最终无果，只得快快追上去，拉住她："怎么了？"

末末挥开他的手，不说话。

顾未易难得的好脾气，哄着她："好啦，别生气了。"

他好声好气地跟她讲话，她气就消了，而且自己还有点不好意思，因为她也不是很明白刚刚闹的是什么脾气，大概是那种突如其来的恼火吧。

她重新挽上他的手："那下午你带我去哪玩儿？今天儿童节耶。"

顾未易对于她像雾像雨又像风的脾气相当无奈，叹口气说："你还小啊？"

末末郑重地点头："对，我还小。"

他揽过她的肩膀："走，去玩具城给你买礼物。"

末末假装兴奋地欢呼："哦耶！gogogo！"

末末以为顾未易只是随便说说逗她玩的，等到两人真的站在玩具城门口仰望着"玩具城"这三个杀千刀的大字时，末末才意识到，他玩真的，真把她当儿童了。

"走啊。我给你买芭比娃娃。"顾未易牵起她的手要往里走。

末末立着不动："不要啦，好丢脸啊，我都多大了。"

顾未易似笑非笑："刚刚是你自己说好的啊。"

"我后悔了。"

"哪里会丢脸？顶多人家以为我们来帮孩子挑礼物。"

末末瞪他："哪来的孩子？"

"生就有了。"

末末悄悄脸红："要生自己生，谁要和你生？"

"我又没说要和你生。"眼看末末又要翻脸，顾未易赶紧涎皮赖脸地凑过去，"孩子他妈，你说给咱娃买点什么好？"

末末还没来得及板起脸就被他逗笑了："买把关刀，我教他弑父。"

"最毒妇人心啊。"

"顾哥哥。"

耳边传来小孩稚嫩的叫声，顾未易和末末同时转头，没看清楚来人，一晃眼间一个肉球扑进了顾未易和末末中间，他们低下头，只见小光紧紧抱着顾未易的腿，不停地叫："顾哥哥……"

顾未易蹲下来："小光，你怎么在这里？妈妈呢？"

末末视线环绕了四周一圈，对上了莉莉姐的眼睛，呃，突然有种来者不善的感觉。

莉莉姐摇摆着她妖娆的身子走近他们："小顾，你们怎么会在这里？"

顾未易站起来，一只手牵着小光："路过，你们来买儿童节礼物吗？"

小光摇着小手："妈妈说要给我买机器人，顾哥哥，你帮我挑好不好？"

从头到尾都被当成摆设的末末看看顾未易牵着小光的手，再看看自己空着的手，特别的不是滋味，儿童节还得跟小孩争风吃醋？

顾未易看一眼末末，抱歉地对小光说："对不起，顾哥哥跟司徒姐姐有事，不能陪你们挑玩具了，你们买了下次给我看好不好？"

小光抱着他的腿不放："不要不要，顾哥哥你帮我挑嘛。"

莉莉姐说："小光，不要缠着顾哥哥，人家要陪女朋友，没空陪你。"

不知为什么，她的口气在末末听来不像是劝导，反而像是凉凉的煽动。

果然小光抱得更紧了，还忙里偷闲地回过头来恶狠狠地瞪了一眼司徒末："你这么大的人还要人陪，羞羞脸。"

末末哭笑不得，忍不住顶一句："你男生抱男生，更羞羞脸。"

顾未易闻言愣了一下，她的反击还是停留在幼稚园的水平啊。

小光放开顾未易的腿，说："我现在没抱了，所以你羞羞脸。"

顾未易和末末对视一眼，异口同声丢下一句"拜拜"，然后顾未易以迅雷不及掩耳之势拉起末末的手，狂奔。

跑过一条街，两人停下来，看着对方气喘吁吁的狼狈样，大笑。

末末用力拍了一下他的背："顾未易，你少招惹点烂桃花吧，我顶不住了。"

顾未易很无奈："我哪有？"

末末："你就有！那现在怎么办？去哪里？"

顾未易帮她拨好颊边垂下来的几根头发："回家？"

末末想不出更好的去处，只好点头。

于是两人兜了半天找到车站，上了车，不是上下班高峰期，车上人不多，但这里离家挺远的，少说二十几站。顾未易靠窗坐着，末末靠他肩膀上打瞌睡。午间三四点的阳光，有点晒，末末睡了醒，醒了睡，半梦半醒间感觉到顾未易的手轻搭在她额头上，手掌张开，替她挡着阳光。她好像迷迷糊糊地跟他说了句"谢谢，有你真好。"好像……他闻言在她脸颊上吻了一口。

是说了，还是没说？

是吻了，还是没吻？

第32章

顾未易最近这一个星期的生活水深火热。司徒末常常莫名情绪低落，处处找碴。嫌弃他没关厕所灯；嫌弃他茶杯在桌子上留下印子；嫌弃他洗完碗不擦干……顾未易刚开始还跟她较真，他明明就关了厕所灯，不爱关灯的人明明就是她；桌面上留下的印子明明和他常用的茶杯直径不吻合；他洗碗从来都是一个个擦干晾好的……后来他发现，司徒末是在表达不舍，虽然表达方式有点另类。他没有捅破她的小心思，每天和她拌嘴拌得不亦乐乎。

末末也不知道怎么了，最近只要一看到顾未易的脸在她眼前晃，她就莫名的不耐烦。看着他的脸，就跟当年看高考倒计时似的，一天一天的心慌，一天一天的心酸。她都这么难受了，顾未易这块死人木头还每天跟她吵架，真是毛病里的毛拔光了，还有病！

末末从下班到现在还没见到顾未易的鬼影，第一百零一次看客厅上的壁钟——九点二十一分。他六点半打了一个电话给她，说是常常一起做实验的几个同学要给他饯别，所以晚上不回家吃饭。八点二十分又打了个电话说他和同学去唱K，末末没来得及叮嘱他早点回家电话就挂断了。她再看看钟，又瞪着手机犹豫了十秒，决定死都不给他打电话。

也不知道几点，门铃响个不停。末末从床上爬起来，她其实没睡着，但就是不想让顾未易知道她在等门。趿着拖鞋，打着哈欠，末末臭着脸去开门。

末末看到陆简诗愣了一下，陆简诗看到末末也愣了一下，陆简诗后面的男生也愣了一下。于是全场除了靠在墙上，明显已经喝醉了的顾未易，大家都愣了一下，真是独愣愣不如众愣愣。

陆简诗首先回过神来，说："呃，师兄喝醉了，我们送他回来。"

末末哦了一声侧过身子让他们进门，顾未易似乎还有意识，被那男生搀扶着进门的时候挣开了，对末末笑："别骂我啊。"

末末对于他把她塑造成悍妇的形象很不满，刚想开口反驳，他就朝着她倒了过来。她手忙脚乱地扶住他："顾未易，站好，不然丢你出去。"

陆简诗凑过来帮着扶："我来吧。"

顾未易这人有肢体接触洁癖症，加上喝醉了，很顺手地就用力甩开了陆简诗伸过来搀他的手。

陆简诗尴尬地僵在原地，末末也尴尬，胡乱诌了一个解释："他喝醉了就不喜欢人家碰他。"

陆简诗看看压在末末身上的顾未易，不喜欢人家碰？实在没什么说服力，但她也只是点点头站到一旁。那男生凑过来要扶顾未易，也被他挥开了。也好，这样起码帮末末圆了刚刚扯的谎。

末末无奈，只得一个人挽着他往房间拖，还边拖边教训："顾未易，你给我好好走路，刚刚怎么回来的！"

顾未易的头埋在她颈窝里，喝醉了还会抱怨："你最近都很凶。"

末末懒得跟他计较，只当是拖了只会叫的死猪回房间，把他丢在床上她就转身出去招呼客人："呃，你们喝点什么？"

陆简诗摇摇头："不了，不早了，我们也得回去了。"

末末看看壁钟，十一点多了，也就不挽留，连连道谢送走他们。

末末坐在客厅的沙发上，听着顾未易在房间里断断续续地呻吟，一会儿说热，一会说口渴，一会儿说想吐。她懒得理他，脑子里转的都是陆简诗离开前的那一眼。最近她迷上了热播的一部美剧《Lie to me》，大概讲的就是怎么通过人的下意识动作和表情来推测他的情绪。陆简诗走出门时回头迅速地看了她一眼，眼神复杂。末末十分熟悉这样的眼神，以前傅沛来学校找她玩的时候，王珊常常会出现这样的眼神。再回想一下之前她去实验室时陆简诗的态度——虽说她当时只觉得这人不温不火，有点冷淡，现在反而觉得是浓浓的敌意。末末懊恼极了，早知道就不请她去吃酸菜鱼了，吃了我的给我吐出来！

"司徒末……"顾未易又在叫魂。

末末翻了个白眼，起身到厨房倒了杯水，端着水走进顾未易的房间，他靠在床头，迷蒙着双眼，蹙着眉头："你去哪里了，我要喝水。"

末末把水递过去给他，没好气："我又不是你的佣人。"

顾未易咕噜咕噜灌着水，末末在旁套话："顾未易，那个陆简诗是不是对你有意思啊？"

他喝完水把杯子往司徒末手里一塞，倒下去睡觉。

末末推了他两下："喂，别装死，陆简诗是不是喜欢你？"

顾未易不耐烦地翻了个身："不知道，我头很痛，你别烦我。"

末末才不管他头痛，一个劲地摇他："你给我起来讲清楚，起来起来起来！"

他呻吟了一声："我真不知道，我只知道你喜欢我。"

她忍着笑用力拍了一下他的背："臭美，死起来洗澡，浑身酒味你打算这样睡？"

顾未易一动不动，末末没办法，只得去浴室拧了条湿毛巾帮他擦了把脸，然后自己回房去睡。

躺在床上她却怎么都没法入睡，由于顾未易这种祸国殃民的长相和脑子不正常的智商，有桃花是合理的，她早就有心理准备了，不是还有个莉莉姐嘛，她自认对待莉莉姐这一现象还是大方得体的。但是陆简诗这一号生物就比较棘手了。首先，她行为十分隐蔽，实在是敌在暗，我在明，不宜轻举妄动；其次，她和顾未易学的是一样的东西，正所谓"你一说，我就懂"，这该是多么高深的思想境界，而末末永远都无法达到这种境界；再次，她和顾未易天天对着一起做实验，日久生情，很快就相看两不厌了……

末末越想越不对劲，干脆从床上弹起来，去敲顾未易的门，敲了半天没反应，猜到他一定是睡死过去了，拧开门进去，开灯，床上没人？

末末走近床掀了一下被子，左右看看，趴下看床底。

"喂，司徒末？"疑惑的声音从头顶传来，趴在地上的末末转了个身，顾未易穿着睡衣，擦着头发，一脸莫名其妙，"你趴在地上找什么？"

末末手撑着床沿站起来："我以为你喝醉掉床底下去了。"

顾未易"哦"了一声在床沿坐下："你半夜一点多来我房间看我有没有掉下床？"

末末跟着在床沿坐下："你不是喝醉了吗？干吗去了？"

他还在擦头发，随口应她："洗澡，我醉了一个多小时就会自己清醒过来。"

末末斟酌着觉得不对劲，眯起眼问他："你一个小时就会清醒过来？那上次硬拖着我走了两个多小时才到家是在整我啊？"

顾未易拿毛巾盖住自己的脸，往床上躺："上次喝得比较多。你到底来我房间干吗？"

末末拎开他脸上的毛巾："你明明这次比较醉。我来问你陆简诗是不是喜欢你。"

他微微侧过头看她，笑得不怀好意："又吃醋了啊？"

她低着头鄙视他："你就嘚瑟吧，我严重警告你，离她远一点，还有，以后和其他女人在一起的时候不准喝酒。"

顾未易伸手环住她的腰，然后一个用劲把她摁倒在床上。末末叫了一声，脑袋嗑了一下床，幸好是软垫子。

他一手揽着她的腰，一手支起头，侧身看她："今天是庆祝实验做完了，顺便帮我饯别。"

末末也侧过身看他："我很小气的，如果被我发现你和其他女生有暧昧，你就皮绷紧点。"

顾未易把她搂近，贴在自己的胸口："小气很好，我也不大方。"

十分钟……

"呃，那个……顾未易……可以松手了，我要回去睡觉了。"末末仰着头看顾未易，他闭着眼，呼吸均匀平稳。

末末推推他："喂，松开手先。"

顾未易微微睁开眼，嗯了一声，抱着她挪了一个比较舒服的姿势，拍拍她的头："乖，睡觉。"

末末徒劳地挣扎了两下，无功。于是自己在他怀里找了舒服的姿势闭上眼睛等待睡意的袭来。

清晨，顾未易睁开眼，发现司徒末早已醒来，她微笑着举着双手，在清晨的阳光中，很认真很怡然自得地……剪指甲。

顾未易拉下她的手："司徒末，你居然在我床上剪指甲！"

末末呵呵笑："亲爱的，你醒了啊？"

他不吃她的糖衣炮弹："剪下来的指甲丢哪儿了？"

末末指指床头柜。顾未易回头看，上面堆了一小撮的指甲屑，很是无奈："你等下负责清掉。"

她不置可否地耸耸肩："我们九点多要在金华广场拍广告，你要不要来？"

"拍到几点？"

"应该是一天都在那边。"

"那我中午去找你吃饭。"

"嗯。"

……

"司徒末？"

"嗯？"

"几点了？"

"七点多。"

顾未易爬起来，在司徒末额头上印下一个吻："你再睡一会儿，我去买早餐。"

末末愣愣眨巴着眼睛："哦，好。"

"睡觉，不要再剪指甲了。"

"好。"

顾未易满意地拍拍她的头，从纸巾盒里抽了两张纸巾，把指甲屑扫好包住，拿了出去。

门被轻轻地关上，末末微笑着闭上眼睛：顾未易，我想嫁给你了呢。

第33章

眼药水厂商出了一款号称是清凉型的护理眼药水。所以末末他们公司创意部干脆就把广告创意定义在"清凉××眼药水，给你夏天也感受得到的清爽。"

末末虽然觉得这样的广告创意明显有偷懒的嫌疑，但她是执行部的，再加上是新人，所以也只是在心里嘀咕。

今天是平面广告的拍摄，铁哥和末末到了现场后就一直在纠结阳光的问题。因为强调要夏天的感觉，他们把队伍拉到太阳底下，阳光的确很漂亮，拍出来的照片也很好看，但是，这样美妙的阳光底下，林直存的妆可就没那么美妙了，几乎每两分钟他的妆就会被汗水弄糊一次。本来铁哥认为可以不用化妆的，后期修图好好修就行了，但林直存的经纪人不肯，说是在公开场合，影迷粉丝一大堆，而且还夹杂了不少记者，所以妆是一定要化的。

末末躲在遮阳伞下给顾未易发短信，短信还没发出去就有工作人员冲过来叫她，说是林直存发飙了，让末末过去和他沟通一下。末末进了职场两个多月，唯一接触到的明星就是林直存，不管外界对他的评价是要大牌或者是难搞，末末始终认为他是个可以沟通的好人，这大概就是医学上称的"印痕效应"——动物会对其出生后接触到第一个会移动的物体产生一种特殊的心理效应。像她小时候养的鸭子，她看着它破卵，然后它就一天到晚都跟着她了。

不过这也要归功于林直存对她的另眼相待，大概是年龄相仿加上同情她刚出社会，林直存对她的态度算是礼遇有佳，他们的共事也挺轻松自在的，典型的"同事以上，朋友未满"。因此很多要和他沟通的事都是末末出马，甚至连安抚他的情绪也变成了她的责任，有时末末都怀疑自己是不是他的免费经纪人。

末末把手机塞包包里，走过去看林大明星为什么事情发飙，只见他黑着个脸，手环胸前，不管旁边的人好说歹说就是一言不发。末末从他经纪人口中得知，有一个动作是要他双手捧着眼药水，露出纯洁的微笑，林直存坚持一瓶小小的眼药水用捧的太愚蠢了，说什么都不肯做这个动作，但是导演认为这样的动作能虏获少女的心，所以硬要他做。两方僵持不下，于是就轮到末末出场了。

末末踮起脚拍拍林直存的肩膀："林大帅哥，渴不渴啊？要不要喝点冰的？"

林直存白了她一眼："你又被派来当说客了？"

她扮可怜："人微言轻，你就同情一下我吧。"

他表情缓和了一点，但却不松口："那么蠢的动作别想我做。"

末末点点头："我也觉得挺蠢的，不然我去和导演打个商量？"

林直存不说话，她就当他默许了，于是去和导演商量了一下，回来笑眯眯地告诉他："导演说了，可以改成一只手托着。"

林直存斜着眼看她："有差别吗？"

末末郑重地点头："有，反正这眼药水一定得放在你手掌上的啦，这样还算是导演让步了，你多有面子啊。"

林直存心里叹了口气，他一点不稀罕导演让不让步这件事。

末末好不容易说服了林直存和导演，绕回伞下从自己的包包里找手机，才刚拿到手上手机就响了。

"喂？"

"司徒末，你手机都不带身上的吗？"顾未易这厮讲话实在不讨人喜欢。

"我刚刚有事忙啦。"

"那你忙完了没有？"

"忙完了，干吗？"

"转身。"

末末转身往人群外张望，顾未易的身高着实鹤立鸡群，末末很快就看到了他，走过去跟保安打了声招呼就把他带进警戒线内。

"你来多久了啊？"末末看他满头大汗的，拿了张纸巾帮他擦汗。

顾未易拿过纸巾自己擦："半个多小时。"

末末看了下手表："我大概还有一个多小时才能收工，你要不要先去找个餐厅等我？"

他摇头："不会影响你工作的话我就在这里等你好了。反正我也没看过你工作时的样子。"

末末刚想说什么，一个工作人员匆匆跑过来说铁哥找她有事，她就匆匆跑去处理事情了。

顾未易看着司徒末小跑的背影，那绷紧的小脸，认真的眼神，快速的步伐，严谨的……专业。这样的司徒末不是他所熟悉的，他的司徒末会穿着棉质的运动服窝在沙发上发呆；他的司徒末看鬼片会叫得比鬼还恐怖；他的司徒末会穿着围裙在厨房里折腾一些创意食品；他的司徒末看到漂亮的杯子会忍不住买回家……

他突然觉得，阳光底下，司徒末汗津津的小脸特别的美丽可爱。而且……顾未易再一次打量了几眼林直存……似乎有人也意识到了她的可爱。

末末再一次回到顾未易身边的时候已是休息时间，她拉着他到了附近的一家麦当劳，瘫坐在椅子上指挥顾未易去点餐。今天事情特别多，尤其是铁哥有事先走了，就剩她一个人在撑大局，她绷紧着每条神经来处理每件事，一个小时下来比她平时工作一天还累。

顾未易端着食物在她对面坐下："很累吗？"

末末抬头勉强微笑了一下："还好，就那林大明星和导演，今天老找碴。"

顾未易把吸管插进冰爽茶里，推给她："耍大牌吗？"

144

"也不是，他平时人挺好的，估计今天太热了，有点暴躁。"

"你对他评价挺高的嘛。"

"他也不容易，他其实比我们还小两岁呢。"

"有人母性大发了。"顾未易喝了一口可乐，"吃嫩草对牙齿不好。"

末末懒得理会他的挑衅，只是说："你坐过来这边。"

顾未易起身坐她旁边："坐过来干吗？"

末末头靠他肩膀上："我很累，借我靠一下。"

顾未易本来一肚子的酸水想吐，但一瞬间只剩下心疼，揉揉她的发："你吃点东西先，下午几点开工？"

末末闭着眼睛笑："你喂我。"

他尴尬地左右看了看，迅速地拿了薯条塞她嘴里。她被塞得一愣，差点噎到，睁开眼睛骂："你谋杀啊？"

他拍着她的背帮她顺气："别激动，小心岔气。"

末末支开他的手，自己拿了个汉堡啃。

他在一旁偷笑："你不是不爱吃汉堡？"

她没好气："我下午有大把事做，至少得保证有力气。"

吃过饭，他俩在麦当劳里喝饮料吹冷气。

中午的麦当劳常常有一些中学生出没，青春的校服，手拉着手。末末看着觉得甜蜜，推推顾未易说："你看那对小情侣，好可爱。"

顾未易抬头看一眼，评价："还未成年。"

她戳他："少扮纯情，我还没问过你以前谈没谈过恋爱呢。"

"有。"

"几次？什么时候？"

"一次，高三。"

末末伸了个懒腰，靠在他肩膀上闭目养神。

顾未易对她这么云淡风轻的反应感到惊奇，忍不住问她："就这样？不问了？"

她闭着眼撇嘴："有什么好问的，反正你落入我的五指山了。"

他坐低了些，让她靠得舒服点，然后问："你们这一系列的广告还要拍多久？"

末末模糊地应着："大概还有一个星期吧。"

还有一个星期啊？顾未易摇了摇手里的可乐，冰块和液体撞击的声音哐哐地敲得他心里忒不爽。转过头去想说什么，发现她已经闭上了眼睛，轻轻动了动肩膀，她只是呢喃了一声，眼睛还是闭着的。

虽然只有十分钟长短的时间，末末真的睡着了，她的睡功不是盖的，高中时课间休息从来都是她补眠的时间。

顾未易侧头看她靠在自己肩膀上平稳地睡着，安静地吸着可乐。

林直存搅拌着咖啡，看着对街的麦当劳发怔：大片的落地玻璃窗内，依偎着的男孩女孩，女孩疲惫地睡着，男孩安静地看着，手上可乐杯子上的水珠在阳光下闪闪发光，一颗一颗滑下。他们左边是一对小情侣，旁若无人地接着吻，他们右边是一个妈妈带着孩子，孩子打翻了饮料……纵使环境看上去万般嘈杂，林直存却突然想起一句话——岁月静好，现世安稳。

林直存的经纪人循着他的目光看向对街，了然。他咳了一声以引起林直存的注意："直存，你事业正如日中天，别搞事。"

林直存收回目光和他对视："你有没有听过，拱手河山，讨你欢？"

经纪人一着急居然有些结巴："你……你不要冲动。"

林直存笑着摇头："开玩笑的，我愿意拱手也得看人家愿不愿意接受啊。"

经纪人松了口气，才有心思拍起马屁来："那可不能这么说，你刚刚才被选为全国前十位最适合当情人的男明星。"

林直存戳破他的马屁："你们给了那家杂志多少钱让他们这么写的？"

"那是网上投票的，做不了手脚。"经纪人自豪地说，对林直存的魅力他向来是很有信心的。林直存刚出道时，因为生性冷漠而得罪了不少记者，当时公司说要冷藏林直存，是他力排众议一手把林直存捧红。不过林直存也争气，只要是他分内的工作他一定是努力做到尽善尽美的。

末末醒过来的时候顾未易正低着头玩手机游戏，长长的睫毛低垂着，剪碎一缕阳光。

"顾未易。"

"嗯?"

"几点了?"

"等等,我退出游戏。一点四十九分。你几点上班?"

末末把手举起来看手表:"呃,两点。"

顾未易斜着眼瞪她:"你有手表干吗害我退出游戏?"

末末得意地笑:"我故意的。"

第34章

又吵架了……

末末甩上门就后悔了,傻帽啊,要出去也是他出去,她没事学人家离家出走个鬼啊。既然出了门,也只能硬着头皮了,摸摸自己的口袋,衰,没钱,没手机……

末末在小区里兜了一圈,夏天的蚊虫叮得她直跺脚,心里的火苗越烧越旺,越旺就越拉不下脸回家。她在小区里给小朋友玩的滑梯上坐了下来,百无聊赖地托着下巴看满天星辰,思索起整件事情的来龙去脉。

事情要从刚刚被顾未易发飙砸掉的香水说起。林直存参加了一个某香水的时尚派对,厂商送了他一套情侣香水,他说女的那套他用不着就转手要送给末末,末末依稀觉得有些不妥,没敢收,后来那瓶香水又辗转从铁哥手里送给了她。她对于林直存硬是要送她香水的行为相当不解,刚开始也难免会臭美一下以为他在示好,后来转念一想,这大明星不比常人,见过的美女是数以吨计的,再怎么饥渴也不可能找她这么个路人下手,那到底是哪根筋搭错了?后来是两个搬器材的工作人员的对话提醒了她,他们说天气太热,每次回到家都是浑身的臭汗味。末末下意识地闻了下自己,呃……她大概知道了原因。末末平常不擦香水,所以流起汗来制造不了香汗淋漓的盛况,有时靠得太近了难免让林大明星难受了,使得他不得不出此下策来维护自己的呼吸质量吧。想到这一层面,末末也就安心地接受了这份礼物。

晚上回家,末末把她的香水理论显摆给顾未易听,他听完后不发一言地躲回房间看书去了。他这种间歇性的"学术冷淡综合征"，末末早已熟悉，只当他是又沉醉在哪个鬼科学问题不可自拔，所以也不大在意，自己好奇地喷了一点香水，味道还不错，于是又蹦蹦跳跳地跑去给顾未易闻。

顾未易拿着书扇开味道，皱着眉头："臭死了。"

末末闹着凑近他："你好好闻闻，我比香妃还香。"

他不耐烦地撇开头："香水就是一化学配方下的产物，这种鬼东西给我丢掉。"

末末懒得理他的科学家理论，权当他不识货，随口答应着就回房间，上了会儿网，然后就洗洗睡了。

第二天末末还是喷了点香水高高兴兴上班去了。接近的中午的时候接到顾未易的电话，说是找她吃午饭。最近他闲得长蜘蛛丝，所以隔三岔五出现在她工作的场合，工作人员都和他混熟了，现在他凭自己那张脸已经可以自由出入拍摄场地了。

顾未易到的时候末末正在和林直存讨论脚本，靠得有点近。林直存身上相似的味道袭上鼻间，她暗自思量，这味道也太像了吧，根本就是同一种液体装俩不同的瓶子，真是太黑心了，果然这就是营销啊！不如等拿了工资也给顾未易买一瓶吧。

"你们用情侣香水哦。该不会是地下恋情吧？"好事的工作人员A说。

"对啊，说不定司徒的那个帅哥男朋友只是个幌子。"好事工作人员B附和。

司徒末一时无语以对，求救的眼神看向林直存，他笑得无耻，搭着她的肩说："可不是，我们家小司徒可是我梦寐以求的超级大美女。"

末末心里骂了几句脏话，虽然演艺圈是出了名的假亦真来真亦假，他也不用这么寒碜她吧？

好事工作人员二人组自觉无趣地走开了，这时末末才发现顾未易在他们后面站着，她刚想埋怨他刚刚不过来拯救他，哪知他阴沉着脸冷淡地看她一眼就掉头走人。末末追上去拉住他："你干吗？去哪？"

他掰开她的手："我回去了。"

末末猜到几分，忙哄他："你别胡思乱想，他们开玩笑的。"

他拧着眉："我让你把香水丢掉，你不丢就算了，还用？"

她吓一跳，生怕工作人员听到又风生水起地八卦，扯着他说："你别乱说话啊。"

顾未易又一次掰开她的手："我哪句是乱说的？"

末末手指被他掰得生疼，火气也起来了："你发什么神经？"

"司徒末！让你讲脚本你跑哪去了，要谈恋爱回家谈！"铁哥的声音从远处传来。

末末撂下一句"晚上回家再谈"就跑了回去对脚本。

顾未易在原地等了她两分钟，等她给他一个转头，一个眼神，一点关注。但她头也不回地走了，对着林大明星那张娘娘腔脸，浅笑盈盈。

他握紧了拳头，心里想着用盐酸和硝酸以3：1的比例混合出"王水"腐蚀大明星的脸。

末末拖着疲惫的身体回到家，一整天在太阳底下暴晒，她觉得自己似乎有点脱水。开了门看见顾未易双手环胸坐在沙发上，脸色阴霾，她提起精神好声好气地问他："吃过晚饭了没？"

顾未易起身倒了杯水递给她："吃过了，你呢？"

末末小口地喝着水："吃了。"

一时间两人都不知道怎么开口，各据沙发一端发着呆，直到末末的手机铃声打破了沉默。

"喂？"

"小司徒，是我，林直存。"

末末做贼心虚地看了一眼顾未易，才说："呃，你好，有什么事吗？"

"怎么？你那醋坛子男朋友在身边啊？讲话这么小心翼翼的。"

末末对他这种不识时务的调侃很无奈，只得说："林大明星，我下班了，你有事快说，不然就让公司算加班费给我。"

林直存哈哈笑了几声后说："也没有什么事，就是跟你说一下，我刚刚看了天气预报，明天可能会下雨，户外拍摄可能拍不了。"

这人也太敬业了吧，这种事哪用他操心啊？

"没关系，我们都有两个方案的，明天要是下雨就拍室内的。没

149

其他事了吧？"

"没了，明天见。"

"明天见。"

末末挂上电话，看了顾未易一眼，吞吞口水说："呃，工作上的事。"

顾未易阴着脸："我说什么了吗？"

是没说什么。

末末站起来："我去洗澡了。"

就在她要关上门的时候，顾未易冷冷飘来一句："洗完澡别忘了喷香水。"

末末的火腾一下就蹿起来，转身冲进房间把香水抓出来扔向沙发："你有完没完！"

顾未易捡起香水用力甩向墙壁，伴随着清脆的玻璃破碎声，浓浓的香味弥漫开来，末末下意识地缩了一下，叫起来："你发神经啊！"

"你不是喜欢这个味道吗？现在整个房子都是了。"

末末火了："你凭什么砸我东西，你家里有钱了不起是不？"

他怒极反笑："对，我家里就是有钱，我家里的东西我为什么不能砸？"

末末心一下就凉了，对啊，她是寄人篱下，凭什么大小声啊。

"好，我出去总行了吧。"末末没给他回话的时间，打开门就冲了出去。

"唉……"末末叹了口气，把脚蜷起来抱着，头埋在膝盖间打瞌睡，好累啊……顾未易会来找她吧？要不来呢？难道在这里坐一夜？

顾未易话说出口就后悔了，看着她冲出门，脑子一片空白，好几秒还才反应过来跟着冲出去，但已经找不到她了。再冲回家打她手机发现她手机和钱包都落家里了，于是又跑出去找她。在小区里心急如焚地绕了三四圈才在儿童游乐区找到了她。

"回家吧。"

末末茫然地从双膝间抬起头，怔怔地看着顾未易，不吭声。

顾未易蹲下来和她平视："我们回家吧，这里蚊子好多。"

她撇开视线，盯着自己的脚趾不作声。

他大手盖住她的小手："别生气了，先跟我回家。"

末末缩回自己的手："那是你的家，不是我的家。"

顾未易叹口气，可怜兮兮地看着她："我知道错了，你别生气了，你在哪里，哪里就是我的家。"

末末白他一眼，就贫吧你，姐姐我不想理你。

"好吧，我承认，我小气，我不该乱吃醋，但是你让他的手搭在你肩膀上，你也有不对。"

末末恶狠狠地瞪他！

"你用他送你的香水，还是情侣香水。"

她听到就火大："我本来想发了工资把男版的买来送你的。"

他讪讪的，接着控诉："你们下了班还联系。"

她看他那眼神飘移的样子觉得好笑，缓了语气："他说明天会下雨，户外拍摄拍不了。"

"他对你没那么单纯。"

"他是明星，随便一招手都会有一群女人扑上去，要我干吗？"

"你呢？"

"什么？"

"如果他向你招手呢？"

末末转了一圈眼珠子："反正我刚被赶出家门，有人收留当然很好。"

顾未易瞪大眼睛："你敢！"

她扬起下巴："你可以试试看我敢不敢！"

他站起来，动作飞快地俯下身，把她一把打横扛起："回家！"

脑袋突然朝下的末末挣扎着叫："喂，我没说要回去，我脑充血了啦！"

第35章

末末收到班里群发的短信，说是谢师宴在6月24日，毕业典礼在25日，离校日为26日，她情绪突然就低落了下来，离开工作台躲到厕所里打电话给梦露。

"梦露，我们真的要毕业了吗？"

"死人头末末，你还记得我啊。我还以为你有了男人就不要我们了。"梦露的声音压得很低，但骂人的威力不减。

"你在干吗？声音那么小？"

"员工动员大会，说来话长，我觉得我进了一个神经病公司。你请得到假回学校吗？"

"请得到吧，我还没问。你呢？"

"不知道，这公司有点怪，如果实在不让我请，我就逃班，大不了被炒。"

"你不是说进的公司很不错吗？"

"唉，我也不知道怎么跟你解释，碰面再说好了。"

"嗯，好吧，拜拜。"

"拜拜。"

挂掉电话，末末刚想打开厕所门，突然听到外面有很奇怪的声音，好奇心让她缩回开门的手，安静地听门外的声响。一阵窸窸窣窣的声音过后传来男女的对话。

男："你到底有没有跟阿铁说？"

女："我不敢，你又不是不知道他的脾气。"

女的声音一出来，末末吓了一跳，晓晴师姐！那阿铁就是铁哥了？那这个男的又是谁？末末竖起耳朵听。

男："难道我们就这样一直下去？你每天和他这么亲密，有没有想过我的感受？"

晓晴："我会跟他说的，你再给我一点时间好不好？拜托啦——"她的声音变得娇软呢喃，末末听着都腿软，何况是那个男的。很快外面就剩下吸田螺会发出的口水声，作为过来人，她当然知道这是什么声音。

末末在厕所躲到都快窒息了，才等到他们离去，临离去前末末总算是听到值回票价的一句话——悟空，晚上去我那儿。

这话乍听像儿童不宜版的《西游记》，但末末马上就猜出那男人的身份了。刚进公司时铁哥给过她一份公司员工的名单，她当时盯着孙经理的名字笑了好久，孙芜孔……

末末硬是在厕所里待了二十分钟才出去，一出去就差点撞到铁哥，铁哥眉飞色舞地跟她说晚上要带晓晴去见家长。末末有点心虚地敷衍着和他说了几句，跑回位置上去边看策划边消化刚刚知道的八卦。末末心里挺忐忑的，脑子里老是播放一些电影画面，坏人总是阴森森地笑，然后说，你知道的太多了，然后砰！好人挂掉了。她现在才知道好奇心会杀死猫，知道太多真的太不安，好想挖个树洞吼一吼。

下午末末去跟铁哥请假，铁哥平时严厉归严厉，但人情味特足，很能理解她的毕业情怀，一口气就批了四天假给她，搞得末末特想把她知道的奸情告诉他，以报答他的大恩大德。

晚上回家跟顾未易说了一下她要回学校去住几天，他一脸不情愿又要假装通情达理，逗得她特乐，真可爱。

末末踹了踹宿舍门，大叫："姐姐我回来了，快点出来夹道欢迎。"

里面传来虎妞剽悍的回答："你要不是掉了钥匙，就是断手断脚！要是掉了钥匙，看我怎么收拾你！"

末末讪讪地掏钥匙开门，本准备第一个看到的人是虎妞那张对不起东北人民的脸，没想到居然见到了正蹲在地上打包行李的王珊，有一点点陌生的尴尬，点点头说："你回来啦？"

王珊点头微笑："是呀，你也回来了啊？回来吃滚蛋饭吗？"

末末会心微笑："是啊，我准备午餐都不吃了，就等滚蛋饭一顿吃个痛快。"

"英雄所见略同。"虎妞跳出来插嘴，"要不是我男朋友不让，我昨晚就不想吃饭了。"

梦露从床上探出头："司徒末，大清早地回来扰人清梦啊？"

末末看看手表，都十点多了，问："你不用上班啊？"

"请假了。"梦露爬下床。

"不是说很难请？"末末不解地问。

梦露摇曳着婀娜的小身段走向阳台："姐姐我长得如此可人，跟经理撒个娇就万事搞定。"

末末有点惊讶，梦露以前最讨厌人家拿她的外貌说事，今天怎么这么有自嘲精神？她看向虎妞，虎妞耸耸肩，给她一个"最近日子不好过"的眼神。

末末跟去阳台，靠着墙和在洗脸刷牙的梦露搭话："你们公司怎么神经分分了？"

梦露挤了一大坨的洗面奶在手掌上，用力地揉出泡沫："公司里有一堆神经病女人，一天到晚排挤我，怀疑我和经理有染。"

"那经理有没有骚扰你啊？"末末问。

"没，对我挺好的，但是挺正经的。"

末末松了口气，拍拍她的肩说："美丽总是要付出代价的。"

梦露顺手撩了一手水泼末末："滚滚滚，没句好话的。"

末末笑着跳开："我这就滚，以免被你的美丽所误伤。"

梦露眯着眼搓脸，忍不住也笑了起来："就你嘴贱。"

中午，这群人经过严缜地讨论之后，决定都不吃饭，等待晚餐的到来，四年来学校也就只请他们吃这一餐饭，当然要吃得学校血本无归。

学校请吃的是自助餐，饿了一个下午的134宿舍，一进场就杀红了眼，很快她们的桌子上就堆了满满的食物。她们正吃得津津有味，辅导员和部分老师出现了，命令说现在还不能吃东西，请同学们安静等待领导的到来。末末她们置若罔闻地吃个不停，刚巧辅导员走过她们这一桌，很严厉地批评她们："不是叫你们别吃吗？"

末末从食物中抬起头来，眨巴着无辜的大眼睛："为什么不能吃？"

"等领导来。"

她接着扮无辜："不是说六点开始吗？现在都六点半了，我们很饿。"

辅导员语塞，愤愤瞪了她一眼后离开。

辅导员一走，梦露就拍着末末的肩膀说："末末，我从来都不知道你那么有种，太有前途了。"

末末挥挥手，大有姐姐杀人很久了的派头。其实她敢顶嘴主要还是仗着自己大学过得很低调，几乎不参加什么活动，所以辅导员应该不认识她。本来她还以为自己的姓可能又会让她成为班里第一个被记住的人，后来才发现班有姓"上官"的，有姓"门"的，有姓

"羊"的，所以一直困扰她求学生涯的姓氏问题在大学几乎不存在。

又过了半个来小时领导们才陆续就位，开始致辞，这个致完那个致，没完没了。上面的人讲得眉飞色舞，下面的人听得面无表情，尤其是领导致辞的时候还不给去拿东西吃，于是大家只得就着桌上仅有的食物省着吃。

好不容易等到致完辞，敬完酒。大家开始吃东西，一开始都挺冷静地说着前程似锦、有空多联系之类的话，直到突然有一个酒量比较差又刚好失恋了的男生喝醉了开始抓狂。大家的情绪就好像被按下开关，哭的哭，闹的闹，亲的亲，抱的抱，拍照的拍照。

末末对着宿舍这几张熟到烂掉的脸，突然间也一阵哽咽，她还没来得及哭，梦露突然就哇哇大哭起来："我们以后是不是都见不到了啊？"

虎妞和王珊也跟着哭："你和末末在一个城市，我们俩都回家了，以后见不到了……"

四人正哭得兴起，班长突然咔嚓一声拍下了她们泪眼汪汪的样子。

接下来的行程是去唱K唱通宵，这时候顾未易打电话给末末，跟她强调了五分钟的不准喝酒，然后说后天我去帮你搬东西，就挂了。赖在旁边偷听电话的梦露给了个相当中肯的评论："你们真不像情侣，像父女。"

末末很奇怪："情侣是怎么打电话的？"

梦露笑得恶心："像我们家亲爱的，每次都会叫我小宝贝，然后会说我爱你。"

末末给她一个恶心也可以把人恶心死的表情，然后挪去把霸着话筒不放的虎妞拖来聊天。

被拖离麦克风的虎妞显得相当没精神，边摇着骰子边眼巴巴地看着唱歌的同学，哀求着末末："让我去唱歌吧。"

"不行，你和梦露各唱了一个小时了，至少让其他人摸摸话筒，不然大家会恨我们宿舍的。"

正协商着，王珊醉醺醺地从另一个包厢跑进来，叫着："司徒末，司徒末。"

末末扶住她："干吗，我在这儿。"

王珊像拍小狗一样拍着她的脑袋："末末啊，傅沛很喜欢很喜欢你的。"

"你喝醉了。"

"末末啊，你帮我……跟傅沛说……跟他说，他是个浑蛋，还有，对……不起。"

末末、虎妞、梦露三人对看一眼——人之将醉，其言也善。

后来的时间过得很堕落。王珊躺在末末的大腿上哭着睡着，她们三个人分工合作，摇骰子喝酒放倒班里一大票男生。第二天退房的时候，整班人里清醒的没几个了，末末当然是其中一个，也还好她清醒着，不然就接不到顾未易一大早的查勤电话，回家一定会被念到臭头。

回到宿舍大家都是倒头就睡，直到下午两点多班长来敲门说去参加毕业典礼，于是爬起床浑浑噩噩地去了礼堂坐定，这时末末才发现自己穿了虎妞的拖鞋来参加毕业典礼。她本来看着脚上的拖鞋挺乐的，但随着典礼的进行，校歌响起，熟悉的音乐中突然心潮一阵澎湃，宣了毕业誓词，这才真正感觉到，她的大学，真的结束了。

毕业典礼归来，大家都忙着打包行李，末末整理自己的东西时居然翻出了《录取通知书》和《新生入学手册》，一瞬间恍如隔世。

第二天一大早虎妞就跑了，大家睡眼惺忪地和她拥抱了一下后又睡去了。下午顾未易开着一辆面包车来接她，她和梦露王珊拥抱完后，最后看了一眼一片狼藉的宿舍后就上车走了。

坐在车上看着熟悉的风景一点点后退，她拿起手机打给虎妞，还没开口就突然泣不成声。虎妞这厮特没出息，一听到哭声就号啕起来，逼得末末最终不得不挂了电话，看着窗外安静地掉眼泪。

顾未易伸过手来牵她的手，手指穿过她的手指，紧紧扣着，眼睛注视着前方，稳稳地开着车。前路似乎漫长悠远，前程总是迷茫未卜，如果能一直这么牵着，就不怕了吧？

第36章

以前英语课要写信的时候，每个班上至少会出现十个以上的同学以"How time flies"开头的。这句被用烂的英语还真形象，时间会飞，前天，昨天，今天，明天，后天，大后天……大后天顾未易就要走了。末末从前天开始，就无法直视顾未易的眼睛了，每次只要眼神一交错，她就泪光闪烁。

末末坐在地上安静地把行李箱里的东西一件一件地拿出来，再放回去，这样的动作她这几天内不知道重复了几次，总是这么反反复复着，生怕漏了什么东西没给他放进去。这样的心情就像大学每次放假回家或者从家里回学校，走出门的时候老觉得自己忘了什么东西没带，揪心的不安和忐忑。

顾未易靠在床头翻着书，好几次想说什么又欲言又止，直到司徒末再一次拉上行李箱的拉链，他才放下书，对她招手："司徒末，过来。"

末末站起来，把箱子拉到一边，低着头在床尾坐下。

"你坐那么远，我们飞鸽传书啊？"顾未易没好气地说。

她闻言往床头方向挪了两个屁股位，还是低着头："干吗？"

唉，算了。

顾未易伸过手去把她拖过来，置在怀里紧紧抱着，下巴搁她头上："司徒末，你不留我，那换我留你，跟我一起出国吧？你先和我过去，找一间语言学校读几个月，然后申请学校。钱我先跟家里人借着，我们一起打工还。好吗？"

末末牙齿咬着下唇，好一会儿才说："我不想去。"

顾未易托住她的下巴，转过她的头，用力地吻住她。

他吻得用力，强势地介入她的唇舌，又吮又咬，强烈的气息融化在她的唇齿间，仿佛要把她吞噬下去。

"你真狠！"顾未易咬牙切齿的声音把末末从缥缈的外太空中唤回来。

她往后仰着被吻得红红的小脸，疑惑地问："啊？"

他用手盖住她的眼睛："没事，我爸妈后天过来，一起吃饭？"

她嗯了一声，想想又说："那……我要带什么？"

"带上他们的儿子就好了。"

她点点头，任他的手盖着她的眼睛。

她的眼睛在他掌下一眨一眨，长长的睫毛上上下下地刷着他的掌心，慢慢地为他的掌心刷上湿意。

"司徒末。"

"嗯？"

"放假要来看我。"

"嗯。"

"不准和别的男人暧昧，离傅沛、林直存远点。"

"嗯。"

"有什么事打电话给我。"

"嗯。"

"没什么事也要打电话给我。"

"嗯。"

"你除了嗯还能不能说点别的？"

末末突然拉下他的手，转过身用力抱住他，哭着骂他："你好烦……呜呜……我讨厌你……你为什么要走……呜呜……你没事上什么麻省……你是神经病……"

边哭边讲话是个技术活，她不到十分钟就累了，靠在顾未易的胸膛上抽噎着打嗝。

他拍着她的背帮她顺气，对她这种"打别人，自己哭"的行为即无奈又心疼，恨不得就把她揉小了，揣进口袋里，一起走天涯。

午夜。

末末突然大口喘着气醒来，腰间扣着顾未易的手，紧紧的。她掰了一下，掰不动，奇怪地转过头去看他，他醒着！黑亮的眸子静静地盯着她，眼神清醒。

"怎么还不睡？"末末喃喃问他。

顾未易又收了一点手劲，把她更用力地扣向自己。

"你勒太紧了，我快不能呼吸了。"末末又开始徒劳地掰起他的手。

他抱得愈发用力："勒死你算了，闹心。"

末末被嫌弃得无辜，她好好地睡着觉，哪里闹心了？

顾未易看她真的快喘不过气，松了点手劲，眼看她闭着眼马上又要睡去，他难免怨怼，低头咬了她脖子一口，她惊呼了一声，但还是闭着眼睡觉，权当他是不懂事的小狗。

顾未易被忽视得彻底，愤愤地盯着她的侧脸，皎洁的月光下，她的头发散开在脸上、耳朵上，他轻轻地拨开，露出柔白的脸颊和小巧的耳朵。耳珠子圆润圆润的，像珍珠一样嵌在她耳朵上。突然想起她的室友开玩笑讲过她的耳朵很敏感，他玩心大起，嘴贴上去，将她的耳垂吸入嘴里，轻轻地啃。

末末迷迷糊糊地躲闪着，咬着嘴唇硬吞下到嘴边的呻吟。

顾未易本来是恶作剧成分居多的，但是吻着吻着就情不自禁了，沙哑着声音唤她："司徒末……"

她躲着不想回答他，闭着眼睛装死。

他倒是叫得孜孜不倦，一声一声地唤着。她实在是被吵得没法，用力翻过身去大吼："干吗！叫魂啊！"

吼完抬头对上他的眼睛，黑暗中他的眼睛闪烁着奇异的光芒，她依稀明白了什么，脸红……

他啄吻了她一口，贴在她耳边问："可以吗？"

可可可可可……可以吗？

末末咽下一大口口水，差点把自己的舌头也吞了下去，结巴了半天都说不出一句话来。

顾未易早已顺着她的脖子一寸一寸地往下亲，科学家在这种时候还真是钻研精神十足，该亲的不该亲的，他都亲得差不多了。末末被他没完没了的吻整得昏昏沉沉，也还能分心地想着：难道男的真的都在这方面有所谓的天赋异禀？

大概十分钟后末末就收回她所谓天赋异禀的看法了，呃……怎么说呢，新手上路，兵荒马乱。

折腾了半天，她喊疼，他不敢燥进也就只能急得满头大汗。最终两人在床上对看了半宿，笑成一团。

到了后半夜，两人居然达成一个协议——那事就留到两人新婚之夜吧。顾未易当然郁闷，但出于尊重也只能同意，于是就迂回地嚷着要结婚。末末对他这么孩子气且色欲的一面感到新奇，本来人是裹在被子里的，她自己往下拉了一点，露出一边光溜溜的肩膀，耸了两下，抛了一个自以为媚的媚眼，挤出一个自以为性感的微笑："亲爱的，是不是很想扑倒我呢？"

顾未易嘴角抽搐，无奈地摇头，下床去捞刚刚丢下床的裤子，套上后背对着她躺下。

第二天末末睡过头，一边赶车一边打电话数落顾未易，要挟着让他晚上煮好晚饭等她回来吃。

顾未易无奈地挂上电话，偷鸡不成蚀把米活生生讲的就是他。

晚上末末回家的时候，顾未易正在厨房里忙活，她换了套家居服，懒洋洋地躺在客厅沙发上翻杂志。

门铃响了她还对着厨房喊："小顾子，开门。"

厨房门里伸出了一只挥着菜刀的手，末末嘟嘟囔囔地去开门，本以为又是莉莉姐来勾引她家男人，但看到来人，末末瞬间石化，讷讷地说："王……王阿姨好。"

"司徒末，谁啊？"穿着围裙的顾未易从厨房走出来，末末从石化直接变成石头了。

"妈？你怎么来了？"

三人在客厅排排坐好，王阿姨似笑非笑地盯着顾未易身上的粉红色围裙，调侃："儿子，没想到你这么适合粉红色啊。"

末末尴尬得恨不得找缝钻。

顾未易板着脸问："你们不是说明天来，怎么今天就来了？"

"真不可爱，你爸明天要开会不能来，我就自己先跑来了，怎么？打断你和末末的甜蜜厨房了？"讲完自己哈哈大笑起来。

末末一点都不觉得好笑，她想咬舌自尽。

顾未易解下身上的围裙，给末末套上："去把饭做好。"

她如蒙大赦地跑去厨房做饭，把客厅留给这对诡异的母子。

顾未易看着末末颠颠地跑进厨房，才回过头来问他妈："你吃过饭了没？"

王淑红第一次看到自己的儿子用这样的眼神看一个女孩儿，不对，应该说她第一次看到她儿子用这样的眼神看任何人。唉，儿大不由娘，即使不亲，她也本是他生命中重要的一个女人，好了，现在好像地位不保了似的。

"妈？"见她没回答，顾未易叫了一句。

"呃？"王淑红看向儿子。

"吃过饭了没？"

"哦，还没。"

"那尝尝末末的手艺吧，她菜做得挺好的。"顾未易淡淡地说。

王淑红早就习惯了自己儿子客气冷淡的态度，她其实挺喜欢末末，但今天不知为何，心里特别难受，忍不住想刁难几句："我怎么看着刚刚是你在做菜啊？"

"平时都她做，今天我们打赌了。"

她不知道这话的可信度，但知道自己的儿子是真心地在维护，心有不甘，又问："我怎么不知道你会做菜啊？末末训练出来的吧？"

他冷漠地扫她一眼："你不知道的事多着。霞姐教的。"

霞姐是在他们家帮佣过的一个保姆，跟顾未易处得很好，后来她辞职了他还难过了好一阵子。

王淑红轻咳一声转移了话题："你出国的东西准备得怎么样了？我来帮你整理一下吧？"

"不用，末末都整理好了。"

她有点失望地应了一声，失败地发现，她找不到话题和自己的儿子聊。

顾未易看他妈失落的样子有点不忍，问："爸会来送机吗？"

王淑红听到儿子提她那工作狂老公就来气："你爸那人没救了，他后天要是不来送机我们就登报和他脱离关系。"

顾未易随意地笑笑，扭过头去观察厨房的动静，怎么这么安静？

他回头看了看他妈，叫了声："司徒末。"

"怎么了？"司徒末的声音传来。

"倒杯水出来给我妈。"

"好，就来。"

柔顺的回答逗笑了他，小样儿，挺能装的嘛。

第37章

顾未易他爹的确来不了送机，他倒是若无其事，一副我早就料到的样子，他妈可就没那么冷静了，去机场的路上一直在打电话骂老公，骂得计程车司机和末末目瞪口呆口吐白沫。

末末连看了顾未易好几眼，大意是想传达："看吧，我平时对你真温柔。"

顾未易推了推她的脑袋："你还记得游戏的密码吗？没事我带你打怪。"

末末还没来得及抗议，王淑红就不乐意地叫了起来："好好说话，推什么推，把我媳妇推傻了，你赔一个给我啊？"

顾未易鄙视地瞅了他妈一眼，自从昨晚吃了司徒末做的饭后，他妈就一直处于这种没出息的状态，幸好他没给她找个厨师的媳妇，不然她老人家会给媳妇做牛做马的。

他伏在司徒末耳边小声地叫："傻媳妇。"

末末红着脸想躲开他说话喷出来的气流，哐一声撞车窗玻璃上了。基于人家母亲在场，末末想问候他祖宗又不敢，只能含着泪水揉着脑袋控诉地瞪着他。他伸过手来要帮忙揉，她小声地哼了一声，扭开头。

王淑红含笑透过后视镜看俩孩子的互动，经过一个晚上的调适，她那种"儿子被抢走了"的心态早已调整过来。末末是个讨人喜欢的女孩子，何况儿子看起来那么的开心。她养了他二十几年，还没见过他那么爱笑爱闹。幸好，他的感情世界没有被几年前的意外毁了。

送别的场面冷静得要死。

顾未易说："妈，我走了。"

他妈说："出门在外一切小心。"

他说："好，你们保重。"又转头对末末说，"司徒末，你别忘了之前答应过我的。"

司徒末说："好。"

他说："你都没有别的话要跟我说吗？"

她说："没了。"

然后他就进了安检。然后末末就和王阿姨坐计程车回家，一路上阿姨跟她说顾未易小时候的糗事，她有一搭没一搭地听着，总觉得灵魂有点出窍。

到了家，王阿姨收了东西就走了，说是赶回去开会。剩下末末一个人面对着空荡荡的房子，心酸得可以拧出柠檬汁。

他用的茶杯还摆在窗台上，拿起来闻还有淡淡的茶香。他就爱把茶杯摆窗台上，每次她看到了都要念上几句的，他总是装乖似的跑去拿在手上，她一走开，就又放下了；他常看的科学杂志左一本右一本地丢在沙发上、餐桌上，每次等吃饭的时候他都爱坐在饭桌旁跷着个二郎腿翻杂志，心情好时她会任他去，心情不好时她冷着脸，他会乖乖进厨房打下手；浴室里还有他用的牙刷毛巾刮胡刀，有一次她急用，临时拿了他的刮胡刀刮腋毛，这位有洁癖的大哥差点没杀了她……

几近半年共同生活的点点滴滴早已渗透骨髓，在他离开后突然涨潮般地涌出她的骨骼，叫嚣着快把她淹没。她不能在这样的环境下每天抱着回忆过日子，于是她做了个顾未易知道了肯定会生气的决定——搬进公司宿舍。

人事部总算做事利落了一回，第三天宿舍就分了下来，末末抓了几个壮丁帮她把常用的东西搬进宿舍。

末末走出小区大门时天是飘着雨的，她有点无奈地望着天空，细细的线断断续续地往下坠，几根掉进她的眼睛里，密密麻麻的难受。

顾未易，快点回家吧。

末末住的公司宿舍是两人套间，她和公司的一个打暑假工的女孩子各有独立的房间，共用大厅和卫生间。她的新室友叫沈雯雯，据说是某高层的亲戚，暑假来体验社会的。接触了几天下来，末末觉得雯雯是挺好的，乖巧听话，有点怯生生。

末末没想到的是，住进公司宿舍居然是她工作上的一个转折点，她莫名地被调入创意部，开始没日没夜地加班，等拖着身体回到宿舍时，累得连电脑都没力气打开，手机里有很多很多还没回给顾未易的短信，她有很多很多话想跟他说，跟他说她讨厌创意部的那个口红抹很红的女人；她见到了很多有名没名的明星；她写了一个广告文案被采用了；她想存钱，去美国看他……很多很多的话，但是疲惫却是常常让她在顾未易温柔的声音中沙哑着声音说今天又加班了，好累。顾未易不曾抱怨过什么，每次打电话都一直一直地讲着话，她不用回答，只要闭着眼睛安静地听着就好。他那么不爱讲话的人，居然能够东拉西扯地跟她讲上一个多小时：在唐人街吃到的酸菜鱼没家里楼下的好吃；今天做实验的时候有个黑人教授问他要不要念他的博士；同宿舍的瑞典人总是带不同的女朋友回来……

某个加班到深夜的晚上，末末躺在床上有种想动都动不了的感觉，她两眼瞪着天花板，问自己为什么要这么这么累？她从枕头底下摸出手机，打给顾未易，电话很快就被接了起来。

他走了一个月又三天，她却至今都不知道怎么算美国和中国的时差，打电话给他从来都是想打就打，从不问他那边几点了，这算是她私心的小小任性，幸好他也一直都包容着。

"喂？"顾未易那边传来的声音有点嘈杂，夹杂着的英语句子简单易懂："Would you buy me a drink？"

末末有点不满，沉默着任他在那边喂喂喂地叫了好几声后才幽幽地问："你在哪里？"

"Pub.Sorry,I'm talking to my girlfriend."讲后半句话时他的声音冷淡得可以。

末末心情突然好了起来，收起幽幽的口气，带点撒娇地说："我今天累倒在床上完全动不了，躺在床上突然觉得手脚动不了，有点怕。"

好一会儿末末都只能听到砰砰砰的音乐声，然后突然奇迹般地安静下来，顾未易的声音这时才传了过来："让你别加班你老不听，明天请假在家休息。"

末末自动忽略他后面的话："又不是我想加的，老大叫加我能说不加吗？"

"你那死样子，一定是自己留下来加班的，而且加到这么晚，谁送你回家的？"

"呃，铁哥。"末末心虚地扯谎。事实上公司和宿舍只隔了一条街，一般她都是自己回去的，而且重点是，她到现在都还没跟他说她搬到宿舍住了。

"明天请假在家休息。少上一天班不会怎么样的，就说你生病了。"他绕回原来的话。

"唉，我好困了，我要睡觉了。"末末开始耍赖。

"你就不能听话一次吗？"

"我现在要睡觉了，下次听下次听。"为了阻止顾未易的碎碎念，末末很快挂上电话顺便关机。

顾未易气愤地瞪着掌中的手机，好一会才愤愤地收起来，她一定关机了！靠着墙发了会儿呆，又掏出手机来发了条短信给室友，然后径直回宿舍。

回到宿舍，他烧了壶开水泡茶喝，手里的茶杯是风靡世界的那只蓝色的肥猫，他说叫哆啦A梦，司徒末总是固执地跟他吵要叫机器猫小叮当。没错，这是司徒末的杯子，她不常用，家里堆满了她买的各式各样的杯子，她有收集杯子的癖好，还有强迫人家用她买的杯子的癖好。某天她收拾柜子，淘出了这个杯子，想了半天也不知道自己为什么买这么幼稚的杯子，于是硬把它放在顾未易的电脑桌上说送给他用。但在家他从来都是固定用自己的那个杯子喝茶的，出国前一晚鬼使神差的，他把司徒末的杯子收进了行李箱。刚来的时候老是被Alex嘲笑，说他是Mommy's little boy。后来Alex带某个女友回宿舍，那女孩子用这个杯子装水喝，他不发一言地把杯子从她手里夺过来，然后从房里拿出从实验室带回来的酒精消毒，还当着他们的面在厨房里煮杯子。老外有个不错的特点就是——无论你行为多么怪异，他们都能接受并且尊重。从此之后，Alex带女朋友回家的时候总是不厌其烦地跟她们强调，我的室友是个怪胎，不要碰他的东西。

他一口气把茶灌完，司徒末老爱这样子喝茶，这实在是糟蹋茶的行为。茶需要静下心慢慢品，才能滴滴唇齿留香。但他自从来了美国后都没法好好地品茶了，唉，愈是安静的时刻，想念愈是挠得他入心入肺。

第38章

暑假本是广告旺季，公司全体上下忙得人仰马翻，把"女人当男人用，男人当畜生用，新人……当公畜生用"的准则发挥得淋漓尽致。作为菜鸟，末末几乎是什么事都得帮忙做的，像今天，由于同时有三支广告开拍，执行部的人手不足，末末又被铁哥从创意部借回了执行部去伺候明星，当然会调她有一个很重要的原因，今天有一支广告的代言人是林直存。公司上下都知道林直存碰到司徒末会特别配合，于是她就理所当然地成了林直存的第二个经纪人。

今天拍的是运动饮料的广告，代言人有两个，林直存和一个新兴的选秀明星——黄涵意。选秀明星大部分属于一炮而红，而突如其来的名和利往往要么让人反应不过来，完全没把自己回事，要么就是反应过度，特把自己当回事。显然，黄涵意属于后者。末末今天已经被她呼来喝去地买了好几次饮料了，每次都嫌东嫌西，不是太冰就是不够冰，搞得末末特想把饮料倒她脑袋上。而林直存这个小贱明星就一直在旁幸灾乐祸地看她被欺负，偶尔还插嘴嘲弄几句："小司徒，我突然想喝热饮。"末末晃晃手里的矿泉水瓶，作势要丢他，他才笑着求饶。

"喂，去帮我买××绿茶。"黄涵意凑过来颐指气使。

被"喂"了的司徒末看她一眼，心想，她喝这么多，不会尿频吗？

"不好意思，你让其他工作人员买吧，我走不开。"末末在核对布景，真的走不开。

"你这什么工作态度！你知道我是谁吗？"黄涵意提高了音量。

末末心里叹一口气，息事宁人地说："我知道你是谁，我昨晚百度过了，我这就去买。"

林直存听得直笑："小司徒，那你百度过我没有？"

末末白他一眼："有，你比她多了两页。"

林直存笑着吹了声口哨。高手啊，这才叫骂人不带脏字。

黄涵意对着司徒末离去的背影直跺脚："这工作人员真讨人厌！"

林直存瞥她一眼："我觉得你比较讨人厌。"

黄涵意娇羞地又跺了一脚："你好坏！"

林直存打了个哆嗦，真心话被当调情，真背！

末末买回绿茶的时候刚好碰到铁哥来巡场，跟他抱怨了几句黄涵意的难搞，铁哥大笑着拍她的肩说："你们家林直存没挺身而出啊？"

末末深知越描越黑的道理，干脆不理他，把绿茶拿去给黄涵意。她照例唧唧歪歪地嫌弃了一番，末末随便敷衍着，手里拿着布景的彩页认真对着，没防备黄涵意突然伸出脚来绊她，她一个趔趄，差点扑街。稳住身子后末末不可思议地看着黄涵意，她会不会电视剧看太多了？

黄涵意笑着说对不起，但脸上的表情却是挑衅的。

末末很不解，她自认为虽不至于人见人爱花见花开，但至少不面目可憎啊，干吗老跟她过不去？

"她妒忌你长得比她好看。"铁哥小声地安慰末末。

末末这才仔细打量了一下黄涵意，呃……要长得比这人好看还真的不难。唉，算了，长成这样不容易，长成这样还能当偶像明星就更不容易了，而且，最不容易的其实是化妆师。化妆师都能忍，她还有什么不能忍的呢？这年头，赚钱糊口真心不容易。

压下脾气，末末笑着说没事，转身去忙别的。

林直存等到司徒末走了，才冷冷地对黄涵意说："如果明天报纸的头条是'黄涵意人未红头先大，工作人员苦不堪言'，你觉得怎么样？"

黄涵意一愣，讪讪地说："我真的不是故意的。"

"我猜也是。"他扯着嘴角笑，"毕竟稍微有脑袋的人都做不出这种事。"

趁着中午休息，末末抓紧时间躲角落里打瞌睡，还没眯十分钟就被手机吵醒了，接起来居然是很久没联系的傅沛。

"末末宝贝，最近好吗？可有想哥哥我？"傅沛那痞痞的声音传来。

末末有点受宠若惊，这人居然又开始叫她末末宝贝。

"你该不是高兴得说不出话来了吧？"

她伸了个懒腰才说："大哥，难得你还记得小妹我啊？"

"你伸懒腰的样子真不淑女。"

末末一个激灵，坐直了到处望，不远处傅沛笑眯眯地晃着手里的手机。

傅沛走近她，丢给她一瓶可乐，她昏昏沉沉没反应过来，被砸了个措手不及。

他看她被砸，笑得欢快："末末，这么久没见了，还是笨手笨脚嘛。"

她捡起地上的可乐，对着他打开，汹涌而出的泡沫吓得他往后跳了好几步，咋呼起来："喂，太小气了吧。"

一阵打闹后才坐下来聊天，傅沛笑得淫荡："顾未易都走这么久了，有没有春闺寂寞啊？"

末末瞪他一眼："你少啰唆，来找我干吗？"

他捧心道："你太没良心了，我这么想你。"

她白他一眼，喝着可乐："你不是去了上海？"

傅沛撞撞她的肩："我一听说顾未易走了，就赶紧回来了。"

这是实话，他一毕业就往远的地方跑，想着离司徒末远远的，疗情伤也方便，但听到顾未易去了美国的消息，就百爪挠心，挣扎了半天还是辞了工作回来。

末末作势要走，他忙拉住："没有啦，我住不惯上海，而且我准备创业，当然要选熟悉的环境。"

她佩服起他的志向来，但嘴上还是不饶人："就你，还创业呢？"

"你少瞧不起人，到时我是跨国公司的老板，你要是趁现在定下我，你将来会是老板娘，怎么样？"

末末拿他的无耻没办法，但过了这么久，他们还能如此肆无忌惮地开玩笑，挺好的。

"你十句话里面能不能有一句正经话？"

傅沛笑得愈发淫荡了："我每句都很正经。怎么样，工作顺心不？我之前看那个长得像番薯的女人一直跟你过不去，不如我去打她一顿，打到她从番薯变成土豆。"

末末被他逗笑："你到底来了多久啊？"

"嘿，我今天一天都没事，一个早上都在看你怎么被奴役。"

末末神情有点复杂，他看了她一个早上？

傅沛意识到自己说过了，忙打哈哈："你是念会计的，我刚创业，来帮手吧，我看到账就晕。"

末末有点为难："我最近忙得昏天暗地，哪有空帮你啊，不然等我忙完了这一阵，看看有没有空。"

他点点头："反正你有空就来帮我吧，我在中安大厦租了一间办公室，装修好了带你参观。"

她听着好笑："哇噻，还有模有样的嘛。"

"那是。你的衣食父母在招手了。"傅沛远远看到林直存在招手，观察了半天，这人对末末绝对不单纯，以前也不见末末这么热销，唉，前狼后虎的。

末末忙跑过去，交代了几句又跑回来跟傅沛说："我得忙了，下次找你吃饭吧。"

"喂，末末。"

"嗯？"

"你可别对不起小易啊，如果非得出墙的话，我坐在墙头等你，别去招惹那些明星什么的。"傅沛似真似假地说。

末末受不了地瞪他："滚！"

下班回到宿舍，末末刚沾床手机响了，顾未易给她请安来了。她噙着微笑接起电话："喂。"

"是我，下班了吧，累不累？"

"嗯，好累。"

"今天见到傅沛了吧？"

"你怎么知道的？你安排眼线了啊？还是你发明了什么高科技的东西监控我？"

"他打电话跟我说的，你们公司最近又跟林直存合作了啊？"他声音平淡，听不出喜怒。

末末暗骂了傅沛三八，赔着笑："呵呵，是啊，他红嘛，广告当然多。"

"你没有跟他暧昧吧？"

"当然没有了，神经病。"

"司徒末。"顾未易的声音突然低沉了起来。

"嗯？"

"I love you."

"……"

电话挂了，末末也石化了。靠！这小子来这招，太奸诈了。

顾未易挂上电话，对坐在他对面的金发美女说："Now do you believe that I have a girlfriend?"

这金发美女是教授的女儿，看着身材火辣，其实还未成年。与司徒末正好相反，司徒末是看着未成年，其实成年了。

"I don't care.She's in China.I can be your girlfriend here,I'll never tell her." 小女孩还是坚持着。

死番婆，有完没完！顾未易的好耐性总算被磨尽，之前看她是小女孩而且是教授的女儿才给三分薄面的，没想到她还没完没了起来。

他冷冰冰地瞧她一眼："Stop bothering me!"

讲完也不管她泫然欲泣的模样，付了咖啡钱就径直走人。

躺着床上翻了第八百个身，末末还是睡不着，耳朵总是萦绕着顾未易低沉的声音，清晰而蛊惑地说着，"I love you I love you……"

嘴角一次次地上扬，她今晚大概会笑肌拉伤吧。美式教育真好，山姆大叔太伟大了。

第39章

顾未易昨晚三点多做完了一个热胶试验，换来今天一个上午的休息，但他很早就被Alex房里传来的声响吵醒了，这个Alex真是好精力，夜夜笙歌的，也不怕肾亏。

躺在床上突然就没了睡意，想给司徒末打电话，都按了两个数字才反应过来她那边才凌晨，又把手机放下了。顺手拿起放在床边的《半导体材料》来看，书是从国内带来的，有些太专业的英文著作他现在看起来还有点吃力，所以都是先看译本再看原文的。

靠着床头翻着翻着居然翻到一页书里夹着一根头发，他皱了皱眉，捏起来一看，长长细细带点棕色的黑发，忍不住就展眉轻笑起来，司徒末。

也不记得是哪个晚上了，他在沙发上看书，她也屁颠屁颠拿了本书跟他一块儿在沙发上看，看着看着她就躺下了，脚搁他大腿上晃悠着，被他拍了两下后嘟着嘴掉转了脑袋，改把脑袋搁他大腿上枕着。后来他起身倒茶时才发现她已经睡过去了，他轻轻托高她脑袋，拿手上的《半导体材料》垫着她的脑袋，倒了杯茶回来再把她脑袋轻轻移回自己的大腿上。这头发应该就是当时夹进去的吧。

摇摇头把头发夹回书里去，他尚且记得当时小心翼翼地托高她的头时的那种心情，柔软得就像泡开了茶叶，在温热的水里舒展着。回想着心下又是一暖，突然拔下自己的一根发，再捏起司徒末的发，把两根发打了个结，再夹回书里去。直到放下书起床刷牙洗脸，对着镜子刮胡子时才突然意识到自己刚刚做了多么幼稚的事，对着镜子苦笑，结发呀，真够肉麻的。

末末最近混得风生水起，先是与铁哥合作的那个广告项目受到客户的大力赞扬，再是公司决定让她和师姐代表公司参加一个广告创意的新人大赛。虽不是什么伟大的成就，但作为刚出社会的新鲜人，她满足得足以升天。好几次她都拿起电话想要跟顾未易分享她的喜悦，最终还是放下了，再忍忍吧，把新人大赛的作品完成了，就请假去美国找他，给他个无敌大惊喜。

为了这个新人大赛，末末一有空闲就在书店和网上泡着，把国内外有名的没名的广告都看了个透，有时看着看着在电脑前就睡着了，惊醒过来洗把脸再接着看，感觉好像回到了高三的岁月，那种有着坚定的目标，朝着梦想一步步努力的日子。累，但充实得不得了。一个星期不眠不休的努力，她总算是把整个广告策划整了出来，接下来就是如何拍成一支广告的问题了。她厚着脸皮去求林直存当她的男主角，由于公司并没有拨给她多少经费，所以她能付的广告费少得可怜，没想到他很是爽快地答应了，也不知道他这么忙的人，怎么硬生生空出半个星期来给她拍广告的。他这份人情她谨记在心，也庆幸得不得了，并不是所有人都像她这么幸运的，可以遇到他这么好的人。

她拍的广告属于公益性质，与大学生到偏远地区支援教学有关的，故事里林直存是个音乐系学生，与女朋友分手后赌气到山区支教，后来女朋友来求他走，经过一番挣扎后他最终选择了留下，广告最后的场景是他的手指和阳光一起在破旧的风琴键上跳跃着，一群孩子跟着他轻轻哼唱"明天会更好"。拍电脑骇客的眼药水广告时她就发现了，他有双漂亮的手。故事挺煽情的，一开始末末也怕显矫情了，但转念一想，每年都有志愿者到偏远地区支教，这种情操并非每个人都有，既然人家都如此伟大了，当然要往死里歌颂，于是末末就大胆地煽情起来。

至于女主角，末末求了很久才求得梦露挺身相助，还一再跟她保证不会拍到她清晰的正脸。

　　一阵兵荒马乱后，广告总算是尘埃落定，为了感谢林直存和梦露，她特地从去美国的路费中抽出一部分请他们吃了顿好的，林直存和梦露几天的相处下来也熟了，除了一开始为了躲记者时鬼祟了点，一顿饭大家倒也吃得尽兴而归。

　　两天后，末末把广告带交给孙经理便踏上了往美国的飞机。她早就偷偷和顾未易的室友Alex取得联系，并要到了他们那边的具体地址，剩下来的，就是惊喜了。

　　末末上了飞机就一直在睡，中间在香港转了一趟机，稍稍兴奋了一会儿，上了飞机又睡了，虽然她心底一直是很兴奋的，但是实在太累了，眼皮还是忍不住一直往下盖。降落后她被空姐摇醒，浑浑噩噩地下了飞机，在机场校正了一下时间。到了顾未易住的公寓楼下时，已是晚上八点多，她在门口掏出镜子，就着路灯整理了下头发，再拉拉自己的衣服，伸出手来，敲门。

　　两秒钟后，微笑僵在脸上，是谁说的，惊喜是一切悲剧的源头。

　　来开门的是一个金发碧眼只围着浴巾的外国女人，这样的女人，可谓尤物。

　　末末先是心底烧起熊熊烈火，两秒后才想起顾未易有个外国版本的傅沛室友——Alex，于是又放下心来。只是这尤物眼巴巴地看着她，呱啦啦讲了一堆英文，她听得云里雾里。

　　于是她也不管尤物讲什么了，干脆就说："I'm looking for Guwenyi."

　　尤物疑惑地眨眨大眼睛："Who？"

　　末末才想起自己不知道顾未易的英文名，于是只得说："Alex."

　　尤物带点敌意地上下打量了她几眼，才对着屋内叫："Alex."

　　还是一个金发碧眼的人，即使中西审美观不同，末末也确定他是英俊的，他皱着眉打量了她一会儿，才说："Do I know you？"

　　末末几次张嘴想说什么，都因组织不出一句通顺的话而作罢，只得眼巴巴地看着他，企图用眼神告诉他一切。

　　Alex算是比较有绅士风度，侧过身示意她进门，然后两人坐在沙发上大眼瞪小眼，这位洋人认真地端详着末末和她的行李，好一会儿才突然露出恍然大悟的表情道："Oh,I know you!You are Gu's girlfriend!"

末末松了口气，傻乎乎地笑："Yes!呃……where is he?"

Alex噼里啪啦讲了一堆英语，末末倒是听懂了，反正就是他不在的意思，还有，library，图书馆，她也听懂了。

大概是听懂了Alex的话给末末壮了胆，她开始跟Alex摆磕磕巴巴的英语："How do you know……e……e……I am顾未易's girlfriend?"

Alex笑眯眯地解释："I've seen your photo before."

末末正要追问，那位尤物穿上衣服从房间里出来了，一屁股坐在他们俩中间，虎视眈眈。

末末有点局促地对她笑笑，表示并没有跟她抢男人的意思。

Alex搂过尤物，火辣辣地吻："Honey, she's my roommate's girlfriend."

末末尴尬地别开眼，心想这老外果然就是老外，真开放，连这都开放给她观看。

Alex放开尤物，问末末："Do you want me to call him?"

末末摆手："No.No.Surprise."

"Ok, I see."他站起来，拖着末末的行李往一个房间走去，末末亦步亦趋地在后跟着。

顾未易的房间跟家里的差不多，一台电脑一张床一堆书。Alex带她进了房间后就神秘兮兮地说："Maybe you wanna check his computer."讲完带上门出去了。

末末被勾起好奇心，便真的去开顾未易的电脑，熟悉的开机音乐过后，壁纸竟是她的照片，夕阳下她坐在草地上低头揉脚，很有感觉的一张照片，把她拍得乱有气质的。她回想了一下，大概是傅沛毕业照时的照片，傅沛当时不是把所有照片都传给她了么？怎么她就从来没见过这张呢？

惊喜这回事，由于变数太多，实行起来真是件高难度的事情。末末在顾未易的房间里巴巴等了一个多钟头，越等越困，越等越累，最终还是敌不过周公的召唤，掀开被子躺上去睡觉，临睡前还在想，有洁癖的顾大少知道她下了飞机没洗漱就躺他床上睡觉，不知道会不会气死。

第40章

顾未易抱着书踢开房门，今晚又被教授那花痴女儿缠上了，烦。

他放下书才发现床上鼓出了一个人形，拧起眉想吼醒床上的人，想想又作罢，谁知道底下的人有没有穿衣服呢，这Alex什么恶心事都做得出来的。他一面盘算着得换新床铺了一面转身出门，用力地去敲Alex的门，里面传来熟悉的暖昧声音，他眉头拧得更紧了，也玩得太过火了一点吧？于是门敲得更是用力了。

Alex只套了条裤子来开门，火大得很："What the fucking hell？"

顾未易也没好气："Your friend is in my bedroom，sleeping。"

Alex愣了一愣，才说："She's your friend．Now leave me alone。"然后砰的一声甩上门。

顾未易悻悻然折回房间，会是谁？

他倚着自己的房门，打量床上那一团凸起，最终眼睛扫过桌子旁的行李箱，定住，心突突地跳，咽了好几次口水才试探地叫："司徒末？"

床上的人儿睡得死，一点反应都没有。他失笑，慢慢走近床，坐下，轻轻拉下她蒙着头的被子，司徒末。

她就躺在那儿，在他触手可及的地方，闭着眼，小嘴微张，头发散开在枕头上，宁静得几近美好。

他轻轻掀开被窝躺了进去，与她面对面躺着，被窝因她的体温而被煨得暖烘烘，他再挪进了一点，小心翼翼地把她揽入怀中，慢慢揽紧一点，再揽紧一点，生怕她突然就不见了。

她的鼻息均匀地喷在他脖子上，他可以真切地闻到她身上的熟悉的味道，真实得让他恍惚。

早晨，顾未易醒过来时司徒末还在睡，而且完全没有要醒过来的迹象。他轻手轻脚地下了床，走不到两步便停在行李箱前，俯下身撕下箱子上的纸——"亲爱的，饭不在锅里，但我在床上。"呵，真亏她想得出来。他把纸叠好了放进桌子的抽屉里，关上抽屉再望一眼床上的司徒末，还不醒？

刷完牙洗完脸再出来，还不醒？

买完早餐回来，还不醒？

吃完早餐，还不醒？

吻了她好几下，还不醒？

这人是千里迢迢跑来睡给他看的是不？他好几次想叫醒她，终是不忍心，便留了张纸条，带上门上课去了。

末末醒来时花了好几分钟才想起自己身在何处，左瞧右瞧都没见着顾未易的影子，叫了几声没人应，便确定了这家伙不在。这什么人哪，女朋友千里迢迢来看他，居然连个鬼影都没见着。要不是机票实在贵，她现在就打包回家。

她愤愤然走进浴室，发现镜子上贴了张纸条。

司徒末：

我上课去了，今天这教授我得罪过他，课没法逃。桌子上有早餐，你多少吃一点，乖乖在家待着，我中午回来带你去吃午餐。

顾未易

Ps：洗个澡！

末末哼着歌儿洗了个澡，坐在窗口慢悠悠地吃着早餐，窗口正对着一家咖啡店，店门口有很多支起来的条纹大伞，远远望去异国情调得不得了，但却没几个人真的在那儿喝咖啡，她看看时间，早上十点多，上班时间。

五分钟后，末末坐在条纹伞下悠闲地喝着咖啡，看路上行人匆匆而过，有种偷来浮生半日闲的窃喜。

顾未易下了课就匆匆往家里赶，打开门时心里还指望着司徒末会扑上来给他一个拥抱，但是开了门进去，人居然不在。他吓了一跳，忙去找她的行李，幸好行李还在，也就是说她没走，他也不是在做梦。但这儿人生地不熟的，她能跑哪去？

末末还在优哉游哉地品咖啡，观察路人，忽见一奔跑着的身影忒像自家的那口子，便脱口而出："顾未易？"

身影停了下来，左右望了下，气冲冲地朝她走来。

顾未易冲到她面前，不顾她张开的手臂，开口就是炮轰："不是叫你在家乖乖等我，你乱跑什么？你这个路痴，英语又破，迷路了怎么办？"

末末被吼得一愣一愣的，傻乎乎地踮起脚把手环上他的脖子："呵呵，好久没被你骂了。"

他没好气地剜她一眼，手搂上她的腰。

这样的拥抱，在美国街头实在是再正常不过，于是末末安心地窝着，傻笑着。两分钟后顾未易开始别扭了："司徒末，很多人在看。"

末末疑惑地看了一下四周，哪里有人在看？于是不理他，接着抱。

"司徒末，我们回去再抱吧。"他的声音几近恳求了。

她这才呵呵笑着放开他，啪一下在他脸颊上亲了一口。

某纯情男脸红了一下，也咧嘴笑："这样就想打发我啊，回去我们玩限制级的。"

果然很限制级。

末末看着在电脑前写着实验报告的顾未易，心想：这限制级限制的是智商180以上才能做得出来。

午餐时他带她去了一个很漂亮的餐厅，装修很有格调，东西也很好吃，可惜快吃完时顾未易的电话响了，那个据说跟他过不去的教授让他下午把什么鬼实验报告发给他。于是吃完午饭他和她回到宿舍，他就一直坐在电脑前写报告。

本来末末很想发脾气的，发现他的电脑壁纸换成了一幅雪景后又生不起气来了，他果然闷骚到天理难容啊。于是她越想越好笑，自己在床上滚来滚去地乐。

顾未易抽空看了几眼在床上滚得跟个白痴似的司徒末，摇摇头笑，拼命赶报告。

本来要三个小时才能完成的实验报告他硬生生用了一个半小时赶出来，发出去给教授后便牵着司徒末的小手在街上晃荡。这位进了大观园的小姐一路上特兴奋，叽喳个不停，这也问那也问，眨巴着求知欲旺盛的眼睛望着他，让他好几次都差点忍不住想停下来好好吻吻她。

晚餐他带她去西班牙餐厅吃披萨，她很兴奋，什么东西都想点上一点，于是就满桌子乱七八糟的东西了，而她只是吃了两口披萨和一对烤

176

鸡翅就嚷嚷着饱了，鼓着肚子，手支在桌子上撑着头催他多吃点。

"顾未易，别喝那什么鬼汤了，多吃点东西，别浪费。"末末敲着桌子说。

习惯了国内吃饭那种热闹的气氛，末末在国外的餐厅有点不习惯，讲话有时不小心就比周围的人大声，难免就引来旁边的人侧目。

果不其然顾未易皱着眉数落她："你小声点，这些还不都是你点的。"

末末被他这么一说有点讪讪然，现在是怎样？嫌弃她粗俗哦。

顾未易看她闷闷地拿叉子戳着盘子里剩的半块披萨，意识到自己刚刚口气似乎重了点，笑着逗她："司徒末，你是把披萨当我了是吧？"

她抬眼懒懒地看了他一眼，不搭腔。

他不屈不挠再接再厉："好啦，别不讲话。"

末末白他一眼，咬牙道："不是嫌我讲话大声么？"

顾未易忙摆手，道："哪里呀，我这不是怕你声音太美妙了，害人家老外茶饭不思。不然你现在站桌上大叫，我要是皱一下眉头我就不姓顾。"

末末睨他一眼，说："你就贫吧，我待会儿就买机票回去。"

顾未易忙伸过手来握她的手，求饶着："别呀，我错了还不行。"

她这才喜滋滋地笑开了："知错就好，回去跪算盘。"

吃过饭，两人十指紧扣地牵着手，她跟他讲着分开这半年来发生的事。她和林直存、梦露合作了一支参赛广告；傅沛让她去他刚开的工作室当会计；她搬进公司宿舍了……

顾未易手绕过去敲她脑袋，倒是很会耍小聪明，知道他这个时候不会跟她发脾气。

末末揉着脑袋嘟囔："还敲还敲，再敲就傻了，本来我还可以上哈佛的，都是让你给敲傻了。"

本来这该是一个相安无事的夜晚，如果教授家的女儿不突然出现的话，大抵是Alex放的消息，他之前也老是偷偷给教授女儿一些小道消息，他已经是第三次重修那个教授的课了，实在无计可施了。

末末在厨房里张罗着下面条，她一回家就嚷着饿了，还说是他把东西都吃光了，害她没吃饱。

门铃响时，顾未易在厕所，她端着锅出来开门。门口站着一个金发碧眼的美女，末末想当然地以为是Alex的那个尤物，外国人在她眼里长得都差不多，如果身材发型一样的话，她压根儿认不出来，眼前这个就是例子。

末末笑眯眯地用简单的英语说："Alex's out.Come in?"

讲完还侧了身示意她进来。

尤物被她的笑容整得一愣，跟着进了门。

顾未易从厕所出来的时候着实吓了好大一跳，司徒末正给Judy端水，俨然一副女主人的好客样。

"What are you doing here?"顾未易沉着脸说。

Judy委屈地转着手里的杯子："I wanna see your girlfriend."

他冷冷地说："It'none of your business."

啧啧，这人真不客气。末末算是看出个端倪来了，敢情顾未易桃花开到异地来了，也不会水土不服的。

第41章

"I love him!"Judy骄傲地宣布。

末末和顾未易对看了一眼，同时脱口而出："毛病。"

毛病在Judy那儿听成了maybe，她义正词严地再说一遍："I do love him!"

末末心想，高中时老师说，在动词前用do，表强调，今儿总算是见识了一次。

现在是末末宣示主权的时候了，她老早就想演这样的戏码，以前阴差阳错地错过了几次机会，现在总算逮到一次。不过这个机会比其他的都要更难把握，语言障碍让撂狠话成为一个空想，而且就算她英语再好，中华语言的博大精深也不是这些蝌蚪文所能比拟的。

末末在那边感叹了半天的爱国情怀，回过神来才发现顾未易和假尤物都巴巴看着她，好像在等她说什么，于是她突然脑子进水般地说："I am not his girlfriend."

顾未易被她吓一跳，愣愣地望着她。

就连Judy都傻住了，眼睛骨碌碌地在顾未易和司徒末间扫来扫去。

末末顿了顿后，笑得阴险，道："I am his wife."

讲完后自己觉得特牛，用最简单易懂的英语就能达到最惊涛骇浪的效果。

果然Judy听完后一脸菜色，结结巴巴地说："I……I don't believe it."

"It's true."顾未易搂过司徒末，把她按在胸前，"And she's pregnant."

Judy毕竟还是个小孩子，听到这里上下打量了一下末末，就含着眼泪冲出去了。

末末问顾未易："你刚刚说的那个p什么的单词什么意思？她怎么一听就哭着跑出去了？"

他笑得不怀好意："怀孕。"

末末愣了愣，低头打量一下自己，最近常常熬夜工作，饿了就吃夜宵，是长了几斤肉，但怀孕会不会太过分了一点，那个尤物居然也相信？

顾未易不知道自己做错了什么，Judy走后司徒末就不再搭理他了，他磨破了嘴皮解释之前没有告诉她Judy的事，是因为他觉得被一个小孩子看上很丢人。但司徒末就是不吱声，两眼无神地坐在沙发上，手里拌着凉面，据说还是特地为了他学的凉面。

"司徒末。"顾未易夺下她手里的锅，"怎么了？"

末末有气无力地说："没啊，我突然又不饿了，我去洗澡睡觉。"

洗完澡后，末末上床躺着，下巴和额头的某个地方隐隐作痛，要冒痘痘的预兆，真是的，千里迢迢来见男朋友，居然选择了又肥又丑的时候。

顾未易洗完澡上床时，司徒末只是懒懒抬了一下眼，往边上挪出个位子给他，反正以前没少一起睡过，再矜持就矫情了。

顾未易躺下来，侧过身来搂她，她一动不动，任他搂着。

他在她头顶亲了一口，好声好气道："说吧，闹什么别扭呢？"

末末还是秉持着她的不吱声原则，任他东南西北风地乱吹，她不动就是不动。

　　他本身就不是什么好脾气好耐性的人，低声下气地哄了她这么许久，居然一点成效都没有，于是火蹭地上来了，腾一下坐起来，道："司徒末，你到底怎么了！"已经不是询问，而是责问了。

　　末末懒洋洋地拉拉被他翻开的被子，说："说了没事，你别管我。"

　　顾未易更是火大，她这种不温不火的态度能活生生把人给气死。他刚想说什么，传来敲门的声音，他跳下去开门。

　　门只开了一条缝，他用身子挡住Alex探究的视线，冷冷地问："What's up?"

　　Alex本来干了坏事就心虚，在房内隐约听到顾未易大声地说着什么，就更是忧心了，他们一起住了这么久，还没听过顾未易这么气急败坏地说过话。于是便过来敲门，确保一下没出什么事才好。

　　Alex见似乎没什么事，大概是小两口吵架，才摆手说："I'm gonna order a pizza, do you want some?"

　　顾未易也不说话，就是瞪着他，瞪得他摸摸鼻子走人。

　　他回到床上，见司徒末闭着眼睛装睡，突然觉得好笑，火气也没了，搂过她安静地躺着。到后来她真的睡过去了，无意识地翻了个身，大半个身子趴在他身上，软绵绵的触感撩得他心里火苗猛蹿，实在没办法了，只得自己挪开，大半个床都让给她睡，自己微微悬着睡在床边，要多可怜有多可怜。

　　末末醒得早，见顾未易可怜兮兮地窝在角落里睡着，有点奇怪，难不成昨晚她心里怨怼，梦中就把他踹远了。不过昨晚自己也真像个神经病，今天想想都不好意思了，不过都要怪他，好端端一个女孩子被他说成怀孕，还煞有介事，谁能乐意呀。

　　她去浴室洗漱，照镜子发现额头和下巴各长了一颗痘，遥相呼应着，喜感得很。这一大早的，心情就破坏得差不多了。从浴室出来见顾未易还在床上呼呼睡着，把水甩他脸上，他也只是翻个身接着睡，她干脆就把湿湿的手贴他脸上，叫："起床了，起床了，带我去玩儿。"

　　顾未易眯着眼睛哼："几点了？"

　　末末看了下时间，呀！才五点，时差没调过来，便呵呵笑："别管几点了嘛，我睡不着，你起来啦。"

他眯一只眼睁一只眼看着她："司徒末，不让我睡觉是不是你人生的乐趣之一呀？"

她重重点头："对！你快起来。"

长叹一口气，他认命地爬起来，看看时间，五点！大叫一声："司徒末，你个疯子，五点！"然后又倒了回去。

末末叫着跳上床，蹦呀蹦的，顾未易闭着眼笑，配合着她的动作上弹、落下。

在弹簧床被她蹦坏前她也累了，趴在顾未易身上去掰他的眼皮，翻开露出红红的内眼皮和白白的眼珠。末末叫了起来："怎么都是白眼珠呀？死了吗？死了吗？"

说着去探他的鼻息，他配合地屏住呼吸。

末末喃喃自语："没呼吸了，怎么办？对了，心肺复苏！"

说完有模有样地捶起他的胸口来，他忍着痛一动不动地让她捶。

她欢呼起来："噢，总算是死了。"

顾未易翻过来压住她，掐住她脖子骂："你这个蛇蝎妇人，人工呼吸没听说过啊！"

她咯咯地笑个不停，他啪地亲她一口，她还是笑个不停，他再啪啪地亲两口，她还是咯咯笑。秉承着是可忍孰不可忍的精神，他忍不住去咬她笑得通红的脸蛋，然后是耳朵，自从亲自证明了耳朵是她的敏感带后，他就特别喜欢亲她的耳朵，只要一亲，她就叫着缩成一团，软着身子任他为所欲为。

末末本已神志不清，直到他低下去亲她脖子时蹭了一下她的下巴，刚好蹭着她那颗新生儿痘痘。她霎间疼醒过来，推开他往床下跑。

顾未易愣愣地看着她光着脚下床，她没带睡衣来，穿的是他的运动服，深蓝色的运动服长长地罩住她纤小的身子，连下面的短裤都给盖了过去，看上去就像是只穿了一件上衣似的，两条腿在深蓝色的衬托下显得白且细，风情万种。

他回过神来一把把她拖回床上，压住："想去哪？"

末末红着脸讲不出话来，明显感到了他身体的变化后更是动都不敢动。

于是脸对着脸，好一会儿两人都没说话。末末突然间觉得怎么像两军对峙般的严肃呀，于是忍不住又笑了起来。

顾未易见她笑，又亲了上去，照例是先亲耳朵，擒贼先擒王。

然后手从她衣服下摆伸了进去，然后衣服一件一件地落地……

末末又一次迷迷糊糊地想着，美国真的教会了他不少东西。

接下来的事顺理成章，末末同志光荣伟大地牺牲了，可谓生得光荣，死得伟大。

末末不知道其他人做完这件事之后要怎么办，反正她是忒尴尬，眼神跟他的一接触，脸就火辣辣地烧起来，好几次试着要讲什么都发现自己语言组织能力出现了严重问题。

但看在顾未易眼中就完全不是那么一回事了，他以为她后悔了，于是自责得不得了。

Alex出房门时看到的就是这么奇怪的画面，客厅的长沙发两人一人坐一头，认真地看着电视，但仔细观察会发现，他们都是局促不安。他还以为是自己害的，便噔噔噔跑到沙发中间坐下，热情地跟末末解释那个教授的女儿还小，不懂事，是个小王八蛋。

末末听不懂太多的专业骂人词汇，只觉得这个大个子着急的样子挺逗趣的，便呵呵笑。而Alex则以为他掏心掏肺的辱骂有了效果，心下高兴，便也随着呵呵笑。

一白一黄，笑得相见恨晚，笑得其乐融融，再一次郑重地告诉了我们，这个世界早已无国籍种族之分，我们是地球村。

但顾未易小朋友思想觉悟远没那么高，他看着他的女人前一秒还连眼神都不肯跟他接触，下一秒就与别的男人笑得甜蜜，心里就大大的不爽。

"Alex,go back to your room！"顾未易盯着电视机道。

第42章

Alex还想说什么，看看顾未易的脸色，觉得还是算了，瑞士人嘛，爱好和平与中立，赶紧进房吧。

客厅又只剩他俩，末末悄悄收起笑，又尴尬起来了，老是很不纯洁地想着，我见过这人没穿衣服的样子，这人也见过我没穿衣服的样子，实在是无法严肃认真地对话了，所以人类还是需要穿衣服的，不管天多热，还是穿着吧。

顾未易拿起遥控按灭电视，说："你是不是后悔了？"

这没头没尾的问题问得末末一愣，望着他不说话。

她的沉默在他看来等于默认，于是聪明的科学家无计可施，只得硬着头皮问："那你想怎么样？"

末末纳闷，想怎么样，不是说好了今天带她出去玩么？便说："我想出去。"

中国语言向来以其色彩含义丰富而称霸世界，比如说，下雨天留客天天留我不留。

所以这话在顾未易听来，是司徒末受不了他，想离开。便气急败坏起来："不准。"

末末由纳闷变为郁闷，现在是怎样，到手了就嚣张起来么？她本想跟他吵，但吵架就难免要看着他的眼睛，她现在最做不得的就是看着他的眼睛，一看就会觉得，忒深邃，忒迷人，忒让人想入非非，忒让人想扑倒。

于是末末选择了冷战，反正这也是她的拿手好戏，游刃有余。

冷战这回事，顾未易实在很是讨厌，有时真恨不得把司徒末脑袋劈开，看看是不是大脑里哪一区出了什么问题，为什么不讲话！

打破僵局的是末末的肚子。

沉默中，末末的肚子咕咕叫了几声，她哀怨地抚着肚子道："孩子，妈妈知道你饿了，忍忍吧。"

这本是末末自以为的幽默与哀怨，哪知话音一落，一道天雷劈入两人的脑袋。

对看一眼后，顾未易试探地问："我去买药？"

末末瞪他："当然你去买，难道我去买？"

他小心翼翼地问："买什么牌子的？"

末末抄起沙发上的抱枕砸他："我怎么会知道！"

顾未易傻乎乎地被砸了个结实，边往门外走边说："那、那我去买了？"

二十分钟后，顾未易提着一袋食物一袋药回来。

末末去翻那袋药，乱七八糟的都是英文，她随便抓了一瓶拧开要吃，顾未易抢过来看了一眼说："这是胃药。"

她再抓了一罐药打开："你买胃药干吗？"

他又抢过来看，说："感冒药。"

末末算是明白了，敢情这人把药店里每种药都买了一点。

于是她摊着手说："把药找出来给我。"

他掏了半天掏出两片小药丸，末末眼尖地看到袋子最底下埋了一盒传说中的保险套，便一把抢了过来，瞪着他："这什么？"

某人低头脸红扮清纯，手还绞着自己的衣摆，讷讷道："人家也不知道。"

末末的胃一阵翻腾，忍不住又拿抱枕丢他。

顾未易笑着躲开，递过另一袋子，说："吃点东西再吃药。"

于是，又和好了。

顾未易有时很纳闷，自己明明属于少年老成，怎么会老跟司徒末闹一些有的没的别扭。

顾未易上午带了末末去学校晃荡，遇到不少同学，都对这个迷你的东方女生很感兴趣。他形式上带她绕了一圈，就匆匆离开了。中午去餐厅吃饭，司徒末一直嚷着吃不下，没办法两人随便吃了一点回到宿舍。本是靠着一起看电视的，突然司徒末蹦起来往厕所里冲，他吓了一跳，跟过去，她抱着马桶干呕，脸色发白。

顾未易问："你怎么了？"声音竟是有点发抖的。

末末摆着手说不出话来。

他待她平静了一点，抱着她就往医院冲，计程车上她歪歪地靠在他身上，眯着眼皱着眉，脸上一阵青一阵白的。他慌得手足无措，生平第一次后悔自己当初没选医学系。

进了医院，护士小姐被两个脸色发白的年轻人吓了一跳，以为是嗑药或是食物中毒，迅速安排了检查，结果司徒末只是对避孕药有反应，最终医生给司徒末打了止吐针。

回到宿舍，顾未易把司徒末放床上，用被子裹了一层又一层。她刚开始没精神，任他折腾，等到好一点了才挣扎着从被子山里滚出来，安慰眉头皱得扭曲且脸色一直苍白的顾未易："我好多了，你别担心。"

当天晚上，顾未易搂着司徒末，头埋在她颈后闷闷地说："司徒末，我们结婚好吗？"

末末体谅他今天真的是被吓到，拍着他的背安抚道："好好好，明天就去结。"

他声音还是闷闷的，唇微微贴在她耳后，抱怨道："你在敷衍我。"

她笑："被你发现了呀。"

他气恼地咬她耳朵，她笑着边躲边求饶："好痒啦，我错了嘛。"

他慢慢地把咬转为亲，一寸一寸地舔舐着，但最后还是停了下来，压在她身上喘着气。

末末对他突然停下来的动作有点不明白，又没脸开口问，便只是推推压在她身上的他，说："重死了啦。"

他微微用手肘撑起身子，但还是贴在她身上，眼睛灼灼地望着她，声音喑哑低沉："对不起，嫁给我。"

这没头没尾的道歉，末末愣了一下，突然想起有一部韩剧叫《对不起，我爱你》，便低低笑了起来。

顾未易一片真心昭日月，某人却是一片真心驴肝肺，他气闷得又是一阵热烈的激吻，直到司徒末喘不过气来又求饶着说："嫁嫁嫁，你要我什么时候嫁就什么时候嫁。"

后来末末枕着他的手臂睡了过去，迷迷糊糊中还听他在唠叨什么以后再不让她吃避孕药之类的了。

第二天末末还在会周公就被顾未易折腾起来了，她困得不得了，说什么也不肯张开眼睛，他便自己动手换了她的衣服，再随便弄点早餐喂她吃，然后把还在梦游的她塞进车子，她在车中又睡了过去。

再次被摇醒时是在一家教堂前，末末一瞬间清醒过来，瞪着顾未易问："我们来这里干吗？"

顾未易冷静地道："结婚。"

末末抖着声音道："我、我信佛的。"

他不理她的胡言乱语，拖着她往里走。

末末尖叫："我不要结婚啦！人家想穿婚纱，想漂漂亮亮地结婚！"

本是权宜之计，顾未易听到却停下来，打了个电话，半个小时候后Alex出现在他们面前，带了几套婚纱礼服给她挑，她稀里糊涂地挑了一套婚纱，然后稀里糊涂地被一个突然出现的女人拖去化妆，然后稀里糊涂地对着神父说了"Yes,I do."

期间Alex拿着相机噼里啪啦地闪着光，不时还吹吹口哨，顾未易一直是微笑的，掏出一对戒指套进彼此的手后，他趴在她耳边说："老婆，我爱你。"

末末的眼眶红了，唉，就这么把自己给嫁了。

晨光，色彩斑斓的礼堂，笑眯眯的神父，微微跑调的《婚礼进行曲》，红着眼眶的新娘，弯着嘴角的新郎，新娘的白纱长长地拖在地上，有一角还踩在了新郎脚下，新郎身上的黑色礼服剪裁合身，但脚下的皮鞋明显大了一码……虽美好得不够完美梦幻，但却像电影里的柔焦镜头，晕开在心上，温温浅浅的暖。

短短一上午不到的时间，他们就完成了人生大事，末末这人有时脑筋会短路，在车上坐了半天后，动动与顾未易一直交握着的手，说："我们真的结婚了吗？合法吗？"

顾未易俯过来亲了她额头一口，说："结了，合法。"

开着车的Alex吹了一声口哨。

末末心想，算了，结了就结了吧，便也俯过去亲了顾未易一口，说："我还真乌鸦嘴，随便说是你老婆，就真的成你老婆了。"

他只是笑，不说话，用力地握紧了两人交握着的手。

末末眼眶又一阵泛泪，就这样了吧，与这个人，一辈子风雨同路。

下午末末跟着顾未易去上课，两人躲在教室最后一排，顾未易很专心地做着笔记，末末很专心地睡着觉。他偶尔停下笔看看睡得嘴微开的她，有点遗憾，若是两人大学念一个学校就好了，那就可以像这样和她过四年单纯的大学生活。

下课后顾未易摇醒她，牵着还迷迷糊糊的她往回走。

中午两人去逛了一会儿，顾未易给她买了套很可爱的睡衣，他本来想买一条丝质的睡裙的，末末觉得那东西穿在身上等于没穿，于是鄙视了一顿他的恶趣味后自己挑了套上面有哆啦A梦的睡衣。

晚上顾未易写报告，末末趴在床上边哼歌边翻杂志，是她逼着顾未易去楼下买的时尚杂志，时尚杂志这种东西有个特质，可以只看图，不用去管旁边密密麻麻的蝌蚪文。

末末翻杂志的手突然一顿，一个很严重的问题冒出脑海：咦，回国怎么跟家里人说？难不成说，我出了趟国，我结了趟婚，呵呵。

于是她合上书，叫："顾未易。"

"嗯？"

"我们怎么跟家里人说啊？"

"随便。"认真的某人头也不抬，明显在敷衍。

末末不乐意了，杂志顺手就飞过去，打中他的背："我要离婚。"

顾未易还是头也不抬："没关系，反正国内还没登记。"

……

顾未易写着写着突然觉得不对劲，安静得太诡异了，回过头去看，司徒末坐在床沿，手捂着脸，肩膀颤抖着。

他丢下笔跑过去蹲在她面前，用力掰开她的手，本以为以她鬼灵精怪的性格，指不定捂着脸在笑，但不是，掰开来却是泪流满面。

于是，继当年鬼故事事件之后，顾未易又一次被司徒末的泪水吓个措手不及。

第43章

"你怎么了？"顾未易边抹着她的眼泪边着急地问，"是不是又想吐了？"

末末抓住他的手就狠狠地咬，他吃痛地皱起眉，却不敢抽回来，只好任她咬。

好不容易狗小姐松了口，顾未易望着手上深到几乎见血的齿印说："你谋杀亲夫呀？"

末末咬完人后心情好了点，凉凉道："鬼和你是夫妻，反正还没登记，姐姐我就当今天陪疯子演一场戏。"

聪明如顾未易马上知道是哪里踩到地雷了，忙赔着不是："我开玩笑的，我们可是在上帝的见证下的合法夫妻。"

末末嗤之以鼻："合你个死人头，我信佛的。"

他直起身坐到床沿，赔着笑凑近："佛曰，不可始乱终弃。"

她推开他："施主请自重。"

毫不自重的男施主干脆扑倒女施主，脸和脸不过五厘米的距离，说："我都道歉了，再不依不饶就太小气了吧。"

末末侧头避开他喷在脸上的气流，咬字清晰："我、就、小、气。"

他低下头轻咬了她脖子一口，说："那你想怎样？不然我任你践踏？"

末末不动，半晌才幽幽地说："你要是后悔了就早点说，趁着没登记。"

顾未易掰正她的脸，沉着脸说："司徒末，后悔的是你吧。"

末末有种被看穿了心事的狼狈，能不后悔吗？眼前这人的的确确也才认识不到一年，难免还是会忐忑。再说了，谁的婚结得这么莫名其妙的，早上被叫醒去结婚，结完婚下午去教室上课？

顾未易见她半天不说话，叹了口气，从她身上翻下来，回到桌子前翻书。

末末坐起来，靠着床头看他微僵的背，怯怯地叫了声：顾未易。

他翻书的手顿了顿，没有回头："你先睡吧，我写完报告就睡了。"

他把书翻得哗啦啦响，末末咬了咬下嘴唇，好几次想说什么都没开口，最终还是躺好闭上眼睛，黑暗让她的听觉异常的灵敏，他停下翻书的手，他良久没发出任何声响，他轻轻挪动了椅子，他关了灯，他向床边走来，他掀开被子，他躺了下来。

就这样，没有拥抱，没有亲吻，两人躺在一张床上，末末却害怕起咫尺天涯来。

也不知道过了多久，顾未易靠了过来，轻轻地环住她的腰，从背后把她揽入怀里。

末末扁了超久的嘴才微微上扬，转过身去回抱他。

顾未易愣了一愣，本以为她已经睡着了。

她的头在他的胸膛蹭了蹭，才埋怨似的说："我只是有点不确定，你也不哄哄我。"

他抚着她的长发，难能可贵的温柔："没关系，我确定就好了。"

有点粗的手掌慢慢地在她背上摩挲着，微微地带点电流。末末觉得他抚过的每一寸肌肤上的汗毛都随着他的动作竖了起来，就像中学时物理老师拿把塑料尺在脑门上摩擦了几下就可以把桌上的小碎纸一片片吸上来。末末叹了口气，算了，在劫难逃。

末末推了推还压在她身上的顾未易："起来，重死了。"

他不但没起来，反而把全身力量都压向她，还顺便多亲了几口。

且不论这压死人的体重，两人身上汗津津、黏糊糊地贴在一起，末末觉得每个毛孔都堵住了似的，想推开他又没力气，只得放下脸求他："起来嘛，黏黏的好难受。"

他坏笑："叫老公。"

她从善如流，甜甜地叫："老公。"

软软的声音叫得他骨头都酥软了，他咬了她下巴一口，从她身上翻下来，抱起她走向浴室。

调了水温，本来是准备冲一冲的，哪知司徒末根本就软软地站不住。顾未易只好把她放入浴缸，往浴缸里放水，然后扯下毛巾帮她擦着身子。

顾未易拿了条大毛巾包住她，把她抱回床上去，她嚷着要穿衣服，他不给，她作势要哭，他白了她一眼，无奈地从床尾地上捡起衣服，一件一件替她穿上。

清晨，末末醒来，看枕边人睡得香甜，长睫毛盖着，轮廓也柔和，看上去居然孩子气得很。她伸手去翻他的睫毛，他的睫毛软软的，像毛笔一样刷着她的食指。

顾未易皱起眉，哑着声音："别闹。"

末末咯咯笑，把他的睫毛捏成一小撮，用食指和拇指搓着。

顾未易抓下她的手，拉过来环住自己的腰，眼睛还是眯着的，嘴却已经随便找了块地儿吻了下去，慢慢地吻着磨着，竟然又来了兴致，便睁开了眼。

末末见他睁开眼时里面熊熊燃烧着的火苗，心想不妙，正要逃，终还是来不及，可怜的末末又一次被就地正法了。

于是新婚小夫妇在床上拖拉了一上午，中午饿了起来吃饭时末末才忽然想起某人今天没去上课，于是捏了一块面包丢他："你居然逃课。"

顾未易懒得理她。

末末捏了一块更大的丢他："你要是毕不了业，我就跟你离婚。"

顾未易这回可不敢说反正还没登记了，只是伸手拿过她的面包："你不想吃就说，少浪费粮食。"

她得意地笑，拿叉子去插他盘子里已经切好的牛排。刚刚他让她点牛排，她死不要，一是觉得自己吃不下，而且她说这餐她请客，牛排那么贵……二是觉得电影里常常有女主角抱着装有长长的法国面包的牛皮纸袋，要多浪漫就有多浪漫，哪知道法国面包硬得跟石头似的。

顾未易翻白眼："你刚刚不是说你不吃牛排。"

末末嘿嘿笑："我现在突然想吃了。"

他认命地把盘子推给她。

下午末末还是跟着顾未易去上课，还是在他的课堂上睡得天昏地暗。

晚上继续一个学习一个在床上翻杂志。

末末翻着翻着无聊，便把杂志丢一边，坐起来去翻顾未易床头柜的抽屉，边翻边说："顾未易，你的抽屉好无聊，都是书。"

顾未易置若罔闻。

她随手拿了最上面的书出来翻，《半导体材料》，看上去就是催眠佳品。奇怪，明明都是中文字，每个拆开来看她都知道是什么意思，组合起来她就横看竖看都不懂。

她翻了两页，本想丢下的，居然就发现里面夹了头发，恶心地抖到地上，想想不对，又捡了起来，眯着眼估算了一下长度，一长一短的两根长发，打成了一个结。

她操起书用力砸向他，书啪一下打上他的背，滑下，掉在地上。

顾未易边感叹着已婚妇女的暴力，边转过椅子去瞪她："顾太太，你杀夫啊？"

末末捏着两根头发抖了抖，做出一个抓奸在床的表情："你说说看，这是谁的？"

他疑惑地看看她，再瞧瞧地上的书，直说吗？不行，她会得意到天荒地老。

他绷起脸："除你还有谁，那书从国内带来到现在还没翻开过，司徒末你能不能不要那么脏，我之前一直叫你不要拿我的书去当枕头的，你就不听，有一次我还看到你拿我的书去垫砂锅……"

末末揉了揉手中的头发，仔细看看长度颜色，再仔细看看顾未易数落得认真的脸，扁起嘴："好嘛好嘛，人家知道了，我拿去丢掉，别再念我了。"

丢完东西回来的末末看了眼认真写报告的顾未易，便拿起空调遥控把温度调低了点，这天太热了，把她家宝贝老公的脸都热红了。

第44章

唉。终须一别。

飞机即将起飞，末末系好安全带后叹口气，虽然飞机还没开始动，但心理作用下她的耳朵嗡嗡地响着，咽了咽口水，还是很痛。

刚刚送机时顾未易一脸不高兴，嘟囔着让你过来念书不要，连让你多请两天假都不肯。

末末不敢吭声，亲了他一口就登机了。

这趟美国之旅够诡异的，去之前是未婚少女，回来时已是已婚妇女……美国真是块神奇的土地。

这个社会有很多爱聊天的人，尤其是在长途车上或者长途飞机上，末末不是很擅长跟陌生人拉家常，所以她很怕这种人，往往能躲就躲，因此她练就了一个技能，沾车就睡，不管是公车轿车大卡车，只要她愿意，就是席梦思。她决定把这特长也发挥到飞机上，趁着她旁边位置上的人还没登机，赶紧先挺尸，于是她眼睛一闭，沉沉进入梦乡。

"起来，飞机降落了。"

睡梦中末末的脸被拍了拍，她撇开头接着睡。

"司徒末！"

这咬牙切齿的声音活生生把末末从周公手里抢过来。

司徒末用力眨巴着眼睛，望着眼前这人，虽然思念是一种很玄的东西，也不至于玄乎到能把人变出来吧？

"干吗，见鬼了？"顾未易笑着把她掉下的下巴托上，"真没见过比你更能睡的人，一路睡到打呼。"

末末捏捏自己再捏捏他，呵呵傻笑："你怎么会在这里？"

他翻了个白眼，说："本来是想给你个惊喜的，哪知你一觉把我的惊喜睡完了。"

末末不说话了，只是呵呵望着他傻笑。

顾未易被她看得有点不自在，粗着嗓门说："看什么看，走了啦。"

顾未易推着行李车，末末挽着他的手，两人在人来人往的机场中慢悠悠地走着。

末末突然停下脚步："你怎么跟过来了？请了多少天假啊？"

顾未易推推她的头说："现在才想起要问啊，我请了三天假。"

末末："才三天，那你不是后天又得回去了？你烧钱啊，知不知道机票多贵呀，我跟你说，你现在是有家室的人了，你的家室就是我，我就是你的家室，你现在还是个穷学生，就这样乱花钱，以后还得了，我还指望着你养我呢，我告诉你，我人生没有多大的梦想，就是坐吃等死，而你就是上天赐给我帮我完成这个梦想的，所以你不能养成奢侈浪费的习惯，你要勤俭节约以供我纸醉金迷，你……"

"你越来越像个老婆了。"顾未易摇摇头淡淡地说。

末末不理他这句褒贬不明的话，继续很尽职地唠叨。

末末被顾未易拖回了他的房子，简单地收拾一下家里，然后又被拖出门，昏头昏脑地到了民政局，拍了照，见了一个顶着泡面头的大妈，签了名，交了九块的公证费，签名的时候末末太紧张，把名字签到丈夫那一栏去了，大妈黑着脸换了张纸给他们，硬是要他们多交了一块印刷费，今时今日，这样的服务态度怎么行呢……总之，他们公证了，而且结婚真便宜。

出了民政局的大门，他们又去了趟市场，买回了食物，剪刀石头布后，顾未易输了，不得不在厨房忙活着煮饭给她吃。

末末在客厅百无聊赖地看电视，不停地换着台，不时回过头去看在厨房里忙活着的顾未易，感觉有点奇妙，难道这就是传说中的夫妻生活？好像跟以前也没什么两样嘛。

末末按着遥控的手停了一下，然后按回刚刚闪过的频道。咦？林直存的广告？停下来看一下好了。

呵，是她的广告呢，没想到看到自己的劳动成果出现在电视上是这么让人欢欣鼓舞的事儿。看看孩童们清澈的眼睛，林直存跳跃的手指，梦露梦幻的侧脸……唉，真是天才的作品。

末末边感叹边咋呼："顾未易，快出来看，我的广告在播了。"

顾未易拿着勺子跑出来，本是兴致勃勃的，结果看到林直存便哼了一声："又是这个小白脸。"

啧，就这点气量。

末末不理他的酸葡萄心理，乐滋滋沉浸在喜悦中，好一会儿才突然想起，怎么电视上就播了呢？是参赛作品都要在电视上播吗？

第二天，末末一早就被顾未易逼着请假，她硬着头皮打电话回公司多请了两天假，她在创意部的新头头是一个雷厉风行的女人，不是特别好说话，但居然很爽快地答应了她的请假。

放下电话，末末欢呼着搂住顾未易的脖子亲："呵呵，我请假成功了。"

顾未易歪着头看她吊在他脖子上的手："你要把我勒死是吧？"

她好心情地不理他的冷言冷语，说："那我们今天一整天做什么？"

这几天在美国两人虽然每天腻一起，但他该上课上课该写报告写报告，她就没完完全全地霸占过他一天。她想着都觉得她的蜜月怎么这么委屈人哪。

顾未易拿下她的手，说："拜访双方父母。"

末末愣了愣："不是吧？你爸妈我是不知道啦，我爸妈在千里之外，怎么拜访？"

他拍拍她的脑袋说："这个世界上有种交通工具叫飞机，我没记错的话，你昨天还坐过。"

她急了，拉着他说："不行呀，我爸妈要是知道我先斩后奏结婚了，我非被揍到半身不遂，你想见我爸妈，除非你从我的尸体上踏过去。"

他瞪她好半晌才妥协似的说："那拜访我爸妈好了。"

末末刚想点头，想想不对："你当我傻瓜啊，你妈知道了我妈还能不知道？我还不是一样得半身不遂。你要是实在想换个新娘，你就直说，咱们好聚好散，别闹出人命。"

顾未易没好气："那你准备让我做地下老公咯？"

末末点点头，道："你要记得，你现在没有经济来源，你是个穷学生，你做不了地下钱庄，你只能做地下老公。"

他眯着眼，咬牙道："你再给我贫一句试试看？"

她只得干笑："呵呵，别这样嘛，反正咱也领证了，横竖你我都跑不了了，家里人那边就等到你回国，我们一切稳定下来再说，你也不想让我家里人觉得你是个毛躁的小子，不尊重长辈吧？"

顾未易这科学家的脑袋对于人情世故方面的确有点不是很通，被末末这么一糊弄，只得作罢。

于是顾未易答应吃过早餐带末末去游乐园，约一个韩剧里的浪漫会。

第45章

顾未易与司徒末手牵手下了楼。

司徒末大幅度地晃着两人交握着的手，哼哼唧唧地唱着："走走走走走，我们小手牵小手，走走走走走，一起去郊游……"

他对她在大马路做出这么幼稚的行为相当无奈，前面那阿婆已经回过头来看他们好几次了。

顾未易正想开口训她，她却脚步一顿，哭丧着脸说："顾未易，我们回家吧。"

他莫妙地四处看看，道："干吗回去，你遇到仇家了啊？"

末末低声下气地说："我们回去吧，我突然不想玩了。"

他双手交叉于胸前，说："我突然特别想玩，怎么办？"

末末低声下气："下次再来玩嘛。"

顾未易继续嚣张："行，但你得告诉我为什么要回去。"

她发出蚊子般的声音："我那个来了。"

他凑近去听："什么？听不清楚。"

"那个来了。"发出两只蚊子的音量。

……

回到家里，末末躺在床上捂着肚子哼哼。

顾未易站在床头百思不得其解，这两分钟前不是还生龙活虎的么？

他小心翼翼地问："你怎么了？还好吧？"

末末挤出三个字："肚、子、痛。"

他又问："那我带你去看医生？"

她摇头："不去。"

顾未易不赞同地瞪她："肚子疼为什么不看医生？"

末末叹口气，扯了个枕头垫着肚子，说："我是曾经心痛。"

"啊？"顾未易愣了愣，她肚子疼还想听歌？

"简称，经痛。"

气氛一度降到冰点，不得不感叹，末末的幽默感诡异得人神共愤。

顾未易去药店买了止痛药，买了热水袋，买了红糖，买了……卫生棉。

末末捂了两分钟热水袋就叫热，于是顾未易拿衣服把热水袋包了几层，她又叫这样捂着没感觉，最终他把手在热水袋上捂热，再去捂她肚子，还顺带帮她揉着肚子。她这才消停了会儿。

顾未易边揉着她那软绵绵的小肚子边感叹着人生真是多姿多彩，他还扮演了一回有按摩功能的热水袋。

午饭顾未易端着小饭碗一口一口地喂靠在床头、奄奄一息的司徒末。

其实末末也没那么难受，不过看顾未易忙上忙下、鞍前马后的小奴才样太大快人心了。

顾未易喂完了一小碗，问："还要么？"

"要……"末末拖了一下尾音，听起来比较幽幽。

他白她一眼："司徒末，好好讲话。"

末末委屈地吸吸鼻子："我难受……"接着拖尾音。

他还真是唾弃自己，明知道她是装出来的，还这么心甘情愿被奴役，听不得她装得可怜兮兮的。

末末一整天都享受着自己不用动手也可丰衣足食的生活，真是有老公自远方来，不亦乐乎。

第二天顾未易早上八点多的飞机，他不让她送机，让她好好休养，她其实也不想去送，就真的躺在床上，巴巴地望着窗外，她这儿很少看得到飞机的，很好。

第三天，末末带着想念的心情有气无力地去上班，公司的气氛有点古怪，她也没在意，她忙着想她的老公。

第四天，末末忽地想起她的广告，就屁颠颠跑去问铁哥比赛的流程和进度，铁哥跟她讲了很久的话，但都是废话，没有一句是重点。末末敬他是前辈，就勉为其难地听着，等到他讲完要走才拉住他问："铁哥，那我的广告到底入围了没？我看到电视在播了。"

铁哥抬了抬左手，作势看手表，说："我约的客户该来了，有空再慢慢告诉你。"

不用等到铁哥有空，末末下午就知道怎么回事了，据说孙经理在替她和晓晴师姐报名的时候手误，把两人的名字和作品弄颠倒了，然后末末的作品入围了，署的是晓晴的名字。

末末一开始还很单纯地问，那什么时候能把名字改过来呀？

八卦给她听的老鸟同事同情地看着她说，你说呢？

末末好一会儿才明白过来，气得手都抖了，一口气冲进孙经理的办公室，质问："孙经理，我希望你就广告的事给我个交代。"

孙经理抬头看了她一眼，接着翻文件："什么广告的事？"

末末握紧了拳："我和李晓晴的广告署名被你弄反了。"

孙经理放下文件，说："哦，是吗？我查查看。"

两分钟。

他严肃地说："没有弄错啊，李晓晴拍的是公益广告，你拍的是商业广告，你拍得也不错，只是商业广告的噱头比不上公益广告，不要气馁，下次努力就是了。"

末末讶然，亲眼见证到如此无耻的睁眼说瞎话技术让她半天回不过神来。

她反应过来后第一个想法就是冲出去找晓晴师姐。

李晓晴眨着她那无辜的大眼睛说："我也不太清楚情况，公司安排的。"

末末无语了，看着她那无辜的样子，突然胃一阵翻腾，恶心。

于是整个下午末末找遍了所有参加了这支广告制作的人，有的人吞吞吐吐说不知道；有的人推脱说没有参加这支广告的制作；有的人恬不知耻地说明明是李晓晴的广告呀；有的人好心地劝她说算了吧，多一事不如少一事……

她最后一个电话打给了铁哥，经过了一个下午的洗礼，她冷静得不得了，事实上她从尾椎到颈椎，都是凉的。

打了快十通电话，铁哥那边才接起来，声音很匆忙的样子："司徒，我在见客户呢，待会儿回你电话。"

末末淡淡地说："铁哥，不用了，我讲几句话就好。"

那边沉默，终是没挂上。

末末语气特平静："铁哥，这些日子来多谢你的照顾，我待会儿就去交辞职信，以后恐怕是没什么合作的机会了。我顺便告诉你，李晓晴和孙经理在一起，我撞见过两次，一次是我刚上班，趴在桌上睡觉，见到她坐在一个穿皮鞋的人腿上，中午她就给你买了一双一样的皮鞋；一次是在公司厕所，她和孙经理在外面接吻，我亲耳听到她叫孙经理的名字，那天晚上你带她回家见家长了。再见。"

末末挂上电话时手抖了一抖，自己也无耻了一把，很好。

把辞职信放在自己的桌子上，她就离开了，走出公司大门的时候她脚步跟跄了一下，明晃晃的太阳照得她心寒，太阳底下，怎么就这么肮脏呢。

第46章

管理员伯伯很亲切地跟她寒暄："小姑娘，走路小心点呀，你又送设计去给客户啊？"

末末苍白地一笑，想与他说几句道别的话却不知道该怎么说，只得摇摇头，头也不回地走了。

回到宿舍，末末安静地收着东西，平静到自己都觉得很恐怖。

收好东西她就坐在客厅里发呆，等搬家公司的车。

门铃响了好几遍末末才回过神来，深吸了一口气去开门，小室友沈雯雯忘了带钥匙。

沈雯雯泪眼汪汪地问她："末末姐，你要走了啊？"

末末笑一笑，摸摸她的头说："是呀，你哭什么呀？"

沈雯雯扁着嘴说："我舍不得你，他们怎么可以这么对你，太过分了！"

末末还是笑："你实习不是也快结束了？我找到新工作就请你吃饭。"

"末末姐……"

"搬家公司的车来了，帮我拿点东西出去好吗？"

"末末姐……"

"好啦，别跟生离死别似的，乖，帮我搬东西才是王道。"

又回到顾未易的公寓，搬过来的东西堆得乱七八糟，末末赤着脚盘腿坐在地板上给顾未易打电话，一遍没接，两遍没接，三遍还是没接。她知道他可能在做实验，或者在做报告……总之，他有很多很要紧的事要做，每一件都可能让他错过她的电话。

她半靠在纸箱上翻手机电话簿，一时间竟然不知要拨给谁：虎姐？不行，不能再给她添乱了，她和虎子分了，毕业前两人信誓旦旦地说要去领证，后来也不知道因为什么事就分了，虽说虎姐表现得很坚强，但末末哪里敢拿自己的事去烦她；梦露？不行，照她那轰轰烈烈的性格，加上广告里有她的出演，她非跑到公司去放火；傅沛？不予考虑。

天慢慢地黑下来，她也不开灯，就一直盘腿坐着，坐到腿麻了，就滑到地板上躺着，望着窗外点点的星。

顾未易的电话总算是来了，他说："对不起，我刚刚在考试。"

考试？太合情合理的理由了，末末持着电话想发脾气都不知道从何发起，嗯了一声后就沉默着。

"怎么？生气了？"他带笑的声音让末末心里更是难受，人有时候自私起来是可以很恶毒的，受了伤害，便想伤害别人，而且专挑最亲近的人，因为心里明白，只有最亲的人才愿意事后原谅你。

末末咬咬牙，撂了狠话："顾未易，我要离婚。"

"行呀，房子是我名下的，归你了，我是我名下的，也归你了。"他顿了一顿，"说吧，受什么委屈了？"

最后一句话就像是拉开了末末的水坝，哗啦啦泪水就下来了，边抽泣边诉说着委屈，顾未易也不出声，就让她这么哭着闹着骂着，末了问她："那咱不离婚了吧？"

末末又哭又笑，骂："你浑蛋，神经病，也不安慰安慰我，我就离，明天你给我滚回来离！"

他说："别呀，你想想，你现在是无业游民了，再加上离婚，那影响多不好啊。"

末末扁嘴："你真的不安慰安慰我哦？"

顾未易叹了口气，说："有我呢。"

她撇撇嘴，说："有你顶个屁用，山长水远的，我感应不到。"

他说："斯文点啊，顾太太。"

……

顾未易从头到尾没说几句安慰的话，倒是在她边哭边骂时还插科打诨地胡扯，但是说来奇怪，电话挂上后，末末觉得也没那么委屈了，突然觉得这也没什么了不起，此处不留爷，自有留爷处，处处不留爷，爷爷逛马路。

于是末末提起精神收拾东西，正满屋子找刀子开纸箱，手机又响了，她以为顾未易良心发现要来哄她了，哪知道拿起来一看，李晓晴。

末末深吸了一口气，接了起来。

晓晴的声音沙哑，但还是不损她恶狠狠咬牙切齿的语气："司徒末，我跟阿铁分手了，你高兴了吧？"

末末冷笑一声，回："高兴。"

晓晴气急败坏地叫："司徒末，真看不出来你是这么阴险的人！"

啊哈，啊哈，啊哈哈。

末末笑到快背过气去，才说："还行，那是师姐您教育得好。"

晓晴的声音忽地哀伤起来，说："末末，这样对你有什么好处呢？"

敢情她还想演戏呢？

末末声音也跟着哀伤起来，说："师姐，我这不还是为了你好么，我上次在厕所听到你很烦恼不知道怎么跟铁哥提分手，我就一直挺替你担忧的，今天想说反正我要离职了，临走前做做好事，了了你的心事嘛，你也不用太感激我，你教会了我人生这么宝贵的一课，我回报一点也是应该的。"

电话那头沉默了一会儿，嗤了一声说："我还记得你有个天才男朋友呢，叫顾未易是吧？他高中时谈了一场轰轰烈烈的爱情，高二就弄大人家肚子，高三就想着抛弃人家，我听说那女孩子还为了他自杀呢，我觉得呀……"

末末挂上了电话，抱着腿坐在沙发上，瞪着脚边的手机，犹豫着要不要打电话给顾未易。打吧，像是多不信任他似的，她其实挺信任的，两人的第一次那么手忙脚乱的，他要是之前能把人肚子搞大那也是神迹；不打吧，事出必有因……

第47章

顾未易挂上电话后就给导师打电话请假。

两个小时后，踏上回国的飞机。

到了家门口，顾未易掏出手机来给司徒末打电话，听着她的手机铃声在门后响个不停，但就是没人接。他想她可能出去买东西了，就靠着门坐着，行李堆在脚边。

等了半天没见人，他站起来，拉拉身上的衣服，按门铃。

门内传来杂七杂八的碰倒东西的声音，然后门开了，眼睛鼻子通红的司徒末张大了嘴巴看着他，结了半天的"你、你、你……"

顾未易拍拍她的脑袋，说："又是一个惊喜吧，人生真是处处是惊喜啊。"

末末愣愣地看着顾未易拖着行李往里走的背影，半天才关上门，绕过地上的纸箱追了上去。

顾未易把行李拖进房内随手一丢，就往床上躺，长吁了一口气，抱怨道："门板真硬。"

"啊？"末末后知后觉地追问，"你怎么会来？"

顾未易侧过头看她："干吗不接我电话？害我在门口等了一个多小时。"

末末直觉想解释，想想不对，老娘就是故意不接他电话的，解释个屁啊，于是她剜了他一眼后转身走出房间。

顾未易被剜得一头雾水，无语地望望天花板，认命地挣扎着从床上爬起来，哄老婆去。

"老婆大人……"顾未易可怜兮兮地跟在司徒末后面扯她袖子。

末末充耳不闻地走来走去地收拾行李。

他亦步亦趋地跟着，好声好气地哄着："你这是怎么了？不就是一份工作嘛，咱不做就是了，还怕找不到好工作？就算找不着我养你啊。"

末末回过头去瞪他，顺便拍开他拉着她袖子的手。

他左手被拍开，右手就直接缠上她的腰间，把她揽过来抱着，下巴磨蹭着她的肩线，说："听话，别难过了。"

末末用力掰开他的手，兀自走到沙发上坐好，双手环胸。

顾未易跟了上来，在沙发前的玻璃桌上坐下，与她面对面。

窗外轰隆隆地打起雷来，雨哗一声下得毫不讲理。

末末清了清嗓子，说："我听说你高中时那个女朋友的事了。"

顾未易脸色一变，坐直了身子，半晌才开口问："你听到的是哪个版本？"

哇噻，敢情还有不同版本的，《流星花园》啊，还各国版本。

末末淡淡地说："大概就是你吃了不认账，无耻下流草菅人命的那个版本。"

顾未易笑了起来："每个版本的最终结局我都是无耻下流的。"

他的笑让末末安心下来，于是她站起身，踱去厨房泡了两杯茶回来，递给顾未易一杯说："来吧，讲故事了。"

顾未易接过茶来喝了一口，抱怨道："你泡茶的技术真没长进，水温太低了，茶叶放太多了。"

末末摇摇手里的杯子，作势要泼他。

他稳住她的手，慢慢地开始叙说。

高三时，顾未易班上转来一个漂亮的女生，对于一个和尚理科班来说，这个美女犹如久旱的甘露，供佛的鸡腿……总之她一来就受到众男生的推崇与爱戴，其地位可比《圣斗士星矢》里的雅典娜。而美女大人在一群如狼似虎的少年里相中了安静地在角落里写奥数的顾未易。雅典娜大人大概是被捧惯了，突然有个不睬她的，她小自尊心过不去了；或者是当时在角落里写奥数的顾未易刚好被窗外洒进来的阳光洒了一下，显得特别的文学与忧郁。反正雅典娜就是看上了他，而且势在必得。顾未易当时也正处于青春小鸟叽叽喳喳叫的时节，有一色彩绚丽的雌鸟献殷勤，假意装了一阵子酷也就就范了。于是天才与校花成了一对，才子佳人，羡煞旁人。

但当时的顾未易有点愣头青，常常一心扑在学习上，忽略自己的女朋友。于是雅典娜不干了，于是吵架便成了家常便饭。

末末听到这里，略有同感地点点头，说："现在还是个愣头青，幸亏找了我这么个知书达理、宽宏大量的女朋友。"

顾未易不理她，接着往下说。

然后某一次两人吵架吵狠了，雅典娜说要分手，顾未易想这样吵下去也不是办法，就提出各自冷静两个星期，想清楚了再分。一个星期后雅典娜课间时把他拉到无人处，哭着说她怀孕了。他并没有特别难过或是气愤，只是觉得难堪，女朋友怀孕，孩子他爹不是自己，但大吵了一架后他还是在她的哀求之下陪着她到医院拿掉了那个父不详的孩子。顾未易觉得这事多少有他的责任，再加上雅典娜同学情绪变得很不稳定，他也不再提分手的事，就这样继续顶着她男朋友的身份照顾着她，而且对她比以前上心多了。直到后来不知怎么爆出他带她到医院堕胎的事，一夕之间他成为千夫所指，同学戳他背脊，老师找他谈话，父母被请到学校，连高二那年拿到的国家三好学生奖状都被学校勒令退回去。而在这期间，他没有否认过，雅典娜同学也不曾为他说过一句公道话。

他觉得挺心寒的，便提出分手。高考那天，她在语文考场上吞下安眠药，同一考场的他不顾老师的劝阻停笔跟着救护车去了医院，高考作文，他一字没写。

后来雅典娜抢救过来了，再后来她就被父母送去国外念书了。

末末听完故事，拍拍他的肩说："你很义薄云天。改明儿我要是怀上别人的孩子希望你也能这样对我。"

顾未易眯起眼，口气很是阴狠："我绝对宰了你，一尸两命。"

她呵呵地笑，身体朝他倾过去，环住他的脖子："你就是特地飞回来跟我解释这个的呀？"

他瞪她一眼："你白痴啊，我回来之前还不知道有人跟你说了这个事儿，我是来看某个失业的傻瓜会不会傻到以泪洗面的。"

末末把头抵在他肩上，脸贴着他的脖子，侧眼看外面的天气，天已经放晴了，她的心情也放晴了，顾未易就是一金箍棒形的阳光。阳光捅破乌云，哗啦啦地照进来。

末末说："顾未易，有你真好。"

顾未易拍拍她的脑袋，说："你真好哄，说什么信什么。"

末末笑笑，说："你愿意哄，我就愿意信。"

第48章

俗语有云，小别胜新婚。

真的是很小别，前后也不过一个来星期，但还是很新婚，末末被顾未易折腾得累瘫在床上。

顾未易拉上被子，替两人盖上。

末末翻了个身卷走了大半张被子。

顾未易拉回被子，顺便把司徒末扯回身边："你睡那么远干吗？"

末末转过头瞪他："禽兽！"

顾未易得意把她拉入怀，裸着的肌肤相贴，肉贴肉的，有种黏黏腻腻的亲密。

末末一动不动地任他抱，他抱着抱着就又不安分起来，邪恶的手开始在她身上游走。

她火了，背过手往他腰上一掐一拧，疼得他皱着眉头求饶："我不碰你了，不碰了，松手呀。"

两人嬉闹了一会儿后抱着睡了。

清晨，末末习惯性地醒过来，翻个身下意识地去抱身边的人，却是扑了个空，睁开眼，见顾未易站在窗前，下半身套了条裤子，上半身赤裸着，国外待久了，他的肤色早不是以前那书呆子的死白，而是精壮的小麦色，阳光在他身上跳跃着，末末吞了吞口水，原来男的也可用性感来形容。

顾未易拉下窗帘，房内瞬间暗了下来，他转过身见末末醒着，便咦了一声，说："你醒了啊？还睡不？"

末末摇摇头，他又把窗帘拉上去，房内瞬间恢复光亮。末末还傻乎乎地望着半裸的他发懵。

顾未易见她那傻乎乎的样子可爱，便三步并作两步跳回床上，压住她吻。

就在两人翻滚着，体温开始上升时，门铃响了。

末末推了推身上的顾未易："门铃……"

他咬着她的耳垂，含糊地说："别理他……"

门铃锲而不舍地响着，末末推不动顾未易，只能对着他的脖子用力咬下去。

顾未易捂着脖子瞪她："最毒妇人心。"

末末曲起腿踹他，得意的很："快去开门啦。"

他从她身上翻下，从地上捡起T恤，套上走出房间，走开前凶巴巴地说："把衣服穿好，没穿好不准出来。"

顾未易开门，门外的人和顾未易都愣了一愣，这两人都多久没见了。

傅沛率先笑着说："很久不见了啊。"

顾未易也笑了："你怎么会来？"

傅沛绕过他走进屋里，说："本来是来找末末偷情的，哪知道你居然在，没意思。"

顾未易关上门，到厨房倒了杯水递给傅沛。

傅沛抬头接水，眼睛掠过顾未易的脖子，见到上面的齿印时眼神暗了一暗，忙喝了口水，才说："末末呢？"

顾未易也不客气，直说："找她干吗？"

傅沛笑了，戏谑道："你不在时我常来找她的，这里是我们的秘密基地。"

顾未易踹了他一脚："你少挑拨离间。"

末末揉着眼睛走进客厅，见着傅沛时也是一怔："你怎么来了？"

傅沛挑挑眉说："知道你最近犯小人，心情不好，我来看看能不能乘虚而入。"

末末白他一眼："你怎么知道的？"

除了顾未易外，她还没和其他人说过这件事，也不知道他怎么得到的消息。

傅沛耸耸肩："知道的人多了去了。"

末末和顾未易对看一眼，有点不解，但有默契的都不开口问。

傅沛自己在那边卖了一会儿关子，发现没人要买他的账，才不情不愿地说："昨晚娱乐新闻，有记者问林直存知不知道他拍的那个公益广告参加比赛入围了，他说他不知道，没人通知他。然后又有记者让他对入围这件事发几句感言，他说，恭喜了，司徒末。"

末末和顾未易再次对看一眼，然后顾未易开口了："然后呢？"

傅沛很没好气地说："还能怎样，现在到处炸开了锅，在调查那广告的创意人是谁，连大赛的主办方都惊动了。"

顾未易拿起茶几上的遥控，按开电视，转了好几个台，见到林直存那风骚的小模样，忙停下来。

电视上，林直存被一大群记者包围着追问：

"林直存，你对于这个广告大赛的公平性是否有怀疑？"

"司徒末是谁？广告的署名是智里广告公司的李晓晴。据我们调查，司徒末也是智里广告公司的职员，最近才离职的，里面是否有什么潜规则？"

"你恭喜司徒末，是否意味着你知道什么内幕？"

"据说你当时拍这广告时分文未收，是否你与这位司徒末有什么特别交情？"

"至今还没有人能联系上司徒末本人，智里广告公司的人也一直没有对外界发表声明，你觉得是否是因为心虚？"

"你昨天到现在是否联系过司徒末？你有没有什么办法找到她？"

……

林直存一直配合地微笑着，好一会儿才慢吞吞地说："我恭喜司徒末，是因为当时与我们联系的策划人叫司徒末，而且这广告从头到尾都是她在跟的，我就以为是她的广告，对于事实真相，我也不是很清楚，这当然就要靠伟大的媒体朋友们去查清楚了。至于收费问题，我当时的确是免费拍这支广告的，但并非我与司徒末有什么特殊关系，而是因为这是公益广告，我能够参加公益广告的拍摄已经觉得很荣幸了，感恩都来不及，哪里想到收费这件事。我的经纪人试图联系司徒末，但她关机了，所以我们跟大家一样，也没法联系她。"

这话讲得，滴水不漏，八面玲珑，不愧是娱乐圈混久了的人。

看完新闻，傅沛凉凉地说："顾未易，你有劲敌了，看人家，保护你女人保护得多崎岖婉转呀？"

顾未易不接茬。

末末忙着从沙发垫下找手机，找出来一看才发现没电关机了，瞪顾未易一眼，说："看吧，被你昨天的夺命连环call给打没电了。"

顾未易哼一声："没接到他电话你很失落啊？"

末末也跟着哼一声："是挺失落的，怎样？"

傅沛在旁翻白眼："你们俩慢点打情骂俏，想想怎么办吧，要是记者真的找上门来呢？"

顾未易很无所谓："跟我回美国，顺便避避风头。"

傅沛说："那如果末末想伸张正义呢？这可是个好机会，说不定她一炮而红，从此成为广告界的新星。"

正忙着给手机充电的末末回过头来搭一声："我可不想红。"

"那伸张正义呢？"傅沛又问。

末末犹豫了一下，若是两三天前，她必定会觉得当然要讨个公道，顶多闹个鱼死网破，但现在冷静多了，毕竟不是真的人间处处有公道的，就算公道讨到了，她在这期间不知道还要付出多少代价。她回头看顾未易，顾未易耸耸肩，她就笑了："算了，就当被狗咬了。"

傅沛还想说什么，末末已经回过头去折腾她的手机。

好不容易手机开了机，乱七八糟的短信进来了一堆，熟的不熟的都在问这件事，末末看得眼花缭乱，干脆丢下不看，跑回沙发上去坐在顾未易旁边，问傅沛："你上次不是说招会计，我去你那儿玩几天吧？"

顾未易敲了一下她的头，说："先跟我去美国避风头，当什么会计，想都别想。"

傅沛捏紧了手里的杯子，说："也是，我也觉得你先出国避避风头吧，回来还想去我那儿，我可是随时欢迎。"

……于是末末包袱款款地随顾未易出国避风头了。

在国外无所事事的司徒末，每天白天做家务，偶尔陪上课，晚上还要陪睡觉，生活真是苦不堪言哪苦不堪言。

互联网告诉司徒末，智里公司退出了比赛，李晓晴和孙经理被炒了，但都没有对外发表什么声明。当事人下落不明，这新闻炒了一阵就落幕了，被一个某明星疑似吸毒事件给盖了过去，然后某明星吸毒事件又给某某明星私生子事件盖了过去，某某明星私生子事件又给某某某明星喝酒打人事件给盖了过去，某某某某某……啊，娱乐圈真是日新月异呀。

第49章

在美国的第八天，很吉利的数字，末末陪着顾未易在图书馆里看书，他翻他的大部头专业书，她翻她的杂志，本该又是一个其乐融融的下午。直到顾未易不知怎的，突然想起，两人在一起这么久，司徒末还从未开口说过爱他。于是他放下书，趴在司徒末耳边说："老婆，我爱你。"

司徒末的脸腾腾地红起来，嘴角上扬，睨了他一眼后……接着翻杂志。

顾未易皱起眉来，又在她耳边重复了一遍我爱你。

司徒末拍拍他的头，小声地回："知道了，快看书，看完我们去吃饭，我好饿。"

他这才发现，司徒末这丫头有甜言蜜语失语症。

啧，这可不是个好症状，得好好调教调教。

于是顾未易合上书，拎起司徒末离开图书馆。

手牵着手漫步校园是挺浪漫的，但是被逼着说我爱你就没那么浪漫了。末末望着严肃认真地等待她吐出三个字的顾未易，想笑。

她知道要是笑出来，她就死定了，但是，她不怕死，她是勇士，真的勇士敢于直面惨淡的人生，于是她笑了，于是顾未易生气了，顾未易甩手走人了。

末末在顾未易甩手走人的同时朝相反方向也甩手走人了，主要是她知道，他一定会回来找她，她要是待在原地会很没面子。

只是走了不一会儿末末就发现难了，她就一路痴，校园这种地方，也碰巧是个很适合迷路的地方。来美国之后她几乎是黏着顾未易过日子的，没手机，语言也没长进，怎么办呢？找个显眼的地儿蹲着，等顾未易来领回去呗。

顾未易气急败坏地在一个傻雕像下找到了傻乎乎地蹲着手指数脚趾的司徒末。

末末蹲久了忽地被拉起来，眼前有点黑，踉跄了两下。

顾未易半搀着她，黑着个脸："你就不能别乱跑？不见了怎么办？"

末末也黑起脸："你不是走得挺潇洒的，管我往哪跑！不见了拉倒。"

顾未易火了："你还有理了是不？让你讲几个字有那么难？"

末末更火了："你一男的，小气巴拉个屁呀，不就是我爱你，讲一串送给你，我爱你我爱你我爱你我爱你，行了吧？"

顾未易不吭声了，冷冷冰冰地望她一眼，转身走，走了两步又回头说："跟上。"

末末本还想耍脾气来着，但被他这么一望，泄了大半底气，坦白讲，她其实挺孬的，大声小声地吼，她还能胜任，但他真开始玩阴森森的她就怕了。于是赶紧颠颠地跟上去，捏住他的衣摆，委委屈屈地跟着。

顾未易眼角瞟了她两眼，脚步放慢下来配合她，但还不至于有风度到愿意搭理她，于是两人安静地往回走。

末末走着走着觉得自己偶尔也得大方那么一次，给他个台阶下好了，便把手伸到顾未易胳膊上去挽着，嗲声嗲气地说："哎哟，别气了——"

顾未易嘴角抽了一抽，啧，怪叫人反胃的。

末末锲而不舍地撒她那技术不咋地的娇，摇摇他的手，扯扯他的衣服，把自己声音掐到能掐出水来："老公——，别气别气，气坏了我会心疼的。"

顾未易被她摇来晃去的，甚是无奈，赏了她脑袋一个爆栗，想着不解气，又掐了她脸蛋一把，直把她掐到哇哇叫才松手。

末末被家暴了一番后，回到家还乐滋滋地洗手做羹汤。

她端出自家独门自创的咸骨粥，招呼顾未易过来吃，Alex自己闻香跟了上来，他自从末末来了后就天天跟着两人蹭饭，大中华美食拯救地球，千秋万代。

顾未易边讲电话边喝粥，末末瞪他，他无奈地挂了电话，乖乖地专心喝粥和专心听司徒末操着破烂英语与Alex唠嗑。

一碗毕，电话又来了，顾未易瞄了一眼说："这可是我妈，不能不接了。"

末末撇撇嘴，看他说的，好像她多专制似的。

顾未易接起来叫了声妈，又改口谦卑地叫了声阿姨，然后就把电话递给司徒末。

末末一头雾水地接过来，开口喂了一声，她妈的声音就砰砰地拍打得她的耳朵生疼："司徒末，你反了是不？出了这么大的事你包袱一收就出国？你想让家里人担心死是不？你心里头还有没有这个家？还有没有爸妈？我怎么这么命苦呀……你说话呀你，你以为你不说话我就收拾不了你是不……"

末末好不容易有个插嘴的空儿，赶紧开口："妈，我这不是怕你们担心嘛……"

"你跑到国外去，还打电话骗我说你去桂林，你这样我们就不担心了？我们闺女在外面受了委屈，也不想着回家说说，就投奔男人怀抱去了，女大不中留呀……你说你爹妈养了你二十多年，还比不上你的小崽子姘夫是吧？"

一阵沉默。

末末在这头听见她妈声音尴尬地跟谁解释着：呃……那个……淑红，我不是说你儿子是小崽子……

然后她妈又下令了："你啥也别说了，东西收拾收拾，滚回家来。"

电话咔一声挂了，末末很是无奈：妈，我本来就啥都来不及说。

末末把手机递还给顾未易，说："我妈让我回去，我妈说你是小崽子。"

顾未易皱起眉："为什么？"

末末想了一下："大概是我们交往那么久你都没跟他们正式打过招呼，这样想想，你也挺不懂事的。"

顾未易快疯了，他之前说要去拜访她父母，她死活拦着，这下好了，他岳父岳母不高兴了，她还有脸说他不懂事？苍天呀，他是造了什么孽？

末末又包袱款款地踏上回国的旅程，航空事业的发展，着实该好好感谢他们这对抽风的情侣。

第50章

末末回到家，被爸妈轮流轰炸了一番，内容大概就是女大不中留、吃里爬外、狼心狗肺……

末末态度很好地接受批评，在心里盘算，这要是被发现她已经跟顾未易结婚了，她应该会被挫骨扬灰吧，要不要先把神主牌位准备好？

而顾未易请教完自己的妈妈之后，在心里打了洋洋洒洒大概五张A4纸的腹稿，然后开始三不五时打电话给司徒末的爸爸妈妈请安，当然他也不敢说出两人已经结婚的事，但他摆出一副准女婿的态度，频繁地、孝顺地，给司徒末的父母送去春天般的温暖。

司徒爸司徒妈不是难伺候的主儿，被年轻有为的小伙子哄了几次，就服服帖帖的了，已然把人家当半子看待。

顾未易帮忙打好了群众基础，末末被念叨的也就少了，在家发了两星期的霉，又回到城里，再一次为生活奔波。

广告这一行末末着实挺喜欢的，于是她给两家广告公司投了简历，奇怪的是两家都马上表示录用她，连面试都不用。末末十分奇怪，搞了半天才知道，两公司愿意聘她都是有目的的，一家想开记者会，让她高调加入他们公司，正式向智里广告公司宣战；一家希望她和林直存炒炒绯闻，顺便把公司的知名度炒上去。原来她现在已经算半个业内知名人士，还很有利用价值呢。

实在无计可施，末末只得决定转行，周杰伦都唱了，追不到的梦想换个梦不就得了。末末前后面试了几家公司，什么类型的岗位都面，但面试这事实在不是她的强项，除了一个诡异的公司让她带上笔记本电脑去一个荒郊野外上班之外，其他面试的公司都杳无音信，于是她待在家又高傲地发了半个来月的霉。

傅沛同学知道了末末的倒霉事迹后，求贤若渴地求她去他那小破工作室管账，她考虑了几天，就勉为其难地去他那儿指点江山了。

顾未易对她去傅沛那儿工作的事是一千一万个反对，为此两人大吵了一架，顾未易气得都好几天没给她打电话了。但末末不管，山高皇帝远的，管得着嘛他。

　　末末是专业出身，加上傅沛的小工作室刚成立，也没啥了不得的账可管，于是末末每天上班轻松得不得了，泡泡茶，上上网，翻翻报纸，与办公室里除了傅沛傅老板外的唯一员工陈小希聊天打屁。

　　傅沛的工作室是做礼品包装的，主要是承包一些节庆礼品套装回来，自己设计包装，然后找工厂生产，他事业做得不大，但屁事特多，一天到晚不着办公室。于是工作室常常就只剩末末和陈小希当家，陈小希是设计，刚毕业于很牛的一所大学。末末看过她做的设计，虽然没之前在智里广告公司看到的那些那么专业与华丽，但她绝对是一块可造之材，不知道怎么沦落到这么小的一个工作室，傅沛真是挖到宝了。

　　末末和陈小希两人处得忒好，大概是两人都是刚毕业不久，性格都比较直爽，都是美女……（呸，不要脸）。总之，两人惺惺相惜，相逢恨晚。

　　今天末末和陈小希约好了一起去逛街，但是两人还没逛半个小时就都嚷嚷着累了，找了家肯德基吃东西聊天。刚开始还在瞎扯昨晚的电视剧，后来就聊到初恋上了，陈小希说她的初恋是同学，大学时在一起的，她用尽一切方法好不容易把那万人迷的臭小子追到手，但最终还是分了，而且还不是好聚好散的那种分手。末末说她的初恋是傅沛，但最终也是很不愉快收场，不过后来大家都长大了，又做回朋友。

　　陈小希眨巴着大眼睛很羡慕地说："唉，真羡慕你们，你们怎么做到的？"

　　末末臭屁地说："那是姐姐我宽宏大量，不然他那种浑蛋行径，早该拉去坐牢了。"

　　陈小希难得没有追问什么行径，只是突然多愁善感了起来："我真挺羡慕你们的，我和他也能做回朋友就好了，至少还能常见到他，不像现在，他讨厌我，我也不敢找他，前阵子我们不小心遇到，他对我冷漠得要死，还让我给他介绍女朋友。"

　　末末想了想，甩出一句挺哲理的话："其实嘛，能做回朋友，大概是因为不够爱，你们够爱，才做不了朋友的。"

陈小希瞪大了眼睛，突然趴在桌子上一动不动，末末一头雾水，问："陈小希，你干吗呢？"

陈小希压低了声音说："不要叫我。"

末末奇怪地左右看了一下，也学着压低声音问："怎么了？"

"前男友……"陈小希的声音从手臂里闷闷地挤出。

末末一听，精神来了，紧张兮兮地问："哪个哪个？"

陈小希微微抬起头，手遮着脸，说："拜托你，不要东张西望的引人注意。"

末末压抑住兴奋："那你告诉我是哪个呀？"

陈小希的声音都在哀求了："求你了，末末姑奶奶，你别整出太大动静呀。"

末末兴奋地说："你告诉我他穿什么衣服，我好帮你看他走了没有。"

陈小希低着头，小声说："不用了，你别动就好。"

末末配合地不动，好奇地追问："就是你那个初恋啊？"

陈小希叹口气："是。"

末末不解："那你刚刚不是还说，很想见他么？干吗还要躲？"

陈小希无奈："你不知道女人都是口是心非的呀，我刚刚耍忧郁呢，而且他让我给介绍女朋友……我手头上就你这种货色的……"

末末翻白眼："姐名花有主，奇货可居呢。"

正在两人鬼鬼祟祟之际，一道冷冰冰的男声从末末背后传来："陈小希。"

陈小希身子一僵，无奈地垂下捂着脸的手，苦着脸挤出笑容，缓慢地抬头。

末末闻声也转过头去看，妈呀，老天爷不带这样整人的，人生何处不相逢也不是这么个相逢法呀。

第51章

"末末，好久不见。"

末末眯起眼睛堆出一个笑："婕儿，好久不见，变更漂亮了。"

徐婕儿转过去对站在她身旁的人笑，笑得那个妖媚哟："江医生，这是我的死党，长得可爱吧？"

她旁边站着一个一脸铁青的男人，虽说脸很臭，但不掩其俊俏，而这位臭脸的江医生压根儿没瞧徐婕儿和司徒末一眼，两只眼睛瞪得贼狠，像是要把陈小希生撕了似的，而且最滑稽的是，这位先生由于太生气，肌肉绷得死紧，脸颊上绷出了一个酒窝……想象一下，阎罗王长酒窝……

而陈小希闪躲着他的眼神，唯唯诺诺地干笑着。

末末还来不及跟江医生打招呼，他就忽然说了句："不好意思，我有事跟陈小希单独谈。"

陈小希就傻乎乎地被他拉起来，拖着出去了。

末末看着他那拖死狗的模样，深深地同情起陈小希来，然后转回视线看到眼前的徐婕儿，又深深同情起自己来，两人自从为了傅沛闹翻后，就没再联系了，而且这该多少年没见了，连想找个话题聊都不知道从何找起，多尴尬呀。

徐婕儿明显没末末那么尴尬，她自顾自地拉开原先陈小希坐着的椅子，坐下，说："末末，怎样？现在在哪高就？"

末末犹豫了一下，坦白地说："傅沛开了一个工作室，我在他那儿帮忙。"

徐婕儿笑笑，状似很大方地说："你还跟傅沛在一起呀？真难得。"

末末当年和她太熟了，知道她只要不开心，尾音就会微微下降。

末末还没来得及说啥，徐婕儿又抢先说道："没关系，我早就原谅你俩了。"

末末只得干笑，解释说："没有，我跟他没有在一起，我有别的男朋友。"说完，又自己郁闷起来，什么叫别的男朋友？咋听起来这么水性杨花呢。

徐婕儿很是幸灾乐祸的样子："我就猜嘛，傅沛这家伙怎么可能跟谁长久得了。"

末末岔开话题："你现在在哪儿工作呀？"

徐婕儿妩媚一笑，抬高左手晃了晃，说："全职太太。"

末末眯了眯眼，笑道："这钻戒够硕大的，我都快闪瞎了。"

徐婕儿得意地笑，说："你现在有男朋友吗？还是还在跟傅沛纠缠呀？不要跟他纠缠了，我让我老公给你介绍男朋友，他的朋友每个都是身价上亿的。"

末末没有纠正她说我已经说过我有男朋友了，只是在心里很没见过世面地数了数上亿有几个零，然后又悄悄地算了一下，作孽呀，上亿可以买多少飞美国的机票呀？答案是，不知道，数学不好。

徐婕儿见末末不说话，以为她动心了，又说："不过，有钱人很挑剔的，你也别抱太大希望。"

末末闻言笑笑，她可不再是当年那个傻乎乎跟在她屁股后面惟命是从的小丫鬟了："我有男朋友了，感情对我来说比金钱重要多了。"

徐婕儿脸色变了一变，拎起她的名牌包包，砰一下放桌子上，从里面掏出手机说："你现在的号码是多少？有空一起出来吃饭。不过我可不来肯德基这种地方，我们刚刚只是路过，江医生说看到朋友了才进来的。"

末末忍住撇嘴的冲动，念了自己的手机号给她。

徐婕儿输完手机号码后响了一下末末的手机说："我有三个号码，这个手机号码是我和私人朋友联系的，一般不留给别人的。"

末末笑一笑，说："我就一个号码，呵呵。"

徐婕儿举起手，看了看她那碎钻闪烁的手表："我看江医生应该不会回来了，我还是打电话让司机来接我算了，你去哪儿？我顺便送你吧。"

末末摇摇头说："不用了，我还得等等小希，小希就是刚刚跟你朋友走了的那女孩子。"

徐婕儿耸耸肩："随便你咯，下次带上你男朋友出来，我帮你鉴定鉴定。"

末末点头："好，拜拜。"

"拜拜。"

末末在肯德基等了一会儿就接到陈小希的电话，说是她有事先走了。于是末末就自己逛了会儿街，给自己买了双鞋子，给顾未易买了件毛衣，然后打道回府。

回到家对着空荡荡的房子一时倒真的有点寂寞，她犹豫了一会儿决定宽宏大量那么一回，先打电话给顾未易。

“喂。”电话很快被接了起来，但他的声音还是装得冷冷冰冰的。

末末翻了翻白眼，说：“在干吗？”

“写报告。”

“哦。”

……

末末无奈，这男的还在闹别扭呀？真够小心眼的。

“我今天和同事逛街了。”

“哪个同事？”

“陈小希，她是公司的设计。”

“男的女的？”

“女的。”

“哦。”

“我给你买了一件毛衣，米白色的。”

“哦，谢谢。”

……

末末噘噘嘴，说：“还在生气？”

“没有。”

“明明就有。”

“就算我生气你也不会听我的话，我干吗生气？”

“我和傅沛都是猴年马月的事了，再说，我都嫁给你了。”

“傅沛不知道你嫁给我了。”

“……”

“没事我挂了？”

“你挂试试看？”

“……”

“你到底想怎样？”

“你辞职。”

"如果我不呢？"

"司徒末，你特地打电话来跟我吵架的是不？"

"我在这里工作很开心，老板不敢给脸色我看，陈小希人很好，她画的图很好看，我不要辞职。我讨厌你。"

"我还讨厌你呢。"

"你好娘。"

"司徒末，你皮痒了是不是？"

"对呀，你要不要来帮我挠挠。"

"不准跟傅沛单独出差、加班、吃饭。"

"知道了，小气鬼。"

"我挂了。"

末末撒娇："不要挂啦，人家想和你聊天嘛——"

"司徒末，你实在很不适合撒娇。"

末末气呼呼地按断电话，把毛衣从袋子里拉出来，抖了一抖，用力丢沙发上，不解气，又拣起来丢，拣拣丢丢，不亦乐乎，与此同时，顾未易特有的铃声在旁响个不停。

大概五分钟过去，末末觉得解气了才接起电话，粗声粗气地："干吗？"

顾未易的声音带笑，好声好气地哄着："老婆，别生气呀，你太适合撒娇了，你在撒娇界就是一枝独秀。"

"哼。"

"不然你再撒娇看看，我录下来，每天听着你的声音入眠。"

"我要把买给你的毛衣送给傅沛。"

"你敢！"

"我就敢。"

第52章

星期一，末末告诉傅沛她遇见徐婕儿了，傅沛愣了两秒，说："徐婕儿是谁呀？"

末末惊奇地看着他，这人也太无耻了吧？

傅沛哈哈大笑："末末，你也太好骗了吧。哎，我要出去谈事情了，你把她电话号码发给我，有空约她出来再续前缘。"

末末翻了个白眼，说："人家结婚了，你滚远点。"

傅沛俯下身凑近她一点，笑着说："怎么？吃醋呀，我比较想要等你出墙，她我没什么兴趣了。"

末末手上一个文件夹用力朝他凑得有点近的脑门拍下去，骂："不好意思，老娘特爱我家那堵墙。"

傅沛撇撇嘴直起身："换堵墙试试看嘛。"

末末嫌弃地看着他，摇头说："你这堵被老鼠打满洞的墙就算了吧。"

坐在靠近门口的陈小希不耐烦地敲着桌子，说："你俩有完没完，不是要出去谈事情吗？"

傅沛耸耸肩，小声地跟末末讲："这女人吃炸药了。"

傅沛出门了，末末拖了把凳子坐陈小希旁边，问："咋啦？昨天被你那前男友怎么了？"

陈小希要死不活地摇摇头："别提了。"

末末不死心地追问："说来听听嘛。"

陈小希瞪她："你真八卦，管好你自己就好了。"

末末不服气："我把自己管得很好，才有空来管你。"

陈小希用一种看白痴的眼神瞅了她几眼，说："你是真傻还假傻啊？刚刚傅沛凑你都多近了？要不是我阻止你，你红杏早就被拔出墙了。"

末末正想揍她，手机响了，拿起来一看，居然是徐婕儿。

末末对陈小希摇了摇手机，说："那天跟你前男友一起的那女的，是我高中同学来的。"

陈小希先是惊讶地抬头，又蔫蔫地趴到桌面上去，说："算了，我管不着，你快接电话，吵得我心烦。"

末末接起电话："喂？"

徐婕儿声音娇娇的："末末呀，在干吗呢？"

"上班。"

"有没有空出来喝咖啡呀？"

末末无奈："上班呢。"

"请假嘛。"

末末叹了口气，怎么这么难沟通呢？只得说："公司不给随便请假的。"

"嘁，不就是傅沛的工作室嘛，至于么？你把电话给傅沛，我帮你跟他说。"

末末开始佩服起小时候的自己了，那个时候是怎么忍受这女人的？

徐婕儿撒娇："末末，拜托嘛，我想找个人说说话。"

末末心又软了，回忆马上回笼，当年自己也是被她用这种半哀求半强制的态度治得服服帖帖的。

末末看了看挂在墙上的钟，妥协道："我顶多能溜走一个小时，挑个离我公司近点的地方吧。"

徐婕儿："好啊，我到了给你电话，我开的是红色宝马。"

末末挂上电话，迎上陈小希同情的目光，叹口气道："我忽然有种永世不得翻身的感觉。"

陈小希说："你要学会勇敢说不。"

末末瞪她一眼："你昨天被前男友拖出去的时候怎么不知道勇敢说不？"

陈小希哀叫一声："你就别再提昨天了，再提我就开窗跳下去了。"

末末收起手机："得，我不提，做事做事。哎，那个，你前男友真帅呀，昨天到底发生什么事了？"

陈小希眯起眼，捏起拳头："司！徒！末！"

末末笑着弹开："开玩笑的，开玩笑的。"

末末第三次看手表，好家伙，徐婕儿迟到了半个小时，虽然她说是因为塞车，但末末还是有少许的不爽。

徐婕儿果然是开着红色宝马来的，自己也穿得火红火红的，末末明显感到她的到来为这桌增添了不少回头率。

且不论两人这一场碰面的真心有多少，她们曾经是好友，年少的朋友总是让人多少觉得温暖。

当彼此努力寻找着对方脸上改变的痕迹时，她们发现到的却是更多的熟悉：徐婕儿还是爱化橘红色的眼影，还是会不经意地捋头发；末末还是喜欢把头发扎高，还是会无意识地搅一切可以搅动的液体……

　　即使曾经再怎么不欢而散，还是一起走过时光的人，在那些个天很蓝、风很淡的日子里，曾经一起手挽手去上厕所。

　　徐婕儿似乎真的很寂寞，絮絮叨叨地跟末末说她那上流社会的生活，内容和语气少了上次的炫耀，多了抱怨，佣人总是煮不出好吃的东西，哪个有钱太太嘴脸很恶心，老公总是不回家吃饭……

　　末末难得善良地安慰着："你老公毕竟是做大事业的人，忙点很正常的嘛。"

　　徐婕儿难得没有趁机吹嘘，只是叹了口气，说："他不回来也好。"

　　末末有点不知道怎么接她的话，只好沉默地搅着咖啡，她真不喜欢喝咖啡，想喝茶，想顾未易。很奇妙的感觉，在毫无关联的一个场景里，突然毫无来由地想念起一个人来，想得挠心挠肺。

　　"末末，末末？"徐婕儿的手在末末面前挥了挥，"发什么呆？有没有听我说话？"

　　末末心虚地一笑，说："听着呢。"

　　"那我刚才说什么来着？"

　　末末嗫嚅着说不出来。

　　徐婕儿瞪她："你要不想听就直说。"

　　末末好声好气地说："没有啦，我刚刚在想工作上的事。"

　　总不能说她思春，在想老公吧。

　　徐婕儿口气酸了起来："知道你日理万机，不该硬让你出来跟我这种不事生产的人浪费时间的。"

　　末末被这么一呛，觉得自己很无谓，何必真的就溜班出来陪她浪费时间呢。

　　徐婕儿见末末的脸色变了，也意识到自己似乎讲过火了，讪讪道："我开玩笑的。"

　　末末正色道："婕儿，我们都长大了，小时候的相处模式已经不适合了。"

话够婉转了，听不听得懂就看个人造化了。

徐婕儿从来都是聪明的人，她喝了一口咖啡，笑说："不错嘛，你真的长大了。"

好吧，末末也不是蠢人，她也笑笑，说："没办法，经历的事多了。"

两人相视而笑，大概是相遇以来最真诚的一次微笑。

第53章

日日夜夜，夜夜日日。

某位不要脸，死活还在读书的人，他有寒假。

末末与顾未易这对牛郎织女迎来了小顾同学的寒假，他一考完试就上了飞机。

顾未易回到家的时候是半夜两点，虽说之前嘱咐司徒末别等门，但是回到家时黑灯瞎火的，打开房门看到司徒末在房里睡得香甜，他的小肚鸡肠还是不乐意了。他在房内兜了两圈，越想越恼火，怎么会有这么不像话的老婆？对老公的事一点都不上心！

他第三次在床边站定，真想扑上去把她压死，没良心的死女人！

他犹豫再三还是作罢，半夜三更的，真的吓着了也不好。

他转身准备出去洗漱一下，一个带笑的声音传来："老公，去哪儿呢？"

灯闪了几下亮了，司徒末裹着被子，只露出两只骨碌碌的眼睛，水样的带笑。

顾未易哭笑不得地看着她："司徒末，你真的很幼稚。"

末末眨眨眼睛，无辜地说："那如果我告诉你，我被子下一件衣服都没穿，你还会觉得我幼稚吗？"

顾未易先是一愣，然后缓慢地走向床铺，期间末末一直咯咯笑个不停。

他站在床头，居高临下地看着她，眼睛里闪烁着火苗："司徒末，你自找的。"

他以迅雷不及掩耳的速度拉下她的被子。

末末尖叫了一声，转身趴在床上笑得快厥过去。

顾未易望着穿着整齐、笑得抽风的司徒末，无力地叹了口气，往她屁股上揍了一巴掌，说："起来给我做饭吃。"

末末边挣扎着起来边笑："哈哈……你刚才……哈哈哈……刚才的表情……哈哈哈哈……太猥琐了。"

顾未易洗完澡出来，司徒末已经做好了一碗面，正在餐桌旁支着脑袋打瞌睡。他走过去拍拍她的脑袋说："先去睡。"

末末用力眨了两下眼睛，打了个哈欠说："我等你，你吃快点。"

顾未易也不坚持，坐下拿起筷子吃面。

寂静的深夜，有一扇窗亮着黄色的小灯，灯下一男一女，各据餐桌两头，一个埋头吃面，一个认真打瞌睡。

第二天一早，末末被电话吵醒，为了不吵到还在睡的顾未易，连滚带爬地抓着手机去门外接。

一接起来就听到傅沛在那边大吼大叫："司徒末，你看看现在几点了？你好意思领我薪水吗？"

末末看看客厅的钟，好家伙，十点多了。

她呵呵干笑，说："对不起，我睡过头了，现在马上去上班。"

末末硬着头皮被傅沛念了几句后挂上电话，一转身，就被顾未易抱了个满怀，她吓得手一抖，手机啪一下掉地上。

末末那个气呀，抡起拳头就捶，直把顾未易捶得连声求饶："行行，手机我给你捡起来还不成。"

他松开她，去捡手机，她看他俯下去的姿势美妙，顺势就踹了一脚，然后拔腿往房内跑。

顾未易被踹得一个趔趄，站起来就追。

末末一进房就把门关上，迅速上了锁，然后听着顾未易在门外鬼吼鬼叫地捶门，优哉游哉地换衣服。

换好衣服，末末先是趴在门上听了会儿动静，然后放心地打开门，一见顾未易倚着墙对她笑，又砰一声把门关上了。

顾未易双手环胸，凉凉地说："司徒末，有本事你就永远别出来。"

末末在房内撇撇嘴："我就不出去！"

于是俩无聊人就一个门外一个门内的偏了起来，直至顾未易手上末末的手机响了，他一看，是傅沛的，于是毫不犹豫地接了起来："喂。"

"喂？"傅沛的迟疑了一下，才问，"顾未易？"

"嗯。"

"什么时候回来的？"

"昨晚。"

"是哦，放假放多久呢？"

"一个来月。"

"这样呀，有空出来吃饭，帮你洗洗尘。不过现在先让末末听电话，我有事找她。"

"等等。"顾未易敲敲门，"司徒末？"

末末的声音透着门传来："你不用叫了，说啥我都不出去。"

顾未易忍着笑，说："你的电话。"

末末哼一声："你当我傻瓜啊？"

顾未易重新把手机贴耳边，说："傅沛，司徒末今天请假，要扣工资呀？没关系，你扣吧。"

末末在房内听真切了，赶紧开门冲出来抢手机，抢到手里叫："傅沛，你别听他胡说，我去上班，你可别扣我工资呀。"

傅沛刚想说我没说要扣你工资，就听到电话里传来一声惨叫："啊……顾未易，你卑鄙无耻下流，居然偷袭。"

傅沛心情恶劣地挂上电话，重重地往椅背一靠，真他妈自作孽不可活。

末末还是去上班了，陈小希见她进来，吹了声口哨："哟，司徒末小姐，春光满面呀。"

末末心情好，也就跟着贫嘴："那是，我家贱内回归了。"

"贱内不是这么用的，你没念过书啊！"两人身后突然传来阴恻恻的声音。

今天的傅沛脾气特别暴躁，陈小希交的设计稿弄错了一个颜色，被他狠狠地削了一顿。末末做的账被他嫌乱七八糟。连客户的电话他都连挂了两个。

老板心情不好，做员工的当然只得拼命循规蹈矩。本来末末准备下午早退和顾未易一起去买菜做饭的，现在连提都不敢提。

打电话回家跟顾未易说，顾未易却是心情很好的样子，说会来接她下班，到时一起去买菜做饭。

下班时，末末和陈小希一起往外走，下了楼就看到顾未易迎面走来。

末末跟陈小希说："我男朋友来了。"

陈小希哇了一声说："秀色可餐呀。"

简单地打了招呼，顾未易突然说："我常听司徒末说你对她很照顾，不然就一起到我家吃个便饭吧，司徒末做饭很好吃的。"

末末有点诧异地看着顾未易，这人居然会主动邀约人回家吃饭？

陈小希正想拒绝，傅沛就出现了，他笑着说："吃饭呀，算我一分吧，我可以当司机载你们过去。"

顾未易也笑，说："那就走吧。"

于是一车四人就往菜市场杀去。傅沛兜半天找不到停车的地方，只能让他们先下车去买菜，他自己去找停车位。好不容易停完车走进菜市场，他张望了好一会儿才远远地看到他们仨。

陈小希在一个水果摊前挑水果，顾未易和末末站在肉摊前。末末仰着头，认真地听顾未易说话，然后她嫣然一笑，很自然地把手伸过去挽住顾未易的手，又回过头去向肉摊的老板说了些什么。肉摊老板笑着递末末一个袋子，顾未易伸手接过，末末递钱给老板。

傅沛的脚步停了一停，深吸了一口气才继续向前走，来到他们面前，问："你们买了多少东西了？"

顾未易提高手里的袋子，有肉有鱼有菜。

末末说："清蒸鲈鱼，红烧排骨，炖东坡肉，玉米排骨汤。"

傅沛抗议："我不吃鱼的。"

末末白他一眼："我买给顾未易吃的，又不是给你吃的。"

傅沛心里一阵酸，却嘲笑她说："知道了，只有你男人是人，其他人都不是人。"

末末忙不迭地摇头："此言差矣，其他人都是人，你是禽兽。"

傅沛看顾未易一眼，说："伶牙俐齿的，我同情你。"

顾未易只是笑，不搭腔，傅沛突然觉得他笑得很挑衅。

末末不服气地顶回去："你衣冠禽兽，我还同情你以后的老婆呢。"

这边还在斗嘴，陈小希在旁边的水果摊咋咋呼呼："末末，末末，我想吃奇异果，但是好贵呀，你过来付钱。"

末末翻了个白眼，走了两步又转身回到顾未易面前，摊开手掌说："喂，我没钱了。"

顾未易掏钱包，放在她手上："买点橘子。"

傅沛眼尖地看到两人手上的对戒，心又是一沉，想当年他和末末交往时，买了一对情侣表，她说什么都不肯戴，说是太招摇。

傅沛第一次认真打量他俩同居的地方，简单的二室二厅，杯子左一个右一个放到处都是。沙发旁有个铁架子，叠了满满的科学杂志。其他的很普通，没主人的什么特别气息。

顾未易和末末做饭去了，傅沛和陈小希在客厅看电视，傅沛眼睛盯着电视屏幕，耳朵却是拉长了在听厨房里的声响：

末末："顾未易，你的菜洗完了没？"

顾未易："快洗完了。"

末末："洗快点呀，我的油都热了。"

顾未易："催什么催，那么急自己洗。"

末末："你信不信我把你脑袋按油锅里？"

顾未易："不信。"

末末："烦死了，菜你来炒，老娘不炒了。"

顾未易："不炒就算了，顶多少吃一个菜。"

末末："你真不炒是吧？"

顾未易："宁死不屈。"

安静两分钟，只有油在锅里滋啦作响的声音，然后末末突然啊了一声。

顾未易："怎么了？"

末末："被油溅到了。"

顾未易："苦肉计是吧？"

末末："哎呀，都红了。"

顾未易："别演了，我来，真没见过比你更笨手笨脚的人。"

……

陈小希瞄瞄电视，再瞄瞄一脸便秘的老板，想了想还是开口说："老板，虽是老话一句，但天涯何处无芳草，何况这芳草还有主。"

傅沛沉默了好一会儿才说："你有主么？"

陈小希指着自己的鼻子问："我？不好吧，老板，芳草不吃了就改吃窝边草，太没品了吧。"

傅沛点点头，说："也是，看上你的确没品。"

陈小希："……"

第54章

送走了傅沛和陈小希，末末和顾未易都赖在沙发上不肯去洗碗。

顾未易说："司徒末，你把碗洗了，我今晚就任你蹂躏。"

末末说："就你那单薄的小身板，经不起姐姐无情且强悍的践踏，还是乖乖去把碗洗了，我留你不死。"

顾未易说："没关系，哥哥既然来到这个世上，就没想过活着回去。"

末末说："你在我面前怎么就这么油嘴滑舌呢？这样不行，我不喜欢嘴贫的男人。"

顾未易说："你在我面前怎么就这么懒呢？这样不行，我不喜欢懒惰的女人。"

末末尖叫着扑上去咬顾未易，她每口下去都是实打实的，直咬得顾未易哇哇叫。

顾未易反身要压住她，她像泥鳅似的溜下沙发，逃跑了。边逃边很孬地说："老爷，小的这就去洗碗，您别动怒呀。"

顾未易听着厨房里开始响起哗啦啦的水声，盯着客厅的钟估算时间。

末末往碗柜里放进最后一个碗，关上碗柜门。随着碗柜门关上的声音，厨房的门也哐的一声被关上了。

末末转身，顾未易靠着紧闭的门笑："这就是传说中的瓮中捉鳖。"

他一步一步地逼近，她一步一步地后退，直至她无路可退。

顾未易也不拿手碰她，就是紧紧地挨着、贴着她。害她一直往后仰往后仰，都快在流理台上表演折腰了。

就在这千钧一发的时刻，末末突然想起自己有着强而有力的武器——一双湿淋淋的手。于是她两手夹住顾未易的脸，乐滋滋地把自己手上的洗碗水抹遍他全脸。

这位号称有洁癖的顾同学任她揉着自己的脸，带着洗洁精味道的手，很湿，而且还有点黏。他也不觉得脏，只觉得她嘴角那抹得意的笑美得前无古人后无来者。

没有反抗，末末觉得没意思，正想把手缩回来，顾未易突然一把抓她两只手，反剪到她身后，然后嘴就堵了上来。

第二天早上末末起床准备上班，出了房门就开始脸红，一路从房门口捡衣服捡到厨房内。尤其是捡起挂在厨房门把上的内衣时，她就想去把床上那王八蛋挖起来碎尸。

午休时，末末给那个命很好、还有寒假过的家伙打电话。

顾未易声音带着浓浓睡意："司徒末，你有没有那么想我呀。"

末末听了就火大，凭啥自己在外面奔波生计，他大爷却在家里睡大觉？

她咬着牙说："顾未易，我晚上要喝玉米煲排骨汤，你要把玉米一颗颗挑出来给我吃。"

顾未易嗯了一声，没反应。

末末更火了，找了个没人的角落提高音量叫："顾未易！起——床！"

"我现在在车上，你鬼吼啥。"

末末降低音量："你在车上？什么车上？"

"长途客运车。"

末末不解："你坐什么长途客运车？你要去哪里？"

"去你家，拜访你爸妈。你请几天假吧，我帮你定了六点半的车票，放在钱包的第二格。"

末末手忙脚乱地翻出钱包，果然里面放着一张车票，她拿着车票一时居然不知道要讲什么。

顾未易等了会儿说："不跟你说了，我要睡觉了，我会告诉你妈说你想喝玉米煲排骨汤的。"

末末盯着电话愣了半晌，回过神来才赶紧打电话给她妈通风报信，电话一接起来，末末妈就在电话那头呵呵直笑，说："末末呀，你几点回来？未易说他二点多会到。"

末末无语，半晌才说："哦，我六点半的车。"

她放下电话去敲傅沛办公室的门："傅沛？"

傅沛："进来。"

末末推开门说："我要请两天假。"

"请什么假？"

"事假。"

"我是说为什么事请假。"

末末斜眼瞅他："回家。"

傅沛面无表情："都要带回家见父母了呀。"

末末大方地承认："那是。你到底给不给请假呀？"

傅沛勉强笑道："爱怎么请怎么请，结婚时记得别请我当伴郎就好，我顶不住。"

末末点点头许诺："行，到时你人不到也行，只要礼到就行了。"

傅沛挥挥手示意她出去，然后低下头很忙碌看文件的样子。

末末轻轻地带上门走出去，临走前以低不可闻的声音说了一句"谢谢"。

门声响起后，傅沛缓慢地抬起头看向紧闭的门，叹了口气，喃喃自语："我才要谢谢你呢。"

末末为了赶顾未易定的那趟车赶得都快吐了，才在最后一秒钟上了车，还没坐下来就接到顾未易的电话，她没好气："干吗？"

"你赶上车了没？"顾未易问。

"没有。"

"怎么会？我都算好了，你下班就算堵车也是能赶上的。"

"你没听过人算不如天算啊。"

"你在闹脾气。"

末末撇嘴："那又怎样？"

顾未易笑："不怎样，告诉你一件更让你闹脾气的事，你妈熬的汤太好喝了，我和你弟弟一起把它喝光了。"

末末咬牙："我回去把你炖了喝。"

末末和顾未易随便扯了几句，就听到自个儿妈在电话那头叫："未易啊，来吃东西，阿姨给你做了炸鸡翅。"

顾未易回道："阿姨，我跟末末打电话呢，你要不要跟她说话？"

末末妈："有什么好说的，不是马上就回来了嘛，别理她了，快点过来吃东西，凉了就不香了……"

末末那个气呀，手一抖，就把电话挂断了。想想不解气，脑袋一热，决定发条短信吓吓他：你们都欺负我，我要不在了看你们怎么办。

不到五分钟，手机又响了，末末接起来劈头就骂："你有完没完，我现在就下车，我不回家了，你自己跟我妈他们玩儿去。"

"末末，说啥呢？"徐婕儿被吼得一头雾水。

末末这才发现吼错人了，有点不好意思："呵呵，我以为你是我男朋友。"

"怎么回事呀？吵架了？"

末末挠挠头："没有啦，拌嘴而已，他自己突然跑到我家去了，我现在正在回家的路上呢。"

徐婕儿的语气突然兴奋起来："你要回家吗？我也好想回去看看，我家搬家后我就没再回去了，算算这都多少年了，好怀念呀，我记得以前我老跑你家里去蹭饭吃呢，你妈烧的那个炸鸡翅，那可真是一绝呀。"

末末笑，想起了以前她老和徐婕儿躲在房里偷看小说，妈妈以为她们在学习，就给她们做吃的，做的最多的就是炸鸡翅了。

于是末末说："不然你也回吧，我妈的炸鸡翅少了你不遗余力的称赞，很寂寞呢。"

徐婕儿很爽快地说："行，那我明天自己开车去，让阿姨做好鸡翅等我呀，我都馋死了。"

末末："好呀，那明天见咯。"

"明天见。"

第55章

末末到车站时已经是九点多，她在车上睡得有点昏昏沉沉，环视了一下车厢，发现坐到终点站的居然只有她一个人，司机操着浓浓的乡音说："小姑娘，就你一个人，我就不开进去了，你在这里下车好么？"

末末应了声，拿起手机要叫顾未易来接她时才发现手机关机了，可能是她睡觉时不小心压到了。

她下了车，还没走进候车室就透过玻璃门发现顾未易坐在候车的长凳上专心地按着手机。

她躲在柱子后面远远地望着他。

小地方车站的候车室到了晚上是很冷清的，偌大的候车室只有顾未易和一个值班员，过度昏暗的灯光使得顾未易手机屏幕发出的光冷幽幽地照在他脸上，加上他紧锁的眉头和抿得紧紧的嘴唇，显得特别寂寞。

末末手机的短信声突然响起，在这个安静得要死的地方显得特别刺耳诡异。

顾未易听到声音猛然抬起头。

末末这才从柱子后面走出来，呵呵干笑："你等多久了？"

顾未易绷着脸不说话，也不动。

末末走到他面前蹲下，手在他面前挥一挥，赔笑道："嘿，顾未易在么？"

他没什么反应。

末末夫拉他的手，摇了摇，说："走了啦，我好饿。"

他若有所思地盯着末末，直把她盯得头皮发麻。

她尴尬地站起身，拉着他的手试图把他拖起来，他突然反手一拉，她整个人以及其古怪的姿势坐在他大腿上，他低下头，恶狠狠地咬住她的唇，像是在宣泄什么似的。

末末吃痛挣扎，被他用力地抱着，像是要把她挤出水来那样紧紧地勒着。

末末动弹不得地任他落下狂风骤雨般的吻，力道之大让末末怀疑自己是否跟他有什么深仇大恨。

顾未易停下来时末末已经不知今夕是何年了，傻愣愣地搂着他的脖子，半天回不劲儿来。

顾未易把她的脑袋按进自己的怀里，声音微哑："脸不要露出来。"

末末奇怪地抬起头要看他，又被他迅速地把脑袋按了回去。

她不解，抗议道："你要把我闷死吗？"

他还是按着她的头不让她动，小声在她耳边说："值班员在后面，你确定要跟他对望？"

末末的脸轰一下冒起热气来，势头之猛是绝对可以煎鸡蛋的。她使劲地把头往他怀里钻，恨不得钻个洞躲进去。

最后末末是被顾未易像抱一根柱子似的抱出候车室的，这期间她的脸就一直深深埋在他颈间。

快到家门时顾未易把末末放了下来，但手却是紧紧攥着的。

末末没见过感情这么激烈的顾未易，于是一声都不敢吭地任他把手握得发疼。

回到家后，妈妈对她的到来并无多大的热情，只是数落个不停，说什么这么大的人还不懂事，手机怎么能关机呢，未易急得就差没上墙了，说什么这么冷的天，还让未易在外面等了一个多小时……总之，顾未易是末末妈失散多年的儿子，末末是垃圾堆旁捡到的。

顾未易回到她家后就正常了起来，末末妈给他们俩一人一碗汤，末末的是玉米排骨汤，顾未易的是姜汤，喝完后顾未易还自发去厨房洗碗。

末末坐在饭桌上听妈妈唠嗑，妈妈说，等未易毕业了你们就把婚结了吧。

末末一阵心虚，不敢吭声，只是呵呵笑。

末末妈说，妈看得出未易这孩子是真的对你好，你可别用你的坏脾气把人家吓跑，过了这个村你就遇不到这个店了……

末末岔开话题："妈，爸呢？"

末末妈说："你爸出差了，下午走的，还是未易去送的，后来你爸打电话跟我说这小伙子实在不错，上车前还跑出去给他买了水和食物在车上吃。"

末末看着俨然已成为顾未易粉丝的妈妈，木然地点头："行，他一毕业我就嫁。"

末末妈用力拍了一下末末的大腿，说："你这死孩子，妈跟你说正经事呢，今天晚上他一发现你电话打不通之后就坐也不是站也不是，搞得我这个当妈在一旁看电视好像多无情似的。"

"妈，我下落不明你还有心思看电视哦？"

末末妈干笑着站起来："未易啊，你碗洗了要擦干啊，阿姨累了就先去休息了，你们不要太晚睡。"

顾未易在厨房内应："好的，阿姨晚安。"

末末摇着头看妈妈逃之夭夭的背影，站起来对厨房的方向说："我去洗澡了，你洗完碗就去睡吧。"

末末洗完澡出来已经不见了顾未易，而哥哥的房间门紧闭着（末末哥在外地工作），想他大概是累了，但还在心里腹诽了一下，好歹她等他回家都等到两三点，还给他下面条呢，他也不知涌泉相报的。

她躺上床准备关机睡觉，这才发现手机里华丽丽的十几条短信，打开看，都是顾未易发的，开始的五六条是威胁她快开机，再五六条在哄她，最后两三条很认真地回答了她要性子的那条短信：我要不在了看你们怎么办。

他说，司徒末，没有遇到你之前，我只能想象生命中多一个无法割舍的人会有的满足，就像南方的孩子只能想象雪会是什么样子。没有了你，就像你不能告诉孩子说你见到的其实不是雪，是盐巴。你之于我，是雪，若是没了你，天下的雪在我眼中也都只是盐巴。

末末对他那前言不搭后语的比喻十分顶礼膜拜，知道自己今天真的吓到他了，不然痛恨发短信的他也不会哗啦啦发这么多条，还想出这么一个坑坑巴巴的比喻，也真是难为他了。

末末发了条短信过去：老公，对不起，但你的比喻很烂，出国也不能忘记母语。好吧，为了配合你的中文程度，你也是我心中的雪，其他人就是那咸咸的盐巴。

发完短信末末就睡了，迷迷糊糊间感觉脖子被什么暖暖软软的东西磨蹭着，她侧了侧头，勉强把眼睛撑开一条缝，呢喃了句："你干吗？"

顾未易没说话，唇在她颈后耳后缓慢地滑着。

末末的汗毛都被他撩到竖了起来，连睡衣什么时候被褪到腰间的也不知道。

他从背后用力地搂着她的腰，唇在她裸着的背上或轻或重地扫吻着。

就在末末觉得自己可以化成一摊水时，隔壁房传来了连续的咳嗽声，吓得两人一个激灵，差点从床上滚下去。

咳嗽声持续了蛮长的一段时间，顾未易和末末大气都不敢喘一下，好不容易等咳嗽声停了下来，末末用指甲拧起顾未易抱着她的手用力地掐，他刚开始是皱着眉头不吭声，后来被掐得太疼了，就凑上去一口咬住末末的耳朵，末末手一抖，就松开了。

顾未易又开始毛手毛脚，末末推搡着他，小声地骂："你疯了，滚你的房间去。"

顾未易突然翻起来压住她，舔一舔她的嘴唇，然后把头埋在她颈窝里，居然就闭上眼睡了。

末末急得要死，又不敢过度挣扎，生怕整出什么声响来，只好小声地哀求他："顾未易，起来啦。老公，起来呀……"

末末求了半天，顾未易都没什么反应，她以为他已经睡着了，轻轻地推他，准备推开后偷溜，去跟老妈睡，就跟她说想母女俩聊聊天。

她还没推开多大的距离，顾未易又猛一下用力压了下来，直把末末压得口吐白沫。

推推压压地折腾了几回，呼吸困难加上困意重重，末末到后来已经是意识不清。早上末末是被噩梦吓醒的，她梦到妈妈发现她和顾未易睡一起后很生气，招呼了一堆父老乡亲把他俩装进一个猪笼，要丢进河里。

她条件反射地去摸床的另一边，是空的，于是她起床出房门。

顾未易正在厨房里陪着老妈择菜，两人有一搭没一搭地讲着话，其乐融融。

末末清咳了一声。

顾未易和末末妈同时回头望了一眼，又同时回头继续择菜。

哟，真冷淡。

末末很失落地挪去浴室洗漱，挪到一半，忽又想起：昨晚顾未易到底有没有偷摸进她的房间？还是说她做了一个神秘的梦中梦？

第56章

吃过早饭后，顾未易赖在末末的房间里看书。

末末边上网边回过头去看倚着床背看书的顾未易，觉得他真是变态，来拜访岳父岳母还带着厚厚的专业书。偏偏她妈还特别吃他这一套，一个劲儿地夸他上进有出息。酸得末末恨不得去搬本牛津字典也跟着一起翻。

顾未易合上书，说："司徒末，你一直回头看我干吗？"

末末"喊"了一声："臭美。"

顾未易耸耸肩把书放一边，站起来环视司徒末的房间，昨晚摸进来时乌漆抹黑，啥都没看见。

司徒末的房间很中性，一床一桌一柜。唯一能让人猜测是女生房间的是桌子旁为数不多的瓶瓶罐罐。

顾未易好奇地东瞧瞧西摸摸，最终从柜子最上面翻出一堆信件和相册。

他很礼貌地问司徒末："我能看吗？"

末末摇头说："不能。"

末末见顾未易闻言真的放下了，突然觉得自己很小家子气，于是说："好啦，给你看。其实我也忘了里面有什么东西了。"

她说完干脆丢下电脑走过来跟顾未易一起盘腿坐在地上翻。

书信很多，以前大家都很无聊，明明是离很近的两个学校，还是在那边兴致勃勃地写信，下课写，上课也偷着写，乐此不疲。

"这是什么？"顾未易扬着手里的纸片念，"亲爱的司徒末同学，还是你能否允许我也叫一声末末……末末，我是高一三班的郭××，上次升旗仪式上我看到你在主席台上讲话，霎那间我觉得早晨的阳光透过你的身体射入我的心扉……"

"你很烦，还给我啦……"末末伸过手去抢。

"你那低垂的睫毛就这么扫过我的心，从此以后我的心只为你一个人而敞亮……"顾未易举高手躲开末末扑过来抢的手，继续大声念，还不忘调侃，"司徒末，敢情你的睫毛还有扫把的功能啊？"

末末抢不到，只得徒劳地瞪着他。

顾未易看把她撩拨得快发火了，才把信还给她，还不忘嘟囔两句："都几千年前的信了，也不知道留着干吗。"

末末臭着脸收起情书，顺手还掐了顾未易的大腿好几把。

顾未易顺手抄起一个本子去挡，手才挥起，本子里就飘下一张照片，他捡起来一看，万分不是滋味。

年少飞扬的司徒末和傅沛，都穿着再青春不过的校服，在足球场笑得阳光灿烂。还有傅沛那只爪子，明目张胆地扣在司徒末肩上，真让人想拧下来。

末末见顾未易拿着照片不吭声，就凑过去看："咦？这张照片是什么时候拍的啊？"

顾未易白她一眼："我怎么知道，难道是我拍的？"

末末还沉浸在回忆中喃喃自语："好像是高一下半学期的运动会，当时我和傅沛负责布置大本营，他超懒的，什么都不做，几乎都是我在忙……"

她想到兴奋处还指着照片说："你看，我们当时多嫩呀，看我那青春无敌、随风摇曳、娇小美丽的小脸，还有还有，你看傅沛的裤子上不是黑了一片吗？那是我看不惯他不做事假装打翻墨水泼上去的……"

顾未易把照片丢下，一言不发地回床上看书。

末末摇摇头，在心里骂了句小气鬼，也坐到床上去，拿开他手里的书，说："喂，不带吃照片醋的。"

顾未易又拿起书，胡乱翻着，好一会儿才说："他陪你度过了这么多快乐的日子。"

末末强压下大笑的冲动，搂住他的脖子，把脸颊贴在他脸颊上，蹭了几下才说："和你在一起的一天顶他一年，所以你赢了他几百年了。"

顾未易皮笑肉不笑的："这样就想打发我？"

"那你想怎样嘛？"末末讨好地问。

顾未易指了指自己的唇。

末末装傻："啊？你嘴巴怎么了？"

顾未易睨她一眼。

末末呵呵笑，靠上去迅速地碰了一下他的唇，笑盈盈道："点到即止。"

顾未易上挑着眼看她，眼神灼灼且邪气。

末末居然被看得有些不好意思，手扶着地站起来要离开，还没站稳就猛地被顾未易往下一拉，跌进他的怀里。

她半坐半跪地窝在他怀里，十分不舒服的姿势，正想调个位置，动了一下肩膀就被顾未易扣住了。她抗议道："顾未……唔……"

剩下的话被吻进嘴里。

末末的手在空中小幅度地划了划，最终落在顾未易衬衫的前襟上，紧紧地攥着。

"姐，你那个……"砰的一声门开了，刚放学的司徒翔手握着门把愣在原地。

司徒末和顾未易迅速弹开，末末还哐的一声敲在床板上。

"那个……鞋子有没有帮我买？"司徒翔结结巴巴地说。

末末揉着脑袋红着脸支吾："哪个、哪个鞋子？"

"上次发给你看的那个NIKE的鞋子。"司徒翔还是站在门口。

"哦。"末末想起来了，"我看过了，一双要近千元，你一小屁孩穿这么贵的鞋子干吗？"

司徒翔不满："我不是小屁孩了，我都上高中了。"

"不是小屁孩你就自己去买，干吗叫我买给你？"

"不买就不买，小气鬼。"司徒翔正想负气离去，突然灵机一动，对顾未易说，"顾大哥，你到我家就躲在我姐房间里多没意思呀，不如有空一起出去逛逛？"

一直在一旁扮透明的顾未易突然被波及到，清清嗓子才镇定地说："那晚上去吧。"

司徒翔笑眯眯地说："好啊，那吃过晚饭就去。"

末末插嘴："我带你去就好了，干吗让他带你去？他晚上还要做作业。"

顾未易和司徒翔异口同声："闭嘴。"

……

吃过午饭，末末在厨房洗碗，顾未易陪司徒妈妈聊了会儿天后就去整理今天早上被他们翻得乱七八糟的房间。

他拎了个垃圾桶放在一旁，一封一封地过着信，看到不顺眼的就往里面丢。

末末走进房间时，就见顾未易盘腿坐在地上，手里拿着本毕业纪念册发呆，身旁放了一个塑料垃圾筐，里面丢了不少的书信。

她路见不平一声吼："你干吗丢我东西？"

顾未易迅速地放下手中的册子，居然有点手忙脚乱的样子。

末末看他慌乱就更理直气壮起来："你太没品了，居然乱丢别人的东西。"

顾未易居然不搭腔地沉默着，还一脸便秘的忧郁样。

哟，太阳打西边出来了？末末这才发现他的异常，蹲下去问他："这么好脾气？怎么了？"

顾未易撇开眼："没有。你自己收拾吧。"讲完就站起来去电脑前坐着，随便地点着鼠标。

末末有点摸不着头脑，怀疑他又看到了什么让他醋劲大发的东西，于是胡乱地翻着信和毕业纪念册，没有呀……就算有出现傅沛的照片也是一堆人一起拍的，压根儿没有暧昧的照片，就连纪念册中傅沛的那一页也是中规中矩地写着"祝考上理想的大学"。

她边整理信件边偷瞄顾未易，他手指有一下没一下地点着鼠标，一副漫不经心的样子，只有她才可以从他绷紧了的下颌知道他在生气，或者说，他心情不好。

第57章

下午由于顾未易的臭脸而变得很漫长，电脑被他霸占，末末只好无所事事地趴在床上翻着高中的毕业纪念册，还不时偷看一下玩游戏的顾未易。他今天游戏玩得很狠，打怪时鼠标和键盘敲得那个用力呀，电脑上不停地传来机械的哀嚎声……啧啧啧，杀气很重。

末末陪着沉默了一两个小时，实在熬不住了，站在床上，顺手把毕业纪念册丢过去砸他，居高临下地叉着腰吼："你阴阳怪气个啥劲儿啊？"

顾未易冷不防被砸了一下，吓了一跳之余脸上还残留着之前若有所思的表情，看起来很傻很天真。

他捡起毕业纪念册，缓缓走向床。

末末以为要被揍了，心虚地笑着，倒退了几步坐下。

他只是在床边坐下，打开毕业纪念册，翻了几页就停下来，招手让末末靠过来。

末末不明就里地凑近，他翻开的那页是某次班级活动拍的大合照，她仔细端详了一会儿，她左手挽着当时的同桌，一个个子很高的女生，黑黑的，剪了个男生的短发；右手挽的是徐婕儿，而傅沛在一群男生中间，两人隔得十万八千里。

她研究了好一会儿才取笑道："嗐，这个是我同桌，她是女的，只是有点像男孩子，你就为了这个气了一下午呀？"

顾未易叹了口气，指着徐婕儿说："徐婕儿是你同学？"

末末瞪大眼："你怎么会认识她？"

顾未易犹豫了一会儿才说："她就是高三转到我们班的那个女生。"

末末愣住，瞬间脑袋变成了一个山洞，有一列列火车不停地开过，轰隆隆，轰隆隆，轰隆隆……

徐婕儿的确是在高三转学了，当时末末心里多少还难受了一阵子，总觉得她的转学跟自己脱不了关系，后来听说她转学是因为她爸妈工作调动，后来又听说她在新学校过得如鱼得水还交了很优秀的男朋友，末末才慢慢地遗忘了这件事。

老天不带这么洒狗血的！全国据说有十三亿人，怎么能这样兜到一块儿？就算演戏再缺演员也不带这样忽悠女主角的！

顾未易被末末赶到大厅去看电视，她把自己关在房间里整理乱七八糟的思绪。顾未易把电视的声音调到很小，一个个缓慢地转着台。他心里也很乱，严谨的科学脑袋试图搜索为什么会出现这样莫妙的巧合，搜索了半天发现这是一个几率小到连科学都无法解释的问题。于是他只得转去求助于他看过的为数十分稀少的狗血电视剧电影和小说，回想分析了半天，他得出来一个狗血的结果——司徒末是徐婕儿派来报复他的。

这样的结果挺值得唾弃的，但他突然想起刚开始认识司徒末时她对他那种嫌恶的态度，难道她早就知道了？不可能……司徒末那小肠肚拐不了这么多个弯……

作为一个有科学严谨脑袋的人，顾未易最讨厌的就是遇上这种似是而非的无解之谜。

但鉴于在人家家里，不能光明正大地拍门吵架问个清楚明白，他只能窝囊地转着电视台。

顾未易看看墙上的挂钟，都四点了，她还不出来，待会儿司徒妈妈串门回来了怎么办？

他关掉电视，敲了敲司徒末的房门："司徒末，出来，我有话问你。"

过了好一会儿门才打开，司徒末一脸思索得很疲倦的样子，有气无力地说："我还有很多话想问你呢。"

顾未易坦荡荡的："那你先问。"

末末想了半天又不知道要问什么了，只得支吾道："那……那你跟她有没有那个？"

顾未易没想到她会这么问，怔了一下才没好气道："没有！"

末末哦了一声说："我也不知道要问什么了，我就郁闷了，我咋就一直跟在她背后捡男人呢？"

顾未易皱着眉头问："一直？"

末末垂下嘴角："她之前是我的好朋友，傅沛的女友。"

顾未易面上波澜不惊，心里暗暗在估算，这从科学的角度看的话，几率又小了一点……

末末见他不吭声，又追问："你本来想问什么的？"

"你一开始见到我为什么对我态度那么差？"

末末傻眼，怎么问这种风马牛不相及的问题？

傻眼完了末末开始回想当初为什么老看他不顺眼，呃……好像是因为……她以为他喜欢傅沛……好像不能说耶……

于是支吾了半天说不出话来的司徒末更加深了顾未易的疑问，他沉着脸追问："你结巴个什么劲儿？"

末末委屈地说："这都什么时候的事了，你还问这个干吗？"

顾未易："你别管，回答就好了。"

"那我说了你不能生气……"

顾未易心一沉，勉强地说："我尽量。"

末末嗫嚅了半天才说："我那时以为你喜欢傅沛……"

顾未易先是一怔，然后微微眯起眼："你说什么？"

末末豁出去："我以为你喜欢傅沛！"

讲完迅速转身，想关上门，哪知顾未易动作比她还快，迅速把她拖住，用手肘卡住她的脖子，直勒得她哇哇大叫。

"放开放开，真的不能呼吸了啦……"末末掰着他的手安抚道，"没有没有，你最man了啦，在我的设想中，傅沛是女的，你是男的。"

于是……被勒得更紧了。

又一场本来值得闹个天翻地覆的事情就被他们耍宝给耍没了，真不争气，神经病。

末末和顾未易并排躺在床上，安静地看窗外被电线画成一格格的蓝天白云。

过了一会儿，末末揉着脖子抱怨："脖子痛死了啦。"

顾未易哼了一声，不接茬。

末末被哼得不爽，手一挥，一拳就捶在他肚子上。

顾未易闷哼了一声，就不能享受这么一时半会儿的安宁吗？

末末撑起脑袋，扳过顾未易的手，放在头下面枕好，然后自说自话起来："郁闷死了，凭什么我老是捡徐婕儿的男人呀？不公平，我真不甘心……我得甩了你。"

顾未易侧过头来冷冷瞅她一眼："这么说来，我也老捡傅沛的女人，我也得甩了你。"

末末仔细一想还真是，觉得好笑，又呵呵笑起来，脑袋在他手臂上蹦了几下，说："对哦，这样说来我们还都是受害者呢，那就还是在一起好了。"

顾未易懒懒地看她一眼，说："勉强凑合吧。"

"啊！"末末突然尖叫着跳起来，差点把顾未易踩了个下半身不遂。

顾未易捂着被踩痛的小腿骂："你想踩死我呀？"

"哎哟，对不起啦，但是……昨天徐婕儿说今天要来我家的……"

末末的话惊得顾未易也一下子坐起来，问："你怎么不早说？"

末末讷讷："我忘了呀……"

顾未易想了想，又懒洋洋地躺下，说："都下午了，她应该不会来了，而且来就来，她还能吃了你？"

末末点点头又摇摇头："可是她不是为了你吞安眠药？"

"你能不能不要提这件事，都是小时候的事了。"他没好气地说。

"也是，她都结婚了。"

"她结婚了？"顾未易惊讶。

"怎么？新郎不是你，你心酸了吧？"末末酸酸地说。

"也还好，我突然想起我好像也结婚了。你呢？"

"呃，好像我也婚了。"

"谁结婚了？"司徒妈妈突然出现，把两个人吓得同时从床上弹起来。

末末捂着扭到的腰叹气，今天好累……

顾未易暗叹着司徒家真是个隔墙有很多耳的地方，但还是笑着回答："末末的朋友，叫徐婕儿的，很巧后来她高中转到我们学校了。"

司徒妈妈来兴趣了："真的啊，那还挺巧的，我还记得那个女孩子，长得挺漂亮的，就结婚了呀？嫁了什么样的人家？"

末末点头："嗯，好像也是刚结婚不久吧。"

司徒妈妈点点头，说："我一直觉得那姑娘眼带桃花的，感觉情路会不顺的样子，幸亏嫁了。"

末末和顾未易对视一眼，无语，敢情她妈还兼职看相的，而且在她妈心中只要是嫁出去就是感情路很顺就对了……

第58章

司徒妈妈拉着他们俩顺势追问了一些什么时候要结婚的问题，末末和顾未易义正词严地承诺等顾未易一毕业就结婚，到时一定宴请四方……

虽然欺骗长辈是不对的，但是长辈被哄得很开心，也算是功德圆满。

末末看着妈妈摇着老蛮腰出去给老爸打电话报告好消息，回过头来问顾未易："我们这个秘密势必要守一辈子了，结婚证拿去烧掉，免得不小心被看到了日期。"

"白痴！"顾未易用力地弹了一下她额头。

司徒末揉着额头说："你家暴。"

顾未易摇摇头走开去玩电脑，末末跟上去问："你说我要不要打个电话先跟婕儿说一下啊？不然我怕她要是突然见到你会有什么过激的行为。"

"都多大的人了，她再来这一套，上吊我给系绳，吞药我给递瓶，割腕我给磨刀，撞车我给打的，跳楼我还目送。"顾未易边玩游戏边漫不经心地回答。

末末咋舌："顾未易，记得提醒我不要得罪你。"

末末坐在床上给徐婕儿打电话，但打了半天都没打通，也就作罢。

吃过晚饭，司徒翔就领着顾未易美其名曰熟悉环境去了，而末末在家里陪妈妈唠嗑。

上了年纪的女人难免絮絮叨叨，讲一些东家长西家短的事，末末也不用说什么，只要听着就行了。

这一唠就唠到了十点多，妈妈突然想起来说："小顾和小翔怎么还没回来？"

"我给他打个电话吧。"她掏出手机，才刚接通，门铃就响了起来，末末以为是他们回来了，就挂了去开门。

一开门，风尘仆仆的徐婕儿站在门前，对她疲惫一笑："我来了。"

末末吓得差点把门甩上，好不容易挤出一个笑，侧过身说："进来吧，我今天下午给你打了很多个电话你都没接，我还以为你不来了呢。"

徐婕儿神色有一点不自在："没有，手机摔坏了。"

讲完自己往里走，热情地跟末末妈打招呼："阿姨好，我是婕儿呀，还记得我吗？"

末末妈好好地端详了一下说："记得记得，越长大越漂亮了啊，今个儿下午还听末末和小顾在说你已经结婚了的事，年轻就成家是件好事……"

末末关上门走进厅里还没来得及插嘴，电话就响了，是顾未易："我们很快就回去了，你让阿姨先去睡吧，别等门了。"

末末压低声音说："来了。"

"徐婕儿来了？"

哇，科学家的脑袋是不可小看的，如此精短的俩字他都猜得出来。

"嗯，你们快回来吧。"末末匆匆挂了电话。

徐婕儿见她收了线，好奇地追问："打给谁呢？"

末末妈可得意了："就小顾啊，我们末末的男朋友，可好的一孩子了。"

末末都不知道怎么搭腔了，这可好的一孩子曾经也是人家的男朋友……

末末觉得自己还是有必要在顾未易回来之前给徐婕儿做个心理建设，以免待会儿上演的戏码吓到妈妈。于是她把徐婕儿拖到房里，一五一十地把所有事情的来龙去脉说了一遍给她听。

末末讲得很快，噼噼啪啪地就把和顾未易怎么认识的，怎么在一起的，怎么发现原来她还是他前女友的是过程讲了一遍。最后说，你要是还跟当年傅沛的事那样，觉得我对不起你，你就直说，不过这次我不会说抱歉了。

徐婕儿沉默了好一会儿才说那都是小时候的事了，其实我还挺对不起他的，你落入他手里就当帮我赎罪吧。

末末对她这样的态度觉得很惊奇，觉得她真的改变了，不再是当年那个颐指气使的大小姐了，挺好的。

顾未易和司徒翔拎着大包小包回来了，见了徐婕儿淡淡地打了个招呼说好久不见，还好吧。

徐婕儿落落大方地回好久不见，挺好的，我就不问你好不好了，有末末当然万事好。

末末由于没有看到什么老情人见面天雷勾动地火的画面而觉得很失望，便数落顾未易这么大的人了还被弟弟那小屁孩敲诈了那么多的东西，都不知道脑袋是不是只会念书。

顾未易好脾气地不跟她吵架，只是揉揉她的头发说，徐婕儿刚过来，应该是很累了，你赶紧安排人家洗漱休息，我先出去不吵你们了。

徐婕儿看着顾未易走出去的背影有点怅然若失，他还是当年那个清俊的样子，骨子里散发出来某种独特的气质，就是这种气质把当年的她迷得神魂颠倒，甚至为了气他什么都愿意搭进去，若不是为了他，她也不会落到今天这个田地……可是，他刚刚却从头到尾只在打招呼时看了她一眼，而且眼神是那么的波澜不惊，好像见的只是一个连脸和名字都对不上号的朋友。

末末从衣柜里鼓捣出一套睡衣递给徐婕儿，说："你先去洗个澡吧。"

徐婕儿应了一声接过睡衣，在洗手间门口遇到刚好洗漱完毕的顾未易，他朝她点了点头侧身走过。徐婕儿忍不住，叫住他："顾未易。"

顾未易停下脚步，回头望着她。

她眼泪一下子就下来了，哽着声音说："对不起。"

顾未易没有安慰也没有多说，只是淡淡一笑，说："没关系，晚安。"

洗手间里，徐婕儿对着镜子摸着自己身上大大小小新的旧的疤和淤青，一瞬间悲从中来，抽泣着拧开水龙头，哗啦啦的水声中听到司徒末对顾未易说，你怎么给我弟买了那么贵的一双鞋子，你疯了吗？钱多烧口袋你就给我；顾未易说，你弟弟很婉转地向我表达了如果不给他买东西就去跟阿姨说他撞到我们在房间里干坏事；司徒末说，兔崽子我去宰了他；顾未易说，算了，小孩子嘛，就当我给小舅子买点见面礼；司徒末说你少给我嘴贫，瞎花钱，真不会过日子；顾未易说你会过就行了；司徒末说我想喝水；顾未易说自己去倒；司徒末说你背我；顾未易说你那么重……徐婕儿觉得自己很奇妙，水声这么大，他们离得那么远，她怎么什么都听得到？

徐婕儿恶狠狠地搓洗着大腿上那大片的淤青。

为什么她的人生总是过得不如司徒末，明明她才是公主的，不是吗？

第二天末末醒时徐婕儿还在睡，末末看着她酸酸地想，不用上班的人就是好，每天睡到自然醒，哪像自己，生物钟都已经被调教得跟闹钟似的，放假也省不了心。

末末轻轻地下了床，徐婕儿感受到动静在睡梦中突然带着哭腔叫了一句不要，然后缩了一下，很惊慌的样子。末末有点奇怪，想说她应该是太累了做噩梦，也就没有深究。

轻手轻脚地走出卧室，末末发现顾未易已经在厨房给妈妈打下手了。她摇摇头，这小子讨好起人来还真不遗余力呀，照这种趋势下去，很快她的地位就会被他顶替，以后要是吵架一定没有人会站她这边的啦。

末末对着妈妈喊："妈，我起床了，有什么需要帮手的吗？"

末末妈回过头来慈祥一笑："不用了，有小顾给我帮手就够了。"

末末若无其事地说："妈，你要小心敌人的糖衣炮弹。"

末末妈宠溺地笑："这孩子，大清早的就胡说八道。"

顾未易趁末末妈看不到时瞪了末末一眼，手中的胡萝卜作势要丢她。于是末末叫了起来："妈，他欺负我！"

末末妈又转头去看顾未易，他乖巧地洗着胡萝卜，露出无辜的表情。她笑笑，年轻真好，还能打情骂俏。

他们快吃完早餐时徐婕儿才起的床，揉着眼睛露出娇憨的表情，说阿姨我好想念你的炸鸡翅啊，能不能做给我吃呀。末末妈顿时千里马就遇到伯乐了，很高兴地应承说我这就去买鸡翅。

"阿姨，你忙活一早上了，怪辛苦的，告诉我去哪里买，我去买吧。"顾未易说。

末末妈呵呵笑："不会不会，多走走还锻炼身体呢。"

上午末末和徐婕儿在屋里说了会儿话，但两人的生活脱节太久，也没什么共同话题，只能翻来覆去地讲那些古早的回忆，而且只能靠消费傅沛来拼凑共同语言。最后实在掰不下去了，末末就提议说出去压马路吧，于是三人便无所事事地在马路上晃来晃去，最后晃进了她们的高中母校。

还是上课的时间，本来是不给进校的，但他们趁着守门的阿伯打瞌睡时溜了进去。

末末和徐婕儿是很缅怀的，这里的花草树木都曾经有他们的记忆，于是在校园里兜着兜着话题也多了起来。

反倒是顾未易百无聊赖，这里有的回忆都与他无关，他还要忍受着：你之前不是和傅沛常在这长凳上约会？这棵树每年都会结很多番石榴，每回傅沛都偷摘好多，我就趁他不在偷他的。这个垃圾桶怎么还没换啊？这个凹洞是傅沛那恶霸踹的……

第59章

三人晃到了中午，干脆在学校门口找了一家快餐店进去吃饭。

徐婕儿在门口迟疑了一下，问顾未易："用不用找一间干净点的？"

末末已经踏进了门，掉过头来说："顾未易，你少给我耍洁癖。"

顾未易对着徐婕儿摇头，径直走进店内，于是她也跟了进去。

末末挑了张桌子霸着，指使顾未易去点餐，徐婕儿竟然也自告奋勇地跟着去点餐。

末末抽了几张纸巾帮顾未易仔细地擦了凳子和桌子，自己倒是很随便地坐下了。

"未易，你想吃什么？"徐婕儿讨好地问。

顾未易直接盯着服务员说："麻烦一个麻婆豆腐饭，一个黑椒牛柳饭。"说完侧过身走开，走过徐婕儿身边时很客气地说，"我先过去陪司徒末，你想吃什么随便点。"

徐婕儿还没来得及应，他就已经走开了。她勉强对服务员一笑，给我个卤肉饭。

末末问走过来的顾未易："你帮我点了什么东西？"

"牛柳饭，哪张凳子是擦过的？"顾未易问。

末末脚勾住一张凳子往前踢："喏，我下次不帮你擦了啦，做作。"

顾未易勾过凳子坐好，顺手拿了几双一次性筷子。

徐婕儿一坐下顾未易就递了双筷子给她，她受宠若惊地接过来，甜甜地说了声谢谢。

顾未易边回答不客气边拆着手里的一次性筷子，掰好了还拿纸巾擦了一遍，递给司徒末。

末末接过来，皱了皱鼻子，很嫌弃的口气："没听过不干不净，吃了没病？"

徐婕儿低头安静地拆开手中的一次性筷子，勉强地勾勾嘴角，连自己都不知道是笑给谁看。

末末本来抬起头想跟徐婕儿说点什么的，看到她失落的表情又把话咽了回去，但心里也有点不是滋味了起来。

快餐当然主打的就是快，端上来的时候末末吵着要吃麻婆豆腐里的肉末，用自己的筷子在顾未易的饭里搅和。换作平时顾未易早就翻脸了，但他明显可以感觉到末末的任性里带着表演的味道，于是也就好脾气地任她去了。

但在看在末末眼里又是另一番味道了，平时凶神恶煞的，又洁癖又计较，今天有老情人在场就绅士十足了啊？

徐婕儿撇开眼不去看他们的亲昵，心里百般不是滋味，当年她和顾未易在一起时，即使是再任性胡闹的时候都不敢去碰顾未易的这些禁忌。记得有一次她去看他打篮球，等得久了点，就顺手拧开了买给他的矿泉水喝了几口。他下场时接过她给的矿泉水，发现是开封过的就笑笑放到一旁，很快又上场去打球，打了一个多小时的球，他一口水都没喝；还有一次她和他吃冰淇淋，她突然想吃他的那种口味，就缠着他给她吃一口，他就把整个都给她了，她当时矫情，说什么都要他吃一口她吃过的冰淇淋，他说什么都不肯，最后他黑着脸走掉了，好几天都不搭理她……

一餐饭就在三个人各怀鬼胎之下吃完了，之后都没什么心情逛了，于是打道回府，回到家里末末妈还念叨了他们几句，说什么年轻人就是这样，好好的不在家里吃饭，家里的东西又好吃又卫生，偏偏要去外面吃……末末懒得搭腔就任她去念，反倒是女婿大人很谦卑地应承着，而徐婕儿也帮着答了几句话，末末看着就觉得怎么好像他们俩才是小两口呀，于是就愈发不是滋味了。

下午顾未易霸了电脑玩游戏，末末和徐婕儿就坐在床上打扑克牌，两人都有点心不在焉，尤其是末末，一会儿觉得自己小气过了头，一会儿又觉得徐婕儿同学，你打牌就好好打，没事偷瞄我家老公干吗？

"婕儿，你是不是很想玩电脑呀？"末末最终还是忍不住开声说，"要不让顾未易让给你玩一会儿？"

徐婕儿顿了顿说："没有，我就觉得你们家顾未易玩起游戏来特别帅。"

她这么大方承认，末末反倒不好意思了起来，呵呵笑了几声说，还好还好，那是您不嫌弃。

徐婕儿认真地说："你不觉得他玩游戏时看起来特别从容不迫，有一股运筹帷幄的大将之风吗？"

末末仔细辨认了一下徐婕儿的表情，决定把她判入纯欣赏的角度，并为自己刚刚莫妙的猜测感到羞愧，于是就特别认真地回答她："没有，我觉得看起来挺不学无术的。"

……

晚餐后，顾未易在司徒翔房内辅导他写作业。末末和徐婕儿在客厅和末末妈一起看电视，什么春天后母心还是夏天后母心的，反正末末越看越想打瞌睡，昨晚跟徐婕儿一起睡，有点不习惯，睡得很浅。

"末末，末末——你的手机在响。"徐婕儿拍了拍已经进入半睡眠状态的末末，"你有那么困吗？"

末末揉揉眼睛接起电话："喂？"

"司徒末！你老人家度假度得爽不？还想不想上班了？"傅沛略带嘲笑的声音传来。

末末打了个哈欠："还不错，乐不思蜀。"

"司、徒、末！"

末末听到他磨牙的声音透过伟大的手机通讯网络在小小的听筒中清晰无比，她放缓了音调："跟你开玩笑呢，看把你急得，我让你朝思暮想的人儿跟你说说话吧。"说着就把手机递给了徐婕儿。徐婕儿接过来，笑着说："傅沛？"

"呃？你是？"傅沛的声音迟疑了一下，"婕儿？"

"恭喜你答对了，奖品是婕儿香吻一个。"徐婕儿笑得花枝乱颤，傅沛也在电话的那边笑得相当欢快，连正津津有味看着后母心的末末妈都回过头来和司徒末对视一眼，已婚妇女，这样不好吧？

"哦，真的哦？哈哈，哎呀，呵呵，你的嘴巴怎么还是这么会哄人哪？行啦，我早就不介意了……好呀好好呀，回去就给你电话。"

徐婕儿拿着电话就没完没了地聊了起来，中间不时夹杂着娇笑。

末末承认自己很不厚道，这一瞬间她脑子里闪过的词是奸夫淫妇。

这期间顾未易出来倒了杯水，用眼神询问了一下末末徐婕儿如此花枝乱颤为的是什么？末末给了他个一切尽在不言中的眼神，他耸耸肩又进去了。然后是司徒翔出来上厕所，还特地跑来跟末末辱骂了一下顾未易的非人脑袋。他说，姐，你男朋友的脑袋是机器吗？为什么我算半个小时的题他两分钟就可以算出来？为什么一篇英语阅读我看二十分钟，做对一半，他看五分钟全对？为什么他什么题目都会？为什么为什么这到底是为什么？你是不是怨恨我的出生抢了你的风光，是不是想要打击我，是不是想让我的人生从此一蹶不振，是不是是不是，你知不知道我只是一名高中生，我的心灵很脆弱，我不要再进去被那个科学怪人荼毒了啦……

司徒末和司徒妈妈联手把司徒翔搡进了房间。

这么些个腥风血雨的过程，徐婕儿一直不为所动地与傅沛聊着天，她就沉浸在一股情人还是老的好的氛围中，外界的一切于她都是浮云。

待到徐婕儿把手机递回给司徒末时，手机已是热乎乎且不停发出低电量警告了。

末末一看时间，已经快十一点了，徐婕儿讲了两个多小时，诺基亚的电池真持久……她把手机拿去充电，然后就去拯救那个心灵很脆弱的高中生。

司徒翔见到姐姐进来，撒欢地丢下辅导书，说："姐，不带这么打击人的，我大半本《三点一测》都快被顾大哥做完了……"

司徒末眯着眼笑，赞许地拍拍顾未易的脑袋，说："小样儿，干得好。"

顾未易瞪她，瞪得她讪讪地收起像拍小狗似的动作，说："呵呵，可以休息了，让司徒翔休养休养他那受伤的心灵。"

顾未易点点头，跟司徒翔说："你把我今天跟你讲过的题的思路顺一下就去睡吧。"

司徒翔嘴角抽搐，顾未易今天给他讲过十几种题的解法，而且很多便捷的解法是连老师都没讲过的，他光整理笔记都可以整理到天亮，还顺一下思路就去睡呢……

"喂，为什么我弟看起来那么生不如死？你到底让他做了多少题啊？"走出司徒翔的房间末末问顾未易。

"没有啊，你不是说不能太虐待你弟，我就按我之前读高中时每晚做的题的三分之一那么多的题量给他做啊。"顾未易很无辜的样子。

"哦。"那应该还好。

"司徒末。"顾未易在要拐进大厅的一个拐角里叫了她一声。

末末不明所以："嗯？"

"她什么时候走？"

"谁？哦，她啊，不知道。你很在意吗？"

"不是，只是……"他顿了顿，没把话接下去。

只是，只是我就不能跟你单独相处，在你长大的地方，听你跟我一个人讲，讲你小时候怎么调皮被揍；怎么马虎地在哪条马路上摔倒；怎么跟老师顶嘴被请家长……

只是，只是你和徐婕儿在一起，我会担心。

第60章

由于徐婕儿牺牲色相哄乐了傅沛，末末渔翁得利在家里又混多了一天。第三天三人才浩浩荡荡地坐上徐婕儿那辆火红火红的车，看着末末妈在倒后镜中越来越小……

徐婕儿的车内有很浓的香水味，顾未易从上了车眉头就没松开过。末末想起那瓶被他摔碎的香水，他果然很讨厌香水……

"要不要开窗啊？"末末难得贴心地问。

顾未易瞧了瞧她身上那件薄薄的毛衣，摇头："不用。"

末末看看前面开车的徐婕儿，趴在顾未易耳边问："我们这样都坐在后座，会不会很没礼貌啊？"

顾未易耸肩，一副"我本来就要坐后座，是你自己也跟着坐进来"的样子。

末末实在不好意思，就趴在前座的椅背上说："婕儿，你开累了就说一声，让顾未易开。"

"没关系。"徐婕儿略略偏了一下头说。

徐婕儿要认真开车，顾未易本来话就不多，而末末只有在上路的前半个小时活跃了一会儿，后来就靠着车窗睡着了。

顾未易脱下外套给她披上。

末末睡得磕磕碰碰的，车一颠，脑袋就叩一下敲车窗上，她倒是没什么反应地接着睡，反而是顾未易在一旁看得心惊肉跳，本来就挺傻，再一路这么磕回去，回去估计就傻透了。眼看车就要进入一个减速带，他的手迅速地绕过她的肩，轻轻地接住她刚要往车窗上撞的头。而末末就枕在他摊开的手掌上接着睡，直到又一个大颠簸，她模模糊糊撑开眼皮，哼唧了两句，把头往他的方向偏，枕着他的肩，又睡了。顾未易干脆靠着她的头闭目养神。

徐婕儿一直努力强迫自己不要去看倒后镜，她知道自己是个极端的人，一受刺激就会做出出格的事，像念高中的时候自杀，像跟她老公吵架时的撕心裂肺，像现在，看到他们那副交颈鸳鸯样，她就很想开车去撞山壁。

顾未易早就发现徐婕儿颈后的淤痕了，虽然她总是披散着头发，但是他出去一直都是走在她们背后的，某次风大的时候就看到了。他留心之后就发现，她身上其他地方还有一些较浅的疤，只是她都用粉底盖了。看到的时候他有一丝震惊，但更多的是担忧。大学时他选修过犯罪心理学，知道受到家暴的人很容易极端，而徐婕儿本来就是比较敏感的人，再加上他们之间千丝万缕的过去，让这么一个人在司徒末身边，他怎么能够放心？而他又不能让司徒末知道，以她的性格，知道后只会同情心泛滥，指不定还会突然正义感大发去蹚浑水。

那么要怎么样，才能确认徐婕儿是不是无害的？或者要怎么样才能让司徒末自动远离她呢？

顾未易用余光扫了几眼徐婕儿紧紧握着方向盘的手，她的指关节由于用力过度微微泛白。他不动声色地揽紧了司徒末，手搭在她的肩上，轻轻地拍着，像哄小孩子入睡那样。

徐婕儿觉得自己的心就像一面鼓，顾未易拍在司徒末肩上的手就是鼓槌，一下下敲得她震耳欲聋的痛。

几年来的实验室经验，每天观察着各式各样的粒子结合，颜色变化……他早已练就一双异常灵敏的眼睛，所以他可以很明显地看见徐婕儿握住方向盘的手微不可察地松了又紧，紧了又松。

顾未易大概心里有数了，也知道毕竟是在高速公路上，他俩还在她开的车上，适可而止就行。

他拍着司徒末肩的手突然用了点劲，末末硬生生被拍醒，迷蒙着眼睛问："到了吗？"

顾未易说："起来，快进休息站了，进了休息站就换我开车，你别睡了。"

末末迷迷糊糊地答应着，歪着头又要睡过去，顾未易没办法，曲起手指往她脑门一弹。

"啊——顾未易你神经病呀——"末末这会儿真醒了，正想扑上去揍顾未易，猛地发现徐婕儿的存在，只得咬着牙恨恨地说，"你给我记住。"

进了休息站，顾未易去买了几瓶水和一袋零食回来，然后就换他开车上路了，徐婕儿也坐到后座，和司徒末一起边吃顾未易买回来的零食边唠嗑。

徐婕儿说，顾未易念书的时候很多人喜欢的，可惜他就是一脸老子只爱读书，谁都别来惹我的表情，吓跑了无数女孩子；徐婕儿说，顾未易当时很喜欢穿一件白色的球衣，上面的号码是22号，所以很多女孩子给他取的代号是22号，在女厕里常常可以听到，22号今天从哪个地方路过了，22号又被老师表扬了，22号要代表学校参加奥数……

徐婕儿还说，顾未易高中时所有的主要科目几乎是永远的第一名，但是他的音乐和美术却总是不及格，有一次美术老师放了一幅西方著名画家的代表作给大家看，当时顾未易在睡觉，美术老师一气之下就叫他起来点评，他揉着眼睛端详了半天很老实地说老师我看不懂，老师见他态度好，便循循善诱地说，你看这天灰茫茫的，为什么会这样呢？衬托了画家当时什么样的心境？顾未易犹豫了半天说，工业污染吗？老师气得快背过气去，说雨景雨景这是雨景！

末末听到这里时去看顾未易，他面无表情地开着车，仿佛徐婕儿讲的是隔壁家老王。末末觉得很奇怪，顾未易对徐婕儿的态度出奇的冷淡，冷淡到让末末有点不安，是因为太在意了才会如此地不假辞色吗？

幸好末末不是爱胡思乱想的人，徐婕儿在他们家楼下开着她那辆红色的小跑车绝尘而去后，末末就忘了刚刚的那点忐忑，安心地在家里和顾未易猜拳，谁输了谁做饭。

顾未易总是赢的那个人，不管末末如何耍赖，把一拳定胜负改成三盘两胜，再改为五盘三胜，再改七盘五胜，命运都是同样的，就是她得去做饭。

愿赌服输是没人愿意让着你时，你才得咬着牙承担下来的倔强。

末末不用，她可以胡搅耍赖，她可以觍着脸说我不管，你去做饭，我很累，谁让你刚刚在车上不让我睡觉，所以你去做饭做饭做饭。

顾未易不作声，她就把手缩到袖子里面，扇着空荡荡的袖管说，好嘛好嘛，你去做饭。

顾未易说你把我的外套脱下来，去做饭。

末末紧紧抓住外套的前襟：不脱不脱就不脱，你让我做饭我就拿你的外套当围裙。

顾未易作势要揍她，她挺着小胸脯说，来吧，打死我好了，打死我都不去做饭。

顾未易觉得自己上辈子一定是杀人放火了，不然老天不会这么惩罚他的。

顾未易把菜端上饭桌时，发现司徒末已经在沙发上睡着了，小小的身躯钻在他大大的外套里，像偷穿大人衣服玩过家家的小孩，玩到累了，就睡了。

顾未易摇头笑。

"司徒末，起来吃饭了。"轻轻拍她的脸。

末末抗议似的嘀咕了一声，抿着嘴唇闭着眼睛。顾未易忽然觉得她这副无赖样十分可爱，忍不住就凑上去，轻轻啄了她一口："司徒末，起来吃饭，乖。"

末末呆呆地把眼睛打开一条缝："顾未易，我是在做梦么，你咋这么温柔？"

顾未易笑着凑上去，用鼻子磨蹭了一下她的鼻子："你再不起来我就揍你了。"

末末用力地挤了挤眼睛，拉着顾未易的手坐起来，喃喃自语道："就知道是做梦，就知道。"

吃饭的时候末末开始恢复清醒的神智，她怀疑地盯着顾未易说："我记得你跟我说了乖。"

顾未易挑眉冷笑："就你这副不事生产、懒到掉渣的样子，配得上乖这个字么？"

······

末末觉得自己上辈子一定是奸淫掳掠了，不然不会摊上这么个毒舌男。

第61章

早上醒来，阳光和你都在，这就是我要的未来。

末末侧躺着，手支着头，看着一旁睡得忒畅快的顾未易，清晨的阳光洒在他后脑勺上，从正面看过去就像是他身后晕开了一圈橘黄色的光圈。末末就突然想起了这么一句歌词。阳光跟你都在，真好。

如果不用上班，就更好了。

末末摸出手机，在闹钟响前把它删掉，然后起床，洗脸刷牙，做早餐。

末末进办公室难免被傅沛酸了几句，陈小希在一旁帮腔说对呀对呀，害我这几天上班都很无聊。傅沛咳了两声，陈小希又改口说，你怎么工作那么不认真负责呢？怎么能说请假就请假呢？太不为公司着想了。

末末摇摇头走开，不理这两个神经病。

下班时间，顾未易准时出现在公司楼下，她挽着顾未易的手离开时陈小希在后面叫嚣："啊——晒幸福，你们会有报应的……"

顾未易笑着说："你的同事挺有趣的。"

末末正忙着转过头对陈小希做鬼脸，听到他说话就回过头来问："啊？你刚刚说什么？"

顾未易拍拍她的头，说："饿了不？想吃什么我给你做吧。"

末末点头："想吃好多东西，酸甜排骨，上汤娃娃菜，花旗参炖乌骨鸡……"

"我们还是在外面吃吧。"

……

他们在一家以炖汤出名的饭店吃饭，很雅致的地方，每张桌子都用屏风单独隔开。末末很爱喝汤，又很饿，喝完了自己的汤又去抢顾未易的喝，他小气得要死，只准她喝两口，于是她就试图用两口把整盅汤喝完，差点没把自己给呛死。

顾未易拍着她的背说你慢点慢点，我给你喝三口好了。

"你到底想我怎么样？"隔壁一个突然提高的女生音量吓了末末一跳，一口汤猛地呛进了鼻腔，咳得她泪眼汪汪。

顾未易扯着纸巾给她抹泪，特无奈的口气："啧，我再给你点十盅，够了吧？"

末末边咳边说："谁要……咳……我是……咳……吓到了。"

隔壁似乎听到了这边的动静，讲话小声了很多。

末末三八兮兮地要凑到屏风边去听，被顾未易一把抓住阻止。

末末小声哀求着："拜托拜托，让我听一下下嘛，我好奇死了。"

顾未易沉着脸："不行，你这多管闲事的毛病给我好好改改。"

末末知道自己特别八卦，每次因为这种事被顾未易数落都特别的心虚，但她还是努力地跟他打着商量："我下次改下次改，我就听听发生什么事就好嘛，听听人家情侣怎么吵架的，我们回去好借鉴嘛。"

还好那边的人突然又大声了起来，只是这次换了个男声，听得出来他很生气，他说，你这个水性杨花的女人。

末末一个没忍住，捂着嘴笑得直不起腰来，这什么年代的骂人词儿啊。

顾未易不为所动地喝着失而复得的汤，不时瞥司徒末一眼，以表示他对她的鄙视。

"哈，我水性杨花，你有多干净，你他妈的连自己的表妹都不放过，我见到你就想吐！"女的声音已经有点接近撕心裂肺了。

末末和顾未易对看一眼，太牛了，活的乱伦啊。

然后男的压低声音说了句什么，然后是啪的一声，好像有谁挨巴掌了，然后是乒乒乓乓的声音。

末末有点被吓到，挪到顾未易旁边，问："我们要不要报警？"

顾未易揽住她："饭店的人会报警的，我们出去结账。"

他们结完账离开时已经有警车停在门口，顾未易牵着末末的手走到门口，末末突然停住，指着一辆红色的宝马说："这怎么那么像徐婕儿的车？"

顾未易停下来看："是她的车。"

"你怎么知道的？"

"车牌号码。"

"你没事记她车牌号码干吗？"末末突然浓浓的醋起来。

顾未易白她一眼："我记性好，要我背化学元素表给你听吗？"

末末干笑："不用麻烦了。"

想想她又问："咦，她也在里面吃饭啊？"

"不然咧？她在里面睡觉？"

"我们去叫她出来吧，感觉里面挺不安全的。"末末说。

"刚刚我们隔壁的那个女的就是她。"顾未易很平静地说。

"你怎么知道的？"末末吓一跳。

"猜的。"其实他刚刚就知道了，以前他们在一起时，她只要一生气就会拔高嗓子叫，那声音曾经是他年少时的噩梦，怎么可能认不出来。

末末拉着他就要往回走："去看看她有没有事。"

顾未易拉住她："换作是你，在这么狼狈的时候你会想遇到熟人吗？何况警察已经来了，你也帮不了什么忙的。"

"可是……"

"没有可是，我们回去吧。"顾未易拉着司徒末往前走。

末末一步三回头地被顾未易拉回了家，到家后她还是忍不住打了通电话给徐婕儿，徐婕儿在电话那头笑得灿烂，说她正在LV的旗舰店试哪个包包配她今天的衣服。

末末放下电话时有点无奈，趴在正在玩电脑的顾未易肩膀上说："她真的不想让我知道。"

顾未易头也不回，敷衍地拍拍她搭在他肩膀上的手，聚精会神地玩游戏。

末末被忽视得很不爽，凑上去冲着他的脖子露出白花花的牙齿，咔嚓一口下去，顾未易拧起眉，一动不动地任她咬，右手冷静地移动着鼠标。

等到末末松口，电脑屏幕上也出现大大的一行字"GAME OVER"。

顾未易转过脸来，眼露杀气，磨着牙道："司徒末，你死定了。"

末末得意地笑，捧起他的脸，用力地啵了一口："别那么严肃，不过就是个游戏，谁让你不理你美丽的娇妻的。"

顾未易无语地翻了个白眼，光标移到"RESTAR"上，正准备点，末末阴森森地声音响起："你点下去试试看。"

顾未易还真的就不点了，侧着头不耐烦的样子："司徒姑奶奶，你到底想怎样？"

"陪我。"

"陪你干吗？"顾未易还真的就想不出来两人共同的爱好，他看电视只看新闻体育，她只看娱乐节目偶像剧；他上网只玩游戏和查资料，她上网只逛论坛和看小说；他看书只看专业书，她啥书都看就是不看任何与专业有关的书……所以他俩平时都是各自为营比较多，她也很少吵着要他陪，她突然这么刻意地说要他陪，他还真的不知道陪她干吗了。

很明显的，司徒末也被他这个问题考倒了，她想了半天都想不出一个两人可以一起在家里进行的活动，当然，除了比较特殊的那种。

于是，末末做了一个结论："我们真是一对貌合神离的夫妻。"

然后末末就自己出去看电视了。

顾未易就点下那个"RESTAR"了。

第62章

年关越来越近，傅沛的公司也慢慢走上轨道，由于人手有限，末末和陈小希常常忙到天昏地暗。圣诞节、元旦、春节、情人节……几个接踵而来的节日把他们这个迷你礼品包装设计公司整得人仰马翻，末末都重操旧业为礼品包装写起文案来了，于是末末既是会计，又是文案设计师，资本家果然会剥削人，即使那个资本家是你朋友也一样，老板的无耻程度总是超乎员工的有限想象。

末末写的都是一些简短的字句，像是：愿清晨的阳光打在你脸上；愿你闻到风拂发梢的清香；希望你打通想打的电话；希望你没有错过那辆公车；你发现了吗？你今天的头发又长长了一点；你收到礼物的那天，空气一定比往常新鲜……

说也奇怪，她的这些没头没尾的祝语搭上陈小希设计的暖色系包装，居然就受到了客户的广泛好评，订单一个接一个，傅沛笑得嘴都合不上了，只是可怜了末末和陈小希，忙得连鱼尾纹都快出来了。

又是一个加班的晚上，末末和陈小希趴在桌子上表演口吐白沫，傅沛买了夜宵进来，小心地赔着笑："两位亲爱的美女，小的给你们送食物来了，有什么要吩咐小的尽管说，小的定当鞠躬尽瘁死而后已。"

末末和陈小希连眼睛都懒得抬了，一动不动地死在了桌子上。

傅沛放下食物，讨好地问："末末，你要吃什么？"

"我要回家。"

傅沛假装听不到，转头问陈小希："小希，你想吃什么？"

"我也要回家。我都加了一个星期的班，我会猝死的。"

傅沛赔笑安抚："这样吧，忙完了这个月，提前放春假，我们多放一个星期的春假。"

两人这才勉强有了点精神，挣扎起来吃夜宵干活。

末末是飘着出公司的，顾未易接住她飘过来的身子，皱着眉道："都一点多了。"

末末趴在他肩膀上："我没力气骂老板了，你背我回家吧……"

顾未易叹着气蹲下，背起她，掂了两下，自言自语："妈的，瘦了。"

末末有气无力地说："科学家，我听到你骂脏话了。"

"你趴好，闭上眼睛睡觉。"顾未易没好气地说。

"哦……"末末很听话地闭上眼睛，他走路一颠一颠的，感觉好像摇篮，于是她就睡着了。

傅沛拉上百叶窗，叹了口气，转身被一脸哀怨的陈小希吓了一跳，他拍着胸口说："陈小希，你想吓死我啊。"

陈小希面无表情，语速缓慢："是你自己偷看人家温馨接送情看得太入戏了才没发现我的。"

傅沛恼羞成怒："你不是吵着要回家，怎么还不回去？"

陈小希继续面无表情，语速继续缓慢："好歹我也算个女的，这么晚了，而且你又有车，送我一程不为过吧？"

"那你之前加班怎么回去的？"

陈小希还是面无表情，语速还是缓慢："打的。"

"那还是打的回去就行了。"

陈小希接着面无表情，语速接着缓慢："很贵，你给报销不？"

傅沛抓起桌子上的钥匙，说："知道了，我送你回去。"

陈小希依旧面无表情，语速依旧缓慢："谢谢。"

傅沛认真地看着她："陈小希，你能不能不要一副山村老尸的表情？"

陈小希，面无表情，语速更缓慢："没办法，我有个无良的老板，我累得连表情都没有了。"

傅沛吞了苍蝇似的："我错了。"

忙过了旺季，末末和陈小希乐滋滋地休假了。

末末在家宅了一天，这一天顾未易跟伺候老佛爷似的伺候着她，然后晚饭时他很轻描淡写地通知："我跟我妈说了，我们后天回家。"

"我、我、我们？"末末一激动，居然结巴了。

顾未易奇怪地看她一眼："你又不是没见过我爸妈，那么惊讶干吗？"

末末急得团团转，碎碎念着："不一样，不一样，这不一样……"

顾未易被她念得心烦，扯住她说："你紧张个什么劲儿？"

末末欲哭无泪："我也不知道我紧张个什么劲儿啊……"

顾未易耸耸肩："随便你，横竖你紧张也得去，不紧张也得去。我已经跟他们说好了。"

于是一天后，末末被顾未易押上了飞机，下了飞机末末冷地直想原地打转。顾未易在一旁幸灾乐祸："都说了我家这边很冷，让你多穿点你又不要。"

末末穿了一套米白色连衣裙，黑色毛袜和棕色靴子，显得青春可爱，虽然顾未易评价她这种打扮属于"拼了老命想抓住青春的尾巴"，但她仍然坚信这样的打扮会给他爸妈留下良好的印象，尤其是顾未易他爸，那个严肃的半老头，得让他瞧瞧什么叫青春无敌。

末末没想到还没见着顾未易爸妈就差点把自己冻傻了，这种冷是在南方长大的她所无法想象的，从骨头里迸裂出来的冷，再传向四肢，感觉自己就是一个速冻人。

顾未易一开始还在嘲笑她，后来看她真的冷得连反应都迟钝了好几秒，才把她搂怀里，用外套包着："有那么夸张吗，上了车就不冷了，我妈说让司机来接我们了。"

末末想说司机怎么还不来，但是一张嘴就抖得厉害，干脆就把脸埋在顾未易胸前汲取热量，手用力地环紧他的腰。

顾未易笑得胸腔震动，声音传到末末的耳朵里都是嗡嗡的，他说，司徒末，你小样儿原来是要冷空气才收拾得了啊。

到了顾未易家，末末满心以为他爸妈已经在家里等候多时，没想到只有一个保姆周阿姨在家里等着他们，热情地招呼他们吃饭喝汤。

末末边喝着周阿姨贴心熬的姜汤，边打量着顾未易家，挺大挺辉煌的，复式结构的楼中楼，只是好像没什么人气就是了。

末末喝完汤后舌头总算捋直了，说："你家好冷清啊。"

第63章

顾未易眼睛都不往上抬一下地嗯了一声，安静地喝汤，末末觉得有点奇怪，他一到家后似乎就变得有点冷漠。但她也没太在意，反正这人阴阳怪气的时候多了去了。吃过东西，末末问清楚了顾未易爸妈出没的时间后就死皮赖脸地跑去赖在他的床上不肯动，他的床有电暖床垫，睡起来那一个叫舒服啊。

……

晚餐时分，末末红着脸拉开凳子，端出自认为最贤良淑德、端庄婉约的样子，恭恭敬敬地叫："叔叔好，阿姨好。"

顾叔叔面无表情地点了点头。顾家妈妈、王淑红王阿姨笑眯眯地说："好好好，累坏了吧？"

末末脸更是红得人间罕有了，结巴着说："还、还好。"

"吃饭。"顾家大家长发话了。

末末松了口气，伸手去端碗，一个闪神差点把碗从手里滑了下去，她吓一跳，赶紧稳住，然后偷偷瞄桌上的长辈们，幸好没人发现。反而是顾未易，似笑非笑地看着她，仿佛在享受她的手足无措。

按理说末末并不是第一次见顾未易的父母，而且她平时也称得上落落大方，本不应该如此忙脚乱才是。但是，就在半个小时前，末末在顾未易那张人间天堂的床上睡得如火如荼，顾未易他妈来叫她起床吃饭，她当时睡得迷糊，以为是顾未易闹她，闭着眼睛抄了一个枕头就掷了过去。幸亏王阿姨也是在江湖上走跳的好手，才得以身手敏捷地躲开。

末末扔完枕头一睁眼，王阿姨正一脸慈祥地看着她，老实讲，当时要有刀，她绝对就抹脖子以死谢罪了。而当末末哭丧着脸告诉顾未易这件事时，他先是愣了愣，接着大笑说："我妈这辈子大概也就只有你敢扔她东西。"

想到这里，末末忍不住狠狠地瞪了顾未易一眼，哪知他却抿着嘴无声笑了起来，她生气地转开视线，就发现顾叔叔正很认真地看着她，若有所思的样子。

末末龇牙咧嘴的表情就这么给抓了现行，恨得她差点咬舌自尽。

一顿饭下来，末末感觉自己像上了一次战场，尤其是吃完饭她遵循妈妈的教诲，抢着要去洗碗的时候，一直不吭声的顾叔叔突然说了一句，我们家有帮忙的阿姨，你去歇着。

末末有点气馁，隐隐约约觉得自己该不会搞砸了吧，情绪就低落了下去，躲进客房用手机玩游戏。

"末末，我可以进来吗？"顾妈妈王淑红的声音在门外响起。

末末迅速丢下手机，套了拖鞋冲过去开门。王淑红手里拿着两杯茶，递了一杯给末末："你冻坏了吧，喝杯茶暖暖胃。"

末末连声道谢接了过来，正襟危坐地坐在床沿，小口地抿着茶，心里想，原来顾未易那么爱喝茶，是像他妈呀。

"末末，这里的天气怎么样，你还适应吧？"王淑红选择了最平易近人的一个话题开始聊。

末末狗血小说看多了，一直担心着来者不善，豪门深似海，棒打鸳鸯之类的情节，被突然问了个这么简单的问题，居然愣了几秒后才说："不会，很暖和。"

王淑红呵呵笑着说："暖和就好，暖和就好，你不要那么紧张，我只是和你聊聊天。"

末末吞了吞口水，点点头。

王淑红喝了口茶，慢悠悠地说："我其实就是问问看你们有什么打算，我们大人的打算是准备让你们一毕业就结婚的，如果你们年轻人等不及了也可以现在就结婚，虽然未易还没有收入，但房子什么的都是现成的，就算有了小孩，我们也可以帮着点，如果你们不想用我们的钱，其实从未易开始念书我就帮他开了一个户头，专门用来存他的奖学金，我特地查了一下，这么多年来居然也积蓄了二十来万。其实我们挺希望你们现在就结婚的，毕竟我们年纪都大了，就盼着家里添个小朋友……"

末末在心里咋舌，他从小到大是拿了多少奖才能有这么多奖学金的？

"司徒末，你在干吗？我进来了。"顾未易的声音适时地在门外响起，然后门开了，顾未易看着床上那对婆媳愣了一下，警觉地问，"妈，你在这里干吗？"

"我就是来找末末聊聊天，别一副我好像会吃了她的样子。"王淑红没好气地说，转过脸来换了一副慈祥的面孔对末末，"末末啊，阿姨今天跟你说的话你好好想想，想清楚了就告诉阿姨，我先出去了。"

末末听话地点头："好，我知道了，阿姨晚安。"

"晚安。"

顾未易等他妈一出去就问："我妈刚刚跟你说了什么？"

"没啊，就是问我们什么时候结婚。"末末说。

"那你怎么回答？"顾未易追问。

"我还没来得及回答你就进来了。"末末想了想又说，"我觉得你爸好像不喜欢我耶，怎么办？"

顾未易耸耸肩："没关系，他只喜欢钱跟我妈而已，其他谁都不喜欢。"

"你不要这样讲你爸爸。"末末数落他，"他只是忙了点，他的辛苦也只是想给你提供好一点的物质条件，我不喜欢你对你爸妈的态度，太冷漠了，他们是家人，又不是陌生人，你不要这样子。"

顾未易被数落得脸色有点讪讪的，不甘不愿地说："知道了，啰唆。"随后又小声地说，"难怪老头子喜欢你。"

"你说什么？"末末耳尖地听到重点字句，欣喜地反问，"你说你爸爸喜欢我？"

顾未易哼了一声说："刚刚他把我叫书房里去了，叫我们早点结婚，说不要让人家好好一个女孩子一直等着。"

末末如释重负地笑了，得意地说："我就知道，我这么无敌优秀，怎么会搞不定你爸爸呢。"虽然她自己也不知道是怎么搞定的。

顾未易懒得搭理她的炫耀，只是说："你慢慢得意吧，跟我妈讲话小心点，别被她套出我们已经结婚的事，我是没什么所谓，但你妈估计会灭了你。"

末末经他这么一提醒，也暗暗叮嘱自己讲话要小心。

第64章

第二天一早，末末就醒了，拉开窗帘一看，兴奋得她差点蹦起来，下雪了下雪了！

这是她第一次见到白花花的雪呀，兴奋程度不亚于见到白花花的银子，她光着脚就噔噔地跑出了房间，打开房门才发现，太早了，其他人都还在睡觉，一股兴奋之情充斥在胸口，憋得她难受，于是又跑回房间拿手机，打给顾未易，在他门口听着他手机的铃声响了几遍才被接了起来。

末末劈头就说："顾未易顾未易，起床啦，外面下雪了。"

"嗯？哦。"他的声音带着浓浓睡意，"你自己玩儿去。"

"顾未易，我说起床。"末末压低了声音威胁道。

"知道了，姑奶奶。"随着电话被挂断，末末听到门内传来长长的一声叹气，很快门就开了，顾未易显然被站在门口笑得像白痴的司徒末吓了一跳。

末末冲上去搂着他的脖子，说："下雪了下雪了。"

顾未易皱着眉看她光着的脚，训道："这么冷的天不穿鞋子，你找死啊！"

末末低头看自己光着的脚丫，这才觉得冷，于是掉头就要跑回客房去穿拖鞋，哪知顾未易突然拉住她，把她拦腰抱起来就往客房走，用一种恨铁不成钢的口气抱怨："啧，真不让人省心。"

两人着装完毕，顾未易说带她去外面吃早餐，末末坚持不要打伞，说是要感受一下雪打在身上的感觉，顾未易很不解，打在身上能有什么感觉？不就冷呗。

末末第一次在雪地里走，虽然顾未易给她穿了他妈妈的雪靴，但她还是走不稳，出门到现在已经摔了两个跟头了，顾未易跟在她后面看她一步一踉跄的样子就一直笑，所以后来他看不下去主动要来牵住她的手时，她不卑不亢地拒绝了，然后又跌了个四脚朝天……

顾未易带末末去他上学时每天都去吃的那个早餐店，店主是对老夫妇，看见他笑得皱纹都开了，直说，我们家的早餐养出了多有出息的一个孩子呀，都这么有出息了还不忘本，带这么可爱的女朋友来吃早餐。

末末这才见识到顾未易在这里的知名度，尤其是带着孩子来吃早餐的父母，直接就指着顾未易给孩子当活教材，说你看这大哥哥多厉害，现在在美国那个哈佛大学念书呀，你要好好跟哥哥学习，哥哥的女朋友也很漂亮，你好好学习以后也能找到这么漂亮的女朋友。

末末本想纠正他们说是麻省理工不是哈佛大学的，见他们把她也顺便夸了进去，便不吭声微笑着装淑女。

由于店主夫妇的热情招待，末末吃了有史以来最丰盛的一顿早餐，吃得她腆着肚子直呼走不动了。

顾未易背着她一步一步地往回走，路上行人不多，偶有几个经过也都是看着这对年轻的情侣微笑。

末末在他背上待了一会儿就不安分了，把手伸进他领口里，捂着他脖子取暖。一会儿后她又嫌手上戴着手套不能感觉到最直接的体温，便脱了手套塞他兜里，冰凉的小手就捂住他的脖子汲取温度。

顾未易回头瞪她一眼，训道把手套戴上，不然长了冻疮可别来哭给我听。白白的雾气随着他嘴巴一张一合喷在末末脸上，她觉得好玩，也冲着他哈气，气得他作势要丢下她，她勒住他的脖子死不放手，讨好地舔舔他的脸颊，他的脸颊冰凉冰凉的，有点儿像冰棍。

顾未易勾着嘴角笑骂："司徒末，你是狗吗？又爱咬人又爱舔人的。"

末末闻言又凑上去咬他肩膀，他不闪不躲，绷硬了肌肉让她咬，她咬得牙齿发疼便叫唤着放松放松，我咬一下就好。

他才不信她那点不值钱的信用，她见他不放松，又转移阵地去舔他另一边脸颊。

顾未易无奈之下只得放弃抵抗，任她又咬又舔地胡闹了一路，直到她累了趴在他背上装睡，他才发觉得自己一脸的口水，被北风一吹，好像就要滋滋地结起冰来似的。

当天晚上，末末端着红扑扑的脸蛋问顾未易："你们家的暖气是不是开得太热了点啊？"

顾未易摸摸她的脸，吓了一跳，拿起电话就拨，通了之后劈头就说："陈叔叔，你在哪里，现在就回来，我妈让我爸接她下班就行了，对，我说了算，现在就回来。"

末末傻乎乎地问他："你要去哪里？要带我去吗？"

顾未易气呼呼地从衣橱里拖出一件黑色的大羽绒服，把末末裹了个严严实实，命令道："你在床上坐着别动。"

他出了房间，很快端着一杯热水回来，强迫她喝下，她抗议着很热只换来他凶巴巴的瞪视，于是识相地一口一口吞下那杯水，直到水杯见底，李阿姨来通知说司机老陈已经在楼下等了。顾未易牵着司徒末坐上了车，吩咐老陈说，去医院，找林叔叔。

末末到了医院才知道自己发烧了，不过是发个烧，没必要把院长给整来吧？眼前这位穿着白大褂和蔼可亲的林叔叔正亲切地与她对话："小姑娘，你有没有对哪种药物过敏？"

末末很久没被叫过小姑娘了，虚荣心有点膨胀，摇着头甜甜地说："没有，我对什么药都不过敏。"

顾未易突然插进来说："她对酒精和避孕药过敏。"

末末石化在当场。

林叔叔哈哈笑起来："臭小子，你就不怕我告诉你家老头子，还有啊，你这样子说，叫人家一个小姑娘怎么好意思。"

顾未易淡然地说："她是我老婆。"

林叔叔一愣，巴掌用力地拍向顾未易："好样的啊，什么时候摆酒？"

"暂时没打算让我家的太上皇知道，等我毕业了再说。"

"臭小子，你干脆就不要告诉我，现在让我守着秘密会老得快的。"

"你已经老了。"

末末觉得奇怪，顾未易和眼前这位林叔叔相处得极为融洽，仿佛他们才是一家人似的。

后来顾未易出去办手续，林叔叔就拉了把凳子坐她床边聊天："未易的爸妈都忙，他小时候常常被丢给我，我也忙啊，就让他跟着我看诊，我在前面的桌子帮人看病，他在后面的桌子写作业，有时太晚，就直接让他在病床上睡觉，他是我看着长大的……他高三那年带了个女孩子来找我，要我安排堕胎。那个女孩子在手术房里哭得撕心裂肺，他倚着墙安静地看书，我问他孩子是不是他的，他说不是，但他有责任……高考那天他抱着那个女孩来洗胃，那女孩的爸妈到了医院后要打他，我们拦着，但在混乱中他还是被女孩的妈妈扇了一巴掌，后来他在我这儿跟心理医生沟通了一整个暑假，我还以为，他这一生会被那女孩子给毁了呢……"

末末不知道怎么搭腔，幸好顾未易回来了，见他们都一脸郑重的表情，奇怪地问："你们聊什么呢？这么严肃的表情。"

林叔叔很认真地回答："我告诉她哪种避孕药对人体的损伤比较小。"

顾未易也很认真地回答："哪种她都不准吃。"

林叔叔很认真地分析："你这就不相信专业了，只要雌激素剂量小一点的……"

"说了不行。"顾未易皱着眉打断他的话。

末末先是脸红，后是无语，你们，稍微，考虑一下当事人的感受好不……

第65章

末末靠在顾未易的肩膀上发呆，这点滴有点问题，打完后她反应整个慢了半拍，看着车窗外飘落着的雪花，慢悠悠地问："顾未易，我一直忘了问你，你恨徐婕儿不？"

顾未易伸手去摸她额头，自言自语地说："不烧了，怎么会突然问这个？"

"没有啊，就突然想起。"末末拍开他的手。

"不恨。"顾未易语气淡淡的，"是不是林叔叔跟你说了什么？"

"没有，外面雪下好大，明天是不是可以打雪仗堆雪人了啊？"末末突然趴到车窗边，指着窗外很兴奋地说。

"本来是可以的，但是你生病了，所以不可以。"顾未易配合着她转换话题。

末末讨好地凑近他说："好嘛好嘛，我明天病就好了，让我堆一下雪人嘛，我都没堆过雪人。"

顾未易推开她的头："你活该，让你不穿鞋乱跑。"

末末见赖皮无效，便气呼呼地挪到座位最边上，双手抱胸，独自生闷气。

顾未易见她鼓着脸望窗外，倔得人神共愤的样子，很是无奈，这脾气怎么就越来越臭了呢？

末末回到家，见顾叔叔和王阿姨都在厅里等着他们，有点不好意思，打起精神硬着头皮上去让他们关切一番。

幸好他们只问了几句就被顾未易打断，她得以趁机溜回房。

末末洗漱完毕正准备上床睡觉，突然觉得手特别地痒，挠了半天，发现手指的关节处开始又红又肿，于是咚咚跑去敲顾未易的门。

他擦着头发来开门，水滴滴答答地从发梢落到脖子肩膀，无限诱惑地滑下。末末看得口干舌燥，突然正视起她男人很秀色可餐这件事来。

顾未易被看得莫名其妙，手在她面前挥了挥："司徒末，你发什么呆？"

末末干笑："没有，我的手好痒，你有没有药膏？"

顾未易拎起她的手看，气不打一处来："跟你说你不听嘛，这会儿长冻疮你就高兴了。"

末末被劈头凶了一顿，火气也上来了，转身就要走，顾未易抓着她的手不让走："你去哪儿？"

她回头语气很冲地顶："要你管。"

顾未易气得够呛，丢开她的手说："我不管，你爱咋地咋地。"

末末气冲冲地跑回房间，坐在床头挠着手指生气，手指越挠越痒，气也就越来越旺，最后干脆把手在床角磨蹭着止痒。

门吱的一声开了，顾未易绷着个脸进来，末末别过头去不看他。

"手伸出来。"他在床沿坐下，粗声粗气地说。

末末傲慢地瞥他一眼，不动。

顾未易自己扯过她的手，往上面挤药膏，末末挣了两下没挣开，便摆出一副老佛爷的样子，头高仰着，眼睛望着天花板，动也不动地让他擦药。

顾未易本来一肚子火，但见她那副死样子突然又觉得好笑，用擦药的那只手去捏她的脸："你呀，就拧吧，到时候留疤了我看你哭不哭。"

末末还是千篇一律的那句："要你管。"

顾未易掐着她的脸移近，用力亲了一口："我不管谁管。"

末末拍着他捏着她脸的手："放开，很痛。"

顾未易松开，手转移到她后脑勺，按着她靠近，又吻了上去。

末末象征性地躲了两次，便听天由命地让他亲。

末末自知自己这趟见公婆之旅特别的不专业，先是拿枕头砸婆婆，后是去医院打了两天点滴，还因为手长了冻疮什么家务活都不能帮忙干，而第四天他们就又踏上归途了。幸好他爸妈也忙碌，没什么时间让她展现好媳妇的风采。

他们在两人单独的小天地里又腻歪了两天，末末开始计划回家，作为"还没"出嫁的女儿，过年当然要回家过。

而现在顾未易正陪着末末在商场里买回家的礼物，他极不爱逛商场，会跟着来纯粹是当搬运工的，所以端着一副生人勿近的脸孔在商场外的休息椅上坐着等。

末末拎着大包小包找到顾未易时他正在和一个美女攀谈，她礼貌地跟美女点了点头，觉得她眼熟得不得了。

顾未易接过她手上的大包小包："司徒末，你是洗劫了商场啊？"

末末不理他的奚落，问那位美女："我怎么觉得你眼熟啊？"

美女笑盈盈的："我是陆简诗，以前你和顾师兄一起去过实验室的，后来我们还一起去吃了酸菜鱼。"

末末恍然大悟："啊，实验室美女。"

后来又寒暄了几句就各走各的了，末末穷极无聊地探着顾未易的口风："那小师妹变得更漂亮了。"

顾未易瞥她一眼："你想说什么？"

末末撇撇嘴："没有，我无聊。"

回到家末末就接到了徐婕儿的电话，说是要来她家玩儿。听了林医生的话后，末末对徐婕儿感觉有点复杂，于是推辞着不想让她来，哪知她说已经快到了，末末颇为无奈。

半个多小时后徐婕儿就过来了，在他们家里兜来兜去地研究，最终下的结论是，空间不足，温馨有余，末末毫无热情地敷衍着她，只求她早点走。

顾未易不久前出去了，说是去和大学的朋友碰面，末末猜他纯粹就是不想见到徐婕儿。

顾未易本来也不放心让司徒末跟徐婕儿单独待着，但他上次已请林叔叔找他的医生朋友们调查徐婕儿的病例，林叔叔动用了不少国内外的医学朋友才拿到的，今天会快递给他。

拿到快递后，他迅速地浏览了一遍：中度抑郁症，无攻击性。他松了口气，找了个书店钻进去打发时间。

第66章

顾未易回到家时徐婕儿已经走了，司徒末双手环胸靠在沙发上，若有所思的样子，连他走过她身边都没有反应。他去厨房倒了杯水，一口喝下后回到客厅在沙发上坐下，直直地盯着她。

三分钟后，司徒末总算斜眼看他一眼："干吗？"

"想什么呢，那么认真？"顾未易顺手掠开末末微微遮住眼睛的刘海，头发都快插进眼睛里去了，她不难受他都替她难受。

末末往后缩了缩，躲开他的手："别碰我头发。"

啧，真是好心被雷劈，他干脆大手一伸，把她头发彻底揉乱："人家都说认真的女人最美丽，我看你那么认真，也没美丽到哪儿去。想什么呢，在想妍夫？"

她躲闪不及，于是反手也去揉他的头发："就想妍夫，就想。"

两分钟后，两个人顶着乱糟糟的头发对视一眼。

末末开口："我怎么觉得我们好像有点幼稚啊？"

"是你幼稚吧。"

"你才幼稚呢。"

顾未易撇开头："幼稚鬼，懒得跟你说。"

"你幼稚，你幼稚，你最幼稚了……"

晚上顾未易靠着床头看书，司徒末枕着他的大腿神游太空。

他每看几眼书就看几眼她：出奇的安静啊？

他放下书，拍拍她的额头："怎么了，今天发生什么事吗？还是徐婕儿跟你说什么了？"

末末摇摇头："她没说什么，只是说了一些你们以前的甜蜜往事给我听而已。"

顾未易有点急："什么甜蜜往事，我跟她哪里有什么甜蜜往事。"

末末撑起头来瞥他一眼："你撇清得真快。"

"那是，你这人又小气又爱吃醋，不撇清你待会儿找我晦气怎么办？"顾未易忍不住又用手指去梳开她的刘海，"你头发这么长了还不去剪。"

"不去，剪头发最无聊了。"

"我陪你去。"顾未易想想，自己好像也没陪她做过什么事，于是就主动请缨。

末末开心地搂住他的脖子："你很爱我对不对？"

"不对，你哪位？"他顺手把她扯起来，面对面抱坐在他大腿上，"你还没说你今天怎么了。"

她无奈地叹口气："你还真是执着啊。我今天看到她钱包里的婚纱照了，她老公长得跟你有点像。"

"哪里像？"

"睫毛……"

"司徒末，你耍我是吧？"

"我觉得她还在喜欢你。"末末靠在他胸前，手指在他胸口无意识地划着，"但我又说不出个所以然来，所以觉得自己很神经质。"

顾未易挑眉，这可是个拆散她俩的好机会。

他拉下她的手，握在手里轻轻地捏着："如果跟她相处让你觉得不自在，就没有必要委屈自己。"

"我知道，可是……"

她犹犹豫豫的样子看得顾未易火大："没有可是，你不能既不想跟她相处又想维持朋友关系，没有这么便宜的事。"

末末咬着唇，不吭声。

"我知道你怕她会讨厌你，但如果你不想这个人掺和你的人生，你管她喜欢你还是讨厌你。"

"话是这么说没错啦，但是……"末末忍不住想反驳。

顾未易瞪她一眼："你慢慢但是吧，我要睡了。"说完躺好拉被子，还顺便把坐在他腿上的司徒末抖了下去。

末末翻了个身躺在他旁边，想想不对，又整个人趴到他身上去："你为什么那么讨厌我和徐婕儿在一起？你们之前是不是有什么不可告人的秘密？"

"是，我想跟她偷情，怕你发现。"他没好气地说，又加一句，

"因为你太笨了，被她卖了还会帮忙数钱。"

"干吗人身攻击。"她咬了他一口，"我不跟她玩儿就是了嘛。"

他闭上眼睛："随便你。"

"喂，顾未易。"末末戳戳他的脸，"明天还陪我去剪头发不？"

"嗯。"他模模糊糊地从鼻子里哼了一声。

第二天末末接到傅沛电话说要查账缴税，于是被骗去上班，到了公司发现陈小希也被骗过来做事，于是两人当着傅沛的面讨论了好久她们的老板长得丑人又无良难怪没有女朋友。

下班前顾未易给她打了个电话，让她等他一会儿，他在来接她的路上，有点堵车。傅沛一直很鄙视他来接司徒末这件事，说没车还接个屁。但陈小希很吃这一套，说这叫平淡的浪漫，没品的人不会知道。陈小希现在越来越会打击傅沛了，傅沛也被打击得乐在其中，末末生怕两人要是来了一段就麻烦了，傅沛不值得这么好的。

一下班，末末就收拾好东西离开办公室，走着走着就走到了公车站，这才想起，顾未易不喜欢她在公车站等他，主要是有一次她遇上了个搭讪的，好死不死那搭讪的长得还不错，顾未易就郁闷了一路，之后就一直强调让她在公司等着。末末怕被唠叨正想往回走，背后响起阴恻恻的一声："司徒末。"

她回过头正想讨好地笑，发现眼前这人不是顾未易。他穿着黑色外套，戴着灰色鸭舌帽，帽檐压得低低的，一副很低调的样子，但是帽子上贴的水钻出卖了他。

末末的朋友中如此闷骚的只有一个，于是她大声叫："林！直！存！"

林直存连连摆手："司徒姑奶奶，小声点。"

末末玩心大起，叫得更起劲了："林直存，你就是那个大明星林直存，签名签名。"

瞬间一堆等车的人涌了上去要签名，林直存好脾气地一个个签完，然后躲进一部车子，绝尘而去。

末末摸不着头脑，咦，就走了？

两分钟后，一辆车停在司徒末前面，贴得漆黑的隔热玻璃窗降下一条缝，林直存的声音传来："小司徒，上车。"

末末笑着打开车门坐了进去："林同学，好久不见，又红了一点哦。"

林直存白她一眼："你就唯恐天下不乱吧。你在这里干吗？最近怎么样了，听说你辞职了，现在在哪里工作？"

"老大，麻烦你把那帽子摘下来，看着像杀人犯。我在这附近上班，你呢，你在这边干吗？"

"拍广告。"他摘下帽子，"怎么样，想不想念广告行业，要不要我给你介绍家广告公司。"

"不用了，我现在做得挺开心的。"末末正说着，突然发现顾未易从公车上下来，忙道，"我男朋友来了，我先下去一下。"

顾未易径直地往她公司的方向走去，末末追了两步后停在原地叫："顾未易，我在这儿。"

顾未易回转身走到她身边："不是让你在公司里等吗？这么冷你跑出来干吗？"

"走走走，我遇到林直存了，让他送我们回家。"末末笑眯眯地拉着他往停在路旁的车走。

顾未易和林直存很客气地寒暄，寒暄完后一路无语，就剩末末唧唧喳喳地和林直存瞎扯。

回到家后，顾未易问司徒末："你们怎么遇到的？"

"他在那附近拍广告。"

"哦，吃过饭我陪你去剪头发吧。"

"不用了，天都黑了，等下剪完回来没公车。"末末随口应着，"明天吧。"

"明天你不是要回家了？"

末末这才想起，啊一声冲进房间："我收拾行李，你做饭。"

送别的场面他们经历太多了，都有点不好意思依依不舍了。末末敷衍地抱了一下顾未易就准备跳上车，他一把把她拽了下来，说："到了给我电话。"

"好。"末末摆摆手，又想往车上跳，发现他拽着她的胳膊不松手，便问，"还有啥要说的？"

他朝天翻了个白眼，按住她的后脑勺，迅速而用力地吻了她一口。

末末眉开眼笑地上了车，坐下后给他发了条短信，短短两个字：闷骚。

第67章

过年按照老习惯都是要赶场的，办年货，拜祭先祖，拜访亲戚，同学聚会……总之末末忙傻了，反而是顾未易每天闲闲的，没事打电话跟她报告行程，去市图书馆呀，去母校帮教授做研究啊。

末末一听去母校就提高了警觉，阴狠地警告：你要是敢跟陆简诗单独相处，姐姐就打断你的腿。顾未易不甘示弱地警告：你要是敢喝醉了让男生尤其是傅沛送回家，哥哥就拧下你的头当球踢。

她倒是没喝醉了让傅沛送回家，反而是送喝醉了的傅沛回家。那群当年的同学虽说都长大了，但智商没怎么长，一见傅沛喝醉了都笑得十分淫荡地说末末当然是你送他回家了，也不管末末怎么解释她有男朋友她跟他不顺路，总之傅沛就是塞给了她。

计程车上傅沛荒腔走调地唱着歌，还握着末末的手说，你知道吗我最后悔的事就是放开了你的手你知道吗你知道吗。

末末抽回自己的手说，不是你放开我的手是你的手牵太多人的手了，我才放开你的手的。讲完之后看着趴在车窗吐的傅沛觉得自己是神经病，没事跟一个醉鬼讲道理干吗。

回到家给顾未易打电话，他也在参加聚会，说是喝了一点酒，有点晕。末末叮嘱了两句，挂了电话去洗漱睡觉。

睡到半夜两三点，末末被手机铃声吵醒，一个陌生的男声说顾未易酒后开车被扣押在派出所，让她去交钱赎人。末末抖着声音问人没事吧？对方说没事没事，酒测结果刚刚踩线，他态度也特别好，但是我们还是必须得走个流程。

末末放下电话开始搬救兵，过年过节的很多人不是回家了就是自己也喝醉了，电话翻到最后只剩徐婕儿，她拿着手机犹豫半天才按了下去，徐婕儿很爽快地答应了，反而是末末挂上电话后开始后悔，脑海中闪现出无数电影电视剧小说里酒后乱性的画面，越想越觉得自己是白痴，急得都快哭了。于是给顾未易打电话说，我是司徒末，你现在清醒吗？我不管你清不清醒了，我刚刚给徐婕儿打了电话让她去接你，我现在后悔死了你不准跟她走你要是跟她走你就死定了，你在派出所等我我会去接你的，知道了吗？

顾未易沙哑着声音说我知道了。

末末偷偷溜出了家，到了候车厅说最早的车是早上5点，于是一个人在候车厅里等车，又困又冷又怕。

到了派出所时已经是早上九点多，顾未易坐在长凳子上打盹，很憨然的模样。

办理手续的警察说："你老公太好笑了，有个女孩子要来领他回去，他对人家不理不睬说什么都不走，把人家女孩子都气走了。"

末末又好气又好笑，拧着顾未易的耳朵转了一圈。

他一手揉耳朵一手揉眼睛说："你来了啊。"

出了大门顾未易突然很兴奋地说："我给你个惊喜。"然后领着她到了一辆车前说，"我买的，喜欢不？"

末末一声不吭调头就走。

顾未易一头雾水地追上去："你怎么了？不喜欢吗？"

末末忍住想揍他的冲动："这位先生，你凌晨三点酒驾让我从家里赶来，这就是你要跟我说的，你买了一辆车？"

顾未易拉住她的手说："酒驾的事我可以解释，当时开车的人不是我，是同学，他突然接到家里电话说他家里有急事，我看快到家了，而且我车也快没油了，就让他坐计程车走了，我当时很清醒，但是酒驾确实是我的错，下次肯定不会了！话说这车你到底喜不喜欢？"

末末甩开他的手说："不喜欢。"

"哪里不喜欢？"

末末冷着一张脸："哪里都不喜欢。"

顾未易皱起眉："你闹什么脾气！"

末末盯着他的眼："我闹脾气？你知道凌晨三点接到电话说你老公在警察局的感觉吗？你知道半夜在路上走有多怕吗？你知道没人的候车厅有多空荡荡和冷吗？你凭什么说我闹脾气！"

顾未易被吼得头剧烈疼痛起来，揉着额角说："你小声点，我不是道歉了嘛，我不就是想给你个惊喜，你至于这样吗？"

末末深吸了一口气："你哪来的钱买车？"

"奖学金。"

"那你有没有想过，你回美国念书后车谁开？油费保养费之类的呢？你做事前能不能考虑清楚，能不能找我商量一下？"末末偏着头特冷静地问。

顾未易用力捏了捏鼻梁，说："我回美国车就你开，我已经帮你报名驾校，过了年就可以去学了，至于油费保养费我也都有预留好，我头很痛，先送你回家。"

"不用了，你回去休息。"末末拦下一辆计程车，把顾未易塞了进去，"我也回去了，到了给你电话。"

回去的路上末末很累却睡不着，顾未易打了一通电话也只是淡淡地问她到了没有，她也只是冷冷地说还没，到了再说。

第68章

末末中午才回到家，末末妈追着问她早上去哪儿了怎么不接电话。她说出去晨跑了，电话没电了。末末妈还想追问，末末挥挥手说我好累又好饿，我们吃饭吧。

吃完饭末末给顾未易发了条短信说我到家了，就关机去补眠。

末末妈在外面唠叨着养了个懒女儿，才吃过饭就睡觉，也不知道小顾看上你什么。

末末拉高被子蒙住头，是是是，小顾优秀得不得了，不知道看上我啥。

睡一觉起来已经是晚餐时间，末末揉着眼睛问妈妈："下午有没有谁打电话给我？"

末末妈咚咚切着菜："有啊，有个叫傅沛的打电话来，问你昨晚有没有看到他的钱包？傅沛是谁？你该不会对不起小顾吧？"

末末有点失望的哦了一声："高中同学。"

末末妈举着菜刀狐疑地看着她："高中同学钱包怎么在你这儿？"

末末白了她一眼："他昨晚喝醉了，我送他回家，他的钱包从口袋里滑出来，我就顺手放包里了。"

她回去开手机，只收到顾未易的一条短信：好，睡一会儿吧。

而傅沛的短信一堆，先是问她为什么关机，然后说她贪污他的钱，还说要报警抓她。

末末无奈地打电话给他："你的钱包在我这儿，你快报警抓我吧。"

傅沛嘿嘿笑："没有没有，你就一拾金不昧的好孩子，我要让警察叔叔表扬你。"

末末懒得跟他贫嘴："待会儿过来学校路口拿钱包。"

东西交给傅沛时他坚持要请她吃饭答谢一下，末末拗不过就跟他去喝了杯饮料，期间她一直盯着手机，但一直没能把手机盯响。

回家时司徒妈说："顾未易打电话来了，我跟他说你去还同学钱包。"

末末犹豫了一下还是问："他有没有问是哪个同学？"

末末妈露出得意的嘴脸："问了，你妈我那么聪明，当然跟他说你去见的是女同学，就那个婕儿。"

末末很无奈，这不此地无银三百两嘛。

她考虑了一会儿，还是给顾未易打了电话："喂，我刚刚见傅沛去了。"

"猜到了。"

末末顿了顿："用不用解释？"

顾未易冷淡地回："不用。"

"那我挂了？"

"嗯。"

电话忙音嘟嘟地响起，末末忽然一阵心慌。末末妈在一旁瞪大眼睛看她："你们吵架了吗？现在年轻人吵架都这么冷静的啊？"

末末觉得这小老太完全是唯恐天下不乱，于是恐吓她："是啊，其实我们快分手了。"说完，做出一副泫然欲泣的样子。

末末妈撇撇嘴："得了，当你妈傻子，就你俩那黏糊劲儿，我们想棒打鸳鸯都打不散。"

末末觉得新奇，原来在旁人眼中，他俩如此坚不可摧。

她还没来得及跟她妈说什么，手机又响了，顾未易的声音略带不自在："咳，我觉得你还是解释一下吧。"

末末乐了："你刚刚不是说不用了，过了这个村就没那个店了。"

"司、徒、末！"

咬牙切齿。

末末推开老妈凑过来的脑袋："由于有人让我聚会不准喝酒，所以我滴酒不沾，于是就得送醉鬼傅沛回去，他的钱包就落我这了。不知道这个解释您满意不？"

"司徒末，你觉得赢了高兴是不？"

"还行，也不是特别高兴。"

……

沉默了好一会儿，顾未易才说："车真的不喜欢吗？"

"不知道，我光顾着生气了，没仔细看。"

顾未易叹了口气："真这么生气，那我把车卖了？"

"你白痴啊，不知道车一落地就耗损了一半钱么？"

"那你想怎样？"

"我要是学不会开车怎么办？"

顾未易这才笑了："那你就用推的。"

末末妈在一旁等不到撕心裂肺的对骂，摇着头一脸无趣地走了。

末末见老妈走了，才开始扭捏地撒娇起来："我们以后不要吵架了好不好？"

顾未易沉吟了一会儿："呃，我觉得，以你我的脾气，可实行性不大。"

"呃……好像也是。"

又是一阵沉默，末末只得又说："看吧，吵完架之后多尴尬。"

"你没穿衣服的样子我都见过，我干吗要尴尬。"

末末气得直想跺脚："谁跟你说这个！"

顾未易声音带笑："你什么时候回来？"

末末想了想说："再过两天，你来接我好不？反正有车了。"

"不要，你因为买车对我发了一顿脾气，而且你家还那么远。"

末末高声喊："妈，顾未易买车了，他说过两天来我们家。"

顾未易："算你狠！"

第69章

顾未易初五来接末末，司徒爸司徒妈念叨女儿养大了就是别人家的了。

司徒爸上次见顾未易的时候正赶着出差，较匆忙，没来得及以准岳父的身份教训一下准女婿，逮到机会当然就趁着女儿被抢走前，好好训训眼前这个抢了自家女儿的男人。都说女儿是爸爸前世的情人，仇人见面分外眼红也是不无道理的，哪怕隔了一世人。

司徒爸说得不多，大概就是，我女儿特别懂事，她小时候偷偷谈过一次恋爱，没敢让我知道，这是她唯一一次叛逆，我也就一直假装不知道。她其实是特别听话好脾气的孩子，你要是敢因为她脾气好而欺负她，我绝对收拾你。当然人家是长辈，讲出来的话婉转端庄得多，这是顾未易自己总结出来的中心思想。

顾未易就纳闷了，司徒末脾气好？岳父大人好脾气的标准也太低了吧，还唯一的一次叛逆呢，爱得够深的啊。

谈完话出来，见司徒末低眉顺眼地跟爸爸说爸爸我回去了，你们要保重身体，天冷了要多穿衣服，喜欢什么就买来吃不要省钱，那个柔情似水的。

顾未易想，她这么情深深雨濛濛的模样怎么就没对我表现过一次呢，想着觉得自己吃岳父的醋和傅沛的老陈醋显得特别小家子气，但是他实在也想让她这么嘘寒问暖一次，于是回去的路上一直闷闷不乐。

末末早上被挖起来的早，顾未易又一路不吭声，她觉得两人才吵过比较大型的一次架，她不好太掉价地讨好他，于是就闭着眼睛睡觉。到了家，睡得特昏沉，不想做饭也不想吃饭，赖在沙发上一动不动，顾未易做好了饭来叫她，她迷蒙着眼睛说我太困了你自己吃，她也不知道怎么地就触怒了顾未易。他一个使劲就把她从沙发里拽了起来，她甩着手你神经病啊，很痛你知不知道。

顾未易固执地说去吃饭，我饭已经煮好了。

末末看着他冰冷的眼神一阵害怕，还是咬着牙说我不吃，就不吃。

顾未易语气冰冷地说，司徒末，我就不明白了，为什么都说你脾气好，你总跟我闹呢。

末末想说我只跟你一个人闹，其他人想也没有，但是顾未易用这么冷冰冰的口气跟她说话，她就什么也说不出来了，憋了半天喊了句"你浑蛋！"，然后觉得自己特别委屈，趿着拖鞋打开门跑了。

好吧，距离上次离家出走都快一年了，那次是因为什么来着，对了，是因为顾未易砸了她的香水在墙上。她这次比较好运，出来时带着手机，于是她拨了电话给陈小希，跟她骂死没良心的顾未易。陈小希这个被男朋友吃得死死的没用女性说大姐，你真的是被顾未易惯坏了吧，这屁点大的事也离家出走。找不到同盟的末末憋屈地准备回家，电话响了，她想，总算知道来哄我了吧。接起来却是徐婕儿，她说要见面。末末想起上次莫名地半夜让她白折腾了一回很不好意思，而且事后也一直忘了打电话跟她说抱歉。于是爽快地答应了，但她至少得先回家换双鞋子。

回到家，顾未易一个人在饭桌上吃着饭，怡然自得且看都不看她一眼。

末末冒着火在玄关换了鞋又摔门出去了。

门砰一声关上，顾未易也砰一声放下筷子。

末末到了和徐婕儿约好的地方，发现徐婕儿身边坐了个男人时愣了一愣，不明所以地看着徐婕儿。

徐婕儿对末末说："这我老公周达。"又向他男子介绍，"老公，这我最好的朋友司徒末。"

周达的气质温文尔雅，对着末末颔首，口气相当严肃："年初三是你半夜让徐婕儿去接你男朋友的吗？"

末末被他咄咄逼人地追问，愣愣地说："是啊，不好意思。"

周达说："你知道你男朋友和我老婆之前是男女朋友关系吗？"

末末说："我知道。"

周达又说："那你用心何在？"

末末求救地看着徐婕儿，徐婕儿看着窗外行人，置身事外。她只得自救，说："我知道他们现在没那种关系的，而且后来也是我自己去接我男朋友的。"

徐婕儿突然转头，一脸惊吓的样子。

周达面无表情地拉起徐婕儿说："跟我回去，我知道怎么回事了。"

末末看到他抓着徐婕儿的手用力到已经泛了青筋，她觉得有点气愤，便扬高了声音："周先生，婕儿的手都红了。"

末末的音量引来了路人们的侧目，但也仅仅是侧目，似乎没有人觉得需要伸一下援手，连徐婕儿都只是淡淡地看了一眼自己的手腕，说："末末，别大惊小怪。"

末末体验了一回吕洞宾的无奈，坐在原位隔着玻璃看徐婕儿被拖得踉踉跄跄的，在他要把她塞进车子里的时候，徐婕儿突然回头给了末末一个嘴型，末末皱着眉模仿那个嘴型，突然惊觉，莫非是"报警"？

末末冲出去招了辆计程车，对司机说："跟着前面那辆黑色的奥迪，千万别跟丢了。"

司机大哥一脸兴奋："小姐，是你男朋友还是你老公，我跟你讲，我生平最讨厌这种陈世美了，交给我吧。"

末末哭笑不得。

车开进了一个别墅群，司机絮絮叨叨地说："怎么这样啊，给情妇还住这么好的房子啊，这种真是应该好好教训，要是遇见我……啊！"

末末随着司机啊的一声看去，周达和徐婕儿下了车，周达扯着徐婕儿的头发，拖着她进了一栋别墅。

司机迅速地收了车钱，逃也似的绝尘而去。

门是半阖着的，末末听到了激烈的争吵，她攥着手机犹豫了很久才按了110，接电话的人讲了一堆废话，什么你确定是双方已经动了手之类的还是只是情侣争吵BLABLA，末末差点忍不住说再啰唆你们干脆就直接派法医过来验尸吧。

好不容易报完警，里面就真的打上了，一个清脆的巴掌声响起，末末挂了电话就想往里面冲，冲到半途又觉得他万一顺手把她也揍了怎么办，好歹得找个人收尸，于是蹲在墙边给顾未易打电话，小声说："你快来××路××号，我现在徐婕儿家门口，她老公在打她。"

顾未易愣了一下，几乎是用吼的："司徒末，你他妈的给我滚远点，你要敢靠近她家一步我一定揍你。"

司徒末第一次听顾未易骂脏话，有点惊奇，觉得原来科学家也骂脏话的。但是司徒末要那么听话就不是司徒末了，于是门被推开了。

偌大的庭院，徐婕儿蜷成一小团在角落里，周达袖子卷得高高的露出训练有素的肌肉线条，一掌朝着徐婕儿捆下去。

末末尖叫了一声，她也就一时脑热冲了进来，真让她看到暴力的画面她整个就吓傻了。

徐婕儿含着眼泪看着她。周达转过身，因为充血而通红的眼睛，还有迸着青筋的脖子，如果世界上真有魔鬼，大概也就是他这个样子了。

末末忍不住倒退了两步。

周达恶狠狠地瞪着她，吼了一声："滚！"

末末转身往外跑，跑到门外听到门内传出的尖叫声，她又顿了脚步，也不知道是不是心理作用，她总觉得即使隔着一面墙，她还是可以听到周达挥着拳头的声音，在空气中，虎虎生风。

末末咬一咬牙，又跑回去，抖着声音说："周先生……呃，周达，你住手，我已经报警了。"

周达揪着徐婕儿的头发，抽空杀气腾腾地瞪了司徒末一眼，司徒末脚特软，还要强撑着说："你不要再打了，警察马上就来了。"

徐婕儿的嘴角渗着血，嘤嘤地哭着，眼神却空洞得像是假人。

眼看周达把徐婕儿扔往地上，一脚要踹过去，末末不假思索地冲过去挡，于是她小腿上就结结实实地挨了一脚，她扯起徐婕儿，塞在背后，突然勇气无穷了起来，就这么挡在两人中间，自觉变得顶天立地。

顾未易冲进来时看到的就是这么一个场景，司徒末挡在中间，昂首挺胸，一脸找死的样子。

顾未易觉得司徒末把他逼到了某个极限了，他这辈子就没这么想揍人过，脑子里烧着一把火，火上还洒了一把盐，噼里啪啦地响着。

他大步冲上去一手拉司徒末一手拉徐婕儿。徐婕儿拉到一旁，司徒末塞到自己身后，冷静地与周达对视："这位先生，动手不是文明人该有的行为。"

周达冷笑一声："请不要插手我们的家务事。"

末末从顾未易背后探头出来说："你这是家暴，不是家务事。"

顾未易狠狠地瞪了她一眼，她缩缩脖子又躲回他背后去了。

其实这样的场景一僵持不下就会弥漫着尴尬的火药味，幸好警察及时赶到，于是都被带到派出所去做笔录。

徐婕儿蜷在椅子上缩成一团，顾未易是最先做完笔录的，他买回两杯热咖啡，一杯给了徐婕儿，安抚了她几句。一杯给了司徒末，但是一句话都没跟她说。

做完笔录后，两人陪着徐婕儿去验了伤，又送她到酒店，她用特别悲哀的语气跟他们说："你们知道他为什么打我吗？那个晚上顾未易不肯跟我走，我突然就觉得自己很失败很难过，干脆去酒吧喝酒，有个男的问我寂寞不，我寂寞啊，我当然寂寞，他说他也寂寞啊，俩寂寞的人，互相安慰一下不过分吧……哈哈……我真倒霉啊，周达他很少回家过夜的，可他那晚就回来了，你说我倒霉不？我想清楚了，还是离婚吧，我应该是生病了，我回我爸妈身边去看病好了，今天谢谢你们啊，顾未易啊，今天要不是末末在这里你不会理我吧，但是我还是高兴啊，我这辈子至少眼光好了那么一回……"

徐婕儿絮絮叨叨了半个多小时，末末听得热泪盈眶，顾未易面无表情，最后以徐婕儿累到睡着了告终。

末末头靠在车窗玻璃上，看着正在开车的顾未易发呆，还在生气呀……

他开车的样子很认真，事实上，他做什么事情都很认真。生气也会生得很认真……

他修长干净的手指握住方向盘，因为过度专注而微微皱着眉，侧脸线条分明，他有时会往副驾驶座望一下，让你心跳加速以为他在看你，其实他在看倒后镜……真帅啊……

花痴了几分钟，末末发现自己是手指控加侧颜控而且还有被注意妄想症。

好吧，总有一个人要先妥协，末末心里叹了口气，坐直了身子，往他身边挪了挪，系着的安全带限制了她的活动范围，她伸手要去解开，顾未易冷冷的一声："系好安全带。"她的手缩了回来，涎着脸说："哎呦，别生气了，我知道错了嘛……"说着想靠过去蹭一下他，他面无表情的一句"坐好"，她又乖乖坐好了。

回到家顾未易就关在书房里看书，末末肚子饿得受不了，跑去厨房折腾吃的，折腾好了去开书房门，发现居然上锁了，只得敲门："顾未易，吃饭了。"

"你先吃。"

"等下饭菜冷了。"

……没有回应。

末末锲而不舍地咚咚敲着门："顾未易顾未易顾未易吃饭吃饭吃饭！"

门突然开了，末末的拳头没收住，招呼了两拳在他身上。她挤出一个阳光大笑脸："老公，吃饭了。"

他瞟她一眼，往厨房走去。

饭吃得诡异无比，末末一个劲儿给他夹菜，跟他讲话，他都是冷冷淡淡的样子，偶尔应她一两声，一餐饭下来，末末都快结冰了。

吃完饭，末末不敢指使他去洗碗，自己乖乖收拾好，然后在厨房里给陈小希打电话："小希，我惹顾未易生气了，他不理我，怎么办？"

"哈哈，活该。"陈小希幸灾乐祸得很，"让你嘚瑟，这就是给点颜色开染坊的下场。"

"陈！小！希！"

"好好好，男人嘛，你就哄哄，哄不好就骂，骂不理就打，打不过就色诱。"

"你有病。"

"再有病也比不过你，你说你们家那位多极品啊，你不好好珍惜，什么时候离婚通知一声，我好替补。"

末末挂上电话后觉得自己疯了，为什么要给陈小希数落她的机会。

末末切了盘水果又去敲书房门，这回门没锁，他坐在电脑前，手指飞快地在键盘上敲打着，一副很精英的样子。

末末又叉了块苹果喂到他嘴边："老公，吃水果。"

他头一偏，躲开了。

末末特无奈，放下水果盘去搂他的脖子："好嘛，我真知道错了，不然你打我好了。"

顾未易敲着键盘的手指停了一下，说："嗯，我知道了，你先去睡吧。"

半夜醒来，末末发现床的另一边是空的，摸黑下床出房门，发现他已经在另一间房里睡了。

末末上班走神，被陈小希敲了一下脑袋："喂，跟你家男人还没和好啊？"

末末叹口气："没。"

顾未易已经持续用不温不火的态度煎熬她三天了，这三天里，她哄过吵过闹过也色诱过，就差没给他下跪了，但他就是一副我没有在生气的生气样。

末末一想到他那平静如水的模样就特无力，他都快回美国了，还闹什么闹啊……

末末挥挥手："算了，不说他了，你有没有东西吃啊，我好饿。"

陈小希从包里鼓捣出一颗极其寒酸的糖果："喏，这个。"

末末翻了个白眼："您自个留着吧。"

末末半夜突然惊醒，下床倒水喝，看着空了的那个位置发呆，回想起刚才的梦：顾未易坐在客厅里，背光，说司徒末过来，把离婚证书签了。

末末出了一身冷汗，光着脚噔噔噔跑到顾未易房门前，在门口犹豫了一会儿，还是走了进去，掀开被子躺进去。他不知道是醒着还是睡着，翻了个身背对她。

末末搂住他的腰，把脸埋在他背后，因为压着脸声音显得瓮声瓮气："为什么不回房睡？"

良久后才传来一句："不想吵醒你。"

末末抱紧了他的腰，脸在他背上蹭了一蹭："还想气几天你好歹给我个期限。"

沉默……

末末吸了吸鼻子："不带这样的，凭什么不理我……"她突然悲从中来，抽抽搭搭地哭了，"我知道我对你脾气很不好嘛……我从小就很乖，懂事，一点都不任性，我不敢跟我爸妈他们闹脾气的，我怕闹了脾气他们就不疼我了，他们本来就比较疼我哥和我弟的……"

顾未易的背僵了一僵，粗声粗气地说："你哭什么？"

末末空出一只手来扯他的衣服擦眼泪："我也不知道我哭什么……但是不带你这样的，一直任我闹，突然又不让了，还生气……还不理我……"

顾未易叹了口气，捏捏鼻梁，转过身来搂她："好了，别哭了。"

末末哭着哭着也不知道自己在哭什么了，只觉得突然哭了又突然停了好像不好，于是全力哭着。

顾未易拍着她的背，亲掉她的眼泪，叹气着："姑奶奶，求你了，别哭，我还想哭呢。"

于是乎，和好了。

第70章

顾未易同学很温柔地吻掉老婆大人的眼泪，吻着吻着就燥热了起来。

末末抽着鼻子骂："你信不信我把你的手折下来。"

顾未易涎着脸："跟你吵架我很亏，补偿一下不为过吧。"

"不要。"末末推开他凑上来的脸。

顾未易转移阵地去亲她耳朵……在她耳旁小声地呢喃着：宝贝。

末末的脸轰一下红了，她第一次从顾未易这里听到这两个字，只觉浑身酥软。

有个词叫半推半就，末末就亲身实践了那么一回。

半推半就完毕，末末趴在顾未易胸口，手指无意识地在他赤裸的胸膛上划着。顾未易拉开她的手："喂，会痒。"

她撇撇嘴，闭上眼睛正准备睡，顾未易突然说："司徒末。"

"嗯？"

"不要再理徐婕儿的事了。"

"……"

"我不是神，我管不了那么多人，管好你就够我折腾的了。"他抚着她的背说。

末末闭着眼睛嗯了一声，过了一会又说："我知道了。"

他抚着她的背的手突然停下来："你什么时候是安全期？"

末末微微睁开眼："什么？"

顾未易叹了口气："没事，睡吧。"

明天得带她去一趟医院了。顾未易临睡前这么想着。

第二天末末被顾未易连哄带骗地骗到了医院，搞半天说要验孕，末末吓傻了，等结果时顾未易很冷静，末末被吓呆了，于是也很冷静。

一个快乐的小护士出来说，恭喜你，要当妈妈了。

末末听到妈妈俩字就一阵腿软，求救地望着顾未易。他拍拍她的头，说："别怕，有我呢。"

医生交代了一些简单的注意事项，最后跟顾未易说，夫人才怀孕三个星期，情绪会比较不稳定，你得多包容着些。

顾未易点头，牵着傻乎乎的司徒末回家。

回到家，司徒末直愣愣地坐在沙发上盯着自己的肚子，像是盯着一个不定时炸弹。

顾未易拿了本书，笑眯眯地坐在她旁边看书。

末末足足发了一个多小时呆，才勉强接受自己怀孕了这件事，然后就发现顾未易平静得不可思议，她问："你怎么那么冷静，你一点都不怕吗？"

他奇怪地看她："你是我老婆，本来就会怀我的孩子，我为什么要怕？"

末末看他那么理所当然，觉得自己也淡定了，只得说："那爸妈那边怎么办？"

"我会搞定，你专心生孩子就是了。"他安抚地揉揉她的头。

专心生孩子？听起来怎么那么像工具。

末末靠着顾未易的肩膀发了会呆，突然又想起什么说："你这么冷静，该不会是蓄谋的吧？"

顾未易白她一眼："你白痴啊，我干吗蓄谋这个，我还得去办休学，我没事这么折腾自己干吗？"

末末想想也是，不对啊，他干吗休学，生孩子的又不是他？于是她说："你休学干吗？"

"照顾你。"他一脸你是白痴啊的样子。

末末皱眉骂："谁要你照顾啊？你还休学呢，再休你这书是要念到三十岁不是？"

顾未易被吼得莫名，争辩道："我怎么可能放你一个人生孩子？"

末末哈哈哈笑了三声："不好意思，制造孩子要两个人，生只要一个人就够了。你少给我添乱，麻烦你赶快把那鬼硕士念完，回来带孩子，到时轮到老娘出去游戏人生。"

"司徒末！"

"怎样！"

"我真的会担心。"顾未易叹口气道，"你就别闹了。"

末末下巴一扬："我就闹！你没听医生说吗？我情绪不稳定。"

顾未易无奈地叹气，揉揉她的头发说："饿了吧，我去给你做饭。"

末末看着他走进厨房的背影，顾未易，我很怕呢，我也想你留下来陪我，但是我不能这么任性。

也不知道顾未易使了怎么手段，总之第二天双方家长齐齐到场，个个满面春风，喜得麟儿的模样。末末本来皮绷紧了准备她老妈抽她皮扒她筋的，哪知她老妈只给她炖了鲜美无比的鸡汤。

接下来就很没悬念了，顾未易被赶回美国完成学业，末末多上了三个月的班就被抓回家里休养，她妈和顾未易他妈把她照顾得滴水不漏，唯一遗憾的是晚上睡觉时只能一个人傻乎乎的跟肚子里的宝宝说话。她说，宝宝啊，我到现在都不知道你怎么会来呢，我计算了很久，可能是在厨房的那一次吧，那一次那个浑蛋爹没戴套又不让我吃药，呃，好像你未成年跟你说这个不好吧，唉不管了，我觉得很奇怪啊，我怎么就跟你那个爹走到今天了呢，给他生小崽子，养小崽子，过一生。呃，我不是说你是小崽子，我的意思是，你娘我突然觉得很幸福，即使你那个天才爹在千里之外。唉，我果然是有产前综合征……

"末末，未易电话。"末末妈拧开门进来，"没见过像你们这样打电话的，败家子啊。"

末末走出房间去接电话。顾未易回了美国后一天一个电话，有次接得她烦死了，于是跟他说手机有辐射的老大，你这样天天打不怕到时生个怪胎出来。第二天家里就装了座机，而且为了不影响她休息，她房里没有分机，于是每次为了接他的电话她都得从房里挪到厅里去接。

"喂，干吗？"末末没好气地说，打断她和孩子的亲子时间。

"老婆，不要对孩子的爸爸态度那么恶劣。"他的声音听起来很开心的样子。

"你孩子今天踢我了。"末末瞎掰。她知道他很遗憾没陪在她身边，于是偶尔瞎掰一些温馨的事情让他妒忌抓狂。

果不然顾未易沉默了好一会："我明天回去。"

末末翻了个白眼："我逗你的，老大，别动不动就说要回来，我知道你很爱我。"

又是一阵沉默，他才说："司徒末，我知道你自我感觉很良好，但是我放暑假了，总得让我回去吧。"

末末恼羞成怒："你现在跟说我十句我爱你！不然我马上哭给你听。"

怀孕了之后末末练就了说哭就哭的本领，说来就来，哭得那个百转千回寒蝉凄切，简直就是现代版的孟姜女。

"我爱你一，我爱你二，我爱你三，我爱你四，我爱你五，我爱你六，我爱你七，我爱你八，我爱你九，我爱你十，行了吧？"

末末十分满意："我去接机？"

"你在家里好好待着就行了。"顾未易一想她挺着个肚子在人来人往的机场就直冒冷汗。

末末无所谓，反正她也很懒得出门，越来越懒了啊……

挂上电话，末末又回到房里开始唠叨她的孩子：宝宝啊，你爸爸明天就回来了呢，高兴不？我好高兴呢，不过不能让你爸爸知道，他这人容易嘚瑟，不能让他太得意。你说，我现在那么肥，他看到会不会嫌弃啊，你能不能配合一点，明天自己在肚子里缩手缩脚一天，让我勉强有个腰线见见你爸？

胚胎小朋友：……

第71章

末末在医院待产了两天，生活十分无聊，中午拉着顾未易陪她打

288

牌时，羊水破了。

顾未易本来是坚决要陪着她度过生产过程的，但司徒末不让，死活让他在外面等，还幼稚地说你进来我就不生了。

于是顾未易只能着急地在产房外挠墙。

相对于顾未易的心急如焚，两家大人凉凉的在凳子上讨论孩子要上哪个幼儿园。

"好了，未易，冷静点，坐下来。"院长大人——林叔叔总算是看不过去了，按住顾未易的肩膀强迫他坐下。

顾未易坐了几分钟又弹起来，皱着眉问："林老头，你为什么在外面？你怎么不进去，你不是院长吗？你在外面干吗？"

林叔叔欲哭无泪："臭小子，我是院长，又不是妇产科医生，我进去干吗？"

顾未易又坐了回去，产房里一声高过一声的尖叫让他恨不得冲进去把司徒末带走，她是对的，他的确不能在产房内，他不敢保证亲临其境会不会揍医生。

终于，在顾未易把医院的地砖踏破前，产房内传来了"哇……"的一声婴儿啼哭。

顾未易一个箭步冲入产房，差点撞翻笑眯眯抱着孩子给他看的护士。

护士抱着孩子有点尴尬，这爸爸好歹也看自己的孩子一眼吧。

顾未易拨开末末因为汗湿而贴在脸上的头发："老婆，你还好吧？"

末末想瞪他一眼却没力气，沙哑着声音说："你来生生看就知道好不好了。"

顾未易俯上去亲她一口："老婆，我爱你。"

末末微笑："嗯，知道了，我要看孩子。"

顾未易转过头去看，孩子被一群家长围得水泄不通，于是他用手盖住她的眼睛说："孩子有什么好看的，皱巴巴的像一只猴子，你现在闭上眼睛休息。"

【完】

番外一
林直存的情歌

大概是201X年的圣诞节，顾未易已从美国回来，进了中科院，成了重点培养对象。每天忙着研究○○粒子和××粒子○○××后会不会生成○×粒子——这是顾未易解释给司徒末听的原话，原因是圣诞夜他不能带他们母子去吃大餐。

司徒末很冷静，听完只说，我只知道你和我○○××后生了个小兔崽子，他在等你带他出去吃好吃的。

顾未易内疚但还是抽不出时间来陪他们。于是末末和顾末未小朋友决定自己出去找乐子，刚巧林直存圣诞夜开演唱会，于是末末就从他那儿A来两张演唱会门票，带着儿子和也被男人放鸽子的陈小希一起去听演唱会。

这几年，林直存已是红遍半边天，拥有少女粉丝无数，末末常常嘲笑他顶着一个徐娘半老的小白脸去迷惑那些脑残少女。

演唱会十分混乱，末末和陈小希轮着抱小顾末未，幸好有一群很善良可爱的粉丝们坚持认为末末都是当妈的人了还这么迷恋林直存，这种精神太可贵了，于是她们自愿组成娘子军帮她们开路。

陈小希和末末对了半天票才发现他们的座位是超级VIP，于是在一堆嫉恨的眼神中坦然坐下。

林直存一出场，尖叫声此起彼伏，陈小希用吼的跟司徒末说，我们等下提前出去，批发点润喉糖在门口卖。

小顾末末一开始被鬼哭狼嚎的尖叫声吓了一跳，后来觉得好玩，也跟着嚎了起来。

末末看着自己儿子的傻样，万般无奈。

林直存一开场就劲歌热舞了几曲，看得末末觉得特喘，反倒是小顾末末站在凳子上扭着小屁股，跳得十分畅快。

后来缓缓的音乐下，他坐在钢琴旁自弹自唱。陈小希严肃地说，我好像有点明白他为什么这么红了。

末末点头，舞台效果做得太好了，林直存穿着黑色西装坐在乳白色的钢琴旁边，全场黑暗，只有一束柔柔的聚光灯打在他身上，让万千少女怎能不为他心动。

最后的安可曲林直存说是他最新的自创曲，今天首次表演，叫《只能遗憾》。

他换了很简单的一套衣服，T恤牛仔裤，坐在舞台中间的台阶上，自弹自唱。

再华丽的舞台总会落幕
多想跟你走回家的路
一起遇到许多美好的事物
一起笑一起哭一起分享食物
再美好的幸福
不是你要的我也无助

遇见你不是最单纯的时光
我也只能遗憾

今年你的儿子三岁半
吸着拇指说叔叔你看你看
我爸说我妈又变胖

遇见你不是最美好的时光

我也只能遗憾

待到你的儿子十八岁
天天跟你顶嘴
牵着他的女朋友
来听我的演唱会
……

陈小希转过头去看末末："司徒末，我怎么觉得，这歌是写给你的啊？"

司徒末看看身旁三岁半的儿子，不是很确定的样子："不……不是吧？巧合吧。"

演唱会结束，司徒末接到林直存的电话："小司徒，你家那娃儿真会劲歌热舞啊，比你有激情多了，长大了让他进演艺圈吧。"

末末惊讶："舞台那么大，你看得到我们啊？"

"你们不是坐在VIP么？我没瞎我当然看得到你们，我以为顾未易会来，还准备看你们夫妻为了我的新歌打架呢。"

末末犹豫了一下问："呃……那个……那个新歌是……"

林直存语带调侃："得了，你别有心理负担，那就是创作，你一孩子他妈，我有啥好稀罕的呀。"

末末呵呵傻笑，挂电话前还匆忙说了声谢谢。

末末抱着儿子回到家，发现顾未易一个人坐在电视机前，桌子上放着肯德基全家套餐。她才不内疚，也不知是谁先放的谁鸽子。倒是顾小朋友很激动，拿着炸鸡翅冲到爸爸大腿上坐着，说："爸爸爸爸，我们刚刚听林叔叔演唱会去了，林叔叔好帅啊，好多人啊。"

顾未易说："我知道。"

末末边脱着外套边搭话："你怎么知道的？"

他面无表情："电视直播，镜头有扫到你们。"

顾小朋友很激动："爸爸爸爸，我上电视了吗？"

末末背脊骨一阵凉，抱起顾小朋友，打着哈哈："宝贝去洗澡澡，妈妈今晚跟你一起睡觉。"

顾小朋友欢呼着挣脱妈妈的怀抱，跑向浴室，他终于打败爸爸，赢得妈妈了。

　　顾未易但笑不语，司徒末，老子有的是法子收拾你。

　　夜半。末末睡得正香，黑暗中有人拍了拍她的脸，伏在她耳边小声地说："司徒末，你是要自己起来，还是要我扛你回房？"

　　她压根儿不省人事，翻个身继续睡，哪知身是翻了，但没着床，被人腾空一下抱出房了。回到熟悉的那张大床，末末总算是清醒了一点，半眯着眼睛讨好地笑："老公，我好困啊，让我睡觉嘛……"

　　顾未易狞笑："情歌哦？当着全国观众的面哦，感动不？"

　　末末赔笑："还行还行。唉唉唉，我都说还行了，你解我扣子干吗……"

　　"爸爸爸爸，你又跟我抢妈妈。"顾小朋友光着脚站在门口揉眼睛。

　　顾未易停下解扣子的手，正经呵斥儿子："顾未末，给我回去房里睡觉，马上！"

　　顾小朋友委委屈屈地转身要回房，又被叫住。

　　"等等！把门关上！"

　　顾小朋友委委屈屈地关上门，回去自己的小床，恨恨地想着，爸爸是个坏蛋。

番外二
顾末未小朋友

[上]

　　顾小朋友小时候很不好带，一个晚上哭好几趟，有时可以哭到天亮。

　　顾未易在的时候，夜里小孩哭都是他起来哄。为了不吵到她，他会一整宿抱着小孩在客厅里晃。

　　但是，顾未易哄了两个星期后就回美国完成他最后一个学期的学业了。

　　顾未易走后的半年内，末末妈还帮忙照顾孩子，后来末末嫂子生孩子了，她妈就去照顾嫂子了，而顾未易他妈是没时间，也不懂怎么照顾孩子，于是照顾孩子的责任就完全落在末末肩上。

　　带孩子真累啊，她常常半夜靠着床头抱着孩子喂奶，喂到自己瞌睡过去，手一松，自己又吓醒；而且她累到会突然晃神，听着孩子的哭声走出房门又忘了是要给孩子换尿布还是喂奶。

　　末末觉得她每天都在挑战人类的极限，每天都一再地告诉自己，眼前这个哭得撕心裂肺的生物是你的儿子，不可以把他丢掉。

　　第一次崩溃是孩子七个月的时候，半夜发高烧，她吓得脑子一片空白，抱着孩子往外冲，孩子因为发烧在她怀里发着抖，她因为害怕也发着抖，想开车去却怎么也发动不了，只得去截计程车，凌晨两点多的计程车有多难截？她咬着牙硬截下一辆私家车，幸好车主人好，二话不说送他们到了医院。再回到家已经是凌晨四点，她强打着精神喂他吃药，但那药汁一沾到嘴唇孩子就狂哭，用灌的他就吐出来，末末虽然知道他听不懂，但还是不停地哀求："宝贝你乖乖喝药好不好，妈妈真的好累……"

最后一次试图把药灌进他嘴里，孩子舌头顶着又吐了出来，大哭。

末末把小勺子一扔，趴在婴儿床边也跟着哭了起来。一大一小就在一个房间里哭得肝肠寸断。

哭完了，药还是得喂，末末这次也狠下心了，掰开他嘴巴，压着他舌头就硬往里灌。孩子是咕咚咕咚地把药喝下去了，但是哭得也真是狠，哭声像一把刀，凌迟着母亲的心。

末末想着得冷静一下，就出了房门，还顺手把门带上了。她想，我就冷静两分钟，两分钟就好，两分钟听不到哭声就好。

两分钟后回去，发现门居然锁上了，她一时间觉得自己的心脏都快停掉，满屋子地找钥匙，没有没有，到处都没有。

然后她就彻底崩溃了，靠着房门听着孩子在里面断断续续的哭声，她也号啕大哭："别哭别哭……是妈妈不好……妈妈是个坏妈妈……"

她哭着打电话给顾未易："顾未易……家里房间的钥匙在哪里……我到处都找不到……我……我把宝宝锁在房里了……他还在发烧……他一定很害怕……你不要骂我……"

顾未易抓着电话从床上弹起来，强迫自己冷静："司徒末，你先别哭，别哭，不要怕，钥匙在我之前的房间的抽屉里。"

"他就是被锁在你房间的。"她边哭边说，吸鼻子的声音在手机听筒中特别的清晰，"怎么办怎么办……我用锤子把锁砸掉好不好？"

顾未易深吸了一口气，忽略掉揪心的感觉，说："不行，你会吓到宝宝的，你冷静点，照我说的做，你现在去厨房，打开厨房的窗，窗罩是连着我房间的窗的，我以前爬过的……"

末末推开窗，刚想爬上去就听到顾未易在电话那头叫唤着，她又捡起电话。

"司徒末，先把厨房的灯都打开，爬上去的时候小心点，害怕了就不要爬过去，明天找锁匠来开锁，宝宝哭累了就会睡的，知道了吗？"

"知道了，我待会儿再打电话给你。"末末挂上电话，深吸了口气，爬了上去。

幸好末末顺利地爬了过去，顺利地开了窗，顺利的发现她家儿子已经吮着大拇指睡着了，安详得让人想揍他。末末找出钥匙，放在兜里，发誓明天要打10把钥匙各个角落里放一把。

她还没来得及给顾未易回电话，他就先打过来了："司徒末，怎么样了？"

末末打起精神道："没事了，宝宝已经睡了。"

沉默了很久，顾未易轻轻叹了口气，说："对不起。"

对不起，没能和你一起；对不起，你那么害怕我却连个拥抱都给不了你；对不起，我不该让你独自承担一切。

"嗯。"末末小声应了句。

[中]

顾家四年前添了一名小金孙，大名——顾末未，名字各取爹娘名字中的一个字。孩子他爹说这证明两人情比金坚，孩子是他俩爱情的结晶。孩子他娘说你算了吧，你这没文化的理科生，让你取个名字跟杀了你似的，你就马虎吧，随便你。

顾末未小朋友他爷爷奶奶外公外婆宠他宠得跟神经病一样。

但小金孙小朋友他爹忒不待见他，定了一堆神经病一样的规矩：吃饭前要洗手，玩完玩具要自己收回去，要帮妈妈擦桌子，要帮妈妈买东西，要自己睡觉……

于是顾末未小朋友也忒不待见他爹，这么大的人了，还跟妈妈一起睡，羞羞脸，未未也想跟妈妈一起睡；爸爸老拿嘴啃妈妈，老啃老啃，妈妈又不是骨头；妈妈是未未的宝贝，未未也是妈妈的宝贝；爸爸真讨厌，看电视时老搂着妈妈，未未也想搂着妈妈看电视；爸爸真懒，老是要等到妈妈生气了才去做家务……

顾末未小朋友忒爱他妈，妈妈多漂亮啊，笑起来跟幼儿园门口的小花朵似的；妈妈多香多软啊，未未就爱在妈妈怀里撒娇；妈妈多厉害啊，会讲很多很多故事，还会给未未做很多好吃的……

唉，长大了能跟妈妈结婚就好了。

顾末未小朋友上幼儿园去了，他喜欢自己的名字，比那个叫馨馨的小朋友容易写很多，馨馨都不知道有多羡慕他。但是上了三天幼儿园他就生气了，老师说他写错自己的名字，他觉得自己名字上的两个字是一样的，但老师老跟他说是不一样的，老师说这个横长，那个横短，神经病一样。

小顾末未回家问妈妈："妈妈妈妈，为什么老师说我的名字不一样，明明就是一样的。"

妈妈说："不一样的，你再多认识点字就知道了，现在不知道没有关系。"

小未未安心了，反正妈妈说没关系，那就没关系。

晚上妈妈数落爸爸，说都是爸爸取的名字，害孩子犯糊涂，未未也觉得都是爸爸害的。

今儿是星期天，爸爸在书房里看书，妈妈在厨房里烤饼干给小顾末未吃，小顾末未在客厅看《喜羊羊与灰太狼》，小顾末未很渴，想喝果汁，但他不能去倒，他要是走开了喜羊羊说不定就给灰太狼吃了呢。

让妈妈倒吧，不行，妈妈要烤饼干给他吃呢；让爸爸倒吧，爸爸非揍他不可。他们都说爸爸很聪明，妈妈说他像爸爸，所以他一定也很聪明，一定可以想出办法喝到果汁的。

于是小未未想呀想呀，想呀想呀，想呀想呀。

厨房里妈妈叫了一句，顾末易，过来帮我把头发扎起来。爸爸屁颠屁颠地跑进厨房里去帮妈妈扎头发。

小顾末未还是想呀想呀，想呀想呀，想呀想呀。

爸爸路过客厅回书房时还顺便念叨了他一句，顾末未，离电视机远点。

小未未不情愿地往后挪了挪屁股，爸爸就这样，老欺负他，见

了妈妈就怕，有本事欺负妈妈去呀，还不就是电视里讲的那个，那个……那个欺负啥怕啥。（欺善怕恶）

然后小顾未未突然想出喝果汁的好办法来了。

他伸了伸懒腰，奶声奶气地叫："顾未易，给我倒杯果汁，我、我是司徒末。"

顾未易和司徒末同时进入客厅，面面相觑，他俩养了个啥孩子啊这是？

顾未易先绷起脸："顾未未，你说啥呢？"

小顾未未见爸爸绷起脸，嘴巴就开始扁了，可怜兮兮地望向妈妈。

司徒末被孩子求救的眼神望得没辙，只得说："顾未易，去，倒果汁，我是司徒末。"

顾未易瞪她，瞪完瞪小顾未未。

司徒末瞪回去，眼看眼神大战就要爆发。

顾未未小朋友是个人精，他自发地站了起来，拍拍自己的屁股，鞠了个躬说："爸爸妈妈，我逗你们玩儿呢，我去给你们倒果汁吧，你们要喝什么？"

顾未易和司徒末再一次面面相觑，摇了摇头，转身，打哪来回哪去。只是回去前两人各撂了一句话——"冰水，谢谢。""橙汁加冰，谢谢。"

于是顾未未小朋友一边在心里惦记着喜羊羊的命运，一边踮着小脚拿杯子，踮着小脚打开冰箱，踮着小脚倒冰水，踮着小脚倒橙汁，踮着小脚往橙汁里加冰块，捧着杯子送去书房和厨房……

回到电视机前，幸好，喜羊羊没被吃掉，顾未未小朋友准备坐下来好好看，边喝果汁边看，然后……他发现忘了给自己倒一杯了。

顾未未小朋友哀伤地把两条小短腿一蹬，倒地上抽搐哀嚎：别人的性命，是镶金又包银，我的性命不值钱……

[下]

司徒末在厨房里忙活着，听到开门的声音，微微探头出去说："回来了呀？小宝贝，妈妈好想你，你想不想妈妈呀？"

298

顾未易瞪她一眼："你恶不恶心？"

末末走出厨房，接住儿子飞扑过来的小身躯，在他脸上亲了一大口："宝贝，今天幼儿园好玩不？"

顾末末小朋友咯咯笑，说："妈妈，今天馨馨说要当我女朋友，什么是女朋友？"

末末笑着抱起他，说："女朋友就是以后要和你结婚的，像爸爸和妈妈这样。"

顾末末小朋友思索了一会儿，说："那我可不可以跟妈妈结婚？"

末末用脸蹭了蹭儿子的小脸蛋，说："那爸爸怎么办？"

顾末末小朋友又思索了一会儿，说："那爸爸和馨馨结婚好了。"

顾未易被这母子俩晾在一旁当了很久的摆设，这时才不爽地开口："你妈已经嫁给我了，没你份，你去娶你的馨馨吧。"

顾小朋友刚想扁嘴哭，突然想起今天爸爸去幼儿园接他，老师都围着爸爸说话，于是他说："那、那你去娶陈老师，还有许老师，还有园长。"

末末看了顾未易一眼，问顾小朋友："来，告诉妈妈，为什么让爸爸娶你们老师？"

顾小朋友很老实地交代："今天爸爸来接我，老师都说爸爸长得很好看，她们就都跑去跟爸爸玩了。他们玩得好开心呀，老师一直笑一直笑。"

末末放下顾小朋友，双手环胸，望着顾未易，说："孩子他爸，玩得很开心哦？"

顾未易一脸坦然："可不是，那些老师的娇笑功力了得。"

末末点点头，蹲下来跟顾小朋友说："宝贝，傅沛叔叔说要带我们去动物园，这个星期天我们去动物园好不？"

顾小朋友欢呼起来："耶！去动物园咯。"

顾未易勒过司徒末的脖子，咬牙道："司徒末，你反了啊？"

末末在压迫下强挤出几声笑："老公，松手松手，我娇笑给你听。"

顾小朋友懒得理他们，径自乐滋滋地去看电视了，边看边想星期天要带什么东西去喂小动物。

顾末未小朋友被请了家长，因为他在学校里揍了小朋友，因为他已经是大班的孩子了，大班的孩子都是要揍人的，这是传统。

家长百忙中抽空挨幼儿园老师的训，又气又无奈。

爸爸一回到家就要揍小顾末未，妈妈拼命拦着，小顾末未就躲在妈妈的屁股后面叫嚣："坏爸爸……"

末未见这孩子小小年纪居然这么嚣张，便不再拦着，于是小顾末未就被揍了，他被揍了后决定晚上要绝食，于是他就向妈妈和爸爸宣布了这一伟大的宣言，妈妈居然说好，那我就不准备你的饭了，爸爸说那好，你晚上敢吃饭我就揍你。

晚上的菜都是小顾末未最喜欢的，有红烧排骨，有水蒸蛋，有竹笋汤……

于是他挺着小胸膛跟妈妈说："妈妈，我要吃饭。"

顾小朋友端着小饭碗坐到饭桌上时，爸爸说我不是说你敢吃饭我就揍你吗？

妈妈瞪了爸爸一眼，冷冷地说你敢揍他我就揍你，而且晚上睡书房。

爸爸就不吭声了。哈哈，睡书房。

后来妈妈跟顾小朋友讲了好久的道理，他就答应了以后不揍人了。可是第二天有同学笑他说他老写错自己的名字，于是他又揍人了。

顾小朋友很想养条狗，因为馨馨家里养了一条，每天都跟他炫耀她家里的狗有多可爱。

他跟妈妈说想养狗，妈妈不同意。他又去跟爸爸说，爸爸说你是不是自己一个小朋友很无聊。

顾小朋友忙说是。

爸爸说那我跟你妈妈给你养个弟弟妹妹好了。

顾小朋友想着很酷，便答应了，欢呼着去找妈妈，说爸爸说可以养一个弟弟妹妹。

妈妈不买账，说让你爸爸自己生去。

于是顾小朋友又把话传回书房，爸爸说你去跟妈妈说，没有你我生不出。

顾小朋友跑去传话给妈妈，妈妈说你让他去死。

顾小朋友告诉爸爸说，妈妈说你让他去死。

爸爸说，你去跟妈妈说，死了她就要守寡了。

妈妈说，马上改嫁，守个鬼寡。

……顾小朋友传话传得好累，他不想要弟弟妹妹了啦，他也不要养小狗了啦。

顾小朋友今天又被爸爸揍了，因为想吃冰激凌，妈妈不给吃，他就说了一句坏妈妈，爸爸就揍他……坏爸爸！

妈妈还在生气，躲在房间里不出来，糟糕了，要是妈妈以后都不理他了怎么办？

顾小朋友在房门口来回踱了几步，最终提起勇气推开门："妈妈，对不……起。"

顾小朋友觉得自己被骗了，妈妈正津津有味地看着电视剧，笑得眼睛都亮晶晶的。

大人都是骗子，骗子。

司徒末见儿子这么懂事地跑来道歉，十分欣慰，便过去抱起他，让他坐在膝上一起看电视。

顾小朋友仰着头问妈妈："妈妈，你不生气了吗？"

"你知道错了妈妈就不生气了。"司徒末揉揉他的头。

"那、那我们出去跟爸爸说你不生气好不好？"顾小朋友快被绷着个脸的爸爸吓死了

"不要。"司徒末义正词严地拒绝了。

"为什么？你不是不生气了吗？"顾小朋友百思不得其解。

"我不生你的气了，我生你爸爸的气。"

"为什么？"

"他打我儿子！"

"……"

爸爸，我同情你。

啊哈，今天已经是第二天了，爸爸和妈妈还没和好，他们会不会就离婚了呢，离婚了他就可以娶妈妈了，哇哈哈。

下午爷爷奶奶外公外婆都来了，爸爸和妈妈假装很恩爱的样子，真好笑，顾小朋友都看到妈妈的手在饭桌下偷拧爸爸的大腿了，真的要离婚了，哦耶！

顾爷爷觉得很奇怪，顾小朋友刚刚还很开心的样子，去厨房给他倒水回来就一直闷闷不乐的样子，两只小短手交叉在胸前，皱着眉，一副小哲人的样子。

顾爷爷觉得应该开导开导他，这么小的年纪哪能一副苦大仇深的样子，于是他说："宝宝，告诉爷爷，你生什么气？"

顾小朋友本来很讨厌爷爷他们叫他宝宝的，因为显得他很没男子气概，但是现在他很哀伤，他需要倾诉，所以就原谅他吧，于是他说："爸爸妈妈不离婚了。"

顾爷爷吓一跳："好好的，离什么婚？"

顾小朋友用看白痴的眼神看了爷爷一眼："我说不离婚了。"

顾爷爷说："那原来要离婚吗？"

顾小朋友点点头："他们吵架了，馨馨说吵架后就会离婚了，虽然他们常常吵架，但一直不离婚，但昨天吵了很久，妈妈昨天晚上都跟我一起睡觉了。"

顾爷爷又问："那现在为什么又不离婚了？"

顾小朋友露出义愤填膺的样子："我刚刚去厨房，看到爸爸在亲妈妈！"

顾爷爷无语，心想：算我多嘴！

作为旧时代的庄严家长代表，他一点都不想想象儿子跟媳妇的亲热行为。

顾小朋友知道自己又闯祸了，他坐在小凳子上看看爷爷奶奶外公外婆怒气冲冲的脸，再看看爸爸妈妈低头不说话的样子，心想：不会是真要离婚了吧？虽说他很想娶妈妈，但是他突然又觉得他不能没有爸爸……好难过呀。

事情要追溯到吃过午饭后，因为家里老人们来了，所以顾小朋友交给老人们带，顾未易和司徒末出去约会了。而老人们凑在一起唠嗑的东西顾小朋友又听不懂，于是就自己玩儿，到处翻东西，然后他就从衣柜里翻出一个铁盒，盒子里有一个红色的小本子，上面写着：中华人民共和国。下面有三个大字是他不认识的，作为班上识字最多的天才儿童，他被这几个字伤了自尊，他把本子给了外婆，外婆说是结婚证，然后笑眯眯地翻开来看，又喃喃自语地在那边算了半天，最后突然一声吼，吓得顾小朋友倒退了三步。外婆说，这俩小兔崽子居然偷偷先结了婚！

顾小朋友知道骂人是不对的，虽然兔子很可爱。

然后爷爷奶奶们就开了会议，然后就是现在这个场景了。

爷爷说，你们怎么可以瞒住大人做这种事。

爸爸说，你一副我们做了什么伤天害理的事的样子干吗？

妈妈拉住爸爸，你闭嘴。

外婆说，你也闭嘴，我还没收拾你呢。

……大人们好无聊啊，顾小朋友打了个哈欠，还是去房里看动画片好了。

番外三
不配

[上]

　　傅沛跟顾未易打了一场架。

　　顾未易明显不是会打架的人，可惜的是，傅沛也是不会打架的人，所以一场男人与男人之间为了女人的战争，一点都不帅，非常狼狈。

　　而傅沛比顾未易好一点，因为他挨打的经验多，毕竟他这种常在花丛中的人，总会不小心摘到有主的花，这种情况，有时候是要挨点打的。

　　最后傅沛和顾未易躺在学校操场的草地上，像他们大学军训的时候，因为迟到被教官收操后罚跑十圈，那个时候他们也像现在这样，喘着大气，说不出话来。

　　跑道上零零星星夜跑的人，脚步特别重地踩在橡胶跑道上，嘭嘭的一声声震在傅沛心上。

　　太难过了，突然之间。

　　他转过头去看顾未易，顾未易盯着天空，察觉到他的视线，转过头来。

　　傅沛咬咬牙："把她还给我。"

虽然知道自己不要脸但是不知道还能不要脸到这种程度啊。

顾未易不搭他的话，看了他一眼后站起来拍拍自己身上的草和泥，走了。

随着顾未易远去的背影，傅沛觉得周围的一切声响都随着远去，安静得不像话，像那天夜里，司徒末在他面前哭，他却觉得安静。

他在那天完全失去了司徒末，而在今天大概要完全失去一个朋友了。

不知道过了多久，轱辘轱辘的声音越来越近，傅沛手臂一冰，侧头一看，一灌冰啤酒滚到他身侧。

顾未易在离他五十米左右的地方坐下，咔哧一声拉开了易拉罐的铁环。

顾未易仰头喝了一口："西门的超市终于关了，东门开了家新的。"

西门那个超市，他们大学四年就看着它贴了四年的倒闭跳楼大甩卖，傅沛以为有生之年不会看到这个超市关闭了，像司徒末一样，一直嘴硬地说着没有在等他，但是傅沛一直都知道，他只要回头，她都在，他只要玩累了，回去求求她，哄哄她，她都在。

超市说关就关，人说走就走。

傅沛坐起来，开了啤酒灌了一口。

顾未易从脚边的塑料袋里又拿出一罐啤酒滚给傅沛："冰敷。"然后自己也拿出一罐啤酒按在眼角肿起来的地方。

傅沛不言不语地把整罐啤酒灌完，又把那一罐也开了喝。

顾未易也不说什么，把塑料袋推过去给他，塑料袋的窸窣声，铁罐的撞击声，液体的晃荡声，不知道为什么，每个声音在傅沛耳朵里都非常清晰。

傅沛开了一罐又一罐，到最后一滴酒精都进了肚子的时候，他单手捏瘪了铁罐，笑着说："一醉泯恩仇，你就买了这么点？"

顾未易笑着把用来冰敷消肿的那罐啤酒也丢给他，然后拿起放在一边的可乐喝了一口。

傅沛这才注意到，顾未易喝的是可乐："可乐？太不够意思了吧！"

"一身伤加一身酒味，回去很难交代。"

难交代啊……傅沛压下苦涩："切！你这样不行，敢啰唆打一顿再说。"

"打完了你好接盘是吧？"

"也行。"

拍拍肩膀笑一笑。

"有两个散步的小学妹看上去不错。"傅沛环视了一圈操场之后说。

顾未易懒得理他，把傅沛乱丢在地上的啤酒罐一个个捡到塑料袋里："走吧，待会儿校门要关了。"

"你先走吧，我有别的事。"傅沛往两个女孩子的方向走去。

顾未易远远地听到他在问，同学，请问东门的超市是关了吗？两个女孩子的声音没有听清楚，只听到傅沛说，能带我过去吗？我怕自己找太久了超市关门，我同学喝多了，得去给他买瓶水。

两个女孩子朝顾未易的方向看过来，顾未易只好坐下，手撑着头作出昏昏欲睡的样子。

他们慢慢走远，顾未易回家。

[下]

顾未易从美国毕业回来了，他们熬过了漫长的异地恋，修成正果了，正果雄性，大名顾未还是顾末未，反正之类的。

而傅沛谈了三个月或者四个月的女朋友又崩了，具体原因不详，反正挺让人烦躁的。

下班时间，顾未易早早就等在楼下，傅沛在楼上的玻璃窗看着司徒末像小鸟一样飞出写字楼。

"老板，喝咖啡不？"

傅沛回头，陈小希顶着熊猫眼，手里晃着一袋速溶咖啡。

"加奶加糖。"

"神经病。"陈小希说，"要求诸多，爱喝不喝。"

陈小希冲好咖啡递到傅沛手里的时候，楼下的顾未易和司徒末还没走，两人从车后备箱把杂七杂八的东西往车后座搬，顾未易搬了个大纸箱，很重的样子，司徒末赶紧过去帮忙，顾未易笑着把箱子举高。

"老板，你爱好真怪，看人家秀恩爱这么变态。"

"陈小希，你有没有很喜欢过一个人，喜欢到都觉得自己不配拥有这么好的人。"

陈小希没想到平时吊儿郎当的老板突然之间要和她谈心，一时之间居然有些惶恐，挣扎了半天不知道回答什么，看着楼下的司徒末和顾未易搬搬抬抬，随口岔开话题说："你说他们清空后备厢干吗？该不会是杀了人准备运尸吧？"

深情的傅沛一口咖啡差点喷出来："你会不会聊天！"

"不是啊老板，我签合同的时候工作内容没有包括要跟老板谈心啊。"

傅沛似乎下定了决心要煽情一把："陈小希，如果你是末末，你选择我还是顾未易？我是说，假如我从此以后只爱末末一个。"

陈小希打了个哈欠："我选择江辰。"

"江辰是谁？"

陈小希耸耸肩："前男友。"

傅沛马上一脸"大家都是情海伤心人，快！我们来聊聊"的样子。

陈小希赶紧摆手："开玩笑的，是每天来送快递的小哥。"

傅沛忍下翻白眼的冲动："你别忘了谁给你发工资的。"

"还得开解老板情伤的话，得加工资啊。"

天色渐渐昏黄下去，司徒末和顾未易已经离开，傅沛深吸了口气，觉得自己有点可笑，都悲哀到要和下属求安慰了。

陈小希最后还是不忍，拍拍他的肩膀："老板，你小时候吃过什锦糖吧？"

"吃过。"傅沛一头雾水。

"最喜欢什么味道的？"

"你想表达什么？"

"我最喜欢橘子味道的。小时候我妈妈买了什锦糖，说可以给我选五颗，可是那罐糖明明就有六种味道啊。而且到了下一次我就忘了我上次吃的是哪些口味，一直死循环，所以我总觉得我吃少了一种味道，难过了好久。后来我就决定了，我喜欢橘子味道的，我就挑橘子味的吃，我才不管我有没有吃少一种味道，以后买糖再不买什锦糖了，只买橘子味道的。"

"如果是我，我会哭会闹，一定要吃到所有的味道，我永远会怕我吃不到的那种味道才是我最喜欢的味道，而且再买，我也还是只会买什锦糖。"

"你的恋爱也是这样吧，你随时都打开着雷达准备着下一个，准备着下一场恋爱，因为也许下个人更好呢，下场恋爱更合适呢？你害怕，怕就这样失去了别的可能，而末末不过是你的一种可能罢了。世界上味道那么多，你怎么可能试得完。"

"你是要劝我安定下来吗？"

"切！才不是，你那么喜欢试，就撒欢地去试呗，就不要再留恋痴情的形象，明明不是会永远只喜欢一个人的那种人，明明就是会吃遍每种糖果的人，就别幻想着有一天蛀牙了就会少吃糖了，就算得了糖尿病也改不了。"陈小希又打了个哈欠，"明白了吗？别再幻想自己成不了的样子。"

傅沛沉默了一会才说："你这什么烂鬼比喻。"

陈小希呵呵一笑："嘿，跟一个熟人学的。"

"下班吧我们，你也别加班了，那个破设计图你怎么画都会被挑刺的。"

陈小希怒："凭什么挑刺！我画得那么好！"

傅沛嬉皮笑脸："说了你别生气。"

"你不要告诉我你和那个经理在一起过？！"

"呃……差不多这个意思吧。"

陈小希掀桌暴走。

这件事怎么说呢，总的来说有点蠢，就是林直存大明星又开演唱会了，陈小希和司徒末沾光混了两张免费VVIP票，抛夫弃子地去看了。然后就目睹了一场惨剧的发生，说起来也不只她俩目睹，全场几万粉丝都目睹了，只是她们是VVIP，目睹起来特别清楚而已。

演唱会开场，嘭的一声，漫天彩纸碎片飘下，一身黑西装的林直存缓缓从天而降，双手张开，一对白色的翅膀在他身后咻一声展开，像剑出鞘。

落地后他唱："谁和谁是谁的爱……"

万千少女泪水涟涟地哭喊：我！我！我！我！我是！

陈小希回头问司徒末："你看到了吗？"

司徒末以为她又要来一场"此等绝色男子你居然认识，认识了你居然不想办法弄到手简直是泯灭人性"的演讲，就瞪了她一眼说闭嘴吧你。

"爱——"的尾音戛然而止，林直存掐着脖子摔在了舞台上。

一瞬间尖叫声大得要掀翻舞台，一群工作人员冲上台把林直存抬走了。

陈小希挠挠本来已经很乱了的短发说："我是想说，你有没有看到好几片彩纸飞进了他嘴里？"

司徒末因为扭过头和陈小希说话没看到台上的动态，也没听清楚她说的话，捂着耳朵吼："怎么了吗？她们为什么突然叫那么大声。"

陈小希耸耸肩："大概是心疼老公和演唱会票钱。"

林直存被送进了附近最好的医院，江辰所在的医院。

所以司徒末和陈小希被林直存的经纪人领着去探望的时候，陈小希觉得自己简直就昂首挺胸趾高气扬superstar，因为一路都有医生护士清洁阿姨跟她亲热地打招呼，最后经纪人终于忍不住了问她，陈小姐是不是身体特别不好啊，怎么跟医院的人这么熟？

在林直存病床前，她们遇到了正在看片子的苏医生，苏医生看到陈小希，抖了抖手中的X光片："过来看看，给点意见。"

"啊？"陈小希和司徒末面面相觑。

苏医生指着X光片上两条白花花的腿骨说："你们看他这腿这么长，是不是很不合理啊？会不会脑垂体有问题啊？"

"什么？"经纪人吓了一跳，"他怎么了？"

苏医生拍拍他的肩膀："别紧张，没事，开个玩笑而已。他就是小腿骨裂，打个石膏躺一阵子就可以了。不过，我还听说急诊的同事从他喉咙里夹了两片彩带出来，这食物口味也是奇特，该不会是异食症吧？"

经纪人："啊？"

苏医生："别担心，纸片而已，我遇过吃芭比娃娃头的呢。"

经纪人快哭了："啊？"

"连头发都吃了。"

"啊？"

"骗你的。那人没吃芭比娃娃的头发，把头发拔光了再吞的。"

"啊？"

"别担心，明星压力大有异食症也很正常，我男朋友是心理学博士，介绍给你们？"

"啊？"

"开玩笑的。"

310

"啊？"

"我没有男朋友，和那王八蛋分手了。"

"啊？"

对话的结局是经纪人扶着椅子极其缓慢地坐下了，而司徒末石化在现场。陈小希最淡定，笑眯眯问病床上的林直存："那个，林先生，您身体还健康吧？我叫陈小希，是司徒末的朋友，也是你的路人粉，能给我签个名不？"

躺在床上因为明星压力大而可能脑垂体有问题和异食症的林直存，虽然很想跳起来打这个不知道哪来的神经病医生，但却因为小腿骨裂无法达成。

而远在这间病房好几条走道之外的江辰正从电梯出来准备去门诊部，沿路好几个护士都笑眯眯地跟他剧透，陈小希来了哦。

江辰看了看手表，又沿着来路回办公室去了，脱下白大褂站在办公桌前翻了一会儿病例，他再看看手表，又披上白大褂出去了，刚要合上门的瞬间，想到什么似的，又回去从办公桌的抽屉里把病人送的家乡特产牛肉干拿出来放在桌面再离开。

另一端，远在几公里之外的顾未易一边写实验报告一边跟哭得没了妈似的儿子解释，你冷静一点，你妈出门的时候见你还在睡觉就没叫醒你，你好好想一想如果叫醒你了，你没睡饱也是会跟现在一样哭个没完，对吧？

顾未末小朋友回复他一个鼻涕泡。

顾未易扯了张纸巾帮儿子擦鼻涕，这时候电脑弹窗新闻：林直存演唱会突发事故，面色发青捂颈倒下疑似毒瘾发作。

顾未易拖着儿子到达医院的时候，医院门口已经被粉丝和记者围了里三层外三层，打电话给司徒末，却是陈小希出来接的他们，绕到后面进去，顾未末小朋友也不哭了，学着陈小希偷偷摸摸地像个小偷一样走路，走在后面的顾未易一脸冷汗："明明就没有人，你们俩能不能正常点走路？"

陈小希压低了声音："这样才刺激，对吧。"

"对对。"顾小朋友点头如捣蒜。

二楼正准备拉窗帘帮病人检查的江辰无意间往下看就看到了路灯

下陈小希和司徒末的家属鬼鬼祟祟。

江辰敲了敲窗户，但是他们似乎没听到，闪进后门去了。

进了医院，陈小希哗一下抱起顾小朋友："哎呀，小男朋友你重了啊。"

顾小朋友挣扎着要下来："我不是你的小男朋友！我是妈妈的！妈妈呢？我妈妈为什么不来接我？"

陈小希啵地亲他一口，不怀好意地说："你不知道啊？你妈妈以前和大明星传过绯闻，出去接你的话被拍到就很难解释了！说不定你会变成隐婚私生子。"

顾小朋友没听懂，挣扎着向父亲求证："爸爸，没有飞吻没有飞吻，对吧？"

顾未易摸摸儿子的头，正好看到司徒末从走廊另一端走过来，他微微偏一下头，眯起眼睛。

司徒末远远地和他对上眼，忍不住顿了一下脚步，不好！有杀气！

赶紧堆了个笑脸迎上去："我不是说马上就回去吗？怎么来了？"

"妈妈妈妈。"顾小朋友从陈小希怀里窜出来，一把抱住妈妈的腿。

末末一手抱起儿子，一手讨好地牵住顾未易的手："走吧，咱们去看瘸腿的林叔叔。"

最近医院试推行夜间门诊，说是方便上班族不用请假看病，但是却苦了医生们，忙得简直六亲不认，江辰觉得好像已经很久没见过陈小希了，以为她是来医院探班的，却迟迟没有等到她出现。

连续看了近十名病人，抬头见护士又抱了一堆病历进来，揉一揉眉间问："今天病号多吗？"

"每天都这么多的啦。"护士放下病历后并没有离开，而是闪着心心眼问江辰，"听说小希认识今天送进来的那个大明星啊？"

然后护士就把大明星林直存光临医院蓬荜生辉的事迹加油添醋地讲了一遍，最后小声地问："江医生，那个，能让小希帮我要个签名吗？"

江辰笑笑，没回答，点了点那叠病历本最上面的名字："出去的时候顺便帮我叫下一个进来。"

护士只好讪讪地出去叫号。

这边林直存的病房可是相当热闹，顾小朋友拿着由苏医生提供的油性笔正在林直存的石膏上作画，而陈小希在一旁指导，苏医生在一旁瞎指导。

司徒末和顾未易在因为骨裂到底要不要喝骨头汤斗嘴。

林直存双手枕在脑后，想着怎么身边就只剩了这群人。事发突然，大部分工作人员都留在现场安抚歌迷和媒体了，到了医院又分了一批去应付堵在医院的人，最后竟然连经纪人也不知去向，只剩下司徒末一家和这新认识来的陈小希以及苏医生。

不是太熟，也不陌生的一群人陪着他，竟然让他觉得，也挺好的。

他所不知道的是，一个小时之前，他的经纪人，一个在娱乐圈浮浮沉沉数十年见惯大风大浪甚至无风也能起浪的资深老油条，在走廊被苏医生指出脖子上的皮肤和脸上的皮肤肤色高度不一致，可能是长了白癜风或者无色素痣后，撂下一句，我去处理赞助商和记者，直存就麻烦大家照顾了，之后就落荒而逃。

直到看完夜间门诊，江辰都没看到陈小希的身影，回到办公室发现他放在办公桌上的牛肉干没有开，看来也没来过他办公室。不过他也不用特地去问，连电话都不用打，刚刚在电梯里遇到清洁阿姨，阿姨已经热心地告诉他陈小希的去向了。

江辰走进618病房看到的一幕倒是不太让人欢喜。

陈小希伏在一名男性的脚边，认真地在他小腿的石膏上画着什么，司徒末家的小家属在-·旁摇着她没拿笔的手嚷着，要大一点，海绵宝宝的蟹黄堡要画大一点！

江辰径直向陈小希走过去，顺手将她散落在颊边的短发勾到耳后，她抬头看到是他，笑了："看我画的海绵宝宝。"

江辰侧头看了一眼，从白大褂口袋掏出一把独立包装的牛肉干："吃不？"

"吃！"陈小希欢呼着抢过来，撕了一包喂司徒末的儿子，还撕了一包要喂江辰被躲开了。

　　林直存看看这新来的一对，又看看还在斗嘴的司徒末那一对，觉得心塞，于是干脆调转视线去看苏医生，仔细一看，苏医生长得倒是不错，薄薄的嘴唇，嘴角弯弯地往上翘，眼睛和时下流行的无辜大眼不同，不算大也不算小，但是特别有神。就是神情有点凝重，这会儿她正歪着头皱着眉头打量着他小腿上的石膏，若有所思的样子。

　　林直存以为有什么问题，忙问："医生，这石膏打得有什么问题吗？"

　　苏医生摇头："没有，我就是在想一个问题。"

　　"什么问题？"

　　"你的腿上画了个海绵宝宝。"

　　"所以呢？"

　　"海绵宝宝到底属不属于海绵体？如果属于的话，就是你的腿上画了个海绵体？"

　　林直存深深吸了一口气，太想打她了都不知道怎么办才好了。

后记

　　《致我们单纯的小美好》写的是前言，所以我想这一本应该要写后记，代表有前有后，身材姣好。

　　这小说在《小美好》之前写的，写完很久很久很久很久了，那一年，很多人还没开始追女孩我就开始写这个了……我只是想说，有不足的地方，请原谅我当年年少无知，或者现在年老痴呆……

　　我记得那时我准备大学毕业，觉得前途很迷茫，每天唯一的精神寄托就是看美剧和写这个小说，然后梦想着，有一天，它会被印成铅字，出现在书店里。那个时候觉得，如果这个梦想能实现，一定美好得我想骂脏话。梦想还真的实现了。而我却没有了要骂脏话的激情。

　　我想我要不要谈一谈司徒末和顾未易，我想还是不要了；我想我要不要谈一谈这本书，我想还是不要了；我想我要不要谈一谈我这个人，我想还是不要了；我想我要不要谈一谈爱情，我想还是不要了；我想我要不要谈一谈人生，我想还是不要了。总之，这是一本关于爱情的小说，而我想作为一个写作者最了不起和最幸福的事情就是，我在写废话，你们却爱看，爱情大概就是，大家都爱着的古老而悠长的废话。